CR/21

Gisa Klönne
Farben der Schuld

Gisa Klönne

Farben der Schuld

Kriminalroman

Ullstein

2. Auflage 2009

ISBN 978-3-550-08776-9

© Ullstein Buchverlage GmbH, Berlin 2009
Alle Rechte vorbehalten
Gesetzt aus der Sabon
Satz: Pinkuin Satz und Datentechnik, Berlin
Druck und Bindearbeiten: GGP Media GmbH, Pößneck
Printed in Germany

Für Katrin

1. Teil

»Nackt kam ich hervor aus
dem Schoß meiner Mutter,
und nackt kehre ich dorthin zurück.
Der Herr hat gegeben,
der Herr hat genommen,
der Name des Herrn sei gepriesen!«

Hiob 1, 21

Heute Abend werden sie sich sehen. Heute Abend wird sie ihm ihre Neuigkeit erzählen. Ich liebe dich, ich liebe dich, ich liebe dich. Sie kann nicht aufhören, das zu denken, sie kann nicht stillsitzen deswegen, sich auf nichts konzentrieren. Wenn er sie ansieht, weiß sie endlich, wie es ist, erkannt zu werden. Wenn er nur ihre Hand berührt, wird alles um sie still und belanglos und es gibt nur noch dieses Kribbeln: eine warme Welle bis in ihre Zehenspitzen. Sie liebt seine Stimme und die Art, wie sie miteinander reden. Sie liebt seine Hände, die kurzgeschnittenen Nägel, die Härchen auf seinen Fingern, wie dunkler Flaum. Seine Lippen sind weich und sein Körper ist überraschend muskulös, und doch kommt er ihr sehr verletzlich vor. Sie haben beide geweint, als sie es zum ersten Mal taten. Weil es so schön war, so richtig, so süß, das Ende der Sehnsucht, der Anfang von allem. Weil sie so lange versucht hatten zu widerstehen. Ich liebe dich. Ich liebe dich. Sie tritt vor den Spiegel, entscheidet sich für Jeans und Pullover. Noch zwei Stunden mindestens, bis er kommt, vielleicht auch länger. Aber dann wird er da sein und sie wird ihm ihre Neuigkeit erzählen und er wird sie in die Arme nehmen, ganz fest, für immer. Sie ist sehr sicher, dass es so sein wird. Es muss so sein. Es gibt keine andere Möglichkeit.

Mittwoch, 22. Februar

Die Luft ist kühler im Park und es ist dunkel hier, wohltuend dunkel, die Silhouetten der Bäume sind kaum zu sehen. Er läuft auf die Kirche zu, sie leuchtet gelblich im Scheinwerferlicht. Ist er allein hier? Ja, natürlich, um diese Zeit. Das Summen in seinen Ohren lässt nach, sein Atem wird freier. Keine Musik mehr, kein Gegröle. Er hört das leise Knirschen seiner Schuhsohlen auf dem Pflaster, unwirklich beinahe, als habe es gar nichts mit seinen Schritten zu tun. Zu viel, denkt er, es war einfach zu viel. Ich hätte das letzte Bier nicht mehr trinken sollen, ich hätte an morgen denken müssen. Morgen, übermorgen, all die Termine.

Trommelschläge, dumpf und langgezogen, dröhnen jetzt von der Südstadt herüber, leiten das Ende des Karnevals ein. Die Stunde nach Mitternacht, die Stunde der Abrechnung, wenn das närrische Volk auf die Straße zieht, die Strohpuppen von den Fassaden der Kneipen reißt, sie anklagt für alle Sünden der tollen Tage, um sie dann zu verbrennen. Ein uraltes Ritual, das er niemals lustig fand, sondern ungerecht und barbarisch.

Er bleibt trotzdem stehen und lauscht den Trommeln, glaubt auch ein Echo seiner eigenen Schritte zu hören. Ein Echo, das schneller wird, lauter, ein Echo, das näher kommt, nah, viel zu nah.

Schmerz ist das nächste Gefühl. Überwältigend. Gleißend. Zwingt ihn in die Knie, raubt ihm alle Kraft. Er fällt, taumelt, unfähig, etwas dagegen zu tun. Sein Kopf schlägt aufs Pflaster, Knochen auf Stein, es hämmert und dröhnt. Er will schreien, sich wehren, und kann es nicht.

Atmen, er muss atmen. Er versucht es, rasselnd. Seine Zunge ist taub und schmeckt nach Blut. Was ist geschehen? Etwas ist da, jemand ist da, beugt sich über ihn. Kein Mensch, kein Gesicht, nur ein Schemen, und immer noch dieser wahnsinnige Schmerz.

Bitte, ich will nicht ... Er kann nicht sprechen, kann sich nicht bewegen, schafft nur mit sehr großer Mühe ein Stöhnen.

Zeit vergeht, rast, gefriert. Sekunden? Minuten? Er weiß es nicht. Schräg über sich erkennt er die Kirche, unscharf, hell. Er blinzelt, erinnert sich plötzlich an die Ritterburg, mit der er als Junge so gerne spielte. Eine Festung mit Zugbrücke und Graben und zwei runden Türmen, fast so wie die, unter denen er liegt.

Jetzt ebbt der Schmerz ab und der, der ihn bringt, steht über ihm. Ein riesiger Schatten. Hebt etwas in den Himmel. Blitzend. Spitz.

Bitte ... Immer noch kann er sich nicht bewegen. Immer noch sind da die Bilder aus seinem Elternhaus, und er schmeckt wieder den Kakao, den seine Mutter brachte, wenn er mit seinen Freunden Ritter spielte. Fühlt ihre weiche Hand in seinem Haar.

Er will diese Hand ergreifen, er will sich hineinschmiegen in ihren Duft, sich in ihm verlieren, aber jetzt dröhnen wieder die Trommeln und sie dringen in seine Brust und schlagen dort weiter. Dunkel. Schwer. Das ist nicht wahr, denkt er, das geschieht mir nicht wirklich. Aber der Schmerz hält ihn fest, und die Trommeln verstummen nicht, und der Schatten scheint einen Moment lang regelrecht vor der Kirche zu fliegen. Dann jagt er in irrsinnigem Tempo auf ihn herab, und der Schmerz explodiert.

Gott, denkt er. Mama. Nein. Ich will doch leben.

* * *

Ein letzter Blick über die Schulter. Ein Sprung. Geschafft. Bat hebt ihren Rucksack auf, setzt sich in Bewegung. Anfangs hat sie ein bisschen Schiss gehabt, Jana nachts allein zu besuchen. Schiss, dass jemand sieht, wie sie über die Mauer klettert. Schiss, dass irgendein Nachtwächter oder Bulle hier patrouilliert und Stress macht. Inzwischen ist sie cool, fühlt sich hier sicher, ja sogar geborgen. Allein mit den Toten und deren Energie, die tagsüber, wenn all die anderen Besucher über den Melatenfriedhof trampeln, kaum zu spüren ist. Die Wege zwischen den Gräbern sind unbeleuchtet, graue Kiespfade, die sich im Schwarz verlieren, auf einigen Gräbern flackern rote Lichter. Steinerne Engel bewachen sie – Boten aus einer anderen Welt. Bat lächelt. Bald wird es Frühling, und die Fledermäuse werden den Engeln wieder Gesellschaft leisten, außerdem ist es dann nicht mehr so kalt.

Da ist schon die Kapelle, wo der Hauptweg kreuzt, hier muss sie an der Trauerweide vorbei zu den neueren Gräbern. Der Weg ist ihr in den letzten zwei Jahren vertraut geworden, wahrscheinlich könnte sie ihn inzwischen mit verbundenen Augen finden. Die Flaschen in ihrem Rucksack klimpern leise, sündhaft teure Bacardi Breezer hat sie gekauft und noch einiges mehr, weil gleich ein besonderer Tag beginnt: Der 22. Februar, Janas 18. Geburtstag. Bat hat ihrer Freundin geschworen, dass sie eine Party feiern werden, und sie hat vor, dieses Versprechen zu halten.

Zuerst muss sie aufräumen, wie immer. Die Krokusse und Schneeglöckchen sind verblüht und diese spießigen Usambaraveilchen haben hier nichts zu suchen. Bat wirft sie auf den Kompost und holt eine Bodenvase mit frischem Wasser. 18 Grablichter hat sie für Jana gekauft. Sie arrangiert sie in Herzform, drückt die Vase in die Mitte, löst die dunkelroten Rosen von ihrem Rucksack und steckt sie hinein. Janas Engel thront über ihr, im rötlichen Licht der Kerzen erwachen seine Marmorgesichtszüge zum Leben. Zuerst hätte Bat ihn am liebsten weggesprengt. Unerträglich fand sie die sanfte, mädchenhafte Anmut, das Unschuldsweiß, die stille Traurigkeit. So war Jana nicht, hätte sie Janas Eltern am liebsten angeschrien, das könnt ihr nicht machen! Doch andererseits ist es auch nicht möglich, den Engel zu hassen, dazu sieht er Jana viel zu ähnlich. Also hat sie sich mit seiner Anwesenheit arrangiert.

Bat holt Janas Lederkappe aus dem Rucksack und drückt sie dem Engel aufs Haupt. Vor zwei Wochen hat sie ihm ein Tattoo auf die Rückseite seines rechten Flügels gesprüht, zwei Sterne und eine Fledermaus, sie sind noch da, bislang hat keiner was bemerkt. Ein Nietenhalsband, mehrere Ketten und ein Umhang aus schwarzem Satin und blutrotem Tüll vervollständigen das Partyoutfit des steinernen Gastes. Exakt pünktlich zur Mitternacht ist er fertig ausstaffiert. Weit entfernt sind nun die Trommeln von den Karnevalsfeiern zu hören.

Bat lässt sich auf ihre Isomatte fallen und öffnet zwei Breezer.

»Prost, Jana, let's roll, auf dich!«

Sie leert eine Flasche in schnellen Zügen, schüttet den Inhalt der anderen auf Janas Grab. Noch eine Flasche, nicht mehr ganz so schnell. Und eine Zigarette. Und Musik. Normalerweise reicht Bat ihr MP3-Player, stundenlang liegt sie oft so da, einen Kopfhörer im Ohr, den anderen auf Janas Grab und schaut in den Himmel. Was natürlich albern ist und trotzdem tröstlich und wer weiß schon wirklich, was die Toten mitkriegen? Heute Nacht aber genügt der MP3-Player nicht, heute wird sie tanzen, für Jana, mit Jana, auch wenn ihr beim Anblick des Grabsteins überhaupt nicht danach zumute ist.

Sie beginnt soft, mit der Band Love Is Colder Than Death. Sphärisch und unheimlich klingt die hier auf dem Friedhof, ganz anders als in einem geschlossenen Raum. Der tragbare CD-Player von ihrer Mutter hat ordentlich Power, sie sollte ihn öfter mal ausleihen. Noch ein Breezer und noch einer für Jana, die beste Freundin, die es je gab. Sie wollten zusammen abhauen, wenn sie endlich 18 würden. Die Schule schmeißen, sich eine Wohnung nehmen, die sie zunächst mit irgendwelchen blöden Jobs finanzieren wollten und später mit dem Geld, das Jana als Sängerin verdienen würde und Bat als ihre Managerin, wenn sie die passende Band für Jana gefunden hätten. Sie hatten sich geschworen, sich nie zu verraten.

Noch ein Breezer. Und jetzt Sisters of Mercy, *First and Last and Always*. Alt zwar, aber dennoch für immer eines der besten Alben. Endlos haben sie das zusammen gehört und darüber philosophiert, dass es mehr geben muss als dieses öde Einerlei aus Schule und Angepasstsein und ›Denkt doch an später‹, das die Erwachsenen tagtäglich runterbeten, obwohl doch sonnenklar ist, dass die Welt vor die Hunde geht. *Black Planet*, singt der Mercy-Sänger. *Bury me Deep*, und auch wenn Bat jetzt die Tränen übers Gesicht laufen und bestimmt ihre ganze Schminke verschmieren, mit der sie sich so viel Mühe gegeben hat, hält sie ihr Versprechen und beginnt zu tanzen. Sie rammt die Absätze ihrer Doc-Martens-Stiefel in den Kies, dreht sich, springt, heult, grölt die Texte mit. Sie raucht dabei, trinkt schnelle Schlucke Bacardi und prostet dem Engel zu.

Sie haben behauptet, dass Jana vor den Zug gesprungen ist. Sie haben behauptet, dass Bat und die anderen aus dem Club daran schuld seien, dass sie Jana verrückt gemacht hätten. Gruftis seien sie, fehlgeleitete Jugendliche, die den Tod verklärten. Es war total sinnlos, ihnen zu widersprechen. Außerdem fehlte Bat dazu die Kraft. Jana hat sich umgebracht. Es war wie ein Schlag, der alles andere auslöschte. Wenn sie dran denkt, sieht sie vor allem die zitternde Unterlippe ihrer Mutter vor sich. Ihre Mutter hatte noch mehr gesagt, drängte sich in Bats Zimmer, stammelte rum, wollte sie in den Arm nehmen, doch das kriegte Bat nur noch undeutlich mit. Jana hat sich umgebracht. Immer und immer wieder hörte sie nur diesen einen

Satz. Vier grausame Worte, die sich um Bats Herz krampften, es in eine Stahlzange nahmen und zudrückten, bis es sich roh und blutig anfühlte.

Erst als der Anfangsschock vorüber war, begann Bat zu begreifen, dass es eine Lüge war. Jana wollte nicht sterben. Und selbst wenn: Niemals hätte sie Bat ohne Abschied verlassen. Doch wenn Jana nicht freiwillig vor den Zug gesprungen war, musste jemand sie gestoßen haben. Jemand, der bislang damit durchgekommen ist, weil niemand außer Bat von ihm weiß, nicht einmal Fabian. Doch das wird sich ändern, bald, denn nach zwei Jahren Sucherei hat sie nun endlich eine Spur.

Long Train singen die Sisters of Mercy. *Heyheyhey.* Und Bat springt und dreht sich und schreit und keucht und ihre Tränen vermischen sich mit Schweiß, aber sie lässt sich erst auf die Isomatte fallen, als sie bei *Some Kind of Stranger* angekommen sind, dem letzten Song auf der CD, sie hält durch, bis es wirklich nicht mehr geht, genauso wie Jana es früher tat.

Der Engel sieht auf Bat herunter, sein Umhang flattert im Wind, als tanze er. Bat öffnet den letzten Breezer, gibt Jana einen Schluck, trinkt dann selbst. Lars heißt der Mann, von dem niemand weiß. Einmal hatte Jana ihn Bat von weitem gezeigt. Musiker sei er, Produzent, hatte sie geschwärmt und Bat schwören lassen, vorerst niemandem von ihm zu erzählen. Und plötzlich war Jana tot, und Bat konnte diesen Lars nicht mehr finden, sosehr sie auch suchte. Sie hatte sogar in Musikstudios rumgefragt, doch niemand schien einen Lars zu kennen, fast hatte sie schon zu glauben begonnen, dass es ihn gar nicht gab. Und dann stand er vor ein paar Tagen einfach an der Bar im Lunaclub und trank ein Bier. Es war voll und verraucht im Club, und Bat war schon ziemlich betrunken, es dauerte ewig, bis sie die Bar erreichte, und als sie dort ankam, war Lars verschwunden. Aber sie hatte ihn gesehen, ganz ohne Zweifel, und jetzt wird sie erst recht nicht aufgeben. Sie wird ihn wiederfinden, im Lunaclub oder woanders, bald, sehr bald. Sie wird ihn finden und dafür sorgen, dass Jana endlich Gerechtigkeit widerfährt. Bat hebt die Flasche und sieht dem Engel in die steinernen Augen.

»Ich finde ihn. Ich finde ihn ganz bestimmt«, schwört sie. »Verlass dich auf mich.«

* * *

Das Blaulicht der Einsatzfahrzeuge zuckt über die Kirchenfassade, rechts leuchtet ein Scheinwerfer der Spurensicherung auf. Emsig wie Ameisen bewegen sich die Kriminaltechniker hinter der Polizeiabsperrung hin und her, einer stummen Choreographie gehorchend, die sich als bruchstückhaftes Schattenspiel auf der Fassade der Kirche wiederholt. Jenseits der Scheinwerfer liegt der Kirchenpark im Dunkeln und ist noch dazu durch eine übermannshohe Steinmauer vor Blicken von der Straße geschützt. Ein Ort der Ruhe, trotz seiner Innenstadtlage. Wie geschaffen für einen Mord.

»Es gibt einen Zeugen!« Der frisch zum Oberkommissar beförderte Ralf Meuser hastet auf Manni zu.

»Wo?« Manni sieht sich um.

»Im Rettungswagen.«

»Ist er verletzt?«

»Wohl nicht lebensgefährlich.«

»Kann er was sagen?«

»Schon, aber …«

Sie erreichen die Sanitäter und wedeln mit ihren Dienstausweisen. Der Zeuge, Erwin Bloch, ist ein rotnasiger Rentner mit Schnapsfahne und Matrosenmütze. Auf seine rechte Wange hat jemand einen Anker gemalt.

»Ich bin Kriminaloberkommissar Korzilius.« Manni beugt sich zu ihm herunter. »Sie haben etwas gesehen?«

Bloch glotzt ihn an, hat ganz offenbar Mühe, die Frage zu verstehen.

»Der war plötzlich da«, brabbelt er.

»Wer?«

»Der Ritter.«

»Der Ritter?«

»Der hatte ein Schwert!«

»Ein Ritter mit Schwert. Okay. Was ist dann passiert?«

»Weiß nicht.« Bloch stöhnt. »Ich bin gefallen. Alles war schwarz. Mein Bein tut weh.«

»Klär du die Details«, sagt Manni zu Meuser und sprintet los, auf die Kirche zu, den Protest des Kollegen ignorierend.

»Ein Priester!« Die Kriminaltechnikerin Karin Munzinger bremst seinen Lauf und versorgt ihn mit Handschuhen und Schuhüberziehern. Manni streift sie über, das Latex spannt über seinen Knöcheln. Matrose, Ritter und nun auch noch ein Priester. Wahrscheinlich ist auch der nur ein Karnevalist. Manni folgt der Spurensicherin zum Seitenportal der Kirche, sieht aus den Augenwinkeln, wie sein eigener Schatten auf die Sandsteinfassade springt. Sankt Pantaleon ist eine der vielen romanischen Kirchen Kölns und wird von denen, die so etwas interessiert, bestimmt auch für irgendetwas gerühmt. Heiligenbilder, Schätze oder morsche Gebeine in goldenen Schreinen. Manni schickt einen schnellen Blick zu den Kirchtürmen hinauf. Vor ein paar Jahren wurde im angrenzenden öffentlichen Park eine junge Frau so brutal vergewaltigt, dass sie fast gestorben wäre. Den Täter haben sie nie gekriegt.

Schattenkampf – Kata. Auf einmal muss er an diese Karatedisziplin denken, in der man gegen einen unsichtbaren Gegner kämpft. Wenn nicht ein Wunder geschieht, wird es mit seinem Training in nächster Zeit wohl wieder einmal nichts werden. Er duckt sich unter dem Absperrband durch, konzentriert sich auf das Szenario vor ihm. Ein weiterer Scheinwerfer strahlt auf und taucht den Toten in gleißendes Licht. Er trägt eine schwarze Soutane und liegt auf dem Pflaster, direkt vor den Stufen des Seitenportals. Ein Mann um die fünfzig, grauhaarig, gepflegt.

Seine weit aufgerissenen Augen blicken starr in den Himmel. Seine Arme sind ausgestreckt, als wolle er sie zu einem letzten Segen erheben oder denjenigen, der ihn ins Jenseits befördert hat, umarmen.

Manni geht in die Hocke. Der Tote hat Blut verloren, viel Blut, seine Soutane ist voll davon und auch das Pflaster. Eine Wunde im Brustbereich scheint die Quelle zu sein, von einer Tatwaffe ist nichts zu sehen.

»Shit«, sagt Manni, denn wer auch immer für diesen Mord verantwortlich ist, hat ihnen auf den Kirchentreppen eine Botschaft hinterlassen. Die Schrift ist rot, glänzend. Manni beugt sich noch tiefer und schnuppert. Farbe, kein Blut, was die Sache nur unwesentlich besser macht.

»MÖRDER«, buchstabiert Karin Munzinger hinter ihm. »Aber das kann doch nicht ... du glaubst doch nicht, dass das wirklich ihm hier gilt?«

Manni zuckt die Schultern, richtet sich auf.

»Sieht jedenfalls nicht nach einer Zufallsbegegnung aus.«

»Vielleicht hat es ein Verrückter auf die katholische Kirche abgesehen.« Ralf Meuser steht plötzlich neben Manni und wirkt im grellen Licht der Strahler noch blasser und dünner als sonst.

»Langsam, Ralf, noch wissen wir ja nicht einmal, ob unser Kandidat ein echter Priester ist.«

Meuser befühlt den Stoff der Soutane. »Die wirkt nicht wie ein Karnevalskostüm. Auch sein Birett erscheint mir echt.«

»Sein was?«

»Sein Priesterhut.« Meuser zeigt auf einen schwarzen Stoffklumpen am anderen Ende der Stufen, dessen Form Manni entfernt an den Teekannenwärmer erinnert, den seine Oma früher benutzte.

»Kleidung kann man kaufen.«

»Soweit ich weiß, muss man sich für den Erwerb von Priesterkleidung als Priester ausweisen.«

Ausweis, ein gutes Stichwort. Manni beginnt, die Hosentaschen des Toten zu untersuchen. Geldscheine, Münzen, Rosenkranz und Schlüssel. Keine Papiere. Wäre ja auch zu schön gewesen. Er nimmt den Schlüssel und probiert ihn am Seitenportal der Kirche. Er passt nicht. Klar.

Die Lichtstimmung im Park verändert sich jäh, der Rettungswagen hat gewendet und rollt nun mit rotierendem Blaulicht zur Straße. Wie eine Erscheinung schreitet die Rechtsmedizinerin Ekaterina Petrowa aus dem Lichtergewirr auf sie zu. Sie wirkt noch winziger als sonst, weil sie ausnahmsweise mal keine Absätze trägt. Ihr silberner Lidschatten funkelt wie Eis, ihre kohlschwarzen Augen scannen den Tatort und saugen sich dann an dem Toten fest. Die Lebenden müssen sich mit einem knappen Nicken begnügen. Der Rettungswagen erreicht die Straße, sein Martinshorn heult auf.

»Du weißt, wo die hinfahren, Ralf?«, fragt Manni.

Meuser nickt.

»Hat Bloch diesen Ritter noch näher beschrieben?«

»Er war grau, sagt er. Wie ein Schatten.«

Anfänger, denkt Manni böse und wünscht einen Augenblick lang, Judith Krieger wäre hier, weil die wenigstens anständige Vernehmungen führt. Aber die Kollegin Hauptkommissar ist nach ihrer letzten, fast tödlichen Eskapade bis auf weiteres *out of order,* und im Präsidium sind ihre Karten alles andere als gut.

»Der Zeuge stand unter Schock. Sein Bein ist gebrochen und wir haben seine Personalien ...« Meuser plappert, bemüht, seinen Ruf zu retten.

Die Petrowa bekreuzigt sich und kniet sich neben den Toten. Beinahe zärtlich lässt sie ihre Hände über seinen Körper gleiten.

»Er wurde erstochen«, verkündet sie nach einer Weile. »Mit großer Wucht und einer langen Klinge.«

»Die Tatwaffe ist ein Schwert!« Meuser klingt regelrecht enthusiastisch. »Also hat der Zeuge vielleicht recht, wir suchen einen Ritter …«

»Wie lange ist er schon tot?«, fragt Manni, auch wenn er wenig Hoffnung hat, dass diese immergleiche Frage zufriedenstellend beantwortet wird. Doch hin und wieder, obwohl man sich natürlich keineswegs darauf verlassen kann, geschehen noch Wunder.

»Etwa vier Stunden«, erwidert die Rechtsmedizinerin nach einem Blick auf ihr Thermometer.

»Die Stunde der Abrechnung«, sagt Meuser leise.

»Wie bitte?«

»Mitternacht, der Übergang zum Aschermittwoch. Man klagt Strohpuppen an und verbrennt sie, lässt sie für alle Sünden büßen.«

»Der hier wurde aber nicht verbrannt«, widerspricht Manni und gestattet sich einen Blitzgedanken an Sonja, die sich jetzt gerade irgendwo in einem blaugrün schillernden Nixenfummel ohne ihn amüsiert, sicher zur Freude sämtlicher Kerle, die auf eine schnelle Nummer aus sind.

»Er wurde nicht verbrannt, aber er wurde exakt zum Ende der Karnevalszeit ermordet. Und dann diese Haltung: Wie Jesus am Kreuz …«

Ekaterina Petrowa hebt den Schädel des Toten an und begutachtet eine Platzwunde am Hinterkopf.

»Er ist niedergeschlagen worden«, folgert Manni.

»Oder die Schädelverletzung stammt vom Sturz. In jedem Fall ist sie frisch.« Sanft lässt die Russin den Kopf zurück aufs Pflaster gleiten, untersucht die Hände des Toten, betastet die Ärmel der Soutane. »Keine Abwehrverletzungen, soweit ich das vor der Obduktion erkennen kann.«

»Der Mörder war schnell.« Manni versucht sich den Tathergang vorzustellen. »Er überrascht sein Opfer, rammt ihm Schwert oder Messer in die Brust …«

»Der Priester lag auf dem Rücken, als der Täter zustach«,

widerspricht Ekaterina Petrowa. »So wie das Blut ausgelaufen ist, vermute ich, dass es so war.«

»Er fällt also und verliert das Bewusstsein.«

Die Rechtsmedizinerin wiegt den Kopf hin und her. »Nicht unbedingt.«

»Er muss bewusstlos gewesen sein. Verteidigung ist ein Reflex. Selbst ein Priester liegt doch nicht einfach da und lässt sich töten.«

»Seine Augen sind offen«, sagt Ralf Meuser leise. »Als sehe er seinen Mörder an.«

»Warum hat er sich dann nicht gewehrt?«

»Vielleicht war er zu geschockt. Vielleicht kannte er seinen Mörder.«

MÖRDER. Wieder starrt Manni die Botschaft an. Es wird Ärger geben, denkt er. Druck, Hysterie, Komplikationen, vor allem, wenn dieser Mann hier tatsächlich ein katholischer Priester ist. Er checkt seine Armbanduhr, es ist schon bald fünf, auch wenn vom Tageslicht noch nichts zu sehen ist.

An der Polizeiabsperrung entsteht Unruhe, jemand ruft. Manni fährt herum, braucht einen Moment, um zu begreifen, dass das, was er dort sieht, keine optische Täuschung ist. Eine Prozession Nonnen, dunkel gewandet mit weißen Hauben, ist aufmarschiert und sieht zum Tatort hinüber. Stumm und würdevoll, als seien sie gekommen, um zu kondolieren.

*   *   *

Das letzte Frühstück mit zu dünnem Kaffee und zu weichem Brot. Der letzte Weg zurück ins Krankenzimmer, durch den verglasten Flur, dann mit dem Aufzug zwei Stockwerke hoch. Draußen wird es gerade erst dämmrig. Auf dem Rhein fährt ein Schiff, auf der Straße daneben Autos. Aus der Distanz der Rehaklinik betrachtet, sind sie nicht mehr als Lichtpunkte vor den Konturen des Siebengebirges, Signale von Menschen mit einem Ziel: Den Arbeitsplatz, den Kinderhort, ein Einkaufszentrum – Alltagsorte, deren Besuch sich im Laufe eines Tages zu Leben addiert. Judith geht zum Waschbecken, putzt sich die Zähne, steckt ihren Kulturbeutel in die Reisetasche, die sie bereits am Vorabend gepackt hat. Das Zimmer wirkt nun wieder leer, unpersönlich, bereit für den nächsten Patienten. Sie holt das T-Shirt aus der Tasche, das Manni ihr im Namen der Kollegen überreichte. Vor ein paar Wochen schon, als sie noch in einem Nebel von Medikamenten dahinschwebte. Als sie noch Blumen brachten und ihr versicherten, dass sie richtig gehandelt habe, keine Alternative gehabt hätte, dass niemand ihr einen Vorwurf mache.

Doch sobald die Ärzte sie einigermaßen zusammengeflickt hatten, begannen die Fragen. Warum sind Sie allein in dieses Haus gegangen, KHK Krieger? Warum haben Sie keine Verstärkung angefordert? Warum haben Sie sich den Anweisungen Ihres Vorgesetzten widersetzt? Fragen, Fragen, Fragen, immer wieder dieselben Fragen der ermittelnden Polizeibeamten. Judiths Antworten genügten ihnen nicht, verwandelten sich, noch während Judith sprach, in Fehleinschätzungen und Fehlentscheidungen. Jetzt sind die Akten bei der Staatsanwaltschaft, vielleicht wird es gegen sie ein offizielles Strafverfahren wegen Totschlags geben, einen Gerichtstermin, ein Urteil. Das Volk gegen Kriminalhauptkommissarin Judith Krieger. Vielleicht erhält sie zusätzlich noch eine Disziplinarstrafe, weil sie sich durch ein Verbot ihres Chefs nicht beirren ließ, einen Mörder zu überführen.

Sie war schon zu Hause gewesen, den linken Arm noch im Gips, als sie mit ihren Fragen kamen. Und dann nahmen die Schmerzen in ihrem Handgelenk wieder zu, wurden unerträglich, brachten sie zurück in die Klinik. Untersuchungen folgten, noch mehr Untersuchungen, Morbus Sudeck lautete die Diagnose schließlich. Eine akute Entzündung des verletzten Gelenks, die einen weiteren Krankenhausaufenthalt erforderlich machte. Die Ärzte haben ihr sogar angeboten, noch eine Woche zu bleiben, doch der Gips ist ab, die Entzündung zurückgegangen, die Schmerzen erträglich und sie will heim.

Judith streift Mannis T-Shirt über den Kopf. Das geht jetzt wieder, einigermaßen jedenfalls, sie kann wieder allein für sich sorgen. Sie zieht den Kragen der Bluse, die sie unter dem T-Shirt trägt, aus dem V-Ausschnitt, betrachtet das Ergebnis im Spiegel über dem Handwaschbecken. Das T-Shirt wirkt so wie ein schwarzer Pullunder, im Brustbereich steht in knallroten Großbuchstaben STAYING ALIVE, darunter reißt die Silhouette eines John Travolta den Arm hoch. Judith beugt sich näher zum Spiegel. Sie hat abgenommen, was nicht weiter tragisch ist. Neben ihren Mundwinkeln und unter den Augen entdeckt sie neue Fältchen, womöglich sind sie aber auch schon länger da. Sie sieht eigentlich ganz normal aus. Nicht so, als ob sie beinahe gestorben wäre. Nicht so, als habe sie einen Menschen getötet, um ihr eigenes Leben zu retten.

»Sie sind also noch immer entschlossen, uns zu verlassen.« Die Stationsärztin betritt das Zimmer, lächelt, als sie die Botschaft auf Judiths Brust bemerkt.

»Es ist gut, wieder heimzukommen.« Judith lehnt sich ans Waschbecken. »Ich werde brav sein. Die Übungen machen.«

»Übernehmen Sie sich nicht. Besorgen Sie sich Hilfe.«

»Ich habe schon einen Termin bei einer Physiotherapeutin.«

»Es geht nicht nur um Ihre Hand.«

»Ja, ich weiß.« Judith erwidert den Blick der Ärztin, hält ihn aus. Es geht darum, das, was geschehen ist, zu akzeptieren und ihre Alpträume nicht länger mit Tabletten zu dämpfen. Es geht darum, weiterzuleben, wieder aufzustehen. Ein Polizist, der getötet hat, verliert seine Unschuld, hat der Polizeiseelsorger Hartmut Warnholz zu ihr gesagt, der eines Tages ganz unangemeldet an ihrem Krankenbett aufgetaucht war. Er sah gar nicht so unsympathisch aus, längst nicht so vergeistigt, wie sie es von einem katholischen Priester gedacht hätte. Sie hat eine Weile mit ihm gesprochen, seine Visitenkarte akzeptiert und ihn dann doch nicht angerufen. Ich habe nichts falsch gemacht, hat sie ihm gesagt. Der Täter hat mir keine Chance gelassen. Ich war mir immer darüber im Klaren, dass zu meinem Beruf in letzter Konsequenz auch das Töten gehört.

Die Taxifahrt nach Köln dauert nur zwanzig Minuten. Der Morgen ist weiß, von Hochnebel verhangen. Auf den Feldern neben der Autobahn picken Krähen nach Saatgut. Aschermittwoch, fällt Judith ein, und auf einmal beginnt sie, sich zu freuen. Auf Köln, aufs Alleinsein und Alleinentscheiden, nach all den Wochen, in denen sie auf Hilfe angewiesen war, dem Rhythmus anderer unterworfen. Aschermittwoch – das Ende der Karnevalszeit und des Winters. Bald ist es März, Frühling, die Tage werden schon länger. Ich lebe, denkt Judith. Ich will leben. Mein Leben leben. In letzter Konsequenz habe ich doch deshalb getötet oder etwa nicht?

Der Taxifahrer will sie hineinbegleiten, als sie Judiths Wohnung erreichen, bietet ihr an, ihre Reisetasche für sie zu tragen, doch sie gibt ihm ein Trinkgeld und schickt ihn weg. Sie streicht mit der Hand über die Holzreliefs der Eingangstür, bevor sie aufschließt, schiebt mit dem Fuß die Reisetasche in den Flur des Altbaumietshauses. Aus ihrem Briefkasten quellen Werbeprospekte, im Treppenhaus riecht es nach Holzpolitur und Stein und einem Hauch von Mittagessen. Vertraute Gerüche. Judith öffnet den Briefkasten, schafft es nicht, mit der linken Hand die Klappe festzuhalten, die Werbeprospekte fallen heraus. Sie hebt sie auf, stopft sie in ihre Reisetasche, verschließt den Briefkasten wieder. Alles ist mühseliger mit nur einer wirklich brauchbaren Hand, in der Klinik hat sie das nicht so sehr bemerkt, weil es wenig zu tun gab, außer sich auf den Heilungsprozess zu konzentrieren.

Die Reisetasche wird mit jedem Schritt schwerer, die Stufen erscheinen Judith höher als früher, die Treppe selbst viel steiler.

Laufen Sie, hat der Priester Warnholz ihr geraten. Bewegen Sie sich. Sie haben ein Trauma erlitten. Bewegung baut Stresshormone ab. Judith beginnt zu schwitzen. Den Handlauf auf der rechten Seite der Treppe kann sie nicht benutzen, weil sie mit dieser Hand die Tasche trägt. Auf einmal hat sie das Gefühl zu schwanken, das Gleichgewicht zu verlieren und ihre Knie beginnen zu zittern. Sie lässt ihre Tasche im ersten Stock auf den Boden plumpsen, stützt sich aufs Geländer. Drei weitere Stockwerke muss sie noch schaffen. Vielleicht hätte sie doch das Angebot annehmen sollen, den Klinikaufenthalt zu verlängern. Einfach noch ein Weilchen weiter im seligen Vakuum dahindriften und Tabletten einnehmen, wenn die Erinnerungen sie quälen. Aber das wäre falsch, feige, keine Lösung auf Dauer. Sie will die Erinnerung an dieses Haus nicht so stehenlassen, sie will nicht, dass sie sich dauerhaft festsetzt. Sie will Distanz von ihr, will wieder ermitteln, ihr Leben weiterführen. Ich schaffe das schon, ermutigt Judith sich stumm. Ich krieg das schon hin.

Ihre Wohnung riecht nach kaltem Rauch, bringt das Verlangen nach einer Zigarette zurück. Auf dem Küchentisch steht ein großer Strauß roter und violetter Tulpen, daneben stapelt sich ihre Post. Cora, liebe Freundin. Sie muss gestern Abend noch hier gewesen sein, vor ihrer Dienstreise nach Amsterdam. Judith lächelt und öffnet das Küchenfenster. Zuerst war sie viel zu schwach, um auch nur ans Rauchen zu denken. Aber nach ihrer ersten Entlassung aus dem Krankenhaus hat sie wieder angefangen. Und wieder aufgehört, als sie erneut in die Klinik musste. Sie hatte gehofft, dass das Thema damit erledigt wäre, dass es ihr nun zumindest leichter fiele, nicht wieder anzufangen. Ein idiotischer Wunsch, nichts als Illusion. Sie füllt ein Glas mit Leitungswasser, drängt die Gedanken an das Tabakpäckchen in der Küchentischschublade beiseite. Setzt sich und blättert durch ihre Post. Rechnungen. Formulare und Mitteilungen von ihrer Krankenkasse. Ein Brief vom Polizeipräsidium. Sie reißt ihn auf, überfliegt ihn. Es gibt weitere Fragen an sie. Fragen, von denen sie jetzt schon weiß, dass sie sie nicht befriedigend beantworten kann.

Judith wirft den Brief auf den Krankenkassenstapel. Blättert durch die Werbeprospekte, findet dazwischen einen Briefumschlag aus sehr feinem Leinenpapier, ihre Adresse darauf ist mit Tinte in gestochener, altmodisch wirkender Handschrift geschrieben. »Dr. Volker Ludes, Rechtsanwalt«. Der Absender ist nicht gestempelt, sondern in die Rückseite des Briefumschlags geprägt. Vielleicht irgendein Wichtigtuer, der sich ihr als Strafverteidiger empfehlen will und ihre Adresse von einem wohlmeinenden Kollegen aus der Mordkommission bekommen hat.

Judith schiebt den Briefumschlag beiseite. Es war Instinkt, der sie in das Haus getrieben hat. Instinkt, Bauchgefühl, eine Ahnung – doch wie erklärt man das? Ich kann das nicht erklären, denkt sie. Und ich habe auch keine Lust dazu.

* * *

Manchmal hat man Glück mit Zeugen. Manchmal erzielt man Erfolge durch pure Hartnäckigkeit. Hin und wieder gibt es eine späte Überraschung, die alles verändert. Erwin Bloch jedoch, der bislang einzige Zeuge der Soko Priester, ist ihnen auch in ausgenüchtertem Zustand alles andere als eine Hilfe. Äußerst widerwillig lenkt er seine Aufmerksamkeit vom TV-Gerät über seinem Krankenhausbett auf Manni. Nur stures Nachbohren fördert ein paar Fakten zutage. Magere Fakten: Bloch wollte im Kirchenpark pinkeln. Wie aus dem Nichts tauchte dann ein Ritter mit Schwert vor ihm auf und warf Bloch zu Boden. Bloch hatte Schmerzen, konnte sich nicht mehr bewegen. Er hatte große Angst und wurde ohnmächtig. Irgendwann kam er wieder zu sich und rief in seiner Stammkneipe an, und von dort schickten sie einen Krankenwagen und die Sanitäter entdeckten den toten Priester und informierten die Polizei.

Schluss, Ende, aus. Vom Mord hatte er nichts mitbekommen. Den Ritter kann er nicht beschreiben. Wie ein dämlicher Anfänger kommt Manni sich vor, als er zurück ins Präsidium fährt. Er holt sich einen Pott Kaffee und trinkt ihn im Stehen, starrt dabei aus dem Fenster des Büros, das er sich mit Holger Kühn teilen muss. Draußen spielen ein paar fettleibige Tauben Fangen, es sieht aus, als torkelten sie. Immerhin besteht die Chance, dass der ominöse Schwertritter tatsächlich ihr Täter ist, denn im Labor haben sie einige Blutstropfen auf Blochs Jacke sichergestellt. A positiv, die Blutgruppe des Toten. Ob es jedoch definitiv von ihm stammt, wird erst ein DNA-Test ans Licht bringen.

Manni wirft seinen Computer an. Die Zeit, in der er sich mit Bloch herumgequält hat, hat Kollege Kühn dazu genutzt, die triefäugig-plattnasige Hundegalerie an der Wand hinter seinem Schreibtisch mit einem weiteren Prachtexemplar zu verzieren. Ein besonders hässlicher Köter glubscht Manni an, nichtsdestotrotz ist er mit der Goldschleife eines Zuchtwettbewerbs dekoriert. Auch Kühn selbst führt sich neuerdings auf, als trage er ein Schleifchen. Und leider hat Millstätt ihn auch noch mit der Leitung der Soko Priester betraut. Ausgerechnet Kühn, Judiths Intimfeind, der, statt zu ermitteln, lieber in der Chefetage herumlungert, weil sein Hauptanliegen neben möglichst viel Freizeit für seine Boxerzucht die Präsentation von Erfolgen ist, für die sich maßgeblich andere krummlegen dürfen.

Doch ein abwesender Chef bedeutet auch ein interessantes Maß an persönlichem Freiraum. Manni konzentriert sich wieder auf die lange Liste, die neben einigen wenigen Fakten vor allem offene Fragen und zu erledigende Aufgaben enthält. Wer ist der Ermordete, den niemand aus der Gemeinde Sankt Pantaleon kennen will? Ist er tatsächlich ein Priester? Die Nonnen und der Gemeindepfarrer, den sie schließlich aus dem Bett scheuchten, kennen ihn jedenfalls nicht. Was hat er dann um Mitternacht an der Kirche gesucht?

Vielleicht wollte er Zwiesprache mit seinem Herrn halten. Beten. Die Augen der Nonne, die wohl so etwas wie die Chefin der Karmeliterinnen war, hatten genau dieselbe Blauschattierung wie Mannis eigene, das hatte ihn maßlos irritiert.

Und was wollen Sie hier?

Sie hatte seine Ruppigkeit überhört und fein gelächelt. Wir sind Karmeliterinnen aus dem benachbarten Kloster Maria vom Frieden. Wir kommen zur Andacht hierher.

Jetzt, mitten in der Nacht?

Es ist gleich schon fünf Uhr, der Beginn der Fastenzeit. Zeit, Einkehr zu halten und Buße zu tun.

Einkehren, beten und büßen. Stillhalten und dankbar sein und den Mund halten, während ein Priester auf der Kanzel predigt, was Gott seiner Meinung nach für richtig hält. Seit Manni 18 ist, war er nicht mehr in einer Kirche. Nur letztes Weihnachten hat er sich überreden lassen, seiner Mutter zuliebe, weil es das erste Fest ohne seinen Vater war. Manni verbiegt eine Büroklammer zu einem Minischwert. Wirft es in den Papierkorb. Wenn in der Gemeinde von Sankt Pantaleon niemand den Toten kennt, ist es sehr gut möglich, dass er gar kein Priester ist. Oder? Oder nicht? Warum denkt er dauernd, dass es noch weitere Morde geben wird? Er springt auf, trägt seinen Kaffeebecher hinüber zum Kollegen Meuser.

»Sitzt ein Schwuler in der Kirche, kennst du den?«

Meuser guckt ihn an, als spreche er Mandarin. Manni pflanzt seinen Hintern auf Meusers Schreibtischkante.

»Zuerst singen und beten sie, dann geht der Priester mit dem Weihrauch rum. Weißt du, was der Schwule da sagt?«

»Nein.«

»Psst, Süßer, dein Handtäschchen brennt.«

Meuser ringt sich ein säuerliches Lächeln ab, ohne den Blick von seinem PC-Monitor zu wenden. Vielleicht ist er schwul. Oder gläubig. Oder beides. Ich weiß eigentlich überhaupt nichts von ihm, wird Manni klar. Ich weiß nur, dass Judith ziemlich dicke mit ihm ist und ihn immer verteidigt, trotz seiner altklugen, umständlichen Art.

»Was wollte unser Mann nachts an der Kirche?«, fragt Manni versöhnlicher.

»Jemanden treffen.«

»Wen?«

»Seinen Mörder.«

»Hahaha.«

Meuser verzieht keine Miene. »Er will seinen Mörder treffen, von dem er annimmt, dass der in guter Absicht kommt und einen Schlüssel zur Kirche besitzt.«

»Du meinst, weil er selbst keinen Schlüssel bei sich trug.«

»Ja.«

»Vielleicht hatte er doch einen und der Mörder hat ihm den weggenommen«, schlägt Manni vor.

»Wieso sollte er einen haben? In der Gemeinde Sankt Pantaleon kennt ihn niemand.«

»Behaupten sie.«

»Du glaubst doch nicht im Ernst, dass die uns alle belügen, um einen Mörder zu decken oder gar eine kollektiv verübte Tat?«

»Vielleicht ist er ja gar kein Priester, vielleicht war das Treffen an der Kirche nur ein Karnevalsscherz.«

»Ja, vielleicht.«

»Wir müssen rausfinden, wer er ist. Die Vermisstenmeldungen im Auge behalten. Noch weitere Gemeindemitglieder befragen.«

Ralf Meuser steht auf. »Ich fahr jetzt erst mal mit 'nem Foto von unserem Kandidaten zum katholischen Stadtdekanat.«

»Frag da auch gleich, ob es in Sankt Pantaleon irgendwas Spektakuläres zu klauen gibt.« Manni trägt seinen leeren Kaffeepott wieder zu seinem eigenen Schreibtisch, tippt weitere To-dos auf seine Liste.

– Woher stammt die Farbe der Spraybotschaft?
– Gibt es weitere Zeugen, vielleicht Anwohner?
– Wo hat der Tote seine Soutane gekauft?

Sie müssen was an die Presse geben, die Bevölkerung zur Mithilfe animieren. Wer hat gegen Mitternacht bei Sankt Pantaleon einen grauen Ritter gesehen? Einen Ritter mit Schwert, zu einer Zeit, in der beinahe jeder verkleidet ist. Und betrunken. Es ist wirklich ein Witz.

Mörder. Die Botschaft ist wichtig, davon ist Manni überzeugt. Sie beschuldigt das Opfer, sagt aber zugleich etwas über den Täter aus. Die Botschaft ist ein Teil einer sorgfältig geplanten Inszenierung, und wenn das so ist, hat auch alles andere eine Bedeutung: Der Zeitpunkt der Tat, die Körperhaltung des Toten, der Tatort selbst. Und falls der Täter tatsächlich als Ritter verkleidet kam, ist auch dieses Kostüm im Kontext des Karnevals sicher kein Zufall, sondern der geschickt geplante Schachzug eines eiskalten Täters.

Warum hat sich das Opfer nicht gewehrt? Das ist vielleicht das beunruhigendste Detail, das die Obduktion hoffentlich klären wird. Manni zieht seine Jacke über, nimmt die Treppen ins Parterre im Laufschritt, um seine Müdigkeit zu vertreiben, und lenkt wenig später einen Dienstwagen zurück in die Südstadt. Erbschuld, Erbsünde. Als Zeichen dafür malte der Dorfpriester seinen Schäflein früher zu Aschermittwoch ein Aschekreuz auf die Stirn. Selbst die Kinder blieben davon nicht verschont, nur Manni hatte sich gewehrt, sosehr seine Mutter auch auf ihn einredete. Sein Handy fiept, meldet den Anruf seiner Mutter, als könne sie seine Gedanken lesen. Sie berichtet vom bevorstehenden Aschermittwochs-Fischessen im Rheindorfer Ruderverein, fragt dann wie immer, wann er sie besucht.

»Ich hab einen neuen Fall, Ma, zurzeit ist das schlecht.«

»Aber du musst doch mal wieder was Anständiges essen.«

»Mach ich ja.«

Er hört die Enttäuschung in ihrer Stimme, weicht ihren Fragen zu den Ermittlungen aus, denkt an diesen merkwürdigen Glanz in ihren Augen, wenn sie früher vom Beichtgottesdienst kam. Einmal, kurz bevor er von Zuhause auszog, hat Manni sie angeschrien: Warum sie da hinrenne, es ändere ja doch nichts. Was Gott zusammengefügt hat, soll der Mensch nicht trennen, hatte seine Mutter erwidert, ein paar Tränen verdrückt und den Arm um ihn gelegt. Manni beendet das Telefonat, zu schnell, zu ruppig, er hört an ihrer Stimme, dass sie verletzt ist, wahrscheinlich sogar beleidigt, aber er kann es nicht ändern, er hat nicht vor, diesen Fall mit seiner Mutter zu diskutieren. Es reicht voll und ganz, wenn sie von dem Priestermord aus der Zeitung erfährt.

Noch zwei Stunden bis zur Obduktion, sein Magen knurrt, die Müdigkeit nach der durchwachten Nacht kommt mit Macht zurück. Sogar das fahle Februarlicht beginnt ihn zu blenden. In einem Café kauft er ein paar belegte Brötchen, erreicht wenig später Sonjas Wohnung. Zum ersten Mal hat sie ihm einen Schlüssel gegeben, eigentlich wollte er ihn schon in der Nacht benutzen. Manni geht durch den schmalen Flur in die Küche, legt die Brötchen auf den Tisch. Ein blaues Paillettenkleidchen und ein Fischernetz mit allerlei Plastikmeeresgetier hängen über dem Stuhl, auf dem Boden kringelt sich eine silberne Netzstrumpfhose. Manni hebt sie auf, wirft sie zu den anderen Klamotten. Sonja hat recht, er muss aufhören, sich für seine Mutter verantwortlich zu fühlen, und von Sonja muss er ihr auch dringend erzählen.

Er schleicht über den Flur ins Schlafzimmer, bleibt abrupt stehen. Neben Sonjas rotblonden Haarschopf auf dem Hochbett ist noch ein anderer, dunklerer zu sehen. Rückzug funkt Mannis Hirn, doch genau in diesem Moment öffnet Sonja die Augen.

»Fredo – hey!«

Er dreht sich um, geht zurück in den Flur, hat plötzlich überhaupt keine Energie.

»Das da in meinem Bett ist meine Freundin Kirsten!« Kurz vor der Wohnungstür holt Sonja ihn ein. »Das letzte Kölsch hat sie umgehauen, bis Bonn hätte sie es nicht mehr geschafft.«

Sie nimmt Mannis Hand, dirigiert ihn in die Küche. »Du glaubst doch nicht ernsthaft, ich geb dir meinen Schlüssel und dann …«

»Nee, Quatsch.«

Sie sieht ihn an. Ein leichtes Lächeln spielt in ihren Mundwinkeln. »Ich koch dir Kaffee.«

»Gleich.« Er zieht sie an sich, findet ihren Mund, tastet nach ihren Brüsten unter dem T-Shirt. Ihre Haut ist weich, warm, sie riecht nach Schlaf und Schweiß und Parfum. Auf einmal ist er überhaupt nicht mehr müde.

»Ich hab nicht viel Zeit«, sagt er in ihre Haare und fühlt wie ihr Körper auf seine Erregung reagiert.

»Wir können doch nicht …« Es ist ein schwacher Versuch zu protestieren, nicht wirklich überzeugend, weil Sonja sich nur noch fester an ihn drückt.

Manni schiebt sie zur Küchentür und schließt ab.

»Wir haben es lange nicht mehr hier getrieben«, sagt er und dann gibt es keine Worte mehr, nur noch ihren Hunger, Wärme, Hitze. Hitze, die Manni eine Stunde später auf die Straße begleitet und auf der kurzen Fahrt zu Sankt Pantaleon.

Im Inneren der Kirche riecht es nach Staub und nach Weihrauch, der Altar und die mächtige Orgel sind kunstvoll verziert. Rechts neben den Kirchenbänken künden allerlei Anschlagtafeln von einem regen Gemeindeleben: Seniorennachmittag, Kommunionskindergruppe, Chorproben, Orgelkonzert.

Mannis Handy fiept. Er checkt das Display, erkennt die Nummer von Holger Kühn.

»Die Meldung ist raus. Um drei ist die Pressekonferenz. Wir brauchen Ergebnisse. Ich verlass mich auf dich, Korzilius.«

Manni hebt den Kopf zu der mit rötlichen Ornamenten bemalten Kirchendecke, dreht sich einmal um die eigene Achse und ballt unwillkürlich die Rechte zur Faust, als er die lebensgroße Skulptur auf der Empore entdeckt. Zwei marmorne Jünglinge sind in diesem Kunstwerk miteinander verbunden. Der eine hat die Gesichtszüge eines Dämons und liegt am Boden. Der andere hat goldene Flügel und steht über ihm, rammt eine Lanze in die Brust des Liegenden und lächelt. Direkt gegenüber dem Altar.

*   *   *

Die Wohnung ist ruhig und dunkel, nur durch die heruntergelassenen Jalousien sickern schmale Streifen Tageslicht. Ruth Sollner hängt ihren Blazer an die Garderobe und trägt die Einkäufe in die Küche, stutzt, als sie den achtlos über einen Stuhl geworfenen Ledermantel entdeckt.

»Bea, bist du da?«

Nichts, keine Antwort. Ruth geht ins Wohnzimmer, das leer ist und ruhig. Sie schickt ein stummes Stoßgebet zum Himmel, während sie die Rollläden hochzieht. Tausendmal hat sie ihre Tochter schon gebeten, an die Rollos zu denken, ihr erklärt, dass die Pflanzen Licht brauchen, und dass mögliche Einbrecher denken könnten, die Bewohner seien verreist, wenn die Wohnung tagsüber abgedunkelt ist. Vielleicht hat Beatrice es ja heute Morgen einfach zu eilig gehabt, wollte nicht zu spät zur Arbeit kommen, hat einen vernünftigen Anorak statt des scheußlichen Lederungetüms angezogen. Ruth holt tief Luft und klopft an die Zimmertür ihrer Tochter.

»Bea?«

Immer noch keine Antwort. Ruth öffnet die Tür, fühlt, wie die Enttäuschung sie zu übermannen droht. Das Zimmer stinkt nach Schnaps und Nikotin. Auch hier ist es dunkel, aber nicht dunkel genug, als dass Ruth die Silhouette ihrer Tochter unter einem Gewühl aus Kissen und Decken übersehen könnte.

»Es ist zwei Uhr mittags!« Ruth geht zum Fenster, vorsichtig darauf bedacht, nicht über mögliche Hindernisse zu stolpern. Sie reißt die schwarzen Gardinen beiseite und stößt das Fenster auf, dankbar für die kühle, klare Luft, die ihr von draußen entgegenströmt.

»Hau ab!« Der Deckenberg bewegt sich, eine leuchtend violette Haarsträhne verschwindet in den Kissen.

»Warum bist du nicht in der Gärtnerei?«

»Lass mich in Ruh!«

Ruth betrachtet die matschigen Schnürstiefel auf dem Teppich, sie lässt den Blick zu dem wirren Haufen aus Klamotten und Schmuck neben der Matratze schweifen, die trotz all ihrer Bitten und Mahnungen, wenigstens einen Lattenrost anzuschaffen, nach wie vor direkt auf dem Boden liegt. Die Stereoanlage am Fußende des Matratzenlagers, in dem sich ihre Tochter versteckt, ist noch eingeschaltet, CDs mit grotesk hässlichen Titelbildern sind davor verstreut. Auch Beatrices Rucksack steht hier. Ein schmuddeliges, von Sicherheitsnadeln, Stickern und Ketten durchlöchertes Stoffding, aus dem Schnapsflaschen ragen. Direkt daneben liegt die leer gegessene Papiertüte einer Fastfoodkette.

»Was ist los, Beatrice, warum arbeitest du nicht?«

Keine Antwort, keine Regung. Nur das Chamäleon in seinem Glasterrarium blinzelt. Aus dem Pappkarton mit seinem Futter – lebenden Heuschrecken – glaubt Ruth auf einmal das leise Rascheln und Schaben zu hören, mit dem die todgeweihten Insekten ihre Leiber übereinanderschieben.

»Ich koche jetzt Kaffee.« Ruth flieht in die Küche, presst dort die Stirn an die Kühlschranktür und kämpft mit den Tränen. Sie hatte sich so sehr eine Tochter gewünscht, sie hat Beatrice vom ersten Tag an so sehr geliebt und sich an ihr erfreut, selbst als Stefan sie verließ, hatte sie noch geglaubt, nichts könne die

Innigkeit zwischen ihr und ihrer Tochter zerstören. Gib sie nicht auf, das ist nur eine Phase! Ruth reißt sich zusammen, räumt die Einkäufe weg und befüllt die Kaffeemaschine. Noch immer hört sie das Rascheln der Heuschrecken. Gib deine Tochter nicht auf. Denk nicht dran, dass sie, die vor lauter Weichherzigkeit jahrelang nicht einmal zulassen wollte, dass du eine Fliege erschlägst, nun seelenruhig lebende Insekten an ihr Chamäleon verfüttert. Ruth schaltet die Radionachrichten ein, trägt den Ledermantel ihrer Tochter zur Garderobe und hängt ihn auf einen Bügel.

»… an der Kirche Sankt Pantaleon ist in der vergangenen Nacht ein Mann in Priesterkleidung ermordet worden. Das Opfer ist noch nicht identifiziert. Zeugen werden gebeten …« Der Rest wird vom Blubbern der Kaffeemaschine übertönt.

Ein ermordeter Priester? Hier ganz in der Nähe? Ruth hastet zurück in die Küche, doch aus dem Radio tönt nun die Wettervorhersage und als Nächstes verliest der Moderator mit munterer Stimme die Staumeldungen, ganz so, als ob alles in Ordnung wäre. Und vielleicht ist es das ja wirklich, vielleicht hat sie sich verhört, es kann doch nicht sein, dass jemand einen Priester umbringt, und schon gar nicht hier in Köln und dann auch noch vor Sankt Pantaleon. Doch ihre Ohren sind gut, geschult, sie hat sich nicht verhört. Vielleicht ist es eine Fehlmeldung, ein Irrtum, überlegt sie, während sie einen Becher mit Kaffee hinüber zu ihrer Tochter balanciert. Wenn Beatrice sofort aufsteht, können sie wenigstens noch zusammen zu Mittag essen, das Hühnerfrikassee, das Ruth am Vorabend gekocht hat, zart und mager und fein gewürzt. In knapp einer Stunde muss sie schon zu ihrer Schwester fahren.

»Kaffee, Bea, komm, aufstehen!« Es ist nicht leicht, einen Platz auf der schwarz lackierten Holzkiste zu finden, die ihrer Tochter als Nachttisch dient. Ruth setzt den mehrarmigen Kerzenleuchter auf den Boden, platziert den Porzellanbecher an seine Stelle. Der Kaffee duftet verführerisch. Auf einmal merkt sie, wie müde sie ist. Den ganzen Morgen hat sie im Arbeitsamt zugebracht. Aber es gibt keine Hoffnung auf eine feste Stelle für sie, immer noch nicht, trotz all der Weiterbildungen, die sie im letzten Jahr absolviert hat. Trotz ihrer in der Telefonseelsorge ehrenamtlich erworbenen Qualifikationen in Gesprächsführung und Psychologie.

»Komm schon, Beatrice, gleich gibt's Essen. Hühnerfrikassee, das magst du doch gern!«

»Bat!« Der Deckenberg bewegt sich endlich, eines der Kissen fliegt aus dem Bett, haarscharf am Kaffeebecher vorbei. »Du sollst mich Bat nennen. Das hab ich dir schon tausendmal gesagt!«

»Bat«, wiederholt Ruth gehorsam, auch wenn sie beim besten Willen nicht verstehen kann, warum ihre Tochter wie eine Fledermaus heißen will. Wie kann es sein, dass sie mir so fremd geworden ist, fragt sie sich einmal mehr, während sich Beatrice nun wenigstens in eine halbwegs sitzende Position manövriert. Sie sieht fürchterlich aus. Die schwarze Schminke ist verschmiert, die Haut aschfahl, so dass die zahlreichen Piercings in Gesicht und Ohren noch brutaler wirken. Feindselig starrt sie ihre Mutter an.

»Mach das Fenster wieder zu, Penti friert sonst.«

Penti – Penthesilea, das unselige Chamäleon. Das teuerste Geschenk, das Stefan seiner Tochter seit der Trennung von Ruth je gemacht hat. Warum musste es ausgerechnet so ein schuppiges Urvieh sein? Es ist ein Geschöpf Gottes und Beatrice hat es sich gewünscht, beschwichtigt Ruth sich stumm. Es gibt ihr Halt, einen Grund, einigermaßen regelmäßig heimzukommen, jetzt, wo sie 18 ist und ich ihr nichts mehr vorschreiben kann. Sie kommt wegen ihres Chamäleons, wenn schon nicht mehr wegen mir, weil sie genau weiß, dass ich es nicht fertigbringe, das Tier zu füttern.

»Fenster zu!« Ihre Tochter hat definitiv eine Fahne. Sie schiebt sich eine steife violette Haarsträhne aus dem Gesicht, schlürft ein paar Schluck Kaffee, zündet dann eine Zigarette an. Sag jetzt bloß nichts, warnt ihr Blick. Sonst gibt's Stress.

»Warum bist du nicht in der Gärtnerei?« Ruth zwingt sich, ruhig und freundlich zu bleiben. »Du weißt doch, dass wir das Geld dringend brauchen.«

»Kein Bock.« Bea inhaliert Rauch, bläst den Qualm in Richtung ihrer Mutter. Sie hat schon wieder zugenommen, bemerkt Ruth frustriert, kein Wunder, wenn sie sich immer Hamburger kauft und so viel Alkohol trinkt, ich möchte mal wissen, von welchem Geld.

»Jana hat heute Geburtstag«, sagt Bea leise und sieht auf einmal ganz jung aus und sehr verletzlich. Fast so wie früher, als noch alles in Ordnung war.

»Ach, Mädchen.« Ruth beugt sich herunter und streichelt den rundlichen Arm ihrer Tochter. Sie würde sie gern umarmen, die Kluft zwischen ihnen überwinden, traut sich aber nicht, und auch Beatrice macht keinerlei Anstalten, sich an sie zu lehnen.

»Ich mach jetzt das Essen warm«, sagt Ruth schließlich und geht zurück in die Küche, wo sie Reis und Hühnerklein auf zwei Tellern verteilt und mit Erleichterung bemerkt, dass ihre Tochter ins Badezimmer schlurft. Ein Blick auf die Uhr sagt ihr, dass sie sich nun wirklich beeilen muss, denn sie hat ihrer Schwester versprochen zu helfen und am Abend steht ihr noch eine lange Schicht in der Telefonseelsorge bevor. Sie ruft nach ihrer Tochter, schiebt den ersten Teller in die Mikrowelle und füllt zwei Gläser mit Mineralwasser, gerade als sie im Radio die Nachricht über den Priester wiederholen.

»Kennst du den?« Beatrice setzt sich an den Küchentisch.

»Ich weiß es nicht, sie sagen ja seinen Namen nicht.« Ruth reicht ihrer Tochter den Teller, schiebt ihre eigene Portion in die Mikrowelle, auch wenn sie plötzlich gar keinen Appetit mehr spürt.

»Du kennst ihn bestimmt. Du kennst die doch alle!« Bea

beginnt zu essen, nur mit der Gabel, den linken Ellbogen auf den Tisch gestemmt.

»Iss bitte anständig, Beatrice«, sagt Ruth automatisch.

»Bat!« Ihre Tochter leert ihr Wasserglas in einem Zug, ohne den Ellbogen vom Tisch zu nehmen, und mustert Ruth interessiert. »Vielleicht hat ja jemand deinen heiligen Hartmut gekillt!«

»Das heißt Priester Warnholz! Und den lässt du bitte aus dem Spiel!«

»Was für ein Spiel?« Beatrice rülpst leise und schaufelt sich eine weitere Ladung Frikassee in den Mund, den Blick fest auf Ruth gerichtet. »Ich denk, der ist tot.«

»Nicht Priester Warnholz, nein.« Ruth öffnet die Mikrowelle, langt nach ihrem Teller, verbrennt sich, das heiße Frikassee schwappt auf ihre Bluse. Tränen schießen ihr in die Augen, sie setzt den Teller hart auf den Tisch, zu hart, denn nun ist auch noch das nagelneue Platzdeckchen besudelt, dabei hatte sie sich so über das hübsche Design gefreut und nun gibt es diese Sets sicher nicht mehr im Angebot. Sie dreht sich zur Spüle, hält ihre Hand unter kaltes Wasser, reibt mit einem Lappen über ihre Bluse. Es kann nicht sein, betet sie stumm. Nicht Hartmut, nein.

»Dein Essen wird kalt, Ma.«

Ruth dreht den Wasserhahn zu und setzt sich ihrer Tochter gegenüber. Ihr Herz hämmert wild. Sie springt wieder auf, versucht mit einem feuchten Lappen das Platzdeckchen zu retten.

»Priester Warnholz ist nicht für Sankt Pantaleon zuständig, Bea.«

»Bist du sicher?«

»Er arbeitet als Notfallseelsorger für die Polizei und als Supervisor für Einrichtungen wie die Telefonseelsorge, das habe ich dir doch alles erklärt.« Ruth schiebt ein paar Reiskörner und ein Stück Huhn auf ihre Gabel. Sie fühlt sich auf einmal sehr nackt unter dem Blick ihrer Tochter. Als wäre sie ein Insekt, das Beatrice studiert. Eine der armseligen Heuschrecken in dieser Pappschachtel.

Beatrice lächelt, fast so, als könne sie Ruths Gedanken lesen. Sie trinkt einen großen Schluck Mineralwasser, stößt dann ihre Gabel wieder ins Essen.

»Ich hab deinen Hartmut aber schon bei Pantaleon gesehen«, sagt sie.

»Wann?«

»Keine Ahnung.«

»Wann, Beatrice?«

»Weiß ich nicht mehr. Irgendwann neulich. Nachts.«

* * *

Etwas zischt, Benzin gluckert, eine Tür schlägt zu, ein Streichholz wird angerissen. Angst. Schmerz. Abgrundtiefe Schwärze. Die Gewissheit, dass sie gefesselt ist, wehrlos und gleich bei lebendigem Leibe verbrennen wird. Die Panik jagt sie hoch, ihr rasendes Herz. Judith reißt die Augen auf, erkennt ihre Wohnung. Sie wollte sich nur kurz aufs Sofa legen, muss aber eingeschlafen sein, so tief, dass die Bilder die Macht übernommen haben. Ruhig, Judith, atme, du bist in Sicherheit, alles ist gut. Sie rappelt sich auf, wischt sich den kalten Schweiß von der Stirn, füllt in der Küche ein Glas mit Leitungswasser und trägt es auf ihre Dachterrasse. Die Geräusche der Stadt empfangen sie hier, wie eine lang vermisste Vertraute: entfernter Autoverkehr und dieses konstante Summen, das entsteht, wenn sehr viele Menschen dicht beieinander leben. Das Licht hat sich verändert, inzwischen muss es Nachmittag sein. Der Himmel ist weißgrau, undefiniert. Die Luft ist kühl und schmeckt nach Nebel.

Judith geht auf und ab, kleine Schlucke von ihrem Wasser trinkend. Sie versucht zu atmen, einfach nur zu atmen, ohne an eine Zigarette zu denken, ohne an ihren schmerzenden linken Arm zu denken, ohne an irgendetwas zu denken. Sie hat kein Licht gesehen, auch keinen Tunnel, an dessen Ende sie liebende Angehörige erwarteten, in jenem Augenblick, als sie glaubte, sie würde sterben. Sie hat einfach intuitiv verstanden, dass es um etwas anderes geht. Ums Loslassen vielleicht, ums Akzeptieren.

Ein Bild fällt ihr ein, ein verwackeltes Foto, das ihre Mutter und beide Großelternpaare auf dem Friedhof am Grab ihres Vaters zeigt. Das letzte gemeinsame Foto aus Berlin. Doch Judith ist nicht darauf, sie war nicht dabei, hat dieses Foto als Erwachsene zum ersten Mal gesehen. Warum denkt sie jetzt auf einmal daran? Ihr Vater war 26, als er starb, sie selbst wird in wenigen Monaten 40. Selbst wenn sie in diesem Haus gestorben wäre, hätte sie 14 Jahre länger gelebt als er.

In ihrem Wohnzimmer ist es zu still, ihre ganze Wohnung ist zu still und auch ihr Handy klingelt nicht. Sechs Stunden sind vergangen, seit sie hier ankam. Sechs lange Stunden. Ich muss etwas essen, denkt sie, wieder zu Kräften kommen, etwas einkaufen, irgendwas. Es sind nur Erinnerungen, sagt sie sich. Ich habe überlebt, zwei andere Menschen sind tot. Ich bin nicht die einzige Polizistin, der so etwas passiert. Sie trägt ihre Reisetasche ins Schlafzimmer, packt sie aus. Ganz unten ist der im Krankenhaus mühselig begonnene Ringelschal, dessen Herstellung die Feinmotorik ihrer lädierten Hand trainieren soll. Daneben steckt die Visitenkarte von Priester Warnholz. Judith trägt das Strickzeug ins Wohnzimmer, wirft die Visitenkarte in den Papierkorb. Der Geschmack des Alptraums haftet hartnäckig auf ihrer Zunge, lässt sich auch mit Zahnpasta und einem weiteren Glas Wasser nicht vertreiben.

Neben dem Strickzeug liegen ihre Tarotkarten. Judith nimmt sie in die Hand, mischt sie mit geschlossenen Augen, legt sie aus, trifft ihre Wahl, ohne die Augen zu öffnen. Die Prinzessin der Stäbe. Nackt in einer Flamme tanzend, zieht sie einen Tiger hinter sich her. Ein Symbol für den Neubeginn. Ein Symbol für die Furchtlosigkeit. Und die Kommissarin hat Alpträume und strickt.

Judith geht zurück in die Küche, blättert ein weiteres Mal durch ihre Post. Im Ermittlungsverfahren gilt sie nun offiziell als Beschuldigte. »Rein formal und zu deinem eigenen Schutz!«, hat ihr Chef Axel Millstätt auf einen Post-it-Zettel gekritzelt. Sie ruft ihn an, erreicht ihn nicht. Sie versucht es bei Manni, hinterlässt eine Nachricht auf seiner Mobilbox. Es ist zu still in ihrer Wohnung. Die Wände brauchen neue Farbe – vielleicht reicht auch das nicht, vielleicht braucht sie neue Möbel oder sogar eine andere Wohnung. Oder ein neues Leben. Sie sehnt sich nach einer Zigarette. Sogar die Geräusche der Klinik fehlen ihr plötzlich. Das stete Hin und Her von Gesundheitsschuhen, das Geschirrklappern zu den Essenszeiten, die feldwebelartig hervorgestoßenen, keine Reaktion erwartenden Aufmunterungsappelle und Fragen, mit denen das Pflegepersonal zu jeder Tages- und Nachtzeit in ihr Zimmer hetzte. Judith reißt den Brief des Bonner Anwalts aus dem feinen Kuvert. Faltet ihn auseinander, braucht einen Moment, um zu verstehen. Sie hat sich geirrt, es ist kein Angebot zur Strafverteidigung, sondern eine weitaus persönlichere Angelegenheit. Eine Angelegenheit, die bis in ihre Kindheit reicht und die sie längst für abgeschlossen hielt.

* * *

Sobald die Glastür des Sektionskellers hinter Manni ins Schloss gleitet, verliert er wie immer jegliches Zeitgefühl. Hunger, Müdigkeit, Tageszeiten, Jahreszeiten, all diese sonst so verlässlichen Koordinaten werden hier unten vom Kunstlicht und dem leisen Surren der Klimaanlage verschluckt. Und auch wenn das Opfer auf dem Stahltisch erst wenige Stunden tot ist und die Fliesen und Instrumente noch sauber sind, schafft es kein Putzmittel der Welt, den Geruch des Todes gänzlich zu eliminieren.

Manni gesellt sich zu Ralf Meuser, der spitzmäusig aussieht und neben dem Staatsanwalt am Fußende des Obduktionstisches Position bezogen hat.

»Niemand im Dekanat des Erzbistums kann ihn identifizieren«, sagt Meuser statt einer Begrüßung.

»Also ist er kein Priester.«

»Jedenfalls keiner aus der Kölner Region.«

»Oder sie lügen.«

Meuser verdreht die Augen. »Was ist mit den Vermisstenmeldungen?«

»Nada. Immer noch niemand, der auf ihn passt.«

Einmal mehr meldet sich Mannis Handy, zum sicher einhundertsten Mal an diesem Tag.

»Ein Botschafter des Kardinals sitzt in meinem Büro«, verkündet Holger Kühn.

»Und? Kennt er den Toten?«

Der stellvertretende Leiter des KK 11 schnaubt. »Der Kardinal ist in allergrößter Sorge. Die Priester haben Angst. Die Sache kocht hoch. Wir brauchen Ergebnisse.«

»Ja«, sagt Manni. »Wir sind dran.«

Ekaterina Petrowa leitet die Leichenschau, ihr Chef Karl-Heinz Müller hat die Rolle des Assistenten übernommen. Der Dritte im Bunde ist der Präparator, ein Rechtsmediziner, den Manni nicht kennt, doch die routinierte Art, mit der er Instrumente und Knochensäge bereitstellt, zeigt deutlich, dass er sein Handwerk beherrscht und gern ausübt. Der Tote liegt auf dem Rücken, noch voll bekleidet mit schwarzer Soutane, Hose und Schuhen, seine Gesichtshaut wirkt im Kontrast dazu kalkig weiß. Die Petrowa beginnt den Obduktionstisch zu umkreisen, konzentriert wie ein Bluthund, der Witterung aufnimmt. Ein Hauch Parfumduft weht hinter ihr her und sie hat noch mehr von dem silbrigen Lidschatten aufgelegt, er glitzert im kalten Licht der Lampen, wenn sie sich über den Leichnam beugt, ihn betastet, sich wieder aufrichtet, einen Schritt weitergeht und dabei in ihr Diktiergerät nuschelt. Ihre Lippen sind grell-rot geschminkt und ihre Füße stecken in farblich exakt dazu passenden Gummistiefeln. Sie muss sie aus eigener Tasche finanziert haben, um selbst im grünen Arbeitsornat einen modischen Akzent zu setzen, denn mit ihren hohen Keilabsätzen zählen diese knallroten Galoschen wohl kaum zur Standardausrüstung des rechtsmedizinischen Instituts.

»Etwas stimmt nicht mit ihm.« Die Petrowa bleibt vor Manni stehen und sieht ihn an, als erwarte sie eine erhellende Auskunft von ihm. Doch damit kann er nicht dienen, also begnügt er sich mit einer Gegenfrage.

»Was meinst du?«

Ekaterina Petrowa schließt die kohlschwarzen Augen, öffnet sie dann gleich wieder mit einem Blick wie von weit her.

»Ich weiß es nicht.« Unwillig schüttelt sie den Kopf. Sie mag Ergebnisse, Fakten, Analysen, sie verbirgt ihre Gefühle und spricht nicht gern von Zweifeln, so viel hat Manni in den zwei Monaten, die sie nun hier ist, über sie gelernt. Nur ein einziges Mal hat er sie außer sich gesehen, in jener Nacht, als ihr Katzenvieh verschwunden war und alles schiefging und Judith beinahe gestorben wäre. Schattenkampf. Wir haben zu wenig und zugleich viel zu viel, denkt er einmal mehr. Zu wenige Fakten und zu viele Befindlichkeiten, jetzt schon, dabei ist noch nicht mal klar, wer der Tote ist. In Mannis Hosentasche meldet das Vibrieren seines Handys den Eingang einer SMS. Die russische Rechtsmedizinerin bekreuzigt sich und beginnt, die Knopfleiste der Soutane zu öffnen, sehr sorgfältig, Knopf um Knopf.

»33 Knöpfe«, sagt Ralf Meuser leise. »Das ist der Standard. Für jedes Lebensjahr von Jesus einen.«

Niemand erwidert etwas. Alle sehen den Händen der Petrowa zu. Und auch wenn die Szene nichts Sexuelles hat, denkt Manni unwillkürlich an Sonja, ihren Geruch und ihre Wärme. Den Moment, wenn ihr Atem plötzlich schneller geht. Er fischt sein Handy aus der Hosentasche: Judith Krieger ist nicht mehr im Krankenhaus und will mit ihm essen gehen. Heute noch, bald.

»Wann? Wo?« simst er zurück und überlegt, was ihr wohl für Gründe einfallen würden, die katholische Kirche zu hassen. Abtreibungsverbot, Verhütungsverbot, keine Karrierechancen für Frauen ... Er grinst. Sogar die feministischen Grundsatzpredigten der Krieger erscheinen in diesem Fall hilfreicher als Meusers klerikales Geschwafel. Die Krieger und ich sind ein Team, denkt er. Trotz aller Reibereien sind wir zu dem Team geworden, das Millstätt wollte. Und nun steht auf einmal ihr Verbleib im KK 11 auf dem Spiel. Sogar mich wollen sie noch mal vernehmen, einmal mehr alles hochkochen, diese ganze verdammte Nacht.

Die russische Ärztin ist jetzt mit der Soutane fertig. Gemeinsam mit Karl-Heinz Müller zieht sie sie dem Priester vom Leib. Eine Anzughose und ein schwarzes, enganliegendes, blutverkrustetes T-Shirt kommen darunter zum Vorschein. Der Oberkörper des Toten und insbesondere seine Oberarme wirken durchtrainiert, jedenfalls sehr viel muskulöser, als man es bei einem Priester um die fünfzig erwarten würde. Aber vielleicht ist das ein Vorurteil, vielleicht gehen Geistliche heute ins Fitnessstudio oder stemmen im Pfarrhaus Gewichte, um sich vom Seelsorgen zu erholen.

Manni hält Meuser und dem Staatsanwalt seine Tüte mit Fisherman's hin. Sie lehnen ab, aber er nimmt selbst eins, schiebt es mit der Zunge in seine Backe.

»In der Kirche ist eine Marmorskulptur, die zeigt, wie einer mit einer Lanze mordet.«

»Ein Vorbild für dieses Delikt?« Der Staatsanwalt furcht die Augenbrauen.

Ralf Meuser räuspert sich. »Das könnte eine Darstellung des Erzengels Michael sein. Auch viele Heilige tragen ein Symbol bei sich. Es gibt bestimmt einen mit einem Schwert.«

»Mordende Engel und meuchelnde Heilige?« Manni betrachtet die blutige Brust des Toten.

»Die meisten Heiligen wurden heiliggesprochen, weil sie sich ermorden *ließen*. Für ihren Glauben.«

Wie einen Flashback sieht Manni die Jesushaltung des Ermordeten vor sich, den Blick in den Himmel, die weit ausgebreiteten Arme, als wolle er seinen Mörder umarmen. Seinen Mörder, der ihn des Mordes bezichtigt.

»Aber es gibt wohl auch welche, die für ihren Glauben getötet haben«, sagt Meuser nachdenklich.

»Wen haben die denn getötet?«

»Ungläubige? Vom Teufel Besessene? Dämonen?« Ralf Meuser hebt die Schultern. »Ich bin kein Theologe – aber das müsste sich schnell herausfinden lassen.«

Die Russin und Karl-Heinz Müller ziehen nun an der Anzughose. Ein sehr enger und knapper Slip kommt darunter zum Vorschein, die deutliche Wölbung des Penis wirkt in dieser Umgebung beinahe obszön. BOSS steht auf dem Bund der Unterhose. Nicht gerade das, was man in dieser Körperregion von einem katholischen Geistlichen erwartet.

Karl-Heinz Müller pfeift durch die Zähne, legt ein paar Takte *Do you think I'm sexy* nach.

Ekaterina Petrowa wirft ihrem Chef einen ihrer rabenschwarzen Mongolenblicke zu, zerrt sich wortlos den Mundschutz vor und macht sich an der Unterhose des Priesters zu schaffen. Umgehend eilt Karl-Heinz Müller ihr zu Hilfe. Im null Komma nichts liegt der Priester nackt vor ihnen. Ein gut gebauter Mann, der sich nun, im Adamskostüm, in nichts von irgendeinem anderen Mann unterscheidet, abgesehen natürlich von der Verletzung in seiner Brust, der ein süßlicher Geruch entströmt. Wieder tappt die russische Rechtsmedizinerin in ihren absurden Stiefeln hochkonzentriert um den Obduktionstisch. Tastet hier, fingert da, kauderwelscht in ihr Diktiergerät.

»Er trug einen Ring«, sagt sie schließlich, hebt die linke Hand des Toten hoch und zeigt ihnen eine Druckstelle am Ringfinger, wie sie entsteht, wenn jemand einen Ring selten ablegt.

»Einen Ehering trägt man rechts«, sinniert Kollege Meuser.

»Nicht jeder«, widerspricht Manni.

»Er könnte auch einen Siegelring getragen haben.«

»Den der Täter geklaut hat?«

»Vielleicht. Ohne Ring ist es schwerer, ihn zu identifizieren.«

Die Petrowa lässt die Hand zurück auf den Stahltisch gleiten und nimmt ihre Bestandsaufnahme wieder auf.

»Keine erkennbaren Abwehrverletzungen«, konstatiert sie schließlich und ihr ist anzusehen, dass ihr das überhaupt nicht gefällt. Mit zusammengekniffenen Lippen versenkt sie ein Zentimetermaß in der Brustwunde, stochert darin herum, wiegt den Kopf hin und her.

»Die Klinge muss mindestens sieben Zentimeter breit sein. Der Stich ist mit großer Wucht ausgeführt worden, die Klinge ist, wie ich schon sagte, von vorn in voller Breite sehr tief eingedrungen, etwa 15 Zentimeter.«

Karl-Heinz Müller beugt sich nun ebenfalls tief über den nackten Körper, hält die Wunde mit zwei Stahlhaken offen. Seine Augen glänzen, wie immer, wenn es richtig zur Sache geht.

»Die Tatwaffe ist mit ziemlicher Sicherheit ein zweischneidiges Schwert«, verkündet die Petrowa.

Karl-Heinz Müller richtet sich auf. »Ein Schwert, eine Lanze, ein sehr großes Messer. Jedenfalls hat es ihn praktisch durchbohrt.«

»Mörder«, sagt Manni. »Wenn diese Anschuldigung korrekt wäre, dann würde vermutlich eine persönliche Betroffenheit des Täters die Wucht des Angriffs erklären.«

»Oder der Täter war besessen von seiner Idee, das Richtige zu tun«, gibt Ralf Meuser zu bedenken.

»Oder er stand unter Drogen. Lass uns nicht vorschnell von religiösen Motiven ausgehen, Ralf.«

»Ich denke nur nach, beziehe Tatort und Opfer mit ein.« Ralf Meuser kritzelt etwas in sein Notizbuch, wendet seine Aufmerksamkeit dann gleich wieder dem Obduktionstisch zu.

»Warum zum Teufel hat er sich nicht gewehrt?«, fragt Manni nach einer kurzen Pause.

Die Rechtsmedizinerin beugt sich über den halboffenen Mund des Toten und schnuppert.

»Er hatte getrunken.«

»Viel?«

»Das wird erst der Bluttest zeigen.«

Die Petrowa packt die nackte Schulter des Toten, hievt ihn mit Karl-Heinz Müllers Hilfe auf den Bauch. »Das Röntgenbild zeigt eine Fraktur des Schädels. Der Mann ist ungebremst auf den Hinterkopf gefallen.«

»Vielleicht hat der Täter ihn gestoßen.«

Der Blick der Rechtsmedizinerin gleitet über den nackten Körper. »Wenn es so war, gibt es keinen Hinweis darauf.«

»Hat er noch gelebt, als der Täter zustach?«

»Ja.«

»Mit einer Schädelfraktur?«

»Es gibt Patienten, die mit so einer Verletzung zunächst wieder aufstehen und rumlaufen.«

Karl-Heinz Müller grunzt zustimmend. »Ohne Röntgenaufnahme kann selbst ein Arzt solch eine Fraktur nicht immer sofort diagnostizieren.«

»Er muss bewusstlos gewesen«, widerspricht Manni stur. »Oder total besoffen.«

Karl-Heinz Müller sieht die Petrowa fragend an, dann wuchtet er den Priester wieder auf den Rücken. Die Petrowa nickt dem Präparator zu, der die Knochensäge näher heranzieht und beinahe liebevoll über den grünen Handschutz der Sägescheibe streicht. Mit geschickten Skalpellschnitten löst die Petrowa die

Gesichtshaut des Priesters und zieht sie von seinem Schädel. Wenn die Schnippelei vorbei ist, wird sie sie ihm wieder überstülpen, ihn zusammenflicken in einen halbwegs präsentablen Zustand, damit die Angehörigen hinterher einen einigermaßen erträglichen letzten Anblick genießen können. Hat ein Priester Angehörige? Leben seine Eltern noch? Hat er Geschwister, Nichten, Neffen, Freunde, die ihm nahestehen, oder ist ihm die Gesellschaft Gottes genug?

»Herzinfarkt, Drogen, Alk, Gift, Medikamente«, sagt Manni. »Schaut, ob ihr irgendeine Erklärung dafür findet, warum er sich nicht wehrte. Falls er nach dem Sturz denn wirklich noch bei Bewusstsein war.«

»Genau können wir das postmortal wohl nie mehr feststellen …« Der Rest der Antwort der Russin wird vom nun einsetzenden penetranten Sirren der Knochensäge übertönt, mit der der Präparator den Schädel des Priesters öffnet. Es ist das widerlichste Geräusch, das Manni sich vorstellen kann, ein Gemisch aus Zahnarztbohrer und dem Kratzen von Fingernägeln auf einer Schultafel, mit dem sie früher die Mädchen ärgerten. Manni konzentriert sich auf die roten Gummistiefel der Rechtsmedizinerin. Winzige Knochenpartikel tanzen im Licht.

»Vielleicht wollte er sich ja gar nicht wehren«, sagt Ralf Meuser leise, als es endlich vorbei ist.

»Ein bestellter Mord?«, fragt der Staatsanwalt ungläubig.

»Ein Märtyrertod. Für seinen Glauben.«

*　*　*

Liebe Judith,
Sie kennen mich nicht, aber ich kenne Sie. Das heißt, ich kannte Sie, als Sie noch ein Kind waren. Kurz nach Ihrer Geburt sind wir uns zum ersten Mal begegnet. Als Kommilitone und guter Freund Ihres Vaters durfte ich damals erleben, wie Sie laufen lernten und Ihre ersten Worte sprachen. Sie waren der

ganze Stolz Ihrer Eltern, das weiß ich noch gut. Leider hat sich die Beziehung Ihrer Eltern ja dann nicht zum Besten entwickelt und Sie wissen natürlich, wie das endete: Ihr Vater zog auf dem Hippietrail nach Nepal, wo er 1969 starb, Ihre Mutter heiratete erneut, Ihr Stiefvater adoptierte Sie.

Ja, das alles ist Jahrzehnte her. Und völlig zu Recht fragen Sie sich jetzt sicherlich auch, warum ich Ihnen schreibe. Die Begründung ist einfach: Wenn nicht ein Wunder geschieht, habe ich nur noch wenige Monate zu leben. Ich ziehe also Bilanz und erkenne dabei sehr deutlich, dass ich Ihrem Vater und Ihnen noch etwas schuldig bin. Wir sind damals zusammen nach Nepal gereist und davon würde ich Ihnen gerne erzählen.

Machen Sie mir die Freude, mich bald in Bonn zu besuchen, Judith. Schlagen Sie meinen Wunsch nicht aus. Ich bitte Sie darum, in alter Verbundenheit, und grüße Sie sehr herzlich,

Ihr Volker Ludes

Judith faltet den Brief zusammen, steckt ihn wieder in sein vornehmes Kuvert, platziert es sorgfältig neben den Tulpen. Sie steht auf, betrachtet das Schwarzweißfoto ihres Vaters an der Küchenwand. Er sieht sie an, genau so wie immer. Ein gut aussehender, junger Fremder mit Zigarette und herausforderndem Blick, an den sie sich nicht erinnern kann. Vor etwa einem Jahr hat sie das Foto aufgehängt, während ihrer Auszeit. Es war ein Impuls, eine spontane Entscheidung, die sie sich selbst nicht erklären kann. Im Sommer hängte sie dann noch das Gemälde des Eistauchers dazu, das Vermächtnis ihrer Schulkameradin Charlotte Simonis. Meine Toten und ihre Spuren, denkt Judith und stellt ihr Wasserglas in die Spüle. Der Vater, der mich verraten hat. Die Freundin, die ich verraten habe. Warum habe ich eigentlich nie ein Foto von Patrick aufgehängt, dem Freund, mit dem alles in Ordnung war, warum gehe ich nur immer zu seinem Grab?

Hunger, sie hat Hunger, und sie will nicht mehr allein sein.

Sie streift ihren Parka über, steckt Geld und Handy ein. Auch das Treppenherabsteigen fällt ihr viel schwerer als früher, bringt ihre Knie zum Zittern, lässt sie schwitzen. Irgendwo weiter unten knallt eine Tür zu, etwas fällt zu Boden, und für Sekundenbruchteile kommt die Erinnerung an das Haus zurück. Atmen, Judith, ruhig bleiben, die nächste Stufe nehmen und dann die nächste und immer so weiter. Schweiß kriecht ihr in den Nacken und über die Schläfen, ihr Pulsschlag summt in ihren Ohren. Sie zwingt sich vorwärts, an den Briefkästen vorbei und nach einer kleinen Ewigkeit auf die Straße. Erst hier bleibt sie stehen, lehnt sich an eine Hauswand, wischt sich mit dem Ärmel über die Stirn. Verfluchte Treppen, verfluchte Schwäche. In ihrem linken Handgelenk pocht der Schmerz, nicht sehr stark, eher wie durch Watte gedämpft, dennoch beharrlich.

Collus Fraktur AO3, haben die Ärzte gesagt. Höchst kompliziert. Beide Handgelenksknochen waren gebrochen, sind nun für das nächste halbe Jahr mit einer Platte fixiert. Der Gips ist ab, die Narbe ist geblieben. Die Narbe und die Schwäche und die Folgekomplikation. Machen Sie Ihre Übungen. Haben Sie Geduld, Frau Krieger. Das wird schon wieder. Es hätte noch schlimmer sein können. Sie haben Glück gehabt.

Der Putz der Hauswand in ihrem Rücken ist rau. Sie tastet danach, lehnt sich noch immer an. Das Glück ist flüchtig, sie hat früh gelernt, sich nicht darauf zu verlassen. Abschiede haben ihr Leben geprägt. Die Umzüge in immer neue Städte während ihrer Schulzeit. Der Bruch mit Cora und ihrem Traum, die Welt für Frauen aus den Angeln zu heben, als sie sich entschloss, zur Polizei zu gehen. Abschiede von Liebhabern nach mehr oder minder geglückten Nächten. Patricks Tod. Und doch gab es das Glück, denkt sie jetzt auf einmal. Ich hatte Liebhaber, Lieben, Freundinnen selbst in der Schulzeit. Es gab diese fliegenden Jahre mit Cora, unsere absolute Gewissheit, das Richtige zu tun. Es gab die Freundschaft mit Patrick, unsere durchzechten Nächte, den Spaß, den wir dabei hatten und unsere ersten gemeinsamen Schritte bei der Kriminalpolizei.

Judith löst sich von der Hauswand, läuft los, inhaliert die Stadtluft in gierigen Zügen. Es ist schon dunkel, die meisten Geschäfte schließen. Menschen hasten an ihr vorbei, Autos quälen sich Stoßstange an Stoßstange zum Chlodwigplatz, in einem Imbiss essen drei Handwerker Gyros, eine dickliche Frau tritt vor Judith auf den Bürgersteig und zündet sich eine Zigarette an. Wieder fühlt Judith die Schwäche in ihren Beinen, und ihre Zunge ist plötzlich rau wie Sandpapier. Sie tastet nach dem Tabakpäckchen in ihrer Manteltasche, krampft die Finger darum, bleibt vor dem nächstbesten Schaufenster stehen. Ein Friseursalon, wahrscheinlich eine Neueröffnung, jedenfalls hat sie ihn nie zuvor bemerkt.

Drinnen fegt eine junge, schwarzhaarige Frau mit schnellen, energischen Schwüngen den Boden. Die Wände hinter den hohen Spiegeln sind in einem hellen Grüntürkis gestrichen. Es sieht nach Meer aus, nach Frische und trotzdem warm. Ich werde meine Wohnung renovieren, entrümpeln, endlich ein neues Sofa und Sessel kaufen. Ich werde eine Wand im Wohnzimmer genau in diesem Grün streichen, ein paar Zimmerpflanzen anschaffen und neue Sitzkissen für die Fensterbank, beschließt Judith und sieht das Ergebnis fast greifbar vor sich. Sie läuft weiter, leichter jetzt, erreicht das Lokal, in dem sie mit Manni verabredet ist, in nur zehn Minuten.

Manni ist schon da, er lehnt am Tresen, trinkt Cola und telefoniert. Sie winkt ihm zu und setzt sich an einen freien Tisch am Fenster.

»Judith, hey«, er kommt auf sie zu, sobald er sein Telefonat beendet hat, sehr jung und sehr dynamisch in Jeans und Fliegerjacke, die blonden Haare sind hochgegelt. Erst als er ihr gegenübersitzt, sieht sie die Schatten unter seinen Augen.

Sein Blick gleitet auf ihr T-Shirt, er streckt die Beine aus, grinst. »Steht dir gut.«

STAYING ALIVE. Sie grinst zurück, weiß auf einmal nicht, was sie sagen soll. Sie haben eigentlich immer nur über die Arbeit gesprochen. Oder gestritten. Oder geschwiegen und einfach ermittelt. Und dennoch ist im Laufe der Zeit irgendetwas zwischen ihnen entstanden, was weitaus persönlicher ist, spätestens seit jener Nacht in dem Haus, deren Folgen ihr noch immer zu schaffen machen.

»Ein Mann ist ermordet worden, vielleicht ein katholischer Priester, ich hab nicht viel Zeit.« Manni greift nach der Speisekarte und winkt dem Kellner.

»Freitagmorgen hab ich einen Termin bei Millstätt.«

»Und?«

»Mal sehen.«

»Die wollen mich wohl auch noch mal vernehmen. Dabei hab ich nun wahrlich alles gesagt.« Manni trinkt einen langen Schluck Cola, wippt mit dem Bein, schaut Judith nicht an.

Ein Streichholz ratscht. Nah, zu nah. Judith sieht, wie ein Kellner am Nebentisch eine Kerze anzündet. Sieht es und sieht es doch nicht, weil sie nicht darauf vorbereitet war, weil das Geräusch sie gefangen nimmt, zurückkatapultiert, mit anderen Bildern überströmt.

Stopp, Judith, nicht hier, nicht vor Manni.

»Wer will dich noch mal befragen?« Sie sitzt sehr gerade, zwingt sich, Manni anzusehen. Mit großer Mühe gelingt es ihr, die Lippen zu bewegen.

»Keine Ahnung, das hat Kühn mir nicht mitgeteilt.«

»Kühn!«

Ihr Mund ist zu trocken. Ihr Herz schlägt zu schnell. Sie zieht ihren Tabak aus der Manteltasche. Dreht sich eine Zigarette, ungeschickt, steif.

»Das Rauchen in Restaurants ist gesetzlich verboten, liebe Kollegin.« Manni betrachtet sie aufmerksam. »Himmel, Judith, dir geht's noch gar nicht gut.«

»Ich will nur eine rauchen.« Judith stemmt sich hoch, schafft es irgendwie nach draußen und zündet die Zigarette an. Es schmeckt eklig, aber sie inhaliert trotzdem, fühlt den Nikotinflash, heiß ersehnt und frustrierend zugleich. Die Prinzessin der Stäbe, nackt, tanzend, im Feuer. Warum fällt ihr jetzt wieder diese Tarotkarte ein?

»Kühn ist in der Chefetage derzeit schwer angesagt, er leitet auch die Soko Priester«, sagt Manni, als sie sich wieder zu ihm setzt.

»Ausgerechnet.« Ihr Herz pumpt in harten Stößen. Das Nikotin, beschwichtigt sie sich. Das ist nur das Nikotin.

Manni zieht eine Grimasse. »Du kommst nicht an Kühn vorbei, Judith, das ist dir doch klar.«

Der Kellner serviert ihr Essen: Sepiaspaghetti mit Meeresfrüchten und Salat. Ein Fehler, erkennt Judith augenblicklich, denn mit nur einer wirklich brauchbaren Hand kann sie das manierliche Spaghettiwickeln vergessen und auch die Salatblätter sind viel zu groß. Sie probiert es trotzdem, aber die Nudeln sind glitschig, rutschen wieder auf den Teller und die Soße spritzt auf ihr T-Shirt. STAYING ALIVE. Vielleicht sollte ich mich doch weiter krankmelden, denkt Judith, und zerteilt die Spaghetti in löffeltaugliche Stückchen. Ich könnte tatsächlich die Maler bestellen, ich könnte mir auch einen Liebhaber suchen, nachts in Clubs rumhängen, verreisen, so richtig auf die Kacke hauen.

»Kühn ist ein Wichtigtuer, aber so übel ist der nicht, Judith.« Manni isst schnell, ohne sie aus den Augen zu lassen.

»Kühn hat die Lage falsch eingeschätzt, nicht ich.«

»Ja. Schon klar.« Jetzt sieht er sie nicht mehr an, langt stattdessen nach dem Salzstreuer. Dann nach der Pfeffermühle. Und nach dem Parmesan.

Judith manövriert einen weiteren Löffel Spaghetti in ihren Mund. Je länger sie dem KK 11 fernbleibt, desto besser kann Kühn gegen sie agieren. Vielleicht wird sie nicht für den Rest ihres Lebens in der Mordkommission arbeiten, vielleicht will sie in naher Zukunft nicht einmal mehr Polizistin sein. Doch wann dieser Zeitpunkt gekommen ist, soll allein ihre Entscheidung sein, jedenfalls wird sie dafür kämpfen, dass es so ist.

»Was wirst du jetzt machen?« Manni lehnt sich zurück.

Sie hebt ihre linke Hand, bewegt die Finger, so gut es geht. »Gymnastik. Mit Millstätt reden. Meine Wohnung renovieren lassen. Vielleicht besuch ich mal einen Anwalt in Bonn. Der will mir vom Tod meines Vaters erzählen, den er wohl hautnah miterlebt hat.«

»Dein Vater ist gestorben?« Manni starrt sie an.

»Mein leiblicher. Er hat sich schon 1968 vom Acker gemacht. Er wollte die Welt retten und ist dann in Nepal erfroren.«

»Bitter.«

»Eigentlich war mir das immer egal. Ich kann mich ja nicht mal an ihn erinnern.«

»Er hat euch sitzenlassen.«

»Ja, klar.« Warum eigentlich klar, was redet sie da?

Ein Foto fällt ihr ein, ein Schwarzweißbild, das sie als Dreijährige auf den Knien ihres Vaters zeigt. Sie trägt ein Sonntagskleidchen mit hellem Kragen, an das sie sich ebenso wenig erinnern kann wie an diese Situation. Aber es hat sie gegeben, jemand hat sie dokumentiert: Die kleine Judith auf den Knien ihres Vaters, er macht Faxen für sie und hält sie liebevoll fest, sie drückt ihren Lockenkopf an seine Brust und sieht zu ihm auf. Voller Bewunderung, voller Vertrauen.

Mannis Handy beginnt zu fiedeln. Er mustert das Display, flucht, meldet sich trotzdem, schiebt seinen Teller beiseite und hört konzentriert zu, trommelt dabei die typisch ungeduldigen Mannirhythmen auf den Tisch.

»Warte auf mich, ich fahr sofort los«, Manni pult einen 20-Euro-Schein aus der Hosentasche und wirft ihn neben Judiths Teller. »Zahl du für mich.«

»Was ist passiert?«

Er streift seine Jacke über.

»Jemand glaubt, unseren Kandidaten zu kennen«, sagt er schon im Stehen.

»Ein Durchbruch.«

»Vielleicht.« Manni zuckt mit den Schultern. »Den Feierabend kann ich jetzt jedenfalls vergessen. Ciao, ich muss los.«

* * *

Sie muss wieder eingeschlafen sein, sobald ihre Mutter sich endlich verpisst hat, richtig tief und fest hat sie geschlafen, denn als das Sturmklingeln an der Haustür sie weckt, ist es schon dunkel. Bat stemmt sich in eine halbwegs sitzende Position und tastet nach ihrem Wecker. Wieder schrillt die Türklingel. Schon nach 19 Uhr, verdammter Mist, sie hat vergessen, die Weckfunktion zu aktivieren. Ihr Kopf dröhnt, ihr Bauch rumort.

»Ich komm ja schon!«

Sie hievt sich hoch, stolpert über etwas, das auf dem Boden liegt. Flaschen klirren, kullern über den Teppich. Mist, verdammter. Bat taumelt weiter, erreicht den Lichtschalter, den Flur, die Gegensprechanlage.

»Ja?«

Ihr ist schwindelig und schlecht. Ihre Knie sind wie Gummi. Sie ist immer noch hundemüde. Sie sollte wirklich nicht so viel trinken, zumindest damit hat ihre Mutter wohl recht. Bat presst den Hörer an ihr Ohr und lehnt sich an die Wand.

»Fabian hier!«

Fabi, na klar. Bat drückt auf den Türöffner. Lauscht den sich nähernden Schritten mit geschlossenen Augen, erleichtert, dass ihr Kreislauf sich allmählich stabilisiert. Heute ist Janas Geburtstag, plötzlich fällt ihr das wieder ein. Sie hat mit Jana gefeiert und ist auf dem Rückweg noch in eine Kneipe gegangen, wo irgend so ein Besoffski ihr weitere Drinks spendierte. Wie und wann ist sie eigentlich morgens heimgekommen? Sie weiß es nicht mehr. Kein Wunder, dass sie sich so beschissen fühlt.

Fabian hat sich schon für die Nacht angezogen. Mit schwarzer Lederhose und der Lederjacke mit den Nieten und Ketten. Seine Haare sind blauschwarz gefärbt, die Schläfen rasiert, die Augen mit schwarzem Kajal ummalt, so dass es aussieht, als lägen sie tief in den Höhlen. Er hat sich ein neues Piercing gegönnt – eine Kette verbindet Nasenflügel und Augenbraue. Sie umarmen sich wortlos und lange. Zwei Verlassene, die sich bemühen im Weiterleben einen Sinn zu finden, jeden Tag aufs Neue, seit beinahe zwei Jahren schon.

»Ich hab Sekt!« Fabian fördert eine Flasche aus den Tiefen seines Mantels und stapft durch den Flur in Bats Zimmer. Sekt für Jana, natürlich, wenigstens ein Schluck, auch wenn sie eigentlich überhaupt keine Lust darauf hat. Bat holt zwei Gläser aus der Vitrine im Wohnzimmer. Normalerweise geben sie einfach die Flasche hin und her, aber das erscheint ihr heute nicht feierlich genug. Hunger. Wieder fühlt sie diese dumpfe Leere in ihrem Bauch und ihr Mund ist ganz trocken. Sie durchsucht die Küchenschränke nach Chips oder Salzstangen oder einer Tiefkühlpizza, muss sich schließlich mit einem Paket Pumpernickel, Ketchup und Zervelatwurst begnügen. Ein paar Vorräte muss ihre Mutter ja einkaufen, auch wenn sie Bat am liebsten auf Zwangsdiät setzen würde, so lange, bis sie sich in eines dieser mageren, affigen Hochglanzmädchen aus den Versandhauskatalogen verwandelt hat, die ihre Mutter so liebt.

Orgelklänge ertönen aus Bats Zimmer, die ersten Takte von *The Host of Seraphim* jagen ihr wie immer einen Schauer über den Rücken. Fabian hat ihre Stereoanlage eingeschaltet, die Kerzen des zwölfarmigen Leuchters entzündet und Bats Bettdecken auf der Matratze zu einem Rückenpolster zusammengeschoben. Sie legt die Ausbeute ihrer Kücheninspektion vor ihn auf den Teppich.

»Ich bring heut nichts runter«, sagt er, ohne den Blick von den Kerzen zu wenden.

»Warst du auf dem Friedhof?«

»Janas ganze Family ist da aufgelaufen, mit einem Popen.«

Keine Chance also für Fabian, allein mit seiner toten Freundin zu sein. Nicht ein einziges mitfühlendes Wort hat irgendjemand aus Janas Familie jemals zu ihm gesagt. Ein Malerlehrling war ihrer Meinung nach kein passender Umgang für ihre kostbare Tochter, und dass diese Tochter selbst das anders sah, hatte niemanden interessiert, auch nicht, nachdem sie von einem Zug überrollt worden war. Bat schubst ihren Rucksack in eine Zimmerecke und sammelt die leeren Bacardi-Breezer-Flaschen zusammen. Auf einmal kann sie Fabian nicht in die Augen sehen. Wie eine Verräterin fühlt sie sich, weil auch sie ohne ihn mit Jana gefeiert hat, so wie Jana und sie es einst verabredet hatten. Aber vielleicht würde Jana das heute gar nicht mehr wollen?

Im Terrarium klettert Bats Chamäleon auf einen höheren Ast, betrachtet Bat mit kreisrunden Augen. Penthesilea, die Stoische, Starke. Königin der Amazonen, Meisterin der Verwandlung. Bat tupft mit dem Zeigefinger ans Glas, bemerkt erst jetzt den gelben Merkzettel von ihrer Mutter an der Seitenwand.

PUTZEN UM 19 UHR! PÜNKTLICH SEIN!!!

Mist, verdammter, warum hat sie das vergessen?

»Komm, stoßen wir an. Auf Jana.« Fabian hält ihr ein Sektglas hin, und der Schmerz in seinem Gesicht, zusammen mit den Orgelklängen und dem sphärischen Gesang von Dead Can Dance treiben Bat die Tränen in die Augen. Sie setzt sich neben ihn auf die Matratze, leert ihr Glas in einem Zug.

»Sie hat dich geliebt, Fabi. Du hast sie geliebt. Sie würde nicht wollen, dass du dir Vorwürfe machst.«

Er schenkt ihr nach, sieht Bat zum ersten Mal in die Augen. »Vielleicht hast du recht. Gehen wir in den Club. Für sie.«

»Ich kann nicht. Ich muss erst noch putzen gehen. Meine Mutter killt mich, wenn ich nicht bald erscheine.«

Mutter – ein schlechtes Thema, weil es an Fabians eigene Mutter erinnert, die vor einem halben Jahr an Krebs gestorben ist. Bat trinkt einen Schluck Sekt, verflucht sich für ihre Unachtsamkeit, aber Fabian scheint ihr nicht böse zu sein.

»Rettet sie wieder Seelen?«

»Vorhin kam im Radio, dass ein Priester ermordet worden ist. Ich hab zum Spaß gesagt, dass es ja vielleicht ihr heiliger Hartmut wäre.«

Ein winziges Lächeln zuckt in Fabians Mundwinkeln. »Und?«

»Sie ist fast in Ohnmacht gekippt, so wie wenn Pentis Heuschrecken ausbüchsen.«

Sie hat zu schnell getrunken, fühlt schon den Alkohol. Hastig greift sie nach dem Pumpernickel, schlingt eine dick mit Wurst belegte Scheibe herunter. Der Ketchup läuft ihr übers Kinn. Sie fährt mit dem Finger drüber, leckt ihn ab.

»Willst du wirklich nichts?«, fragt sie Fabian und greift nach der nächsten Scheibe. Er ist der Einzige, vor dem sie ihre Fressattacken nicht zu verstecken braucht, doch heute ist ihr seine Anwesenheit trotzdem ein wenig peinlich.

»Kein Hunger.« Er leert sein Sektglas, guckt wieder ins Leere. »Wann gehen wir?«

»Ich komm nach, Fabi, ich beeil mich.«

Jetzt sieht Fabian noch ein bisschen trauriger aus, und Bat fürchtet, er würde mit ihr zu streiten beginnen, ihr Vorwürfe machen, dass sie an Janas Geburtstag nicht freinimmt, oder – am allerschlimmsten – weinen, aber dann trinkt er einfach nur den letzten Rest Sekt aus der Flasche und sie verabreden sich für später.

Vielleicht wird Lars heute auch im Lunaclub sein, überlegt Bat, als sie kurze Zeit später zur Telefonseelsorge eilt. Vielleicht finde ich ausgerechnet an Janas 18. Geburtstag eine Spur ihres Mörders.

Und wenn sie sich irrt, wenn der Typ von neulich gar nicht

Janas Lars ist? Oder wenn rauskommt, dass er sie doch nicht ermordet hat? Ich muss aufpassen, ermahnt sie sich stumm. Ich muss diesen Typ erst mal abchecken, ihn beobachten, aus der Distanz. Das ist sicher leicht, denn er wird sich sowieso nicht an mich erinnern. Und auch niemand sonst wird etwas bemerken. Absolut niemand, weil sich ja eh niemand für die Wahrheit interessiert, nicht einmal Fabi, der immer nur traurig ist. Erst wenn ich absolut sicher bin, dass Lars Janas Mörder ist, werde ich mit Fabi reden. Und dann werden wir weitersehen.

* * *

Die Entlassung aus der Klinik ist Judith Krieger eindeutig nicht gut bekommen. Sie raucht wieder, ist leichenblass und hypernervös. Weit davon entfernt, bald wieder ins KK 11 zurückzukehren, auch wenn sie selbst das offenbar anders sieht. Manni manövriert den Dienstwagen in eine mikroskopische Parklücke. Kurz nach 20 Uhr. Er läuft los, Richtung Petersberger Straße, wo Ralf Meuser versprochen hat, auf ihn zu warten. Sieht so aus, als könne jemand unser Opfer identifizieren, hat er am Telefon gesagt. Sieht so aus, als hättest du recht. Manni zerbeißt ein Fisherman's, um den Knoblauchgeschmack loszuwerden, während er versucht, an den dunklen Fassaden die Hausnummern zu erkennen. Die Wohnlage hier im Stadtteil Klettenberg ist auf jeden Fall erste Sahne. Die topsanierten, mehrgeschossigen Altbauhäuser mit den gepflegten Vorgärten verbreiten das in Köln rare Großbürgerflair. Sogar ein paar Bäume behaupten sich zwischen den dicht parkenden Autos.

»Hier ist es.« Meuser tritt hinter einem Baum hervor und zeigt auf ein hell getünchtes Haus.

»Und die Beschreibung passt?«

Statt ihm zu antworten, hält ihm sein Kollege ein Foto hin. Manni studiert es im Lichtkegel einer Straßenlaterne, überfliegt die Vermisstenanzeige, auf der es heftet.

»Ich hab noch was herausgefunden, das interessant sein könnte«, sagt Meuser, als Manni fertig ist.

»Nämlich?«

»Die Gebeine des heiligen Albanus wurden angeblich in Sankt Pantaleon begraben. Er ist enthauptet worden.«

»Nett.«

»Mit einem Schwert. Die Skulptur auf der Empore dürfte übrigens wirklich der heilige Michael sein.«

Manni öffnet das Gartentor und drückt auf die Klingel fürs Erdgeschoss.

Sie müssen nicht lange warten, kaum ist der Klingelton im Haus verhallt, wird schon der Türsummer betätigt und im Inneren des gepflegten Eingangsbereichs öffnet sich eine Wohnungstür.

»Sie kommen wegen meines Mannes?« Die Sprecherin ist eine Frau um die fünfzig. Attraktiv, schlank, modisch gekleidet, leicht gebräunt mit sportlicher Kurzhaarfrisur und randloser Brille, die ihre zarten Gesichtszüge hervorragend zur Geltung bringt.

Sie stellt sich ihnen als Doktor Nora Weiß vor, nachdem sie ihre Dienstausweise gezeigt haben, und führt sie in eine großzügige Wohnküche. An der Stirnseite des Raumes öffnet sich eine zweiflügelige Glastür zu einem Garten, dessen Existenz von der Straßenseite nicht zu vermuten ist. Auf dem Boden ist schimmerndes Eichenparkett verlegt, die Küchenzeile ist modern und sicher sehr teuer, in der Mitte des Raums steht ein bestimmt 2,50 Meter langer antiker Holztisch, um den sich Designerstühle gruppieren.

Nora Weiß macht eine einladende Geste, holt Mineralwasser und Gläser, setzt sich dann selbst. An ihrem linken Ringfinger funkelt ein schlichter mattgoldener Ehering.

»Ich bin froh, dass die Polizei so schnell auf meine Anzeige reagiert«, sagt sie. »Damit habe ich, ehrlich gesagt, gar nicht gerechnet.«

Zu Mannis Überraschung sind die Designerstühle sogar bequem. Er betrachtet Nora Weiß, die nun Mineralwasser einschenkt. Sie lügt, denkt er. Sie ist nicht froh uns zu sehen, denn sie ahnt bereits, dass wir schlechte Nachrichten bringen. Ich hasse das, denkt er völlig unvermittelt. Mitten in ein fremdes Leben hereinplatzen und nichts als Unheil verkünden müssen, für das jemand anderes verantwortlich ist.

»Sie vermissen Ihren Mann«, eröffnet er das Gespräch.

»Ich bin heute Nachmittag von Fuerteventura zurückgekommen.« Nora Weiß fegt ein unsichtbares Stäubchen vom Tisch, tastet dann nach ihrer Brille, an deren Sitz es absolut nichts zu korrigieren gibt. Auf einmal entdeckt Manni ein postergroßes, poppig gerahmtes Familienfoto an der Wand. Vater, Mutter und zwei erwachsene Töchter. Glücklich. Lachend. Alles okay hier, bis auf die Tatsache, dass eine dieser vier Personen nun wohl tot in der Rechtsmedizin liegt.

»Ich mag Karneval nicht, da mache ich meine Praxis immer zu und gönne mir was«, sagt Nora Weiß.

»Und Ihr Mann bleibt hier.«

»Er musste arbeiten. Ich habe meine älteste Tochter in ein Wellnesshotel eingeladen.«

»Wo ist Ihre Tochter jetzt?«, schaltet sich Ralf Meuser ein.

»Wieder in München, wo sie studiert. Wir haben von Fuerteventura aus verschiedene Flüge genommen – wieso fragen Sie?«

Weil jetzt gleich jemand deine Hand halten sollte, denkt Manni, aber das sagt er natürlich nicht, genauso wenig wie Meuser.

»Weshalb sind Sie hier?«, fragt Nora Weiß sehr leise.

Manni räuspert sich. »Es gibt eine Übereinstimmung, das heißt, es gibt einen Mann, auf den die Beschreibung Ihres Mannes zu passen scheint.«

»Was …?«

»Aber wir sind nicht ganz sicher. Deshalb müssten wir Sie

bitten, mit uns zu kommen, und diesen Mann zu identifizieren.«

»Ist er…« Nora Weiß' Stimme versagt.

»Er ist tot. Er trägt keine Papiere bei sich. Bislang sind wir davon ausgegangen, dass dieser Mann ein katholischer Priester ist, weil er …«

»O mein Gott!« Ein tonloser Schrei. Mit hölzernen Bewegungen steht Nora Weiß auf und läuft Richtung Diele. Sie sind direkt hinter ihr, doch das scheint sie gar nicht zu registrieren. Wie ferngesteuert marschiert sie in ein Schlafzimmer mit gigantischem Doppelbett und schiebt eine der Türen des Wandschrankes auf.

»Seine Soutane«, murmelt sie und fingert immer hektischer durch die akkurate Ordnung. »Seine Soutane. Sie muss doch hier sein. Warum finde ich die denn nicht?«

Ralf Meuser tritt neben sie, legt ihr ganz sanft die Hand auf den Arm.

»Frau Weiß, was ist Ihr Mann von Beruf?«

»Er ist Arzt. Chirurg.«

»Und er besitzt dennoch eine Soutane?«

»Für Karneval.« Nora Weiß schüttelt ihn ab, wühlt sich durchs nächste Fach. »Sie muss doch hier sein«, flüstert sie stur.

Sie geben ihr noch eine Minute. Eine Minute der irrwitzigen Hoffnung, dass dieser Mord ihr Leben verschonen wird, bevor sie sie mit sanfter Gewalt von dem Schrank wegziehen.

»Jens hat sich seit gestern nicht mehr bei mir gemeldet«, erklärt sie zwischen Weinkrämpfen. »Das war ja nicht weiter beunruhigend, aber er ist heute nicht zur Arbeit gekommen, obwohl wichtige Operationen anstanden. Die Klinik hat mehrere Nachrichten hinterlassen. Sogar bei mir haben sie es probiert. Aber das habe ich erst hier in Köln bemerkt, ich hatte mein Handy ja ausgeschaltet, wegen des Flugs.«

Sie verstummt abrupt, spannt die Schultern an.

»Ich will ihn sehen. Jetzt. Sofort. Vielleicht ist dieser Mann, von dem Sie sprechen, ja gar nicht Jens, vielleicht gibt es ja eine Erklärung und die Soutane ...«

Niemand sagt etwas auf dem Weg zur Rechtsmedizin. Niemand sagt etwas, weil es in diesem Schwebezustand zwischen Gewissheit und Hoffnung nichts weiter zu sagen gibt.

»Bitte ...«, sagt Nora Weiß im Rechtsmedizinischen Institut. »Bitte, ich ...«

Aber dann lässt sie sich doch von Karl-Heinz Müller in den Leichenkeller führen. Hölzern, steif. Wieder geben sie ihr Zeit, stehen in respektvollem Abstand hinter ihr, sehen einfach zu, wie der Rechtsmediziner das grüne Tuch vom Kopfende der Stahlbahre zieht, wie die Hoffnung in Nora Weiß' Augen erlischt, wie sie nach einer endlos scheinenden Zeitspanne des Schweigens schließlich zum Kopfende der Bahre tappt und ganz zaghaft das geflickte, kalte Gesicht liebkost.

Man will nicht teilhaben an solch einer intimen Situation. Will es nicht, muss es trotzdem, lernt es durchzustehen und bleibt doch immer aufs Neue hilflos, denkt Manni. Als hätte man solch eine Situation noch nie erlebt. Stumm führen sie Nora Weiß schließlich zum Auto und fahren sie zurück in ihre Wohnung. Sie weint jetzt nicht mehr, wirkt erstarrt, in sich verkapselt.

»Frau Weiß, war Ihr Mann gläubig?«, fragt Manni, als sie wieder in der Wohnküche sitzen.

Sie schüttelt den Kopf, starrt an ihm vorbei ins Leere.

»Was könnte er an der Kirche gewollt haben?«

»Ich weiß es nicht«, sagt sie tonlos. »Vielleicht war es ein Scherz. Vielleicht musste er mal.«

Wie der Zeuge, denkt Manni. Wie der Zeuge, dessen Aussage so gut wie gar nichts bringt.

Sie warten in Nora Weiß' Wohnung, bis eine Freundin von ihr gekommen ist. Verabschieden sich für die Nacht und trotten zu ihren Autos. Es ist kalt geworden und während Manni seine

Schritte beschleunigt, kann er seinen Atem sehen. Er schließt den Dienstwagen auf, lässt sich auf den Fahrersitz plumpsen. Er überlegt, ob er einfach nach Hause oder zu Sonja fahren soll, ist aber plötzlich selbst für einen Anruf bei ihr zu müde. Sitzt einfach da und sieht zu, wie ein Rentner mit seinem Dackel Gassi geht, dessen Geschäft sorgfältig in Plastik verpackt und zu einem Mülleimer trägt, während sein Hirn versucht, die neuen Fakten zu ordnen. Ein Arzt, kein Priester ist das Opfer, die aufgescheuchten Kollegen und Kirchenoberen können sich wieder beruhigen. Sie haben es nicht mit einem Kirchenhasser zu tun. Vielleicht musste Jens Weiß sterben, weil er einen Kunstfehler gemacht hat, vielleicht hatte er eine Geliebte oder er hat einen Konkurrenten oder die Pharmamafia gegen sich aufgebracht. Aber warum dann diese Botschaft, Mörder, warum dieser Tatort und die Inszenierung des toten Weiß als Jesusimitation? Ist es wirklich nur Zufall, dass es im Inneren von Sankt Pantaleon einen mit einer Lanze mordenden Engel gibt?

Der Rentner stapft in einen Vorgarten, zieht den sich sträubenden Dackel hinter sich her, gibt dann auf, bückt sich und redet auf seinen Vierbeiner ein, bis sie Seite an Seite im Haus verschwinden. Manni steckt den Zündschlüssel ins Schloss, doch bevor er ihn rumdrehen kann, fiept wieder sein Handy.

»Der heilige Albanus«, intoniert Kollege Meuser. »Ich hab hier gerade noch was in den Unterlagen entdeckt, die ich vorhin nur überflogen hatte.«

»Nämlich?«

»Der heilige Albanus war gar kein Priester, er hat sich nur mit einer Priesterkutte verkleidet.«

»Sag jetzt nicht, der hat Karneval gefeiert.«

»Sie wurden verfolgt. Von den Römern. Weil sie Christen waren«, sagt Meuser humorlos. »Albanus hat mit dem Priester die Kleidung getauscht und sich an seiner Stelle enthaupten lassen – um ihn zu retten.«

2. Teil

»O käme doch, was ich begehre
und gäbe Gott, was ich erhoffe!«

Hiob 6, 8

Er kommt nicht mehr. Sosehr sie auch wartet und hofft und betet. Zuerst hat sie noch Erklärungen für ihn erfunden. Harmlose Entschuldigungen, schließlich weiß sie ja, wie beschäftigt er ist. Doch dann sind die Tage zu Wochen geworden. Einsam, schwarz, ihre Hoffnung zerfressend. Wenn sie ihn anruft, meldet er sich nicht. Wenn sie ihm schreibt, reagiert er nicht. Und als sie eines Nachts weinend bei ihm geklingelt hat, blieb alles dunkel. Ein anderes Mal hat sie ihn auf der Straße abgepasst. Die vertraute Gestalt, das geliebte Gesicht. Unendlich traurig hat er sie angesehen. Es geht nicht mehr, ich kann das nicht mehr, das weißt du doch. Aber ich, hat sie geschluchzt, was ist mit mir? Ich liebe dich doch, brauche dich mehr denn je, es war doch alles gut! Sanft, ganz sanft, fast so wie früher, hat er ihr da die Hände auf die Schultern gelegt und sie an sich gezogen, so dass sie beinahe wieder zu hoffen begann. Doch dann hat er sie von sich gestoßen. Quäl uns nicht weiter, hat er gesagt. Mach es mir nicht so schwer. Bitte geh.

Donnerstag, 23. Februar

Ein leises Stöhnen zuerst. Alterslos, geschlechtslos. Ruth Sollner presst den Telefonhörer fester ans Ohr und fixiert die Kerze, die vor ihr steht. Es ist unmöglich vorherzusehen, was während einer Schicht in der Telefonseelsorge geschehen wird. Jetzt, weit nach Mitternacht, wird es oft ruhig, doch in dieser Nacht schafft sie es nicht einmal, sich neuen Tee zu kochen oder auf die Toilette zu gehen, weil ein Anruf direkt auf den nächsten folgt. Als ob mit dem Beginn der Fastenzeit auch das Leid zu den Menschen zurückgekommen ist, oder zumindest das Bedürfnis es mitzuteilen.

»Ja, bitte?«, sagt Ruth. Freundlich, einladend.

Wieder ein Stöhnen. Rasselnder Atem.

Eine Frau, weiß Ruth plötzlich, noch nicht alt. Wahrscheinlich liegt sie im Bett, schafft es nicht mehr aufzustehen. Von Kummer gebeugt. Oder von einer Krankheit. Ruth schließt die Augen, glaubt am anderen Ende der Telefonleitung die Bewegungen der Anruferin unter einem Federbett zu hören.

»Aids, ich habe Aids, und das Kind ist noch klein.«

O Gott, was soll man auf solch eine Offenbarung bloß erwidern, überlegt Ruth. Aber dann schafft sie es in der folgenden halben Stunde doch irgendwie, die Anruferin ein winziges bisschen zu ermutigen. Etwas Religiöses will die Frau zum Abschluss des Gesprächs noch hören, ein Wort Gottes, das Hoffnung gibt, und wie schon manchmal in den sehr seltenen Fällen, wenn eine solche Bitte an sie herangetragen wird, wählt Ruth Psalm Nummer 23, ihren persönlichen Lieblingspsalm.

»Der Herr ist mein Hirt, mir wird nichts mangeln ... Auch

wenn ich wandern muss in finsterer Schlucht, ich fürchte doch kein Unheil ...«

Ruth spricht langsam, aus dem Gedächtnis. Verabschiedet sich dann von der Anruferin und atmet tief durch, froh, dass das Telefon nicht sofort wieder zu klingeln beginnt. Die Kerze flackert im Luftstrom ihres Atems. Sie knipst die Schreibtischlampe wieder an, die sie zu Beginn des Anrufs ausgeschaltet hatte, um sich besser aufs Hören zu konzentrieren, steht auf und geht endlich zur Toilette. Das Handwaschbecken und der Spiegel glänzen, ein leichter Zitrusgeruch hängt in der Luft. Viel zu spät sei ihre Tochter zum Putzen gekommen, hat Marianne berichtet, als Ruth sie ablöste, weit nach 20 Uhr. Aber Beatrice *ist* gekommen, denkt Ruth jetzt, während sie ihre Hände wäscht und das Waschbecken anschließend mit einem Papierhandtuch poliert. Und allein dafür will ich schon dankbar sein.

In der Küche gießt sie eine Kanne grünen Tee auf und isst einen fettreduzierten Erdbeerjoghurt. Das Telefon im Beratungszimmer ist immer noch still, auch aus den anderen Wohnungen und Büros des Gebäudes ist kein Laut zu hören. Ruth tritt ans Fenster und betrachtet die nächtliche Stadt. Kaum jemand weiß, wo sich die Telefonseelsorge befindet, im dritten Stock eines unscheinbaren Mietshauses, unweit des Doms, in einer schmalen Gasse hinter dem Park des Priesterseminars. Doch für die Anrufer ist dies egal. Für sie bleiben Ruth und die anderen Mitarbeiter der Telefonseelsorge nichts weiter als Anteil nehmende Stimmen. Nie stellen sich die Berater mit Namen vor, nie wird die Postanschrift der Telefonseelsorge nach außen kommuniziert. Und auch die Ratsuchenden müssen ihre Identität nicht preisgeben oder fürchten, dass ihre Telefonnummern in der Seelsorge angezeigt werden. Diskretion und Anonymität sind die wichtigsten Gebote für ein vertrauensvolles Gespräch.

Ruth wirft den Teebeutel in den Abfalleimer und trägt die Kanne zurück ins Beratungszimmer. Nach dem Morgen im Arbeitsamt und der verunglückten Mahlzeit mit ihrer Tochter, ist sie ins Bergische Land zu ihrer Schwester Eva gefahren, um ihr mit ihren an Windpocken erkrankten Kindern zu helfen. Bis in den Abend hinein hat das gedauert und danach ging es ohne Pause in der Telefonseelsorge weiter und all die Geschäftigkeit hat sie von ihren eigenen Sorgen abgelenkt. Jetzt aber, in der ersten ruhigen Minute, kommen sie zu ihr zurück. Die Angst, dass sie in den nächsten drei Monaten keinen neuen Job finden und dann zur Hartz-IV-Empfängerin wird. Die Angst um Beatrice natürlich, wie eine schwärende Wunde. Die Enttäuschung, dass Stefan seiner Tochter so ein schlechter Vater ist. Beatrice trinkt zu viel, driftet ab und ist völlig unzugänglich für jede Art von Hilfe, sie versucht Ruth zu provozieren, wie es nur geht, so wie mit dem dummen Gerede über den toten Priester.

Es war nur eine Provokation, redet Ruth sich zu. Sie ist noch in der Pubertät, und dann der Tod von Jana vor zwei Jahren und ein Vater, der kurz nach ihrem dreizehnten Geburtstag einfach ausgezogen ist. Aber Ruths Unruhe bleibt trotzdem, scheucht sie ein weiteres Mal zu dem Anrufbeantworter des Büros, lässt sie erneut ihr Handy kontrollieren. Nichts, immer noch hat sie keine Nachricht von Hartmut Warnholz. Und warum sollte er dich auch jetzt zurückrufen, mitten in der Nacht, um vier Uhr früh, schilt sie sich stumm. Ihm wird schon nichts passiert sein, er ist sicher einfach nur zu spät heimgekommen, um deinen Anruf noch zu beantworten, jetzt schläft er und meldet sich morgen früh.

Ruth trinkt ein paar Schlucke Tee, steht dann wieder auf. Der Umriss des Parks hinter dem Priesterseminar ist um diese Uhrzeit nur als schwarze Fläche auszumachen. Die Fenster der meisten Häuser sind dunkel. Als sei sie ganz allein auf der Welt, fühlt Ruth sich auf einmal. Die einzige lebende Person. Wie hinter Glas gefangen oder in einem Raumschiff. War da gerade ein Geräusch im Treppenhaus, waren da Schritte? Nein, jetzt ist alles still. Ruth setzt sich wieder vor das Seelsorgetelefon, schaltet die Lampe aus und betrachtet den warmen Lichtkegel der Kerze. Wer wird als Nächstes anrufen? Jemand, dessen Stimme und Schicksal sie schon kennt oder ein Erstanrufer, wie die Frau mit der Aidserkrankung? Was wird Ruth hören, wenn das Telefon das nächste Mal klingelt? Weinen, Stöhnen, Fluchen, Beschimpfungen, Klagen? Sie hat auf ganz neue Art zu hören gelernt, seit sie hier arbeitet. Sie hört inzwischen auch das Nichtgesagte, kann erkennen, ob der Ort, von dem aus der Anruf kommt, eng oder groß ist, sie hört auch das, was die Anrufer selbst gar nicht mitteilen wollen: tropfende Wasserhähne, Klospülungen, Flaschenklirren, gedämpftes Schlurfen, fast so, als sei sie blind.

Wieder glaubt sie ein Geräusch im Treppenhaus zu hören, doch beinahe im selben Moment klingelt das Telefon.

»Telefonseelsorge, guten Morgen.« Ihre Stimme klingt professionell, verrät nichts von der Angst, die ihr plötzlich den Rücken hochkriecht.

Der Anrufer ist ein Mann. Betrunken. Vollkommen ungeübt darin, seine Gefühle zu artikulieren. Seine Frau hat ihn nach über zwanzig Jahren Ehe verlassen. Mühsam lockt Ruth das aus ihm heraus, während ein Teil ihrer Sinne sich zugleich auf die Räume der Telefonseelsorge konzentriert.

»Warten Sie bitte einen Augenblick, ich bin gleich wieder für Sie da.« Noch nie hat sie ein Beratungsgespräch auf diese Weise unterbrochen, aber jetzt kann sie nicht anders, weil da ganz eindeutig Schritte im Treppenhaus sind. Schritte, die vor der Seelsorge anhalten, und dann folgt ein Kratzen, als ob sich jemand am Schloss zu schaffen macht.

Angst, sie hat Angst, was soll sie tun? Die Polizei rufen, Licht machen, fragen, wer da ist? Wie gelähmt steht Ruth in dem dunklen Flur. Wie gelähmt hört sie das leise Kratzen eines Schlüssels – und zuckt geblendet zurück, als die Tür aufschwingt und das Licht angeht.

»Frau Sollner!«

Unfähig, sich zu bewegen, als stünde ein Geist vor ihr, starrt

Ruth den Sprecher an. Es ist Priester Röttgen, der neue Leiter der Telefonseelsorge. Aber auch er erscheint nicht so selbstsicher wie sonst. Nervös befingert er seinen Priesterkragen und sein Atem geht schnell, als sei er gerannt.

»Dddas Telefon, ich bin mitten in einem Gespräch, ich wusste nur nicht …«, bringt Ruth heraus und stolpert zurück ins Beratungszimmer.

Der Betrunkene ist tatsächlich noch immer in der Leitung, mit großer Mühe gelingt es ihr, sich wieder auf das Gespräch einzulassen. Aber sie ist nicht bei der Sache, fühlt sich noch immer, als sei sie eben tatsächlich einer Gefahr entkommen, und das Wissen, dass jedes ihrer Worte auf dem Flur zu hören ist, macht sie noch nervöser.

»Sie brauchen Licht, das hab ich Ihnen doch schon mehrmals gesagt.« Kaum hat sie das Gespräch beendet, schaltet ihr Chef das Deckenlicht ein.

Ruth ist zu erschöpft, ihm zu widersprechen. Noch eine Stunde, dann übernimmt die Morgenschicht. Vielleicht hat sie ja Glück, und bis dahin bleibt das Telefon ruhig.

»Warum sind Sie so früh schon hier?«, fragt sie, weil ihr unter Röttgens Blick seltsam unwohl ist.

»Schlafstörungen.« Er geht zum Fenster, presst seine Stirn an die Scheibe. »Außerdem gibt es hier viel zu tun.«

Ruth wartet, bis er nebenan in seinem Arbeitszimmer verschwunden ist, wahrscheinlich, um nach weiteren Versäumnissen seiner Vorgängerin zu fahnden. Dann wischt sie mit einem Papiertaschentuch den feuchten Fleck von der Fensterscheibe, den seine Stirn dort hinterlassen hat.

Wieder klingelt das Telefon. Sie setzt sich zurecht, atmet tief durch.

»Telefonseel…«

»Ich bring dich um!«, zischt eine Männerstimme. »Du mieses Schwein!«

* * *

Um 5.45 Uhr reißt ihn das penetrante Fiepen des Weckers aus einem komaähnlichen Tiefschlaf. Manni wälzt sich aus dem Bett, hält im Badezimmer den Kopf unter den Wasserhahn und steigt in seine Joggingklamotten. Draußen nieselt es. Die Luft ist kalt und jetzt, vor dem Einsetzen des Berufsverkehrs, noch einigermaßen frisch. Manni macht ein paar halbherzige Dehnübungen und fällt in einen leichten Trab, zwischen den Glasfassaden der Hochhäuser im Mediapark durch, am künstlichen See vorbei, in dem sich um diese Uhrzeit nur wenige Lichter spiegeln, weiter durch die Unterführung und nach links in den Grüngürtel, wo er den Protest seines schlaftrunkenen Körpers ignoriert und das Lauftempo erhöht. Der erste Kilometer zieht sich wie immer in die Länge, auch der zweite ist heute nicht besser. Durchhalten, Mann, denk an den zweiten Dan. Manni legt einen kurzen Sprint ein, verlangsamt wieder, um durchzuatmen, sprintet dann sofort noch mal los, länger diesmal und schneller. Etwa beim vierten Kilometer hat er sich warm gelaufen und nun kommen auch die Gedanken zurück – Bruchteile von Ideen, Erinnerungen, Fragen, Ermittlungsansätzen. Manni erhöht sein Tempo, lässt die Gedanken kommen und wieder fliegen. Sankt Pantaleon. Der heilige Albanus. Jens Weiß. Seine trauernde Frau. Das seltsame Unbehagen, das den ersten Ermittlungstag begleitet hat. Als ob nichts ist, wie es scheint, als ob sie irgendetwas übersehen. Dann, plötzlich, scheint nur noch sein Körper zu existieren, ein perfekt funktionierender Mechanismus, und Atmen und Laufen werden ein und dasselbe.

Das erste Dämmergrau hängt über den Dächern, als er eine knappe Dreiviertelstunde später wieder den Mediapark durchquert. Manni verlangsamt sein Tempo nicht, nimmt auch die Treppen zu seiner Wohnung im Laufschritt. Es ist nicht berechenbar, was beim Joggen passiert. An manchen Tagen setzt auch die ausgedehnteste Tour keinerlei Glückshormone oder gar Geistesblitze frei. Doch heute hat sich auf dem letzten Kilometer wie aus dem Nichts eine Idee materialisiert – eine Idee, die ihm mit jedem Schritt besser gefällt, weil sie vielleicht dazu taugt, den ominösen Schwertritter zu überführen.

Sein Kühlschrank ist leer, aber das vermag Mannis Laune nicht zu trüben. Er trinkt eine Flasche Orangensaft auf ex, duscht und kauft auf dem Weg zum Auto zwei belegte Brötchen, die er erst an seinem Schreibtisch im Polizeipräsidium isst, da er Krümel in seinem GTI nicht mag. Um 7.51 Uhr stiefelt auch Kollege Kühn ins Büro. Frisch gestriegelt und mit grün getupftem Schlips, was ein unweigerliches Indiz dafür ist, dass er als erste Tat des Tages eine weitere Pressekonferenz anberaumen wird.

Manni unterdrückt ein Grinsen, während der Leiter der Soko Priester wie erwartet mit Pressekrämer telefoniert. Berechenbarkeit ist eine schöne Sache, mit der der Arbeitsalltag eines Kriminalbeamten nicht allzu oft gesegnet ist, umso wichtiger ist es, diese Eigenschaft bei einem Vorgesetzten zu würdigen.

»Ich fahr noch mal zu Nora Weiß«, sagt Manni, sobald Kühn sein telefonisches Vorspiel zum Presseauftrieb beendet hat.

Kühn nickt ihm zu. »Um 13 Uhr ist Konferenz. Ich erwarte, dass du dabei bist.«

»Ja, klar.« Manni nimmt seine Jacke. Männchenmachen auf Zuruf, das ist, was Kühn von seinen Mitarbeitern erwartet. Aber schön, kann er haben. Und mit etwas Glück wird Manni sogar einen Erfolg präsentieren.

Ralf Meuser sieht hingegen alles andere als optimistisch aus. Mit krummem Rücken stiert er auf seinen PC und wirkt so, als sitze er schon seit Stunden hier.

»Wir müssen rausfinden, ob der Mörder wirklich Jens Weiß töten wollte, oder vielleicht einfach nur einen Priester«, begrüßt er Manni griesgrämig, ohne den Blick vom Bildschirm zu wenden.

Manni linst über Meusers mageren Rücken auf den Monitor: www.heiligenlexikon.de, na fein.

»Vergiss mal den alten Albanus für ein Weilchen und check

in Weiß' Krankenhaus, ob jemand einen Grund hätte, unseren Doktor zu töten.«

Meuser nickt unüberzeugt. »Der Tatort ist wichtig. Der Zeitpunkt, exakt parallel zur Verbrennung der Strohpuppen. Und das Schwert.«

»Mag sein. Aber jetzt, wo wir wissen, wer unser Opfer ist, lohnt sich ja wohl die Suche nach einem eher weltlichen Motiv.«

»Stimmt auch wieder.«

Endlich kommt so was wie Leben in den Kollegen. Manni wartet nicht ab, ob es von Dauer ist. Er will von Nora Weiß mehr über ihren Mann erfahren. Freunde, Feinde, Vorlieben, Laster. Er will wissen, ob er eine Geliebte hatte, Träume, Ängste, Schulden, Vermögen und warum er sich ausgerechnet als Priester verkleidet hat. Und vor allen Dingen will er wissen, auf welcher Kostümparty Jens Weiß in der Nacht vor seiner Ermordung tanzte. Weil die Wahrscheinlichkeit relativ hoch ist, dass ein 56-jähriger Chefarzt sich nicht einfach in irgendeine Kneipe drängelt, sondern zu einer eher noblen Feier geladen ist, einer Party, zu der eine Gästeliste existiert.

* * *

Als sie zu sich kommt, liegt sie auf dem Boden in ihrem Zimmer. Steif, frierend. Ihr ist unsagbar schlecht. Alles tut ihr weh. Vorsichtig tastet Bat über ihren Körper. Sie ist angezogen. Ihre Bluse ist feucht und klebrig. Wieso liegt sie nicht in ihrem Bett, wie ist sie überhaupt heimgekommen, was ist passiert? Es muss Morgen sein, denn durch die Ritzen der Gardinen strömt Tageslicht. Sie hat geputzt, und diese spießige Kollegin ihrer Mutter hat sie die ganze Zeit angemeckert. Marianne. Wenn man schon so heißt.

Und dann? Was war dann?

Hinter ihrer Stirn hämmert es und auf einmal merkt sie,

dass sie zittert. Sie war nach dem Putzen noch im Lunaclub. Das war sie doch, oder?

Sie muss aufstehen, ins Bad gehen, sich waschen. Die Zähne putzen. Bat versucht hochzukommen, schafft es aber nur auf die Knie. Ihr Kopf tut so weh, sticht und pocht. Ihr ganzer Körper fühlt sich wie eine einzige Wunde an.

Jana, sie wollte doch mit Fabi im Club Janas Geburtstag feiern. Warum hat sie das nicht getan, oder haben sie gefeiert und sie weiß es nicht mehr?

Kotze, es stinkt nach Kotze, auf einmal nimmt sie das wahr. Ist sie krank, ist es das? Hat sie etwa hier in ihrem Zimmer auf den Teppich gekotzt? Panisch sieht sie sich um, kann jedoch keine verräterische Pfütze entdecken. Aber sie muss trotzdem erbrochen haben, jetzt kann sie es auch schmecken und was sonst ist diese getrocknete Kruste in ihrem Gesicht?

Sie kann nicht aufstehen, also kriecht sie auf allen vieren ins Bad, wo der Gestank des Erbrochenen sie erneut würgen lässt. Aber ihr Magen gibt nichts mehr her, nur der Schmerz wütet dort, strömt in ihren Unterleib, sticht und krampft, als habe sie ihre Tage.

Sie hat in die Badewanne gebrochen, jetzt sieht sie das. Warum kann sie sich nicht daran erinnern?

Saubermachen! Zitternd kniet Bat sich auf den Badeläufer, stellt die Dusche an, spült die Kotze weg. Vielleicht hat sie einen Magen-Darm-Virus. Oder hat sie zu viel getrunken?

Fabian hing mit ein paar anderen Goths aus ihrer Clique im Hinterhof des Lunaclubs ab, als sie kam. Sie haben gekifft, aber sie hatte keinen Bock darauf, sie wollte lieber ein Bier, also ist sie rein, an die Bar. War es so? Ja.

Bat lässt den Duschkopf in die Wanne fallen, setzt sich hin, lehnt den Rücken an den Wannenrand. Ihre Strumpfhose hat ein blutiges Loch über dem Knie, Laufmaschen ziehen sich von dort über Schienbein und Oberschenkel.

Lars, sie hat Lars an der Bar gesehen. Janas Lars. Er ist es wirklich. Sie hat sich zu ihm durchgedrängelt und sie hat Bier getrunken, ziemlich viel Bier, während sie ihn beobachtet hat. Sie hat sogar mit ihm gesprochen – oder bildet sie sich das ein?

Ihr Kopf tut weh, ihr Bauch, alles tut weh. Bat zieht sich am Waschbecken hoch, erhascht einen Blick auf sich im Spiegel. Die bekotzte Bluse, Blut, das verklebte, leichenblasse Gesicht, ihre weit aufgerissenen Augen.

Sie hat neben Lars an der Bar gestanden, sie hat sogar mit ihm gesprochen, nicht über Jana natürlich, nur so ein Theken-blabla und er hat sie tatsächlich nicht erkannt. Und dann ist er gegangen, mit irgend so einer Tusse mit rosa Haaren im Arm, und Bat ist hinterher, aber das hat nichts gebracht, sie konn-te nur noch zugucken, wie die beiden in einem dunkelroten Angeber-BMW weggefahren sind. Nicht mal das Autokenn-zeichen hat sie sich gemerkt.

Und dann? Was war dann? Mit großer Mühe zieht Bat sich aus, stopft die verdreckten Klamotten ohne hinzuschauen direkt in die Waschmaschine, schüttet reichlich Waschpulver dazu und schaltet sie ein, bevor sie sich in die Badewanne sinken lässt, wo das Wasser noch immer aus dem Duschkopf sprudelt.

Aber es muss heißer sein, viel heißer, damit sie nicht mehr so friert. Und sie braucht Shampoo und Duschgel, viel Duschgel, denn sie will das Erbrochene nicht mehr riechen, will wieder sauber sein, gesund, normal. Nüchtern. Langsam, ohne die Berührungen ihrer Hände auf der nackten Haut wirklich zu spüren, seift Bat sich ein, sieht zu, wie sich zwischen ihren Bei-nen eine rote Schliere löst und mit dem Schaum zum Abfluss fließt.

Sie hat ihre Tage gekriegt, das ist es also. Nochmals seift Bat sich gründlich ab, steckt dann den Stöpsel in den Abfluss und lässt die Wanne volllaufen, gibt eine großzügige Portion Badesalz hinzu.

Der Duft und das heiße Wasser beruhigen sie und ihr Bauch

tut nicht mehr so weh. Bat schließt die Augen, lässt sich in die Wärme sinken, immer tiefer und tiefer, an einen Ort weit, weit weg.

Aber dann, gerade, als alles friedlich ist, greift eine Hand nach ihr, jemand schüttelt sie, und als Bat mühsam die Augen öffnet, blickt sie direkt in das panische Gesicht ihrer Mutter.

»Beatrice«, schreit sie und schüttelt Bat immer weiter. »Bea, Mädchen, um Himmels willen. Was ist passiert?«

*   *   *

Die Stimme auf dem Anrufbeantworter des Polizeiseelsorgers Hartmut Warnholz klingt warm und freundlich. Judith hört zu, wie diese Stimme »für dringende Angelegenheiten« eine Mobiltelefonnummer diktiert und verspricht, baldmöglichst zurückzurufen, falls sie eine Nachricht hinterlässt. Als der Piepton ertönt, unterbricht Judith die Verbindung, setzt sich wieder auf ihren Lieblingsplatz auf der Fensterbank. Hochnebel liegt über den Dächern. Der Himmel ist genauso weiß wie am Tag zuvor. Zwei Krähen landen flügelschlagend auf dem Geländer der Dachterrasse, flattern sofort wieder auf und verschwinden aus Judiths Blickfeld.

Judith geht zu ihrem Sekretär, wo Warnholz' Visitenkarte liegt, die sie in der Nacht wieder aus dem Papierkorb geholt hat. Einer weiteren Nacht, die sie mit Hilfe von Tabletten überstanden hat, der letzten Notration aus dem Krankenhaus. Ist sie ein dringender Fall? Kann ihr das Gespräch mit einem katholischen Geistlichen irgendetwas bringen? Sie geht in die Küche, trinkt ein Glas Wasser, dann einmal mehr zurück in ihr Wohnzimmer. Eingesperrt fühlt sie sich, abgeschnitten, kaltgestellt. Sie sehnt sich nach etwas, ohne sagen zu können, wonach. Sie hat geduscht, eingekauft und gefrühstückt. Sie hat einen Termin bei der Friseurin mit der grünen Wand vereinbart, einen bei der Physiotherapie und eine weitere Nachricht auf

Millstätts Handy hinterlassen. Sie hat die Schmerzen in ihrem Handgelenk ignoriert und ihrem Strickschal einen türkisfarbenen Streifen hinzugefügt. Und die ganze Zeit hat sie versucht, nicht an das Abendessen mit Manni zu denken, das ihr gezeigt hat, wie machtlos sie ist, wenn die Erinnerungen sie zurück in das Haus katapultieren. Ausgelöst durch ein Streichholz, einen Luftzug, ein Geräusch, einen Geruch.

Die Tarotkarte, die sie gestern gezogen hat, liegt auf dem Sofa. Neuanfang ist ihre Botschaft. Überwindung der Furcht. Der Schwanz des Tigers schmiegt sich um den Hals der Prinzessin. Nackt tanzt sie in der gelbgrünen Flamme, zieht den Tiger hinter sich her. Ein Raubtier, das sie vernichten könnte, doch statt dies zu tun, gehorcht es ihr.

Irgendwo in ihrer Wohnung gibt es bestimmt eine Streichholzschachtel. Judith durchsucht ihren Sekretär, wird schließlich in der Küche fündig. Schocktherapie. Konfrontation. Vielleicht hilft ihr das. Vielleicht muss sie einfach nur wieder und wieder auf die Straße gehen, ins Polizeipräsidium, in Restaurants, um die Kontrolle zurückzugewinnen. Oder noch einmal in dieses Haus. Sie schüttelt ein Streichholz aus der Schachtel, atmet tief durch, zieht es über die Zündfläche. Ratsch. Augenblicklich beschleunigt ihr Herzschlag. Selbst wenn sie die Flamme selbst entzündet, bringt sie den Geschmack der Panik zurück.

Nicht dienstfähig. Traumatisiert. Sie muss keine Psychologin sein, um diese Diagnose zu erstellen. *Post Shooting Trauma* lautet der Fachbegriff für das, was mit ihr passiert. Ihre Seele hält nicht aus, was ihr widerfuhr, durchlebt es immer wieder aufs Neue. Ein Zustand, der Tage, Wochen, Monate andauern kann – oder ein ganzes Leben. Sie kennt ein paar traurige Beispiele von Kollegen dafür. Ich will das nicht, denkt sie wild. Ich will leben.

Schnell, bevor sie es sich wieder anders überlegen kann, tippt sie die Handynummer des Polizeiseelsorgers ins Telefon. Vielleicht meldet sich auch hier ein Anrufbeantworter. Vielleicht ist

Warnholz tot, vielleicht ist er das Opfer, mit dem Manni sich rumschlägt, das wäre doch eine perfide Ironie.

»Warnholz, ja bitte?«

Dieselbe warme Stimme, diesmal nicht vom Band. Auch wenn sie die Nummer gewählt hat, war sie nicht darauf vorbereitet und weiß plötzlich nicht, was sie sagen soll. Zögernd tastet sie sich vor. Fragend.

»Ich will diese Angst nicht mehr«, sagt sie, als sie Warnholz später in einem Südstadtcafé gegenübersitzt. Spontan hat er ihr dieses Treffen angeboten. Eine halbe Stunde, zwischen zwei Terminen. Ganz offenbar betrachtet er den Fall Judith Krieger als dringende Angelegenheit.

»Angst, wovor?« Locker gefaltet liegen seine Hände auf dem Tisch. In seinem braunen Shetlandpullover und der schwarzen Cordhose wirkt er eher wie ein Psychologe als wie ein Priester. Seine dunklen Augen ruhen freundlich und offen auf ihr, und doch ist sie sicher, dass ihnen nichts entgeht.

»Ich sehe die Bilder aus diesem Haus, wieder und wieder. Ich kann mich nicht dagegen wehren«, sagt sie.

»Das ist eine vollkommen normale Reaktion.«

»Mag sein.« Sie trinkt einen Schluck Milchkaffee. »Aber das hilft mir nicht.«

»Was genau macht Ihnen am meisten zu schaffen?«

»Ich wollte eine Zeugin befragen. Wenn ich das nicht getan hätte, würde sie noch leben. Dann wäre das alles nicht passiert.«

»Sie wären um ein Haar selbst gestorben.«

»Ich habe getötet.«

»Schuld.« Warnholz sieht sie an. »Geht es darum?«

»Ja«, sagt Judith sehr leise. »Auch.« Und für den Bruchteil einer Sekunde muss sie wieder an ihren toten Vater denken. An das Foto, das sie auf seinen Knien zeigt, an ihr gemeinsames Lachen. Vielleicht war das eine Ausnahmesituation, doch die Liebe in seinen Augen wirkt echt, genau wie ihr eigenes kindliches Strahlen. Was hat ihr Vater empfunden, als er seine Sachen packte und ging, was hat er seiner Tochter zum Abschied gesagt? Zerbrochenes Glück. Vermutlich hat sie die Tragweite als Dreijährige überhaupt nicht verstanden. Doch irgendwann muss sie trotzdem begriffen haben, dass dies ein Abschied für immer war.

»Vielleicht hatten Sie keine andere Wahl.«

»Das sagen Sie? Ein katholischer Priester?«

»Bereuen Sie, was geschehen ist?«

»Ja.«

»Würden Sie es wieder tun?«

»Ich hätte mich entscheiden können zu sterben.«

»Sie sind sehr hart zu sich.«

»Ich bin Polizistin.«

»Für mich sind Sie in erster Linie ein Mensch.«

»Ich wollte das nicht.« Auf einmal laufen ihr Tränen über die Wangen. Tonlose Tränen, die sie nicht aufhalten kann. Judith dreht sich eine Zigarette. Ihr Handgelenk schmerzt, ihre Hände zittern. Sie wischt sich mit dem Ärmel über die Augen. Sie will raus hier. Weg. Eine rauchen. Und zugleich will sie bleiben, es durchstehen, es zu Ende bringen. Warnholz betrachtet sie. Wartend, ohne zu fordern. Wahrscheinlich ist er weinende Menschen gewöhnt. Wahrscheinlich ist sie nicht die Einzige, die vor seinen Augen zusammenbricht und nach ihrer persönlichen Droge giert. Aus irgendeinem Grund tut ihr diese Erkenntnis gut. Die Erkenntnis und die Tränen, die sich nun, da sie sie einmal zugelassen hat, einfach nicht mehr aufhalten lassen.

»Ich bin übrigens nicht katholisch«, sagt sie nach einer Weile.

Die Andeutung eines Lächelns spielt in Warnholz' Mundwinkeln. »Meine Arbeit als Polizeiseelsorger besteht nicht darin, Sie zu bekehren.«

»Sondern?«

»Ihnen zu helfen. Unabhängig von Ihrer Konfession.«

»Und wenn ich nicht einmal an Gott glaube?«

»Ist es denn so?«

»Wie wollen Sie mir helfen? Was können Sie tun?«

Früher, vorher, hat Judith ihrer Intuition vertraut. Jetzt hat sie plötzlich Probleme damit, ist sich nicht sicher, ob Warnholz' Freundlichkeit echt ist oder nur gespielt. Kann sie ihm vertrauen, ist er, wer er vorgibt zu sein? Sie versucht in seinen dunklen Augen zu lesen, findet keine Antwort darin.

»Ich kann Ihnen die Angst nicht nehmen.« Ruhig, scheinbar ganz offen, erwidert er ihren Blick. »Und auch nicht Ihre Erinnerungen. Aber ich kann mit Ihnen üben, damit zu leben. Sie auszuhalten. Nicht mehr so ausgeliefert zu sein.«

»Wie soll das gehen?«

»Sie brauchen Vertrauen. Sie müssen sich Zeit geben. Und Sie müssen bereit sein, das, was Sie erlebt haben, gemeinsam mit mir noch einmal zu betrachten.«

»Ich weiß nicht, ob ich das schaffe.«

»Sie sind nicht allein. Ich würde Sie begleiten.«

»Es läuft ein Verfahren gegen mich, wegen Totschlags. Das ist zunächst mal nur eine Formalität, das normale Procedere, wie nach jedem dienstlichen Schusswaffengebrauch.«

»Ja.«

»Wenn wir uns weiterhin treffen und Sie mir helfen – ich möchte nicht, dass irgendjemand im Polizeipräsidium davon erfährt.«

»Wir müssen uns nicht in meinem Büro im Präsidium treffen, Sie können auch in meine Dienstwohnung kommen. Oder wir gehen spazieren, treffen uns in einem Café – ganz wie Sie wollen. Und davon abgesehen: Als Seelsorger unterliege ich dem Zeugnisverweigerungsrecht.«

»Paragraph 53 der Strafprozessordnung, ja«, sagt Judith. »Die Frage ist nur, wie ernst Sie den nehmen und wer Zugriff auf Ihre Unterlagen hat.«

»Niemand, der sich mir anvertraut, muss fürchten, dass ich ihn verrate.«

»Egal was passiert?«

»Ich werde schweigen«, sagt Hartmut Warnholz. »Unter allen Umständen. Ja.«

* * *

Die Wohnküche der Familie Weiß wirkt unverändert fröhlich und hell, der Blick durch die Glasflügeltür offenbart bei Tageslicht, dass der Garten hinter dem aufwendig sanierten Altbauhaus eine echte Stadtoase ist. Mittelpunkt ist ein schön gepflasterter Platz unter einem urigen Baum. Ein verwitterter Holztisch, Stühle, Windlichter, eine Feuerstelle und die Halterung eines Sonnenschirms deuten darauf hin, dass dies vermutlich der sommerliche Lieblingsort der Familie ist. Einer Bilderbuchfamilie, wie es den Anschein hat, über deren Leben nun eine Katastrophe hereingebrochen ist.

»Möchten Sie eine Tasse Tee?«, fragt Julia Weiß. Noch in der Nacht sei sie aus München angereist, um ihre Mutter zu unterstützen, hat sie Manni erklärt, während sie ihn in die Wohnküche führte, wo die Chirurgenwitwe Nora Weiß eine Teetasse festhält und wirkt, als habe sie sich nicht vom Fleck bewegt, seit Manni sich gestern verabschiedet hat.

Er setzt sich den beiden Frauen gegenüber. Eine Porzellantasse steht schon für ihn bereit.

»Ja, gern«, beantwortet er Julia Weiß' Frage und hält ihr brav die Tasse hin. Grüner Tee. Man kann das trinken, so viel hat er dank Sonja inzwischen akzeptiert. Schmecken tut die Plörre jedoch eher nicht, aber er wird den Teufel tun, jetzt und hier Extrawünsche zu formulieren. Vertrauensbildung ist die angesagte Strategie, weil er gleich anfangen wird, die weißsche Intimsphäre zu sezieren. Er mustert die Frauen, die ihm gegenüber am Küchentisch sitzen. Dieselbe leichte Bräune, dieselbe praktische Kurzhaarfrisur, dieselbe schlanke Figur, dieselben verheulten Augen. Ein Bollwerk der Trauer, Seite an Seite. Augenärztin mit eigener Praxis die eine, Studentin der Medizin die andere.

»Wir haben Isabel noch nicht informiert«, flüstert Nora Weiß heiser. »Sie ist für ein Austauschschuljahr in Australien. Es geht ihr so gut dort, und sie ist erst siebzehn. Ich kann doch nicht einfach in Sydney anrufen und sagen, Isabel, Liebes, du musst mal kurz heimfliegen, dein Vater ist …«

Sie bricht ab, presst ein durchnässtes Taschentuch auf Mund und Nase.

»Ich ruf Isa nachher an, Mama, mach dir darum jetzt keine Sorgen.« Julia, ganz Vorzeigetochter, streichelt ihrer Mutter den Arm.

»Es ist sicher besser, auch Ihre jüngere Tochter bald zu informieren«, sagt Manni und denkt an seine eigene Mutter, die nach dem Tod seines Vaters nicht fähig war ihn anzurufen oder überhaupt irgendetwas zu tun oder zu sagen. Er räuspert sich, trinkt einen Schluck grüne Plörre. Gruselig. Ein Aroma aus alten Socken und Gras. Kaum vorstellbar, dass dies das japanische Nationalgetränk ist, das Zenmeistern wie Normalbürgern angeblich ein langes, gesundes Leben beschert. Er stellt die Tasse ab und klaubt seinen Notizblock aus der Jackentasche.

»Frau Weiß, Ihr Mann war kostümiert, hatte also offensichtlich eine Karnevalsparty besucht. Wissen Sie zufällig, wo?«

»Ja, natürlich.« Ihre Stimme ist immer noch heiser und sie spricht durch die Nase. »Jens war wie jedes Jahr auf dem Ärzteball in der Wolkenburg.«

Bingo! Eine nicht öffentliche Veranstaltung. Gar nicht so weit von Sankt Pantaleon entfernt. Manni beherrscht seine Gesichtszüge, gestattet sich nicht einmal die Andeutung eines zufriedenen Grinsens. Ärzteball, Kollegen – das offenbart Stoff für eine ganze Reihe von denkbaren Motiven, die alle nichts mit einem von Römern gejagten Heiligen zu tun haben, der sich für seinen Glauben anstelle eines Priesters enthaupten ließ.

»Er war also auf dem Ärzteball«, sagt er langsam. »Allein?«

»Ich nehme an, mit Kollegen aus der Klinik.«

»Und nach dem Ball machte er einen Abstecher zu Sankt Pantaleon. Warum?«

»Ich weiß es nicht. Ich nehme an, er wollte zu Fuß nach Klettenberg gehen und kam da vorbei.«

»Er ging aber in den Park hinein, zum Seiteneingang der Kirche.«

Hilflos sieht Nora Weiß Manni an. »Wenn Sie das sagen.«

»War er allein?«

»Wahrscheinlich schon.« Sie bricht ab. »Ich weiß es nicht.«

»Warum ist er zur Kirche gegangen, was glauben Sie?« Dieselbe Frage wie in der Nacht zuvor. Dieselbe Ratlosigkeit in Nora Weiß' Gesicht.

»Ich weiß es nicht. Wirklich nicht. Er läuft gern, und ein Taxi ist ja an Karneval schwer zu kriegen. Vielleicht musste er mal. Vielleicht hat er an der Kirche irgendwas bemerkt und wollte nach dem Rechten sehen.«

Gar keine schlechte Idee. Manni macht sich eine Notiz. Sie müssen überprüfen, wie es sich mit den Sichtverhältnissen vom Eingangstor des Kirchgeländes aus in den Park verhält.

»Lief gern!« Nora Weiß schluchzt plötzlich auf, reißt sich die Brille von der Nase und vergräbt ihr Gesicht in den Händen. »Ich schaffe das nicht«, flüstert sie. »Ich begreife das nicht. Wir waren doch glücklich zusammen, wir hatten doch noch so viele Pläne.«

»Es tut mir sehr leid«, sagt Manni. »Aber ich muss Ihnen trotzdem einige Fragen stellen.« Wie oft hat er diese Formulierung schon verwendet? Unzählige Male. Doch auch wenn die Worte routiniert über seine Lippen kommen, wird es nicht leichter. Weil es nur Floskeln sind, schwerlich dazu geeignet zu trösten oder die Hilflosigkeit zu kaschieren, die einen unweigerlich befällt, wenn man vor verzweifelten Angehörigen sitzt.

»Entschuldigen Sie.« Nora Weiß putzt sich die Nase. Fast unmerklich rückt ihre Tochter noch ein Stück näher zu ihr. Vorsicht, warnen ihre rot geheulten Augen Manni stumm. Pass auf, was du sagst, komm meiner Mutter nicht zu nah.

Kinder, die ihre Eltern beschützen. Das sollte doch eigentlich umgekehrt sein, solange die Eltern noch nicht völlig gebrechlich sind, hat Sonja neulich gesagt, als Mannis Mutter zum dritten Mal am selben Abend mit einem Anruf nervte und er trotzdem freundlich geblieben war, um sie nicht zu verletzen.

»Da ist noch etwas, das Sie wissen müssen«, sagt er. »Der Täter hat am Tatort eine Botschaft hinterlassen. Mörder.«

»Mörder?« Nora Weiß malträtiert ihr Taschentuch. »Aber …«

»Reg dich nicht auf, Mama, bitte«, fleht Julia Weiß und bedenkt Manni mit einem giftigen Blick. Doch darauf kann er keine Rücksicht nehmen. Er lehnt sich vor, sieht der Augenärztin ins Gesicht.

»Hatte Ihr Mann Feinde, Frau Weiß?«

Sie starrt ihn an.

»Vielleicht in der Klinik? Gab es Neider, Konkurrenten, unzufriedene Patienten?«

»Was reden Sie da? Jens ist ein wunderbarer Mensch und ein wunderbarer Arzt …«

»Irgendjemand hat das offenbar anders gesehen.«

»Hören Sie auf, hier mit Dreck zu werfen.« Julia Weiß' Stimme zittert, ihre Augen blitzen vor Wut.

»War Ihre Ehe glücklich, Frau Weiß?« Manni hat nicht vor, sich von den Bodyguard-Allüren der Tochter ablenken zu lassen.

Nora Weiß knetet ihr Taschentuch. »Das sage ich doch. Ja.«

»Keine Affären, keine Krisen?«

»Nein.« Die Augenärztin schluchzt auf. Auch die Tochter wirkt so, als ob sie gleich wieder losheulen würde. Tränensturzbäche, die sich unversehens in Aggression verwandeln können – warum muss das bei Frauen immer so sein?

»Woher hatte Ihr Mann die Soutane?«, fragt er laut, um das Gespräch vorerst wieder in etwas sicherere Bahnen zu lenken.

Tatsächlich scheint diese Strategie zu wirken, Nora Weiß putzt sich die Nase und sieht ihn an.

»Er hat sie mal von einer Romreise mitgebracht, aus einem Laden in der Nähe vom Vatikan.«

»Einfach so?«

»Warum denn nicht?«

»Jeder kann dort eine Soutane kaufen, auch wenn er kein Priester ist?«

Ratlos sehen die beiden Frauen ihn an.

»Das ist ein paar Jahre her, ich glaube nicht, dass Jens die Quittung aufgehoben hat«, sagt Nora Weiß schließlich.

Meuser kann das recherchieren, beschließt Manni. Das passt doch zu seiner klerikalen Ader. Er will nach seiner Teetasse greifen, besinnt sich gerade noch rechtzeitig eines Besseren.

»Warum wollte Ihr Mann sich überhaupt wie ein Priester kleiden?«

»Papa fand das lustig«, antwortet Julia Weiß.

»Lustig?«

»Priester war sein Spitzname, schon während des Studiums«, erklärt Nora Weiß mit zitternder Stimme. »Weil er, wenn er sich für ein Thema begeistert, ganz gern doziert.«

»Und moralisiert?«

»Er ist Naturwissenschaftler. – War ...« Der Rest des Satzes geht in einem Schluchzer unter.

»Heißt das ja oder nein?« Manni lehnt sich vor, versucht die Aufmerksamkeit der Augenärztin zurückzugewinnen.

»Was wollen Sie eigentlich, uns quälen?« Julia Weiß springt

auf, ihr Stuhl kracht aufs makellose Parkett. Keine der Frauen macht Anstalten, ihn wieder aufzuheben.

»Ich ruf Doktor Vogel an, Mama, du brauchst jetzt Ruhe.« Julia Weiß stürmt auf den Flur.

Und das ist das Ende dieser Vernehmung, auch wenn er in der Zeit, bis der Hausarzt eintrifft, weiter versucht, einen Hinweis auf mögliche Makel in der Bilderbuchfamilie zu finden. Aber nein, Jens Weiß war rundum wunderbar, geliebt, geschätzt und lauter, dabei bleiben die beiden Frauen, bis es an der Tür klingelt, was Julia Weiß zum Anlass nimmt, Manni hinauszukomplimentieren.

Er fügt sich, vorerst, trottet an den Alleebäumen vorbei zu der Schrottgurke, die ihm an diesem Tag aus dem stets aufs Neue überraschenden Bestand des Polizeifuhrparks zuteil geworden ist. Alles war gut, alles war schön, so lange, bis völlig unverhofft das Böse über eine Idylle hereingebrochen ist – solche Beteuerungen hat er schon so oft gehört. Aber das Böse ist in den seltensten Fällen das Fremde, sosehr sich die Betroffenen das auch wünschen. Er ruft Meuser an, während er den Wagen Richtung Wolkenburg manövriert. Informiert den Kollegen über die mageren Früchte seiner Mühen, setzt ihn vor allem darauf an, herauszufinden, wer von den Ärzten und Schwestern des Krankenhauses gemeinsam mit Weiß auf dem Ärzteball tanzte.

Vielleicht hatte der Chirurg eine ganz simple Affäre mit einer knackigen Assistenzärztin, wollte sich mit ihr auf dem Heimweg von der Party in ein ungestörtes Eckchen verdrücken, wo sie dann dummerweise deren gehörnter Gatte erwischte. Doch wie wahrscheinlich ist das im kalten Februar – zumal es Jens Weiß sicher nicht an Geld für ein nettes Hotelzimmer mangelte und er auch daheim sturmfreie Bude hatte? Und diese Botschaft – Mörder – und der ominöse Ritter, wie passen die ins Bild? Und warum verdammt noch mal hat sich der durchaus sportliche Jens Weiß überhaupt nicht gewehrt?

Der Verkehr in die Innenstadt fließt zäh und gibt Manni so reichlich Zeit, das Gespräch zu überdenken. Schützt Julia Weiß ihre trauernde Mutter oder vielmehr das Bild einer intakten Familie, die so vielleicht gar nicht existierte? Sag deiner Mutter doch endlich, dass du am Wochenende nicht kommst, weil du mit mir verabredet bist, schieb doch nicht immer die Arbeit vor, hat Sonja neulich von ihm gefordert. Ich bin nicht besser als Julia Weiß, gesteht er sich unwillig ein. Wie ein Reflex ist das, schon als Schuljunge habe ich mit aller Macht versucht, Dinge, die Mutter irritieren, möglichst vor ihr zu verbergen. Aber Sonja hat recht, das ist nicht meine Aufgabe. Und geholfen hat Mutter das ohnehin nicht. Mein Vater hat trotzdem zugeschlagen und sie hat das mitgemacht. Hat mir verboten, darüber zu sprechen. Ist bei ihm geblieben. Hat sich nicht gewehrt.

Manni erspäht eine Lücke auf der linken Spur, zieht scharf herüber, schafft die nächste Ampel noch knapp bei gelb. Bleib jetzt bloß bei der Sache, Alter, fang jetzt nicht noch mit Selbstzerfleischung an, wie sonst Judith Krieger. Er schaltet das Radio ein. Jon Bon Jovi. *It's My Life*. Gut. Er regelt die Lautstärke hoch und trommelt den Takt aufs Lenkrad, erreicht sein Ziel ohne weitere Staus.

Die Wolkenburg ist heute eine von Kölns Top-Adressen für Feierlichkeiten aller Art, ursprünglich war der graue Steinkomplex ein Kloster, das nun, inmitten der umstehenden Nachkriegsbauten, seltsam deplatziert wirkt. Manni betritt den Innenhof durch ein hohes Gittertor, dickes Mauerwerk dämpft den Innenstadtlärm. Die Frau, die für die Vermietung der Wolkenburg-Säle zuständig ist, sieht übernächtigt aus, prüft seinen Dienstausweis aber dennoch sehr gründlich. Er sichert ihr Diskretion zu, selbstverständlich, so gut es eben geht, was mit einer Portion Charme und einigen Komplimenten zu dem gewünschten Ergebnis führt. Sie händigt ihm die Gästeliste des Ärzteballs aus, nennt ihm die Kontaktdaten der Organisatoren. Bingo, denkt Manni wieder, als er den Namen von Jens Weiß auf der Liste entdeckt.

Aber es kommt noch besser, viel besser, so gut, dass selbst die Aussicht auf Kühns bevorstehenden Presseauftrieb Mannis Laune nicht trüben kann.

»Ich gebe Ihnen auch noch die Telefonnummer des Fotografen, der auf dem Ball fotografierte«, flötet die Wolkenburg-Frau. »Vielleicht lohnt es sich ja, dass Sie die Fotos ansehen.«

* * *

Irgendetwas fehlt, irgendetwas hat sie übersehen. Ekaterina Petrowa brüht frischen Tee auf, gibt drei Stück Würfelzucker und einen Zweig frische Minze hinzu, die sie sich bei ihrem gestrigen Einkauf gegönnt hat. Über den Friedhof, auf den sie vom Fenster ihres Arbeitszimmers in der Rechtsmedizin blickt, kriecht bereits die Dämmerung, ein weiterer Tag neigt sich dem Ende zu. Eigentlich wollte sie den Priester, der ja nun gar kein Priester ist, bereits heute Mittag ein weiteres Mal untersuchen. Doch dann kam ein Suizid dazwischen, schon wieder. Man sollte meinen, die meisten Leute bringen sich im Herbst um, wenn die Tage ihr Licht verlieren, oder im Winter, aber so ist es nicht. Ausgerechnet dann, wenn in der Natur mit den ersten Knospen neues Leben erwacht, springen die Leute am häufigsten vor die Bahn, schlitzen sich die Pulsadern auf, vergiften sich, stürzen sich von Brücken oder Dächern. Vielleicht ertragen sie die Hoffnung nicht, überlegt Ekaterina. All die Sehnsüchte und Versprechungen, die so unweigerlich mit dem Frühling verbunden sind, und sich dann so oft doch nicht erfüllen.

Die Akte der Obduktion des Chirurgen Jens Weiß, den sie bei sich nach wie vor Priester nennt, ist natürlich längst an Staatsanwaltschaft und Kriminalpolizei gegangen, doch eine Kopie hat sie wie immer bei sich behalten. Sie setzt sich an den

Schreibtisch, isst ein Stück Kirschplunder und schlürft ihren heißen Tee in kleinen Schlucken, während sie durch den Sektionsbericht blättert. Inzwischen sind auch die ersten Ergebnisse aus der Toxikologie eingetroffen. Auf gut Glück hat sie eine Reihe von Tests zu Drogen und Barbituraten veranlasst. Doch bislang sind alle Ergebnisse negativ, mit Ausnahme des Alkoholtests. 1,1 Promille hatte Jens Weiß beim Eintritt des Todes im Blut. Er war also definitiv angetrunken – doch sicherlich weit davon entfernt, völlig willenlos zu sein oder unfähig sich zu bewegen.

Warum also hat er sich nicht gewehrt? Er hat keinen Herzinfarkt oder Schlaganfall erlitten, wurde nicht vergiftet. Und auch wenn sie das nicht beweisen kann, vermutet sie, dass er durch die leichte Fraktur am Hinterkopf nicht bewusstlos war. Ekaterina schiebt den letzten Bissen des Blätterteiggebäcks in den Mund, wirft die Papiertüte in den Abfalleimer und tritt an das Handwaschbecken, das sich praktischerweise in einer Nische ihres Arbeitszimmers befindet. Von ihrem eigenen Geld hat sie vor zwei Wochen noch einen hübschen Spiegelschrank mit extra Schminkspiegel und Beleuchtung gekauft, der exakt in diese Ecke passt. Eine mutige Investition, schließlich befindet sie sich noch immer in der Probezeit. Aber das Schränkchen war ein Sonderangebot und seit es hier hängt, ist sie endlich nicht mehr auf die funzelig-grünliche Beleuchtung in den Waschräumen angewiesen. Sie konnte einfach nicht widerstehen, und der Hausmeister war so nett, ihr den Schrank an die Wand zu dübeln.

Warum hat Jens Weiß sich nicht gewehrt? Ekaterina wäscht sich die Hände, cremt sie mit einer nach Lilien duftenden Handlotion ein und überprüft ihr Make-up. Sie weiß, dass ihre Kolleginnen die Sorgfalt, die sie auf ihr Äußeres verwendet, befremdlich finden, zumal ja die wenigsten ihrer Patienten noch leben. Aber Make-up und schicke Kleidung sind ein Luxus, auf den sie lange verzichten musste, stilvolles Auftreten kann niemals schaden und davon abgesehen, wer kann schon sagen, was die Seelen der Toten bemerken?

Hellrosa Lippenstift hat sie heute gewählt, passend zu ihrem weißen Pullover, auf dem Pailletten funkeln, wie die tief stehende Wintersonne im Schnee der russischen Taiga. Ekaterina starrt sich in die dunkelbraunen Augen. Wann wird sie ihre Großmutter wiedersehen und Prirechnij, das Dorf am See, in dem sie aufgewachsen ist? Sie schließt die Augen, glaubt die erhabene Stille der Taiga zu hören und das leise Ächzen der Birken. Sie öffnet die Augen wieder, schüttelt den Kopf. Die ersten Wochen in Köln haben die Erinnerungen zurückgebracht, nicht nur an die Landschaft ihrer Kindheit, auch an die alte Sprache und das Wissen der Großmutter. Schamanenwissen. Ekaterina wollte damit nichts zu tun haben, sie wollte Ärztin sein, immer schon, Wissenschaftlerin, modern, keine Schamanin, die ihre Erkenntnisse aus der tranceartigen Kommunikation mit irgendwelchen Geistern gewinnt, oder schlicht und einfach aus Intuition. Lange hatte sie sich in Deutschland sicher gefühlt, weit genug entfernt von der Geisterwelt. Doch seit sie in Köln ist, hat sie zu akzeptieren begonnen, dass das alte Wissen trotzdem in ihr ist, auch wenn sie das so gut es irgend geht vor den Kollegen verbirgt. Und mit der Akzeptanz ist die Sehnsucht zurückgekommen. Die Sehnsucht nach Russland, den Abenden in der Kate, dem Feuer, dem Schnee und natürlich nach ihrer Großmutter.

Alles hat seine Zeit, es nutzt nichts, sich woanders hin zu wünschen. Ekaterina löscht das Licht über dem Spiegel, nimmt den Sektionsbericht und geht durch das Treppenhaus hinunter zum Leichenkeller. Das leise Brummen der Kühlaggregate begrüßt sie. Sie streift einen Kittel über und zieht den Stahlschlitten mit Jens Weiß aus dem Wandfach, wuchtet ihn auf eine Rollbahre. Niemand ihrer Kollegen ist hier, auch nebenan im Obduktionsraum ist sie allein. Sie ist zu klein, um den Toten auf einen der Untersuchungstische zu hieven. Also rollt sie ihn einfach so nah wie möglich unter das Licht der OP-Strahler. Was ist in den letzten Minuten seines Lebens geschehen?

Noch einmal untersucht sie ihn, Zentimeter um Zentimeter. Doch sosehr sie sich auch anstrengt, findet sie nichts, was auf eine Abwehrverletzung hindeutet, keinen noch so kleinen Schnitt, nicht den Hauch eines Hämatoms.

Langsam, hochkonzentriert tastet Ekaterina über den kalten Körper. Jens Weiß hatte Angst, weiß sie plötzlich. Entsetzliche Angst. Er wollte sich wehren, und konnte es nicht. Er war wie gelähmt. Aber auch wenn sie sicher ist, dass es so war, beantwortet das immer noch nicht ihre wichtigste Frage: Warum?

*   *   *

Endlich, das Telefon! Ruth Sollner reißt den Hörer ans Ohr. Sie hat nicht geschlafen, konnte nicht schlafen, obwohl sie nach der Nachtschicht in der Telefonseelsorge todmüde war. Trotzdem war sie unfähig, Ruhe zu finden. Lag Stunde um Stunde in ihrem Bett, ihren sich jagenden Gedanken ausgeliefert. Wartend, bangend …

»Was kann ich für dich tun, Ruth?« Seine Stimme ist warm und ganz nah.

Sie setzt sich im Bett auf, zieht sich die Decke hoch bis zum Kinn, sorgfältig darauf achtend, den Hörer nicht loszulassen. Sie hat sich Sorgen um Hartmut Warnholz gemacht, sonst ruft er immer so zeitnah zurück und nun hat es den ganzen Tag gedauert und die Nacht zuvor, und sie konnte doch nicht ständig wieder hinter ihm hertelefonieren wie ein verliebtes Schulmädchen, schließlich ist er ein Priester. So viele Menschen wollen etwas von ihm, so vielen muss er mit Rat und Tat zur Seite stehen.

»Es ist wegen Beatrice«, flüstert sie, nur für den Fall, dass ihre wie ein Stein in ihrem Zimmer schlafende Tochter plötzlich erwacht und sie durch die verschlossene Zimmertür hört.

»Hat sie sich wieder betrunken?«, fragt Hartmut Warnholz. Sachlich, ohne jegliche Wertung. So wie er es auch in den Supervisionsrunden in der Telefonseelsorge tut.

»Ja. Nein. – Ich weiß es nicht. Sie hat erbrochen …«

Der ganze Flur war verschmutzt, die hübschen Mohnblüten, die Ruth erst vor ein paar Tagen an die Wand neben der Garderobe geklebt hatte, sind besudelt. Sie wird die Wand neu streichen, neues Blumendekor kann sie sich vorerst nicht leisten, und auch der Stoffläufer ist nicht zu retten. Glühend vor Wut und zugleich wie benommen ist Ruth an der Sauerei vorbeigestolpert und hat nach Beatrice gerufen. Sie war so aufgebracht, aber dann, als sie ihre Tochter in der Badewanne sah, kurz davor, mit dem Kopf unter Wasser zu sinken –

»Ich mache mir solche Sorgen«, flüstert Ruth in den Hörer. »Sie sagt, sie hätte nicht getrunken, aber der Geruch …«

Stopp, mahnt sie sich. Mit solchen unappetitlichen Details kannst du Hartmut Warnholz unmöglich auch noch belasten.

»Ich komme einfach nicht mehr an sie ran. Egal, wie ich es auch versuche, ich erreiche sie nicht.«

Ruth beginnt wieder zu zittern, die Wärme, die mit Hartmut Warnholz' Stimme zu ihr unter die Bettdecke drang, verfliegt. Ich dachte, sie sei tot, als ich sie so in der Wanne sah, gesteht sie sich endlich ein. Ich dachte, sie hätte sich umgebracht.

»Soll ich einmal mit ihr sprechen?«, fragt der Supervisor.

»Ich weiß nicht, ob das etwas bringt …«

»Ich könnte es versuchen. Ich habe ja ein bisschen Erfahrung mit Jugendlichen durch meine frühere Arbeit in der Gemeinde.«

»Ja, natürlich. Natürlich. Daran habe ich gerade gar nicht gedacht.«

»Ich kann nichts versprechen. Aber zumindest könnte ich mir dann selbst ein Bild machen. Und vielleicht habe ich ja eine Idee …«

Das Zittern lässt ein wenig nach, die Wärme kommt zurück. Ruth kuschelt sich unter die Decke, den Telefonhörer noch immer fest in der Hand.

Morgen Nachmittag wird er sie besuchen. Hoffentlich ist Beatrice dann hier und ansprechbar. Ich werde einen Kuchen backen, denkt sie. Nein, vielleicht ist das zu feierlich und zu opulent in der Fastenzeit, lieber ein paar Plätzchen. Plätzchen, ja. Der Gedanke, etwas anpacken zu können, tut ihr gut. Sie zieht ihren Morgenmantel über, nickt ihrem Spiegelbild über dem Frisiertisch aufmunternd zu. Der ermordete Priester war gar kein Priester, hat Hartmut Warnholz gesagt. Von ihrer Angst um ihn und dem seltsamen Drohanruf in der Telefonseelsorge hat sie ihm daraufhin gar nichts mehr erzählt. Die Anrufer gehen eben auf sehr unterschiedliche Art und Weise mit ihrem Kummer um. Einige sprudeln sofort los, manche verstummen, andere sind erst einmal aggressiv. Ich habe heute Nacht die Distanz verloren, denkt sie. Ich war überreizt durch den Streit mit Beatrice, nicht mehr professionell, jetzt, durch das Gespräch mit Hartmut Warnholz, kann ich das wieder sehen. Eine gute Nacht hat er ihr gewünscht, mit seiner tiefen, warmen Stimme. Schlafe wohl.

Der Flur riecht immer noch leicht säuerlich, obwohl sie den Läufer gleich eingeweicht und Wand und Boden mehrmals geschrubbt hat. Aus Beatrice' Zimmer dringen die Atemzüge ihrer schlafenden Tochter. Ruth wärmt in der Küche eine Dose Tomatensuppe auf und bestreicht zwei Scheiben Knäckebrot mit Frischkäse. Sie isst am Küchentisch, nimmt jedes Geräusch überdeutlich wahr. Das Kauen des Knäckebrots, das Gluckern in ihrem Magen, das Rauschen der Heizung, das Knistern, wenn sie eine Seite des Versandhauskatalogs umblättert. Der Heinekatalog ist noch immer der Schönste, immer studiert sie ihn am längsten, auch wenn die Produkte, die dort vorgestellt werden, teurer sind als bei Otto und Quelle und Tchibo, wo es auch manchmal richtig schöne Dinge gibt.

Ruth seufzt, weil Beatrice wieder einmal schneller war als

sie, einige der hübschen Models sind mit Punkfrisuren und klobigen schwarzen Stiefeln beschmiert. Mutters blöde Katalogkitschwelt! Beinahe glaubt Ruth, Beatrice' zynisches Lachen zu hören. Sie schlägt den Katalog zu, hat plötzlich keinen Appetit mehr auf den Rest der Suppe. Es hätte anders sein sollen, ihr Leben. Abende zu dritt mit Spielen und Gesprächen hatte sie sich gewünscht, als Bea zur Welt kam. Dann später mehr Zeit zu zweit mit Stefan. Sie hätten mal ausgehen können, ins Theater oder Kino, oder einen Film im Fernsehen ansehen und dazu ein Glas Wein trinken und Salzgebäck knabbern. Nicht zu viel natürlich, weil das auf die Linie schlägt, nur hin und wieder, nach einem anstrengenden Tag. Sie hatte an ihre Familie geglaubt, an die Kraft der Liebe, an ihre Ehe. Sie hatte der Scheidung nicht zustimmen wollen, doch Stefan hatte sich durchgesetzt. Er wollte keine Eheberatung, keine Mediation, keine zweite Chance. Weg wollte er, einfach nur weg von ihr, in ein neues Leben, mit einer neuen Frau und zwei neuen Kindern.

Damals hatte Ruth bereits in der Telefonseelsorge angefangen, stundenweise zunächst. In der Zeit der Trennung, wurde die Arbeit dort überlebenswichtig, zumal sie in ihrem alten Beruf als Sekretärin nicht wieder richtig Fuß fassen konnte. Sie war einfach zu lange raus, konnte ja auch wegen Bea nur halbtags arbeiten, damals ging sie ja noch zur Schule. In keiner der Anstellungen, die ihr das Arbeitsamt vermittelte, konnte Ruth sich halten. Aber in der Seelsorge, da war sie gut. Hier konnte sie zeigen, was wirklich in ihr steckte. Und außerdem war es richtig, anderen zu helfen, denen es noch schlechter ging als ihr. Die damalige Leiterin der Seelsorge hatte Ruth sehr genau geprüft und sie sorgfältig ausgebildet. Die regelmäßige Supervision bei Hartmut Warnholz half Ruth nun auch, den Schmerz wegen der Trennung von Stefan und die Wut auf ihn aus den Beratungsgesprächen herauszuhalten. Sie war trotzdem vorsichtig, erzählte so wenig wie möglich von ihren privaten Sorgen, denn schließlich, wie passt eine geschiedene

Frau in eine katholische Seelsorgeeinrichtung? Doch nach und nach begann sie Hartmut Warnholz zu vertrauen, und weder er noch die damalige Leiterin der Telefonseelsorge hatten ihr nahegelegt zu gehen, im Gegenteil, sie begann sogar auf eine Festanstellung im Sekretariat der Seelsorge zu hoffen, falls dort einmal eine Stelle frei würde. Und auch die anderen blieben freundlich zu ihr, wurden zu ihrem Halt, ja beinahe zu ihrer Familie.

Und jetzt, wie ist das jetzt? Ruth schüttet den Rest der Suppe von ihrem Teller in den Ausguss, auch wenn sie wegen dieser Verschwendung ein schlechtes Gewissen hat. Jetzt, mit dem neuen Leiter Georg Röttgen ist sie nicht mehr so sicher, ob sie in der Telefonseelsorge noch gern gesehen ist, auch wenn Röttgen offenbar ein Vertrauter von Hartmut Warnholz ist. Er kontrolliert mich, er kontrolliert uns alle, denkt sie. Schnüffelt in unseren Personalakten und Berichten herum, spioniert uns hinterher. Ein Zweihundertprozentiger, hat Marianne ihr vor ein paar Tagen zugeflüstert. Wenn das so weitergeht, kündige ich, bevor er einen Grund findet, mich rauszuschmeißen.

Ruth schleicht über den Flur in Beatrice' Zimmer. Wie brutal die schwarze Wandfarbe wirkt. Bea hatte sie natürlich nicht um Erlaubnis gebeten, sondern war einfach zur Tat geschritten. Mit Hilfe ihres Freundes Fabian, der damals gerade eine Lehre in einem Malerbetrieb begonnen hatte. Und dann der blutrote Veloursteppich mit den Brandlöchern und Flecken. Und die Poster von Fledermäusen, Spukschlössern und düsteren Moorlandschaften. Aber am schrecklichsten ist das mit schwarzem Samt gerahmte Foto von Jana in dem Kranz roter Grablichter auf der Kommode. Jedes Mal, wenn Ruth es sieht, schaudert sie, weil Beas Zimmer dadurch wirkt, als sei es ein Totenschrein.

Beatrice stöhnt im Schlaf, wälzt sich auf die Seite.

»Nein«, nuschelt sie. »Nein. Nein.«

Auf Zehenspitzen schleicht Ruth zu ihr, tupft ihrer Tochter

mit einem sauberen Taschentuch den Schweiß von der Stirn, deckt sie wieder zu. Was ist ihr passiert in der letzten Nacht? War es wirklich richtig, keinen Arzt zu rufen, sondern Beas Beteuerungen zu glauben, sie habe sich nur den Magen verdorben? Sie hat sich betrunken, denkt Ruth resigniert. Vielleicht wegen Jana, vielleicht, weil sie mit all ihren bleichhäutigen, schwarz gekleideten Freunden mal wieder den nahenden Weltuntergang heraufbeschworen hat. Immer findet sie einen Grund, um zu trinken. Wahrscheinlich ist sie längst abhängig vom Alkohol.

Wieder stöhnt Beatrice auf, scheint im Schlaf nach etwas zu schlagen. Ruth kniet sich neben sie, greift nach ihr.

»Bea, du träumst schlecht. Wach auf!«

Es gelingt ihr nicht, ihre Tochter zu wecken, doch immerhin scheint ihre Anwesenheit Bea zu beruhigen. Sie rollt sich auf die Seite, näher zu Ruth. Vorsichtig hält Ruth ihre Hand, hört, wie ihr Atem allmählich gleichmäßiger wird, lauscht dem Rascheln der Heuschreckenleiber und dem Zischen der Heizung. Weiß wie ein Geist kauert das Chamäleon auf seinem Schlafast, schimmernd im Licht, das vom Flur hereinfällt. Was soll sie tun, wenn ihre Tochter ihr vollends entgleitet und Röttgen sie aus der Telefonseelsorge verstößt? Das wird Hartmut Warnholz nicht zulassen, versucht sie sich zu beruhigen, er schätzt mich doch, er weiß, was ich leiste und wie loyal ich bin. Und niemand ist so oft bereit, eine Nachtschicht zu übernehmen, wie ich.

Und wenn sie sich seine Zuneigung nur einbildet? Vielleicht war es ja doch ein Fehler, ihm so viel von ihrem Privatleben zu offenbaren? Und ob ich auch wandern muss in finsterer Schlucht … Auf einmal fällt ihr der Psalm wieder ein, den sie am Telefon zitierte. Ruth wiederholt ihn flüsternd, Satz um Satz. Für sich selbst, für ihre Tochter, für ihr Leben. Aber anders als sonst hilft ihr das nicht, gibt ihr keine Kraft und keinen Trost. Warum lässt Gott das zu?

Ich fürchte mich, wird ihr auf einmal klar. Ich fürchte mich, aber ich weiß nicht, wovor.

*　*　*

Es ist längst dunkel draußen, als sie zu akzeptieren beginnen, dass das, was Manni am Morgen für eine richtig gute Idee gehalten hatte, jedenfalls nicht mehr an diesem Tag zu einem Durchbruch führen wird. Manni wirft ein weiteres Fisherman's ein, spuckt es dann gleich wieder in den Papierkorb. Zu viel von dem Zeug ist auch nicht gut. Kollege Meuser nippt an seiner Cola, starrt mit glasigen Augen an Manni vorbei ins Leere. Direkt nach Kühns Presseshow haben sie einen Besprechungsraum des KK 11 geentert, nur wenig später traf der Wolkenburg-Fotograf ein, übergab ihnen mehrere CDs, um sodann einen Fundus von über 800 Papierabzügen auf den Resopaltischen auszubreiten. Nach und nach haben sie die Fotos mit Hilfe der Seriennummern in Reihe gelegt, um den Ablauf des Ärzteballs nachzuvollziehen. Bingo!, hat Manni gesagt, als sie den ersten Ritter entdeckten. Und dann noch zwei weitere, sowie mehrere Fotos von dem falschen Priester Jens Weiß. Auch seine Kollegen aus dem Krankenhaus, die laut Gästeliste den Ball besucht hatten, konnte Meuser relativ schnell identifizieren.

Doch damit begannen die Probleme schon: Keiner der Ritter und auch keiner von Weiß' Kollegen wurde in seiner Nähe fotografiert. Mal ganz davon abgesehen, dass ihnen ohnehin zu fast allen Personen auf den Fotos die Namen fehlten und noch immer fehlen. Früher habe er immer am Eingang des Festsaals eine Fotowand mit Sofortabzügen aufgestellt und seine Assistentin habe dort Bestellungen entgegengenommen, erklärte der Fotograf. Heutzutage wünschten die Veranstalter jedoch meist ein Internet-Fotoalbum, in das die Besucher des Balls sich einloggen und Abzüge online bestellen könnten. Nach und nach erhalte man so die Namen zu vielen der Personen auf den Fotos.

Nach und nach. Oder auch nie. Manni starrt auf die Fotos. Ansprachen, Häppchen, Bierausschank, Live-Musik, Disco, Buffet. Schunkelnde Kostümierte. Kölsch trinkende Kostümierte. Sich umarmende Kostümierte. In die Kamera lachende Kostümierte. Sie hatten versucht, dem Fotografen noch ein paar Partydetails zu entlocken. Streits, Eklats, irgendwas. Aber nein, Fehlanzeige. Ein ganz normaler Ball sei das gewesen, doch als Fotograf achte er ohnehin mehr auf Bildausschnitte und Perspektiven als auf Personen. Und Jens Weiß? Der Fotograf hatte bedauernd die Schultern gezuckt. Ja, er habe einen Priester fotografiert. Mehr aber wisse er beim besten Willen nicht mehr.

Mannis Magen knurrt. Außer den belegten Brötchen hat er heute noch nichts gegessen, und nun ist es auch zu spät, weil er gleich noch ins Training fahren wird. Jens Weiß hatte auf dem letzten Ball seines Lebens keine Ansprache gehalten und nicht getanzt, wohl aber Kölsch getrunken und dem Buffet zugesprochen und sich angeregt unterhalten. Ein Clown und eine – weibliche – Tigerente befanden sich offenbar mit einer gewissen Regelmäßigkeit in seiner Nähe, wenn sie den Fotos denn glauben dürfen.

»Wer ist die Tigerente?«, fragt Manni Meuser, wohl wissend, dass der wohl kaum eine Antwort weiß.

Meuser zuckt die mageren Schultern. »Vielleicht eine frühere Kollegin?«

»Oder eine Partyeroberung. Oder seine Freundin.«

Meuser seufzt. »Weiß' Krankenhauskollegen sagen genau dasselbe wie der Fotograf. Keinem ist irgendwas Ungewöhnliches aufgefallen. Keiner kann sich erinnern, wann genau Weiß den Ball verlassen hat, oder mit wem.«

»Behaupten sie.«

»Ja und ich habe ihnen geglaubt.«

»Glauben hilft uns nicht weiter.«

Meuser verzieht das Gesicht. »Wir wissen ja nicht einmal sicher, dass Weiß' Mörder überhaupt auf dem Ärzteball war.«

Manni schnappt sich die drei Ritterfotos. Fleißarbeit, Laufarbeit, darauf läuft es wieder mal hinaus. Sie werden die Gästeliste abtelefonieren müssen, wenn nicht über Nacht ein Wunder geschieht. Er überlässt es dem Kollegen Meuser, zu entscheiden, ob er damit sofort oder erst am nächsten Morgen beginnen will, verabschiedet sich und fährt ein weiteres Mal zu dem Krankenhaus, wo ihr bislang einziger Zeuge noch immer liegt. Einen leichten Herzinfarkt habe er durch den Schock an der Kirche erlitten, lautet das aktuelle Bulletin. Besonders leidend sieht er jedoch nicht aus, eher so, als genieße er die Gesellschaft der beiden anderen Patienten, mit denen er eine Fernseh-Quizsendung diskutiert.

»Herr Bloch, guten Abend, ich habe noch eine Frage.«

Die schwere Tür des Krankenzimmers gleitet mit einem schmatzenden Klacken hinter Manni ins Schloss. Er zieht einen Stuhl ans Bett Josef Blochs. Die beiden anderen Alten rücken sich in ihren Kissen zurecht und mustern das Schauspiel interessiert, einer stellt sogar den Ton des an der Decke hängenden Fernsehgeräts leiser. Manni nickt ihnen zu, drängt die Erinnerung an seinen sterbenden Vater beiseite und hält Bloch die Fotos hin.

»Ist einer dieser Ritter derjenige, der Ihnen bei Sankt Pantaleon begegnete?«

»Nein. – Nein. – Nein.« Der Alte hustet.

»Sind Sie sicher?«

»Tut mir leid.«

»Was war anders an dem Ritter, den Sie gesehen haben?«

»Der sah irgendwie echt aus.«

Echt, na klar. So echt wie der Priester.

»Ich schicke Ihnen morgen einen Polizeizeichner vorbei.« Manni steht auf.

»Ich weiß nicht, wie ich den beschreiben soll, der war eher so ein Schatten, das ging alles so schnell.« Blochs Augen wieseln zum TV-Gerät. Manni checkt seine Armbanduhr, unterdrückt einen Fluch.

Auf dem Weg ins Karatecenter stellt er einen neuen Geschwindigkeitsrekord auf, reißt sich in der Umkleide die Klamotten vom Leib, bindet den Gurt seines Karateanzugs während eines Sprints in die Halle. Es riecht hier wie immer, nach Gummi und Schweiß. Die anderen gruppieren sich soeben zur Anfangsmeditation um eine Frau mit zerfranstem Schwarzgurt. Sie ist ziemlich klein, ungefähr so alt wie die Krieger, aber mit einer zotteligen, aschblonden Kurzhaarfrisur. Wo ist sein Trainer, der Mann, der ihn für die Dan-Prüfung vorbereiten soll? Die Frau kniet sich hin, die anderen folgen ihr.

»Was wird das hier, Hausfrauenfunk?«, fragt Manni Jan, der neben ihm kniet.

»Wart's ab. Die hat uns schon gestern trainiert.«

Ich mag keine Überraschungen, denkt Manni, nicht auch noch hier. Aber dann schließt er auf den Befehl der Aschblonden hin genau wie alle anderen brav die Augen, weil sie zumindest für diese Stunde der *Sensei* ist, der Meister, dem man nach den Regeln japanischer Kampfkunst nicht widerspricht. Manni versucht sich auf seinen Atem zu konzentrieren, nicht auf seine Gedanken, auch wenn er wieder mal wenig von dieser vielgepriesenen Zen-Leere spürt.

»*Yame*«, befiehlt die Aschblonde nach etwa zwei Minuten und sie verneigen sich vor ihr, *Sensei ni rei*, verteilen sich in der Halle.

»Udo hat sich das Bein gebrochen, Margarete vertritt ihn«, erklärt Mannis Trainingspartner, während sie sich warm machen. Und dann geht es auch schon los mit den Tritten, Schlägen und Drehungen, mit *Age Uke, Yoko Geri, Empi Uchi*, und so weiter und so fort, bis die Gedanken an Fotos, Ritter und blödsinnige Zeugen verschwinden und es nur noch Bewegung

gibt, das Zischen ihres Atems und das Schleifen nackter Fußsohlen auf dem Hallenboden. Den Kampfschrei *Kiai*, wenn
sich mit der letzten Technik einer Übungsreihe die Spannung
entlädt.

»Okay, Kata. *Bassai Dai*«, bestimmt Margarete schließlich.

»Jeder für sich, in seinem Tempo.«

Bassai Dai. Die Festung erobern. Jede der Karate-Katas hat
ein bestimmtes Thema, in der *Bassai Dai* ist es dies. Aber die
Bassai Dai hat Manni bereits bei der ersten Dan-Prüfung vor-
geführt, sie fasziniert ihn nicht mehr, er will weiter, will mehr.
Trotzdem gehorcht er dem Befehl der Trainerin. Atmen, das
Ziel fixieren, den imaginären Gegner treffen, zurück in den
Stand, drehen, blocken, weiter. Er gibt noch mehr Gas, als
Margarete sich nähert, legt alle Kraft in die Blocktechnik, holt
sofort aus zum nächsten Schlag. Sie stoppt ihn, deutet eine
Verneigung an.

»Welcher Dan?«

»Erster.«

»Und jetzt willst du den zweiten.«

»Ja, klar. Und du?«

Sie nickt unmerklich, als habe sie mit einer Respektlosigkeit
gerechnet.

»Das wird so nicht klappen.«

»Wie bitte?« Er starrt sie an.

»Du willst es erzwingen, bemühst dich zu sehr. So funktioniert das nicht.«

Sie deutet eine Verbeugung an, stellt sich wieder vor die
Klasse.

»*Bassai Dai*. Eine der ältesten Katas. Eine Kata der Gegen-
sätze. Entspannung und Spannung, ein steter Wechsel. Jede
Technik kommt aus eurer Mitte heraus. Wie eine Welle. Das
will ich sehen.«

Und dann legt sie los und auch wenn ihn das nervt, sieht
Manni sofort, wie gut sie ist. Wie sie ihren Körper spannt, ihre

Kraft dosiert, niemals ihren Schwerpunkt zu sehr in eine Richtung verlagert, bis sich die enorme Spannkraft ihres Körpers bei den Schlag- und Tritttechniken in unglaublich präzisen Explosionen entlädt.

Er nimmt diese Bilder mit und die Gedanken an die Bedeutung der *Bassai Dai*. Die Mauer zerstören, die Festung erobern. Die Kraft kommt aus dem Boden. Wer seine Standfestigkeit verliert, hat schon verloren, das hat Margarete eindrücklich demonstriert. Manni lenkt seinen GTI in die Südstadt, hält bei Sankt Pantaleon, läuft in den Park auf die beleuchtete Kirche zu. Jetzt ist er allein hier, und auch die Schatten der Kriminaltechniker an der Kirchenwand existieren nur als Schemen in seiner Erinnerung. Schattenkämpfe. Er macht kehrt, fährt zu Sonjas Viertel, wo er sogar einen halbwegs legalen Parkplatz ergattert.

Und jetzt? Sonjas Wohnung ist dunkel. Warum wartet sie nicht auf ihn? Auf einmal hat er keine Lust mehr, ihren Wohnungsschlüssel zu benutzen. Kauft sich an einem Kiosk eine Flasche Bier, trinkt sie im Stehen, an seinen Wagen gelehnt. Die Festung erobern. Den Gegner bezwingen. Das Gleichgewicht nicht verlieren. Das ist nichts anderes als in jeder verdammten Ermittlung. Manni wirft die leere Bierflasche auf den Rücksitz zu seiner Sporttasche und startet den Wagen. Morgen, denkt er. Morgen ist auch noch ein Tag.

*   *   *

Sie müsste Angst haben, mehr Angst, hier, allein unter freiem Himmel am Rhein, mitten in der Nacht. Aber so ist es nicht. Es sind vor allem geschlossene Räume, die die Erinnerungen heraufbeschwören. Geschlossene Räume und die Stille in ihrer Wohnung, wenn die Stadt ruhiger wird, dunkler, und die Bilder die Macht übernehmen, greller dann, härter.

Judith verlässt die Promenade hinter den neuen Hightech-

Luxusgebäuden am Rheinauhafen, wählt einen Trampelpfad hinunter zum Fluss. Feuchte Luft legt sich wie ein Schleier auf ihr Gesicht, beinahe wie ein Streicheln. Sie verlangsamt ihr Tempo, ihr Atem geht freier. Die Erinnerung ist eine Reaktion auf das, was war. Erlebnisse werden im Kopf zu biochemischen Prozessen, verschiedene Hirnregionen sind daran beteiligt. Doch wirklich verlässlich ist die Erinnerung nicht. Amygdala – Mandelkern – heißt die winzige Stelle im Hirn, in der alle Erlebnisse emotional bewertet werden: Angst. Freude. Wut. Die Amygdala ist wie eine Art Filter. Was in ihr keine Reaktion auslöst, wird schnell wieder vergessen. Was sie überreizt, führt fortan zu einer Verzerrung der Wahrnehmung, einer falschen Realität. Unbewusstes Gedächtnis sagen Psychologen dazu. Unbewusst, nicht willentlich steuerbar. Und wenn man Pech hat: defekt. Erschüttert. Traumatisiert.

Judith dreht sich eine Zigarette, lehnt sich an einen Bootsanleger, sieht eine Weile den Positionsleuchten der Schiffe zu, die auf dem Weg nach Süden an ihr vorbeigleiten, oder in umgekehrter Richtung zum Meer. Am Nachmittag hat sie sich einen Bildband über Nepal gekauft. Langsam, sehr genau, hat sie jedes Bild studiert und sich vorzustellen versucht, was ihr Vater in diesem unglaublich kargen, erhabenen Land mit den unzähligen Tempeln gesucht hat. Ob er glücklich war dort, angekommen, davon überzeugt, es habe sich gelohnt, für diese Fremde sein deutsches Leben aufgegeben zu haben und seine Familie?

Egotrip – so hat Judiths Mutter die Nepalreise stets bezeichnet, wenn überhaupt davon die Rede war, und Judith hatte sich immer ein langhaariges, lumpiges, bekifftes Ebenbild des Mannes vorgestellt, dessen Foto in ihrer Küche hängt. Aber vielleicht war es anders, denkt sie nun. Vielleicht war das ein Trugbild, so oft heraufbeschworen, dass es sich beinahe wie eine Erinnerung anfühlt, dabei war es niemals real.

Ich werde diesen Volker Ludes anrufen, beschließt sie. Ich

werde ihn treffen. Seine Version der Nepalgeschichte hören. Und ich werde Millstätt davon überzeugen, dass ich gesund genug bin, zumindest für halbe Tage wieder zu arbeiten. Ich werde das schaffen. Es wird schon gehen.

Sie läuft zurück in die Südstadt, fühlt sich für ein paar wunderbare Minuten ganz ruhig, wie befreit, und erreicht kurze Zeit später Sankt Pantaleon. Der Weg in den Kirchenpark ist nicht abgesperrt, auch von einer Polizeistreife ist nichts zu sehen. Ist der Priestermord schon gelöst, wird sie selbst damit nichts mehr zu tun haben? Zögernd betritt Judith den Park, die Sohlen ihrer Sportschuhe quietschen leise auf dem nassen Pflaster. Noch immer ist sie allein, die Fassade der Kirche leuchtet im Scheinwerferlicht, die kahlen Kronen der Bäume neben den Türmen wirken wie Schattenrisse, der Mond steht dahinter. Nichts deutet auf das Verbrechen hin, das hier geschehen ist.

Die Panik kommt so plötzlich, dass Judith beinahe aufschreit. Das Gefühl von Gefahr – Erinnerung, Warnung, sie weiß nicht, was es ist. Ruhig, Judith, atme. Du bist allein hier. Es gibt keine Gefahr. Sie zwingt sich stehen zu bleiben, ballt die Fäuste in den Manteltaschen. Fast sofort jagt der Schmerz in ihr linkes Handgelenk.

Sie will keine Tabletten mehr nehmen, sie will kein Psychowrack sein, sie wird das schaffen. Langsam setzt sie sich wieder in Bewegung, zurück zu ihrer Wohnung, kauft unterwegs noch zwei Flaschen Bier. Ihre Beine sind sehr schwer, ihre linke Hand tut noch immer weh. Sie schließt die Haustür auf, schaltet das Licht im Treppenhaus an und nimmt die ersten Stufen in Angriff. Zweiter Stock, weiter, nicht das Gleichgewicht verlieren, dritter Stock, komm schon, gleich hast du's, gib jetzt nicht auf. Das Licht im Treppenhaus flackert, erlischt, eine Tür fliegt auf. Terpentingeruch. Etwas gluckert …

Benzin. Das Haus. Judiths Knie geben nach, ihre Hände zittern, sind plötzlich kraftlos, können die Bierflaschen nicht mehr halten. Glas splittert, klirrt. Wie gelähmt steht Judith da. Und dann wird es wieder hell, und ein Mann kommt auf sie zu, berührt ihren Arm.

»Hallo? Ist alles in Ordnung?«

FASS MICH NICHT AN! Sie will schreien, sich wehren und kann es nicht.

»Ist Ihnen nicht gut?«

Es riecht nach Farbe, nicht nach Benzin. Judiths Zähne klappern.

»Ich heiße Karl Hofer, ich wohne hier seit ein paar Wochen. Ich wollte gerade runter zur Mülltonne gehen«, er deutet auf ein Bündel farbverschmierter Plastikplanen, das mitten in einer Bierpfütze liegt. »Tut mir leid, ich wollte Sie nicht erschrecken.«

»Schon gut. Ich bin gestolpert. Ich – ich hol einen Lappen.«

»Setzen Sie sich lieber hin, Sie sind ganz blass.«

Ist das emotionale Gleichgewicht der Amygdala erst einmal gestört, kann das zu Fehlverhalten führen. Panik aus nichtigem Anlass, genau so, als sei die Gefahr real. Forscher haben Menschenaffen die Amygdala wegoperiert und im Labor wirkten die Tiere danach scheinbar ganz normal. Doch in freier Wildbahn konnten sie nicht mehr mit ihren Artgenossen kommunizieren. Mieden sie, so gut es ging. Ohne ihr emotionales Gedächtnis waren sie unfähig, zwischen Freund und Feind zu unterscheiden.

»Hier, trinken Sie.«

Judith hat kaum registriert, dass ihr neuer Nachbar in seiner Wohnung verschwunden war. Nun steht er wieder vor ihr, hält zwei Schnapsgläser in der linken Hand, schenkt Cognac ein, prostet ihr zu. Sie kippt den Alkohol herunter, akzeptiert, dass Karl Hofer ihr nachschenkt. Der Cognac brennt in ihrem Magen, wärmt sie, ihr Zittern lässt nach.

»Bleiben Sie sitzen, ich wisch das schnell weg.«

Sie gehorcht, leert ihr Glas ein zweites Mal, stellt es neben sich auf die Stufe und dreht sich eine Zigarette.

»Es ist zwar nach Mitternacht, aber ich habe gerade Pasta gekocht, haben Sie Lust, mit mir zu essen?«, fragt Karl Hofer, nachdem er Bier und Scherben beseitigt hat.

»Essen?«

»Sie sehen so aus, als könnten Sie was vertragen.«

Sie versucht in sich irgendein Warnsignal zu erkennen, während sie ihren Nachbarn mustert. Aber da ist nichts, gar nichts, nur das Wissen um diese Bilder in ihrem Kopf, und ihre eigene Wohnung ist dunkel und leer.

Judith drückt ihre Zigarette aus. »Danke«, sagt sie. »Gern.«

Freitag, 24. Februar

Es wird gerade erst hell, und Bat fühlt sich immer noch etwas benommen, was eigentlich nicht sein kann, denn sie hat achtzehn Stunden lang geschlafen, so lange wie schon ewig nicht mehr. Was genau ist in der Nacht davor geschehen? Sie weiß es nicht, kann sich nur vage erinnern. Ihr war schlecht, rattenschlecht, sie hat gekotzt, sie hatte Schmerzen, dann lag sie plötzlich in der Badewanne und ihre Mutter hat rumgeschrien. Alpträume, sie hat Alpträume gehabt, später, in ihrem Zimmer. Sie hat sich im Traum in Jana verwandelt, die tote Jana, die in ihrem Grab lag und trotzdem lebendig war.

Bat trinkt einen Schluck Kakao und presst ihre Stirn ans Fenster der Straßenbahn. Sie hat sich wirklich gehenlassen in den letzten Tagen, hat zu viel gesoffen, wegen Janas Geburtstag, war wie besessen von ihr, weil sie sie einfach so furchtbar vermisst. Alles kam wieder hoch, als wäre Jana erst gestern gestorben, dabei ist das inzwischen schon zwei Jahre her.

Bat klemmt die Plastikflasche zwischen ihre Knie und mampft das nächste Croissant, das noch ein klein bisschen warm ist, genau so, wie sie es am liebsten mag. Die Bahn ist voll, sie gibt sich Mühe, durch die grauen Bürogesichter hindurch zu sehen.

»MACH BITTE DIE MUSIK LEISER! DU BIST NICHT ALLEIN HIER!!« Ein wütendes Frauengesicht mit einer unglaublich hässlichen Dauerwelle taucht direkt vor Bats Nase auf.

Spießige Kuh! Bat will sie ignorieren, aber jetzt fangen auch die anderen Fahrgäste an zu nerven, tuscheln und zeigen auf sie und durchbohren sie mit bösen Blicken, also gibt sie sich geschlagen und regelt die Lautstärke ihres MP3-Players ein klein bisschen runter, wenigstens für einen Song oder so. Aber der Spaß ist vorbei, und die leckeren Croissants beginnen in ihrem Bauch zu klumpen. Ein mittelgroßes Buttercroissant hat dreizehn Gramm Fett und 845 Kalorien, Beatrice, das können wir uns nur zu besonderen Anlässen erlauben ... Es gibt Sätze, die ihre Mutter so oft wiederholt, dass Bat sie auswendig kann, ob sie will oder nicht, und die Kalorienangaben für ihre Lieblingsspeisen gehören leider dazu.

Endlich, der Melatenfriedhof, ihre Station. Bat fegt die Krümel von ihren Klamotten und drängelt sich zur Tür durch. Die Fahrgäste weichen ihr aus, so gut es geht, ihre Blicke bohren sich dafür umso härter in Bats Rücken. Sie weiß genau, was sie denken, muss gar nicht hören, was sie über sie sagen: Dreckiger Punk, Höllenbraut, liegt uns auf der Tasche, sollte verboten werden ... Sie dreht sich rum und schneidet ihnen eine Grimasse. Eine Frau weicht zurück. Der Mann neben ihr guckt verunsichert. Das ist ein echter Vorteil von diesen schwarzen Klamotten. Die Leute bleiben auf Abstand, trauen sich nicht, sie anzupacken, auch wenn sie bloß ein Mädchen ist.

Bat springt auf den Bahnsteig, dreht die Musik wieder lauter und wirft die leere Kakaoflasche und die zusammengeknüllte Tüte einfach auf den Boden. Sie glaubt, hinter sich empörte Schreie zu hören, aber andererseits kann das ein Irrtum sein, denn die Sisters of Mercy sind auf jeden Fall lauter und viel, viel wichtiger als das Gemecker irgendwelcher Spießer, und außerdem muss sie sich jetzt wirklich beeilen, wenn sie nicht schon wieder zu spät kommen will.

Die Friedhofsgärtnerei Stein hat bereits geöffnet, der Azubi Ingo schiebt die Gestelle mit der Verkaufsware in Position. Stiefmütterchen, Tulpen, Osterglocken, Hyazinthen. Bat stiehlt sich ungesehen über den Hof nach hinten, wo der Seniorchef Walter Tausendschönpflänzchen pikiert.

»So«, sagt er, ohne den Blick von den Setzlingen zu heben.

Bat schiebt die Hände in ihre Manteltaschen, schließt sie um Springmesser und Reizgasspray.

»Ich war krank«, nuschelt sie. »Magen-Darm.«

Der alte Mann reagiert nicht, anscheinend voll und ganz auf seine Arbeit konzentriert.

»Es tut mir leid«, sagt Bat und umfasst das Tränengas fester. »Ich hätte anrufen sollen.«

»So«, sagt Walter wieder und streckt sich nach einem neuen Pflanztablett.

Bat packt es für ihn, schiebt es genau in die richtige Position. Er nickt, arbeitet schweigend weiter. Sie schaut sich um, holt das nächste Pflanztablett. Endlich. Er lächelt. Reibt Erdkrumen von seinen Händen. Alle Poren und Falten seiner Haut sind von der jahrzehntelangen Gärtnereiarbeit dunkel, selbst bei der Weihnachtsfeier war das so, dabei hat Bat genau gesehen, wie gründlich er seine Hände zuvor mit Seife und Wurzelbürste bearbeitet hatte.

»Bitte«, sagt sie. »Es kommt nicht wieder vor. Ich arbeite wirklich gerne hier.«

»Ein letzter Versuch, Mädchen. Du kannst die Wege und Grabstätten harken. Fang vorne an, bei Reihe T.«

»Ja, mach ich!«

Sie darf auf den Friedhof, muss nicht den ganzen Tag irgendwelche Setzlinge pikieren oder Kränze binden. Auf einmal ist sie überhaupt nicht mehr müde, streift eine grüne Schürze über, schnappt sich Harke, Eimer und Besen und hastet los.

Auf dem Friedhof riecht es nach feuchter Erde und Blumen, einige Büsche schimmern schon grün. Bat schaltet ihren MP3-Player ein und beginnt zu harken. Pflanzen riechen selbst dann noch gut, wenn sie vergehen. Jede Erdkrume enthält tote Blätter und Blüten und gleichzeitig neues Leben, was irgendwie ein schöner Gedanke ist, weil ja Jana hier liegt.

Am Ende des ersten Wegs hält Bat kurz an und mustert ihr

Werk. Steht da jemand hinter den Büschen, um sie zu kontrollieren? Nein, Quatsch, auf Walter ist Verlass und Spanner gibt es hier auch nicht. Sie vergewissert sich trotzdem mit einem Griff in die Manteltasche, dass sie das Messer bei sich trägt. In den letzten Wochen hat sie es hin und wieder zu Hause gelassen, sogar nachts manchmal, wenn sie mit Fabi unterwegs war. Aber Fabi ist ein Hasenherz, unfähig auch nur einer Fliege was zu tun. Das ist ihr vorgestern mal wieder klar geworden, als Fabi wegen Jana heulte und sie versuchte, ihm was Aufmunterndes zu sagen, was natürlich vollkommen idiotisch war, denn Jana war nun mal seine große Liebe und sie ist tot, da gibt es ganz einfach keinen Trost.

Oder doch? In letzter Zeit, wenn sie Musik hörten oder sich umarmten, hat Bat sich manchmal vorgestellt, Fabi wäre in sie verliebt und sie wären ein Paar. Aber das ist natürlich total unmöglich, dazu ist sie viel zu fett und selbst wenn sie abnehmen würde, könnten sie kein Paar sein, weil das Verrat an Jana wäre. Bat klaubt ein paar Plastikschnipsel von einem mit Efeu bepflanzten Grab und harkt Laubreste aus dem um den Grabstein gestreuten Marmorkies. Kurz nach ihrem 16. Geburtstag hat sie auf einer Schulparty zum bisher ersten und letzten Mal mit einem Jungen geschlafen. Einem Typ aus der Oberstufe, der genauso unbeliebt war wie sie und genauso betrunken. Danach hat sie ihn nicht einmal mehr gegrüßt und er sie auch nicht. Weil sie keine Gemeinsamkeit hatten, nur den Wunsch, diesen Akt, um den alle so viel Geschrei machen, endlich auszuprobieren.

Aber das ist jetzt nicht wichtig, sie muss mehr über diesen Lars rausfinden, sie muss endlich erfahren, wie das mit ihm und Jana wirklich war. Darum geht es, darauf muss sie sich konzentrieren. Der nutzt viele der Mädchen im Studio aus, vögelt mit denen rum und verspricht dafür Sachen, die er dann nicht hält, hat Jana mal erzählt. Dann geh nicht mehr hin, hatte Bat gebettelt. Oder nimm mich wenigstens mit. Aber Jana hatte nur gelacht und den Kopf geschüttelt. Nee, Quatsch, ich pass schon auf. Mit mir macht der das nicht. Von mir will der wirklich ein Demotape. Weil ich gut bin, hörst du. Richtig gut!

Ich hätte mitgehen müssen, denkt Bat. Dann wäre das alles nicht passiert. Beschützerin – das war schon immer ihre Rolle, auch in der Freundschaft mit Jana. Die Jungs flogen auf Jana, alle, nicht nur Fabi. Bat hingegen nahmen sie erst mal gar nicht wahr, und wenn doch, fanden sie sie skurril, zu fett, zu hässlich. Aber das war ihr egal, ihr ging es um Jana. Nur wenn die Jungs Jana nicht in Ruhe ließen, sich von Janas freundlichen Bitten nicht abwimmeln ließen, machte Bat sich bemerkbar. Irgendwann hatte sie dann das Messer gekauft. Zur Sicherheit, einfach nur zur Sicherheit. Und tatsächlich verlieh es ihr mehr Autorität.

Bat geht zur nächsten Grabreihe, sammelt die Folie eines Schokoriegels in ihren Eimer. Blöd eigentlich, dass sie ihren Müll vorhin selbst auf den Bahnsteig geworfen hat. Aber andererseits, was kann sie schon dafür, sie hat nur das getan, was die blöden Spießer von ihr erwarten.

Jana hat sich von so was nicht täuschen lassen. Jana fand Bat nicht zu fett und auch kein bisschen langweilig oder hässlich oder schwierig. Zusammen waren sie perfekt, ein unschlagbares Team. Selbst Janas Beziehung mit Fabian stand nicht wirklich zwischen ihnen, auch wenn es natürlich schon vorkam, dass Jana und er allein sein wollten. Aber das war in Ordnung, konnte Jana und Bat nicht voneinander entfremden. Erst als dieser Lars kam, mit seinen tollen Reden von Janas Karriere und seinen angeblich so tollen Kontakten in der Musikindustrie, zog sich Jana von Bat zurück. Dabei sollte Bat doch dabei sein, wenn Jana ihren Durchbruch als Sängerin feierte, Bat sollte doch Janas Managerin sein, so hatten sie das geplant.

Bat kickt eine leere Getränkedose in Position, springt mit dem Stiefelabsatz darauf. Einmal, noch einmal. Das Metall gibt krachend nach, zerbirst. Sie hätte besser aufpassen müssen, dann würde Jana noch leben. Wenigstens nach Janas Tod hätte sie schneller sein müssen. Aber als sie endlich fähig war, zu seinem Studio zu gehen, war er verschwunden und keiner wollte ihr sagen, wo er war. Der ist weit weg, Kleine, such dir jemand anders für deinen Plattenvertrag. Bat bleibt stehen, erinnert sich plötzlich an die blöde Mackerkarre, mit der Lars vom Lunaclub weggefahren ist, sieht sie förmlich vor sich. Ein Kölner Kennzeichen, das immerhin hat sie erkannt. Lars muss also hier leben und das heißt, dass es auch ein Studio gibt, wo er arbeitet und dass sie das finden kann.

* * *

Im Polizeipräsidium wirkt alles unverändert, und für einen irrwitzigen Augenblick glaubt sie beinahe, alles sei tatsächlich wie immer und die letzten Wochen waren nur ein böser Traum. Im Stockwerk des KK 11 empfangen sie die gedämpften Geräusche einer auf Hochtouren agierenden Mordkommission: Stimmengemurmel, Telefonklingeln, das Klackern von Computertastaturen und als Begleitmelodie das stete Gurgeln und Zischen der Kaffeemaschinen.

»Judith!«

Axel Millstätt kommt ihr auf dem Flur entgegen und führt sie unverzüglich in sein Büro, die rechte Hand leicht auf ihre Schulter gelegt, als gelte es zu verhindern, dass sie flieht. Sie widersteht dem Impuls, ihn abzuschütteln, das Gefühl von Vertrautheit verfliegt. Im Vorbeigehen erhascht sie einen Blick auf Ralf Meuser und Holger Kühn, die mit angestrengten Gesichtern etwas auf Meusers PC-Monitor studieren. Von Manni ist nichts zu sehen, und die Tür zu ihrem eigenen, winzigen Eckbüro ist verschlossen.

»Du siehst noch sehr blass aus.« Der Kommissariatsleiter dirigiert sie zu seinem Besprechungstisch. »Kaffee?«

»Gern.«

Er schenkt ihr ein, rückt umständlich Milch und Zucker zurecht.

»Du willst also wieder einsteigen, Montag schon.«

»Halbe Tage zunächst.« Sie hebt ihren linken Arm, bewegt die Finger, so gut es geht. »Ich muss ja noch ziemlich oft zur Physiotherapie. Aber der Amtsarzt und meine Krankenkasse geben für einen schrittweisen Wiedereinstieg grünes Licht.«

»Wir können tatsächlich Unterstützung gebrauchen. Aber was dich angeht – ich halte das für verfrüht.« Millstätt rührt Zucker in seinen Kaffee, der schwarz ist wie seine Augen, mit denen er Judith fixiert.

»Warum?«

»Das Ermittlungsverfahren gegen dich läuft noch.«

»Andere Kollegen arbeiten in einer vergleichbaren Situation aber auch.«

»Es sei denn, sie sind freigestellt.«

»Ja, natürlich.« Sie zwingt sich, ihm ruhig in die Augen zu sehen.

»Niemand kann dich hier mit Samthandschuhen anfassen, Judith.«

»Das erwarte ich auch nicht. Aber ich denke, ihr habt einen ziemlich brisanten Fall …«

»Der Priestermord, ja.«

»Das Opfer ist also wirklich ein Priester?«

»Nein. Ein Chirurg.«

Millstätts Blick gleitet zu den Tatortfotos an seinem Magnetbord.

»Aber?«, fragt sie leise.

»Die Tatumstände machen mir Sorgen.«

Judith steht auf, betrachtet die Fotos. Die Kirche, denkt sie. Sankt Pantaleon. Der Täter hat einen Bezug zu ihr, er hat sie ausgewählt, hat seine Tat dort bewusst inszeniert. Stimmt das oder bilde ich mir das nur ein? War der Täter letzte Nacht im

Kirchenpark, plant er noch weitere Morde? Habe ich deshalb diese Panik gefühlt?

MÖRDER. Mehrere Fotos zeigen die Botschaft des Täters. Darauf war sie nicht vorbereitet, sie atmet scharf ein. Mörder. Mörderin. Wenn sie sich in jener Nacht in diesem Haus anders verhalten hätte, würden zwei Menschen wahrscheinlich noch leben. Zwei Menschen, von denen einer ein Mörder war. Stopp, Judith, stopp. Nicht jetzt. Nicht hier.

»Ist dir nicht gut?« Millstätt betrachtet sie.

»Doch, doch, alles okay.«

Er glaubt ihr nicht, das kann sie spüren. Sie setzt sich wieder an den Besprechungstisch, schafft es, einen Schluck von dem wie immer zu bitteren Maschinenkaffee zu trinken. Einatmen, ausatmen. Warten. Ruhig bleiben. Millstätt seufzt und blättert in ihrer Personalakte. Vor und zurück. Und wieder vor.

»Du warst immer eine gute Ermittlerin, Judith. Du hattest oft den richtigen Instinkt. Aber bei diesem letzten Fall … Du hast dich verrannt, hast die Distanz verloren. Und vor allem hast du dich sämtlichen Anweisungen widersetzt.«

»Letztendlich habe ich aber den Täter überführt.«

»Und der Zweck heiligt alle Mittel?«

»Natürlich nicht.«

Der Schmerz in ihrem linken Handgelenk ist akut, ein glühender Stich. Ohne es zu merken, hat sie die Hände zu sehr ineinander gekrampft.

»Wenn du in dieser Nacht auf Verstärkung gewartet hättest, Judith, wenn du Kühn informiert hättest …«

»Dann?«

Sie will, dass er es ausspricht, fürchtet es zugleich. Ihr Mund ist trocken, ihre Stimme ist zu leise, sie wagt es nicht, noch einmal nach ihrer Tasse zu greifen, weil ihre Hände zittern, sobald sie die Finger voneinander löst. Atmen, atmen. Immer wieder, immer weiter. Wie aus weiter Ferne glaubt sie die Worte des Polizeiseelsorgers zu hören: Sie können nicht wissen, was geschehen wäre, wenn Sie etwas anders gemacht hätten, Judith. Sie können nicht rückgängig machen, was geschehen ist. Sie können nur lernen, damit zu leben.

Millstätt vertieft sich ein weiteres Mal in Judiths Akte.

»Du müsstest dich zurücknehmen, auf Anweisung handeln. Das ist nicht gerade deine Stärke.«

Du bist zu stur, genau wie dein Vater. Die Standardanklage ihrer Mutter, wenn Judith mal wieder nicht tat, was sie wollte, wenn sie zu spät kam, die Brüder nicht hüten wollte, gegen die korsettartigen Regeln im Haushalt Krieger rebellierte. Wenn sie trotzte, wie ihre Mutter das nannte, selbst als Judith schon 18 war. Du bist wie er. Du bist wie dein Vater. Judith konnte nie überprüfen, ob das stimmt, sie kann sich ja nicht einmal an den Klang seiner Stimme erinnern. Sie setzt sich aufrechter hin, hat auf einmal keine Lust, ihrem Chef zu widersprechen.

Er gibt nach. »Kühn leitet die Soko Priester. Du wärst ihm unterstellt.«

»Kühn«, sagt sie und merkt, wie sie zu schwitzen beginnt. Nicht aus Angst, sondern aus Wut.

Millstätt stützt die Ellbogen auf den Tisch und lehnt sich vor, näher zu ihr.

»Du hast niemand anderem zugetraut, diesen Fall zu lösen und vor allem nicht deinem Vorgesetzten Holger Kühn.«

»Das ist doch Quatsch.« Judith beißt sich auf die Lippe. »Ich bin in dieses Haus gegangen, um mit einer Zeugin zu sprechen. Ich konnte nicht wissen, dass der Täter zurückkommen würde.«

»Ich glaube dir ja, dass du in guter Absicht gehandelt hast.«

Aber das Ergebnis zählt und das Ergebnis sind zwei Tote. Hat Millstätt das laut gesagt oder hat sie das gedacht? Sie stellt sich vor, wie es wäre, jetzt einfach zu kündigen. Noch einmal von vorn anzufangen – anders, besser. Ein neues Leben, als Anwältin vielleicht. Das ist nicht wirklich verlockend, doch auf eine Art macht es sie frei und sie hebt den Kopf und sieht Millstätt in die Augen.

»Also?«

Er seufzt abermals und schlägt ihre Akte zu.

»Wir sehen uns am Montag, ich spreche mit Kühn.«

*　*　*

»Wir sind in großer Sorge, viele meiner Kollegen trauen sich nach Einbruch der Dunkelheit nicht mehr aus dem Haus.« Die wasserblauen Augen von Bernhard Dix, dem Gemeindepfarrer Sankt Pantaleons, saugen sich an Manni fest.

»Das tut mir leid«, sagt Manni. »Aber dazu besteht nach dem aktuellen Ermittlungsstand kein Anlass. Das Opfer war, wie ich Ihnen bereits sagte, ein Arzt …«

Der Adamsapfel des Pfarrers fährt über dem Priesterkragen auf und ab.

»Sie können also definitiv ausschließen, dass dieser Mordanschlag der katholischen Kirche galt?«

Nein, denkt Manni, nein. Das können wir nicht. Gar nichts können wir ausschließen, so gut wie gar nichts haben wir bislang erreicht. Er versucht, Ruhe und Autorität in seine Stimme zu legen.

»Gibt es in Sankt Pantaleon eine Mitternachtsmesse? Gehen Sie nachts hin und wieder ins Pfarrbüro oder in die Kirche?«

»Nein, nein.«

»Gibt es nach Ihrer Kenntnis irgendeinen Bezug von Jens Weiß zu Ihrer Gemeinde?«

»Nein, Sie haben unsere Bücher und Spendenlisten doch gerade überprüft.«

»Weiß' Verbindung zu Sankt Pantaleon muss nicht schriftlich dokumentiert sein.« Die Bücher können frisiert sein, Alibis erdacht worden – hier wie im Krankenhaus, wie in Weiß' Familie und Freundeskreis. Mehr als 48 Stunden sind bereits seit dem Mord vergangen und sie haben noch immer keinen vernünftigen Zeugen oder zumindest den Hauch eines Motivs.

Die Zungenspitze des Priesters huscht über seine dünnen Lippen. Die Kirche Sankt Pantaleon gehört zu Opus Dei, hat Ralf Meuser im Morgenmeeting deklariert. Soweit Manni weiß, ist das ein katholisch-fundamentalistischer Geheimbund mit mehr als undurchsichtigen Strukturen, es gibt sogar Leute, die behaupten, dass die Opus-Dei-Mitglieder machtpolitische Fäden bis in die höchsten Ebenen internationaler Politik spannen würden. Hat Jens Weiß diese Ziele unterstützt und sich dann mit Opus Dei überworfen? Der Gemeindepfarrer hat das bislang vehement geleugnet, und Weiß' Frau und seine Kollegen im Krankenhaus sind bereit zu schwören, dass er in keinster Weise ein Kirchgänger oder gar ein religiöser Fanatiker war.

Und wenn er einfach nur hin und wieder sein Gewissen erleichtern wollte?

»Vielleicht war Jens Weiß ja einmal zur Beichte bei Ihnen.« Manni sagt das im leichten Tonfall, aber er mustert den Priester dennoch sehr genau.

»Das wäre theoretisch schon möglich.« Der Adamsapfel hüpft.

»Und? War es so?«

»Nein, ich glaube nicht.«

»Aber Sie sind nicht sicher.«

»Ich sitze im Beichtstuhl und warte, wer kommt. Nicht jeder stellt sich mir mit Namen vor.«

»Aber an die Inhalte können Sie sich schon erinnern.«

»Das Beichtgeheimnis ist heilig. Darüber werde ich nicht mit Ihnen sprechen.«

»Es geht um Mord.«

Der Priester lächelt dünn. »Hier bei uns werden Sie keinen Mörder finden.«

Scheißkirche. Scheißscheinheiligkeit. Die Tränen, die seine Mutter früher im Beichtstuhl vergossen hat, was sie über seinen

Vater sagte, ihre Schluchzer und das beschwichtigende Gemurmel des Priesters – manchmal war das in der ganzen Kirche zu hören. Wo Manni sich in eine Ecke verdrückte und wünschte, er wäre weit weg. Wo auch noch andere Kirchgänger saßen und jedes Wort hörten. Und alle taten so, als wären sie taub.

Er steht auf und entdeckt draußen auf dem Kirchplatz Judith Krieger. Was zum Teufel treibt sie hier? Er macht einen Schritt aufs Fenster zu. Die Krieger steht exakt an der Stelle, wo Jens Weiß gelegen hat, obwohl es da überhaupt nichts mehr zu sehen gibt, denn der Reinigungsservice der katholischen Kirche war sehr effektiv.

»Fürs Erste habe ich keine weiteren Fragen.« Er gibt dem Priester die Hand, nimmt die Stufen des Pfarrhauses im Laufschritt, überquert den Kirchenplatz mit langen Schritten. Wo ist die Krieger? Er dreht sich einmal um die eigene Achse, entscheidet sich dann für eine Inspektion des Kircheninnenraums.

Dämmerlicht empfängt ihn dort drinnen, seine Schritte hallen auf den dunklen Steinfliesen, die von unzähligen Füßen glatt getreten sind. Die Zeit läuft uns weg, denkt er und spürt wieder dieses Unbehagen. Der Druck nimmt zu.

Gleich neben dem Eingang kann man Postkarten und Prospekte kaufen, zum Beispiel den heiligen Albanus mit seinem Schwert für fünfzig Cent. An der Pinwand künden Fotos vom lustigen Karnevalstreiben in der Gemeinde: Frauen mittleren Alters beim Küchendienst. Dieselben Frauen, wie sie den Gemeindepfarrer anhimmeln.

Der Hauptraum der Kirche ist leer, nur zwei Nonnen hocken auf den Kirchenbänken. Ihr monotones Gemurmel und der Geruch von Weihrauch bringen einen Anflug der schummerigen Übelkeit zurück, die die Beichtausflüge mit seiner Mutter unweigerlich begleitete. Hinterher spendierte sie sich und ihm immer ein Eis, und obwohl das seine Übelkeit noch verstärkte, schlang er es hinunter.

Die Kraft für jeden Schlag und jeden Tritt muss aus dem

Boden kommen, man muss diese Kraft spüren, muss lernen sie aufzunehmen, hat der Karate-Bundestrainer Karamitsos mal auf einem Lehrgang erklärt. Manni ballt die Rechte zur Faust, entspannt sie dann wieder. Über dem Altar schwebt eine trompetende Putte, auf der gegenüberliegenden Empore glänzen die goldenen Flügel des Lanzenengels im fahlen Nachmittagslicht, das durch die Bleiglasfenster dringt. Da, endlich, im rechten Seitenschiff entdeckt er die Krieger, halb verborgen von einem gigantischen Marmorsarkophag. Sie sitzt auf einer Kirchenbank und betrachtet ein Jesusgemälde, vor dem Votivkerzen brennen.

»Betest du neuerdings?«

Seine Stimme hallt von den Steinwänden wider. Die Krieger zuckt zusammen, wie zu Tode erschreckt, bekommt sich bei seinem Anblick jedoch sogleich wieder in den Griff.

»Ich bete für deine Seele.« Sie grinst.

Er setzt sich neben sie. Immerhin zeigt das Gemälde den Gottessohn mal nicht am Kreuz, sondern in einem weißen Kittel im Himmel. Beinahe fröhlich sieht er aus. ›Jesus, ich vertraue auf dich‹ hat der Maler an den unteren Bildrand geschrieben. Nun denn, wer das braucht.

Manni streckt die Beine aus.

»Was machst du hier?«

»Ich wollte den Tatort anschauen. Ralf hat gesagt, du seist hier.«

Meuser, na klar.

»Ich hab mit Millstätt gesprochen. Ab Montag bin ich wieder dabei.«

Er starrt sie an.

»Vorläufig jedenfalls und halbe Tage.«

»Und das Verfahren?«

»Millstätt hat einen externen Ermittler angeheuert. Aus Düsseldorf.«

»Shit.«

»Ich werde nicht sagen, dass dein Handy an dem Abend ausgeschaltet war.«

»Das Handy war mein Fehler. Dazu stehe ich.«

»Darauf wartet Kühn doch nur.« Sie schüttelt den Kopf, hat wieder diesen sturen Gesichtsausdruck, den er nur allzu gut kennt. Sie hat etwas vor und wird das durchziehen. Und mit etwas Glück wird sie das auch schaffen. Sie wird auch aus dieser Krise auferstehen.

»Mörder«, sagt sie in seine Gedanken. »Das muss nicht heißen, dass das Opfer ein Mörder war.«

»Das weiß ich auch.«

Eine Tür schlägt zu, ein kalter Luftzug weht über sie hinweg. Wieder zuckt Judith Krieger zusammen und ihre scheinbare Stärke verfliegt. Manni springt auf und scannt den Innenraum der Kirche ein weiteres Mal. Nichts, niemand zu sehen außer den beiden Nonnen. Die Kerzen flackern, eine erlischt.

»Diese Kirche hat eine Bedeutung«, sagt Judith Krieger leise. »Irgendetwas ist hier, das spüre ich.«

»Jetzt gerade sind hier außer uns jedenfalls nur zwei Betschwestern.«

Die Krieger nickt unüberzeugt. Er setzt sich wieder neben sie.

»Im Zweiten Weltkrieg wollte die japanische Regierung wissen, welche der verschiedenen Karatestilrichtungen denn nun die tödlichste wäre, damit sie die Armee entsprechend ausbilden konnten. Weißt du, wie sie das herausgefunden haben?«

»Nein.«

»Sie luden die besten *Karateka* jeder Schule ein, die Effizienz ihrer Kampfkünste an chinesischen Kriegsgefangenen zu demonstrieren.«

»Das ist nicht dein Ernst.«

»Doch, das war ernst. Und es kam heraus, dass *Shotokan*-Karate am tödlichsten ist. Und das ist noch heute der am weitesten verbreitete Karatestil.«

»Was willst du mir damit sagen?« Sie starrt auf den Jesus, als erwarte sie die Antwort nicht von Manni, sondern von ihm.

»*Shotokan*-Karate ist deshalb nicht schlecht«, sagt Manni trotzdem. »Nicht einmal die *Karateka* von damals waren schlecht. Manchmal hat man ganz einfach keine Wahl.«

Die Krieger will widersprechen, doch sein Handy kommt ihr zuvor. Es geht weiter. Endlich. Meuser hat tatsächlich die drei Ritter vom Ärzteball identifiziert.

Manni gibt der Krieger einen aufmunternden Klaps auf die Schulter. Der Durchbruch steht an, das kann er förmlich riechen. Er sprintet los.

* * *

Sie ist weitergekommen, viel weiter. Als sie das Telefonbuch aufschlug, sprang ihr der Name förmlich ins Gesicht. ›L-Music‹ – es ist der Hammer. Das Studio liegt ganz nah beim Melatenfriedhof. Wie blöd von ihr, wie total blöd, dass sie nach ihrem ersten Versuch damals, Lars über die Adressen von Musikstudios zu finden, einfach aufgegeben hat. Ihre Hände waren ganz schwitzig, als sie die Telefonnummer wählte. Und dann die Bestätigung: Ja, tatsächlich, ein Lars Löwner ist der Chef von L-Music, säuselte eine Telefonistinnentussi. Meist sei er jedoch erst ab dem späten Nachmittag dort.

Cool, ganz cool. Bat schließt die Badezimmertür ab und fischt einen Einwegrasierer aus der Tüte. Ihre Mutter hat die gekauft und sich natürlich für rosa entschieden, diese superhässliche Schwachsinnsfarbe, von der alle glauben, Mädchen und Frauen finden sie toll.

»Beatrice? Bea? Bist du da drin?« Ihre Mutter klopft an die Badezimmertür und klingt schon wieder völlig hysterisch.

Bat schiebt die Ärmel ihres Sweatshirts hoch. Die Adern an ihren Handgelenken sind ganz feine, bläuliche Linien auf ihrer hellen Haut. Spielerisch lässt Bat die Rasierklinge darübergleiten. Es kitzelt ein bisschen. Mehr nicht.

»Beatrice! Was machst du da drin? Komm bitte raus!«

Kann man in dieser Scheißwohnung nicht einmal ungestört sein? Vielleicht sollte sie Fabis Angebot annehmen und bei ihm einziehen, solange er seine Wohnung noch hat. Bat schneidet der Badezimmertür eine Grimasse.

»Bat!«, brüllt sie. »Nenn mich Bat!«

»Bat.« Das klingt mehr wie ein Stoßseufzer als wie ein Wort.

»Mach bitte die Tür auf und komm raus. Priester Warnholz ist jede Minute hier.«

Daher weht der Wind, deshalb will ihre Mutter so dringend ins Bad. Sie will sich auftakeln für ihren Schwarm. Bat legt die Rasierklinge auf den Waschbeckenrand und greift nach der Schere.

»Wollt ihr es in der Wanne treiben oder warum muss ich mich beeilen, bloß weil dein heiliger Hartmut dich besucht?«

»Beatrice. Bitte!«

»Bat!« Sie packt die lila Haarsträhne an ihrer rechten Schläfe und mustert sie. Das Lila taugt nicht für das, was sie vorhat, es ist viel zu soft. Schwarz ist viel besser. Schwarz und blutrot.

Durch die Badezimmertür dringt ein weiterer gequälter Seufzer. »Ich dachte, wir trinken alle zusammen Tee und reden ein bisschen. Ich habe Plätzchen gebacken …«

Krass, voll krass. Jetzt will ihre durchgeknallte Mutter mit diesem Priester auf heile Family machen. Bat schneidet die erste violette Haarsträhne ab, dann die nächste und nächste. Es geht ganz leicht. Schon bald hat sie eine Schneise bis zum Hinterkopf freigelegt.

»Bitte komm da raus!«

»Kein Bock!« Soll ihre Mutter sich doch im Gäste-Klo aufdonnern. Bat nimmt die Rasierklinge und zieht sie über ihre Schläfe. Immer mehr Haare rieseln ins Waschbecken und fast tut ihr das nun wieder leid. Aber für Gefühlsduseleien hat sie keine Zeit. Sie muss stark sein, sehr stark. Und was sind schon ein paar Haare? Die Amazonen haben sich die rechte Brust abgeschnitten, um mit der Armbrust besser zu schießen.

Es klingelt und wenig später hört sie, wie ihre Mutter und der Priester im Flüsterton miteinander sprechen. Bat greift wieder zur Schere, kümmert sich nun um die linke Kopfseite. Sie lässt sich alle Zeit der Welt mit ihrer Frisur und als sie endlich fertig ist, sieht ihr Gesicht viel weniger rund aus als vorher, viel älter und härter, auch ihre Piercings wirken nun doppelt cool. Bat befühlt ihre nackten Schläfen. Nur ein etwa fünfzehn Zentimeter breiter Streifen entlang des Scheitels ist von ihren langen Haaren noch übrig, und die hatte sie praktischerweise nicht lila gefärbt, sondern schwarz. Sie trägt farblich passenden Lippenstift auf, schminkt sich die Augen und lackiert ihre Nägel schwarz. Kämpfen, stark sein, das ist wichtig. Kämpfen für Jana! Sie darf jetzt nicht aufgeben, muss jeden Schritt ganz genau planen, jetzt, wo sie Lars gefunden hat, sie ist so dicht dran.

Zum Glück schafft sie es in ihr Zimmer, ohne dass ihre Mutter und der Priester sie bemerken. Sie dreht die Heizung voll auf und geht zum Terrarium. Penti kauert auf ihrem Lieblingsast und mustert Bat aus hornigen, kreisrunden Augen.

»Arme Penthesilea! Ich hab mich in letzter Zeit viel zu wenig um dich gekümmert.«

Bat hebt den Deckel vom Terrarium und setzt das Chamäleon auf ihren Unterarm. Sofort verändert es seine Farbe, changiert von Grün zu Grau und sein Schwanz schlingt sich um ihr Handgelenk. Ganz vorsichtig streicht Bat mit dem Zeigefinger über den warmen, rauen Rücken.

»Zeit für Futterchen und für deine Gymnastik, Pentilein.«

Sie trägt das Chamäleon zu dem etwa zwei Meter hohen Ficus Benjamini. Bedächtig klettert es von Bats Arm ins Geäst, bedächtig schiebt es sich immer höher, fast unmerklich passt sich seine Körperfarbe seiner Umgebung an, wird wieder grüner und die schönen Muster treten nun stärker hervor.

Bat schaltet die Wärmelampe an und holt die Box mit Pentis Futter. Verdammt! Sie hat nicht aufgepasst, die Heuschrecken sind tot. Nur ein mickriges Heimchen hat sie noch und ein paar Mehlwürmer. Sie offeriert Penti das Heimchen und versucht wie jedes Mal vorauszusehen, wann genau die lange Zunge vorschießt. Keine Chance, Penti ist viel zu schnell. Wie von Geisterhand gezogen verschwindet das strampelnde Insekt in ihrem Maul. Bat wartet, bis ihr Chamäleon fertig gekaut hat, bevor sie nach einem Mehlwurm greift.

»Beatrice, hallo, darf ich kurz reinkommen?«

Kacke, verdammte, warum hat sie nicht abgeschlossen? Bat starrt den Priester an. Er setzt ein schleimiges Lächeln auf und zieht die Tür hinter sich zu, dabei hat sie seine Frage überhaupt nicht bejaht. Sein Blick gleitet durch ihr Zimmer, über ihren Körper, über ihren Kopf, doch was auch immer er denkt, er verbirgt es geschickt.

»Deine Mutter macht sich Sorgen um dich.«

Warnholz hat eine tiefe, warme Stimme, er klingt unendlich verständnisvoll, doch davon wird sie sich nicht einwickeln lassen. Bat platziert einen sich windenden Wurm auf ihrem Zeigefinger und hält ihn Penthesilea hin.

»Oh, wen haben wir denn da?« Erst jetzt entdeckt Warnholz das Chamäleon und Bat bereut augenblicklich, dass sie ihn darauf aufmerksam gemacht hat.

»Ein echtes Chamäleon.« Im Gegensatz zu ihrer Mutter scheint sich der Priester nicht vor den Würmern zu ekeln und tritt einen Schritt näher.

Bats Magen beginnt zu rumoren. Was will er von ihr?

»Wie heißt er denn?«, fragt Warnholz und betrachtet Penti offenbar ernsthaft fasziniert.

»Sie! Penthesilea.«

»Ein großer Name.«

»Sie war die Stärkste. Die Mächtigste. Die Amazonenkönigin.«

»Sie war ein Mensch. Achill hat sie besiegt.«

»Gar nicht, sie war stärker als er.«

»Du meinst das Drama von Kleist: *Penthesilea*.«

»Mir egal, wie das heißt.«

Der Zeigefinger des Priesters schiebt sich auf das Chamäleon zu.

»Darf ich?«

»Nein!«

Er zieht seine Hand wieder zurück. »Penthesilea hat sich in Achill verliebt.«

»Na und? Sie hat sich eben nichts vorschreiben lassen und sich genommen, wen oder was sie wollte.«

Der Priester nickt, aber es wirkt, als ob er Bats Worte abwäge, nicht so als stimme er ihr zu.

Bat klappt die Dose mit den Mehlwürmern zu. Penti darf nicht zu viele Würmer fressen, weil die zu viel Fett enthalten. Sie muss ihr neue Heuschrecken kaufen, gleich sofort.

»Beatrice, deine Mutter macht sich Sorgen um dich und ich glaube, sie hat recht. Ich glaube, etwas belastet dich.«

Schwafel. Laber. Was soll das hier werden – Psychologenblabla? Ganz offensichtlich, ja, denn Warnholz schwafelt einfach immer weiter, lädt sie sogar in eine katholische Jugendgruppe ein. Bat stellt die Dose auf die Kommode.

»Ich hab keine Zeit hier rumzuquatschen, ich muss gleich weg.«

Der Priester macht keinerlei Anstalten sich zu bewegen. Als hätte er sie gar nicht gehört.

»Hauen Sie ab, lassen Sie mich in Ruhe!« Bat reißt ihren Kleiderschrank auf. »Ich zieh mich jetzt um oder stehen Sie auf nackte Mädchen?«

Das wirkt, jetzt bewegt er sich. Doch an der Zimmertür bleibt er noch mal stehen.

»Am Ende hat Penthesilea auch in Kleists Drama alles verloren.«

»Hat sie nicht!«

»Sie hat Achill geköpft, obwohl sie ihn liebte.«

»Ist doch egal.«

»Sie ist danach wahnsinnig geworden.«

Sehr leise zieht er die Tür hinter sich zu.

* * *

Die Berge Nepals sehen entsetzlich karg aus, auch der azurblaue Himmel vermag das nicht zu ändern. Fels und trockene Erde verlieren sich im kalten Weiß der Achttausender. Kein Pfad ist zu sehen, keine Siedlung, kein Lebewesen. Judith schlägt die nächste Seite des Bildbands auf: Geröllhaufen und Gebetsfahnenfetzen. Ein schiefes Steintempelchen. Staub. Sie versucht sich vorzustellen, was ihren Vater dazu bewogen hat, sich in diese lebensfeindliche Landschaft zu begeben, was er dort suchte. Sie schafft es nicht. Es erscheint wahnsinnig, vollkommen verrückt, zumal er kein Bergsteiger war und wohl auch kaum die nötige Ausrüstung besaß.

Sie schlägt das Buch zu und dreht sich eine Zigarette. Sie hat ihren Vater nie vermisst, jetzt fühlt sie zum ersten Mal so etwas wie Bedauern, dass ihr von ihm nicht einmal der Nachname und nicht ein Hauch einer Erinnerung geblieben ist. Sie zündet die Zigarette an und geht damit auf ihre Dachterrasse. Es ist kurz vor Mitternacht, viele Fenster sind schon dunkel, einige leuchten gelb, andere in bläulichem Fernsehlicht. Sie fragt sich, wie viele Menschen hinter diesen Fenstern allein sind und wie viele nicht und sich trotzdem weit weg wünschen. Sie fragt sich, wie viele Menschen wohl gerade glücklich sind.

Die letzte Luft, die ihr Vater geatmet hat, muss sehr dünn gewesen sein und eisig kalt. Aber vielleicht hat er das überhaupt nicht bemerkt, vielleicht fühlte er sich den Göttern nah, oder es hat ihn getröstet, dass das Letzte, was er gesehen hat, der Himmel war: übersät von Sternen, zum Greifen nah.

Sie friert plötzlich und geht wieder ins Wohnzimmer. Blättert durch ihre CDs, legt dann doch keine auf. Sie sollte ins Bett gehen, schlafen, sich ausruhen, aber sie fühlt sich rastlos, fast so, als würde sie schon wieder ermitteln. Irgendein Part ihres Hirns muss aus reiner Gewohnheit die Tatortfotos von Millstätts Magnetbord memoriert haben, sie sieht sie vor sich, kann sie im Geiste noch einmal betrachten, und das bringt die Erinnerung an Sankt Pantaleon zurück.

Angst hat sie gefühlt, als sie auf die Kirche zuging. Panik. Eine Ahnung, ach was, ein instinktives Wissen, dass von Sankt Pantaleon eine Gefahr ausgeht, tödliche Gefahr. Es war dasselbe Gefühl wie in der Nacht zuvor, und im Inneren der Kirche wurde es sogar noch stärker. Aber wie kann sie dieser Wahrnehmung vertrauen, wie kann sie sich selbst noch vertrauen, wenn diese mandelkerngroße Stelle in ihrem Hirn ihr neuerdings völlig willkürlich Gefahren signalisiert, die es gar nicht gibt?

Judith geht in die Küche und entkorkt eine Flasche Merlot. Mein Vater hat uns verlassen, um die Welt zu bereisen, und ist nie mehr zurückgekehrt, denkt sie. Ich bin in ein Haus gegangen, um eine Zeugin zu vernehmen und eine halbe Stunde später war diese Zeugin tot, und ich habe ihren Mörder getötet. Ist das Schuld, hätte ich das voraussehen können und also verhindern? Ist mein Vater schuld an seinem Tod? Hat er mich geliebt und vermisst und vorgehabt zurückzukehren? Ist es überhaupt möglich, das im Nachhinein zu entscheiden? Sie kann sich nicht daran erinnern, dass ihre Mutter je um den Verlust ihres ersten Ehemanns getrauert hätte. Schnell, sehr schnell trat Wolfgang Krieger in ihr Leben. Einen Monat vor Judiths fünftem Geburtstag wurden die beiden getraut. Judith hatte Blumen in den Gang zwischen den Kirchenbänken gestreut, obwohl sie diesen neuen Mann nicht mochte, und als er mit ihrer Mutter am Arm auf die zarten Blüten trat, begann sie zu weinen. Du hast uns die Hochzeit verdorben, hat ihre Mutter später geschrien.

Judith betrachtet das Foto ihres Vaters. Thomas Engel, 25. Er lacht sie an, herausfordernd wie immer. Sie pfropft den Korken zurück in die Weinflasche, nimmt ihre Hausschlüssel und tritt ins Treppenhaus. Vielleicht hat Hartmut Warnholz tatsächlich recht: Es geht nicht darum, zu erklären, was geschehen ist, es geht nicht darum, zu überlegen, wie es anders hätte sein können, sie muss, was passiert ist, einfach akzeptieren.

Sie macht kein Licht an, zieht einfach die Wohnungstür hinter sich zu und setzt sich im Dunkeln auf die Stufen. Mit jeder Sekunde werden die Geräusche des Hauses deutlicher. Entfernte Musikfetzen, Fernsehstimmen. Eine Tür wird geöffnet und schlägt wieder zu. Musik und Farbgeruch wehen zu ihr hinauf. Judith umfasst den Hals der Weinflasche fester, kühl und glatt liegt er in ihrer Hand. Sie drückt auf den Lichtschalter, geht die Treppe hinunter, Stufe für Stufe, bis sie vor Karl Hofers Wohnungstür steht.

Jetzt hört sie es genau, die Musik kommt von ihm. Ein Klavierkonzert, sehr dramatisch. Beethoven vielleicht oder irgendein Russe.

Judith drückt auf die Klingel, hört schnelle Schritte, die Tür fliegt auf.

»Sie sind ein Nachtmensch. Wie ich.« Karl Hofer lächelt.

»Waren Sie schon mal in Nepal?«

»Tatsächlich, ja, ich hab da vor zehn Jahren fotografiert.«

Judith hält die Weinflasche hoch. »Erzählen Sie mir davon.«

* * *

Wie aus weiter Ferne hört Manni das Handy. Er ist gerade eingeschlafen, kapiert erst nicht, wo er ist. Sonja bewegt sich neben ihm, murmelt etwas Unverständliches. Sonja. Sonjas

Hochbett. Freitagnacht. Das Fiepen wird lauter, Manni tastet danach. Blind. Mit der Linken. Da – endlich, da ist es. Aber er bekommt es nicht zu fassen, das verfluchte Mistding flutscht einfach weg.

Es kracht äußerst ungut, das Fiepen verstummt. Scheiße, verdammte, elender Mist! Manni versucht, seinen rechten Arm unter Sonjas Nacken herauszuziehen. Sie rollt sich herum und umarmt ihn. Haucht ihm einen Kuss auf den Hals.

»Geh nicht!«

»Ich hab Bereitschaft.«

Er löst sich von ihr und klettert die Leiter herunter. Die Holzdielen sind kühl und glatt unter seinen Fußsohlen. Das Adrenalin überlagert die Müdigkeit. Ein Schub schlechter Laune kommt hinzu. Die drei Ritter von den Wolkenburg-Fotos waren ein Flop, alle haben ein Alibi und versicherten glaubhaft, dass sie Jens Weiß nicht einmal kennen. Vielleicht liegt Erwin Bloch also tatsächlich richtig, wenn er darauf beharrt, keinem der dreien bei Sankt Pantaleon begegnet zu sein.

Wo ist das verdammte Handy, was ist passiert? Es ist kurz nach Mitternacht, um diese Zeit ruft ihn niemand an, es sei denn die Kollegen. Mitternacht. Der Gedanke, was das bedeuten kann, pumpt noch mehr Adrenalin in Mannis Körper. Er tastet sich zu Sonjas Schreibtisch vor und schaltet die Klemmleuchte ein. Der Aufprall hat sein Mobiltelefon in Einzelteile zerlegt, er klaubt sie zusammen, findet den Akku auf Knien rutschend in einem Nest Staubflusen unter dem Sofa, um das sie vor zwei Stunden ihre Klamotten verteilt haben.

Er schiebt den Akku ins Handy, puzzelt die restlichen Teile an ihren Platz.

»Komm schon!« Er flucht mit zusammengebissenen Zähnen. Endlich. Quälend langsam erwacht das Mobiltelefon wieder zum Leben.

Manni tippt die Nummer der Einsatzzentrale, angelt in dem Klamottenhaufen nach seiner Unterhose, während er die Ansage des Kollegen abhört. Wieder ein Toter. Wieder vor einer Kirche. Direkt neben dem Priesterseminar. Auch der Wohnsitz des Kardinals ist nicht weit entfernt.

Serienmord. Nein, Quatsch, reiß dich zusammen. Das steht noch nicht fest. Mannis Schritte hallen im Treppenhaus, die Haustür schlägt hinter ihm zu, er bleibt stehen, scannt die Straße, registriert halbbewusst die feuchtkalte Nachtluft, die nach Regen riecht. Wo hat er vorhin geparkt? Einen Moment lang ist er orientierungslos und weiß nicht einmal mehr, mit welchem Fahrzeug er zuletzt unterwegs war. Dann kommt die Erinnerung zurück und sein Körper setzt sich in Bewegung, schließt den Wagen auf, startet ihn.

Er fährt schnell, auf den Ring, dann auf die Nord-Süd-Fahrt. Kurz vor dem Priesterseminar erhascht er beim Abbiegen einen Blick auf die Turmspitzen des Doms. Grau und kolossal, zwei stoische Zeugen, die nach ein paar Metern Fahrt aus seinem Sichtfeld verschwinden. Kurze Zeit später erreicht er den Tatort, parkt neben den Einsatzfahrzeugen und springt aus dem Wagen.

Der Tote liegt tatsächlich direkt vor der Kirche des Priesterseminars. Maria-Ablaß-Platz. Das rotierende Blaulicht der Polizeiautos illuminiert das Straßenschild. Einer der Uniformierten rennt auf Manni zu und will mit ihm diskutieren, ein blutjunger Polizeimeister, aber Manni schiebt ihn einfach beiseite und starrt auf den Toten.

Er liegt auf dem Rücken, die Arme sind ausgebreitet, der Blick ist leer. Am Hals kann Manni den Priesterkragen erkennen. Auf dem Pflaster klebt Blut. MÖRDER. Wieder hat der Täter seine Botschaft in roten Lettern neben sein Opfer gesprayt. Das Ganze ist ein verdammtes Déjà-vu.

»KOB Korzilius?« Der Babyface-Kollege zupft ihn am Ärmel. »Der Mann, der uns verständigt hat, sagt, er kenne den Toten. Er ist ein Priester.«

»Der Tote oder der Zeuge?«

»Beide.«

Serienmord, denkt Manni. Also tatsächlich. Meuser hat recht. Irgendein Irrer hat es auf die Kirche abgesehen.

Es beginnt zu regnen, nein, regelrecht zu schütten. Zwei Uniformierte ziehen hektisch eine Plane über den Toten. Eine Windböe weht sie sofort wieder hoch.

Viel werden die Spurensicherer hier nicht mehr zu tun bekommen. Manni flucht.

3. TEIL

*»Meine Seele möchte lieber ersticken,
lieber den Tod als diese meine
Schmerzen.«*

Hiob 6, 15

Wann wird aus Traurigkeit Wut? Wann wird Verzweiflung zu Hass? Die verlorene Liebe schmeckt bitter auf ihrer Zunge und verklumpt ihren Magen. Die Leichtigkeit stirbt, ihr Körper schwillt an. Wieder stiehlt sie sich zu ihm, klopft an seine Tür, bettelt und fleht. Geh! Bitte, geh, fordert er, sobald er sie sieht.

Aber hinter der Kälte und Wut in seinen Augen liest sie jetzt noch etwas anderes, etwas, das sie so nie erwartet hat. Angst vielleicht. Angst vor ihr? Du wirst mich vernichten, flüstert er. Du wirst mein Leben zerstören. Ist es das, was du willst, ja? Mich leiden sehen, mir alles nehmen, so dass mir nur noch ein Weg bleibt, der letzte Weg?

Ihre Schuld, es ist ihre Schuld, wenn er sie nicht mehr liebt. Sie hat ihn verführt, hat seine Grenzen nicht respektiert. Sie hat nicht zugehört, was er ihr sagte, weil sie so verliebt war, so blind. Rasend vor Liebe. Es tut so weh und hört nicht auf. Warum nur hat sie ihn kennengelernt?

Samstag, 25. Februar

Der zweite Mord. Das zweite Opfer. Dieselbe Tatwaffe und dieselbe Botschaft: Mörder. Sie ermitteln jetzt auf einem anderen Level. Eine fiebrige Energie hat sie durch die Nacht getragen, immer verbissener haben sie im strömenden Regen nach einem Anhaltspunkt gesucht: einer brauchbaren Spur, einem Zeugen, irgendetwas. Vergebens bislang. Nur die Identifikation ging diesmal schnell über die Bühne. Georg Röttgen war Leiter der katholischen Telefonseelsorge, 53 Jahre alt, 1,82 Meter groß. Manni streift frische Booties und Handschuhe über und schließt Röttgens Wohnungstür auf. Der Priester wohnte in der Kardinal-Frings-Straße, nur wenige hundert Meter vom Tatort entfernt. War er auf dem Weg zu seiner Wohnung, als sein Mörder zuschlug oder hatte er sie gerade verlassen? War er an der Maria-Ablaß-Kirche mit seinem Mörder verabredet? Sie wissen es nicht und auch der junge Priesterschüler, der Röttgen fand und die Polizei verständigte, vermag dies nicht zu sagen.

Draußen ist es noch dunkel, die Beleuchtung im Treppenhaus summt leise. Die Wärme bringt die Müdigkeit zurück und jagt beinahe schmerzhaft in Hände und Gesicht. Manni betätigt den Lichtschalter in Röttgens Flur. Unzählige Male hat er in den letzten Jahren Wohnungen durchsucht. Täterwohnungen. Opferwohnungen. Manche waren ordentlich, manche chaotisch. Einige waren geschmackvoll eingerichtet, andere billig. Werden sie hier gleich etwas finden, das sie weiterbringt? Vielleicht ist das ja gar nicht möglich, weil es gar nicht um Georg Röttgen geht, genauso wenig wie es dem Täter um die Person Jens Weiß gegangen ist. Vielleicht haben sie es tatsächlich mit einem Mörder zu tun, der mit der katholischen Kirche abrechnen will. Dieser Gedanke reicht aus, jegliche Erschöpfung zu ignorieren.

Es riecht ungelüftet in Röttgens Wohnung, nicht wirklich schlecht, aber die Luft wirkt abgestanden, zäh, beinahe greifbar. Der Flur ist winzig und mit einem Schuhregal, einem schmalen Spiegel und einer Wandgarderobe möbliert.

»Der heilige Georg trägt als Symbol ein Schwert«, sagt Meuser in Mannis Rücken.

»Und was bedeutet das für deine Theorie vom alten Albanus?«

»Ich weiß es nicht.« Meuser seufzt, offenbar selbst irritiert von der Widersprüchlichkeit seiner Theorien.

Sie machen einen ersten Rundgang, verschaffen sich einen Überblick. Röttgens Wohnung ist etwa 70 Quadratmeter groß und besteht aus Küche, Bad, Wohnzimmer, Schlafzimmer und dem Flur. Auf dem Anrufbeantworter befindet sich lediglich eine belanglose Nachricht von der Telefonseelsorge. Im Telefon sind keine Nummern gespeichert, Terminkalender oder Handy sind auf den ersten Blick nicht zu sehen. Manni atmet ein, versucht diesen Geruch zu definieren. An irgendetwas erinnert der ihn und was auch immer das sein mag, es ist nicht angenehm. War der Täter jemals in dieser Wohnung, gibt es eine persönliche Verbindung zwischen ihm und dem Priester? Wir werden hier etwas finden, denkt Manni. Es muss einfach so sein.

Immer noch kann er nicht sagen, nach was es hier riecht. Vielleicht ist es einfach nur Einsamkeit. Einsamkeit, Frust oder Staub. Wer stand Georg Röttgen nah und wird um ihn trauern? Irgendjemanden werden sie gleich benachrichtigen müssen. Irgendjemand wird dann vielleicht zu weinen beginnen und den Glauben an Gott verlieren, so wie Nora Weiß.

Sie fangen mit dem Schlafzimmer an, sparen sich den Wohnraum mit den hohen Bücherregalen und dem schweren Eichenholzschreibtisch fürs Ende auf. Die dunkelblauen Gardinen des Schlafzimmers sind zugezogen, das schmale Bett ist ordentlich gemacht, der Heizkörper ist abgedreht. Viel mehr gibt es hier nicht, nur einen Nachttisch und einen Kleiderschrank aus dunklem Holz. Ein Kruzifix am Fußende des Betts ist der einzige Wandschmuck. Die Nägel in Händen und Füßen des Gottessohns sind detailliert zurechtgeschnitzt, sein Gesichtsausdruck ist wie gewohnt duldsam und leidend. Kein sehr erhebender Anblick, wenn man damit einschläft und aufwacht, doch vermutlich hat Röttgen das anders empfunden. Auf dem Nachttisch liegt eine Bibel. Manni schlägt sie an der Stelle auf, die ein Lesebändchen markiert:

»Psalm 51, Bußpsalm: Reue und Umkehr« lautet die Überschrift des ersten Absatzes. Manni überfliegt die darunter stehenden Zeilen. »Sieh doch, in Sünde wurde ich geboren ... Verbirg dein Antlitz vor meiner Schuld ...«

Sünde – Schuld – Mord. Wortlos hält er Meuser die aufgeschlagene Bibel hin und zieht die Schublade des Nachtschränkchens auf. Sie enthält zwei Pakete Papiertaschentücher, Nasentropfen, Salbeipastillen und eine angebrochene Packung Aspirin. Auch Georg Röttgens Kleiderschrank hat nichts Aufregendes zu bieten. Schwarz ist die dominierende Farbe der Kleidungsstücke, einige Hemden und Pullover sind grau beziehungsweise braun. Nur die Unterwäsche ist weiß und stammt definitiv nicht von BOSS. Röttgen bevorzugte labellose Boxershorts, was auch immer das über ihn aussagen mag.

»Der reinste Musterknabe.« Manni klappt den Kleiderschrank wieder zu.

»Der Mann war Priester. Was erwartest du?« Meuser legt die Bibel zurück auf den Nachttisch.

»Kinderpornos. Kondome. Reizwäsche. Liebesbriefe ...«

Der Kollege verdreht die Augen und geht über den Flur in die Küche. Manni folgt ihm, lehnt sich in den Türrahmen. Auch dieser Raum ist spartanisch eingerichtet und tadellos aufgeräumt, auch hier ist die Heizung abgedreht, auch hier hängt ein Kruzifix an der Wand, das jedoch kleiner ist als das im Schlafzimmer. Vielleicht hatte Röttgen den göttlichen Beistand hier weniger nötig, denkt Manni müde und lässt seinen Blick über eine Nullachtfünfzehn-Arbeitszeile und einen quadratischen Tisch mit zwei Holzstühlen schweifen. An der Wand darüber hängen zwei gerahmte Kalenderblätter. Eines zeigt den Kölner Dom im Schnee, das andere den Petersplatz in Rom.

Ralf Meuser hebt eine golden geränderte Porzellanzuckerdose hoch und lugt unter ihren Boden. »Arzberg«, verkündet er. »Das hat meine Oma auch.«

»Du bist katholisch, oder?«, fragt Manni.

»Ja, na und?«

Manni öffnet den Kühlschrank und mustert den Inhalt: Aufschnitt, Butter, eine Packung Sahneheringe, ein Glas Senf, Erdbeermarmelade, Pflaumenmus, Eier, H-Milch und eine angebrochene Flasche Müller-Thurgau. Das Gefrierfach ist leer. Ein leidenschaftlicher Koch war Röttgen ganz offenbar nicht, aber das ist ja kein Verbrechen. Der Inhalt von Mannis eigenen Kühlschrank macht auch nicht mehr her.

Manni schließt die Kühlschranktür wieder und betrachtet Ralf Meuser, der an der Spüle lehnt und das Kruzifix über der Küchentür anstiert.

»Glaubst du an Gott, Ralf?«

»Ich glaube jedenfalls nicht, dass jeder katholische Priester zwangsläufig ein Kinderschänder ist oder schwul oder wild in der Gegend herumvögelt. Und du?«

»Ich glaub, dass es nicht gesund ist, ohne Sex zu leben.«

»Das meinte ich nicht.«

»Ausgetreten.«

Manni geht ins Wohnzimmer, erhascht einen flüchtigen Blick von sich im Flurspiegel. Meuser hat recht, er darf sich nicht von seinen Vorurteilen leiten lassen und schon gar nicht von seinen Erinnerungen an die Kirchgänge seiner Kindheit. *Majku.* Aus heiterem Himmel fällt ihm diese Kata ein. Eine ziemlich anspruchsvolle Kata, die damit beginnt, dass man beide Handflächen wie einen Spiegel vors Gesicht hebt, was im Japanischen als Kommunikation mit den Göttern gilt, als Konzentration auf die Spuren der Ahnen im eigenen Ebenbild. Angeblich hat die Göttin Amaterasu den ersten Spiegel der Welt einem Königssohn geschenkt, um ihm Macht zu geben. Manni angelt nach einem Fisherman's. Die Zeit läuft ihnen weg, es hat keinen Sinn, sich den Kopf über die Philosophien japanischer Kampfmönche zu zerbrechen.

Mord, darum geht es. Jemand hat erst einen Arzt in Priesterornat und dann einen echten Priester brutal aus dem Leben gerissen. Warum gerade diese beiden Männer? Verbindet sie etwas? Sagt der Täter die Wahrheit, wenn er seine Opfer des Mordes bezichtigt?

»Er mochte Musik.« Ralf Meuser geht vor einer ansehnlichen Sammlung CDs und Schallplatten auf die Knie. »Klassik und Jazz. Ziemlich exquisiter Geschmack.«

Über dem Sofa hängen ein paar blasse Porträtfotos. Sie sehen alt aus, entstammen wohl einer anderen Zeit. Ahnenbilder. Wieder dieser Gedanke an die *Meijku*, gepaart mit einem Anflug bleischwerer Müdigkeit. In der Raumecke neben dem Fenster steht ein Notenständer, im Regal dahinter liegt ein aufgeklappter Geigenkasten. Die Geige wirkt edel und liegt lose in ihrem Samtbett, als hätte Röttgen sie nur kurz aus der Hand gelegt. Auf dem Couchtisch vor dem Sofa steht ein Weinglas mit einem Rest Weißwein darin. Das passt nicht, ein so ordentlicher Mann wie Georg Röttgen würde den Geigenkasten doch sicherlich schließen und das leere Weinglas in die Küche tragen, bevor er seine Wohnung verlässt. Es sei denn, er hätte es plötzlich sehr eilig gehabt.

Was ist in den letzten Stunden von Röttgens Leben passiert? Sie brauchen seinen Kalender und sein Adressbuch. Manni geht zum Schreibtisch und schaltet den Computer des Priesters ein. Er wühlt sich durch ein paar Schubladen, während der

Rechner hochfährt. Es wird langsam hell draußen und regnet nicht mehr, das Fenster reflektiert seine Bewegungen und lässt sie unwirklich erscheinen. Der Computer beginnt zu brummen und verlangt ein Passwort. Manni flucht. Wieso benutzte der Priester ein Passwort, wenn er hier doch allein lebte? Wo bleibt die KTU?

Er ruft im KK 11 an, bekommt ausgerechnet Holger Kühn an die Strippe. »Die ersten Priester rufen bereits an ... die haben Panik ... wenn die Nachricht gleich rausgeht ... die nächste Pressekonferenz ... das Erzbistum ... der Kardinal ...«

Ja, verdammt, ja. Manni mustert die Fotos über dem Sofa, während der Leiter der Soko Priester sich verbal abreagiert. Zwei alte Schwarzweiß-Hochzeitsfotos stammen vermutlich aus der Kaiserzeit. Ein Familienfoto aus den 60er Jahren könnte Röttgen als Kind mit Schwester und Eltern zeigen. Zwei weitere, kleinere Bilder in schlichten Silberrahmen zeigen denselben Jungen und dasselbe Mädchen als Einzelporträts. Auf dem letzten Bild posiert der erwachsene Röttgen mit seinen gealterten Eltern vor dem Kölner Dom. Alle drei lächeln verkrampft in die Kamera.

»Manni!«

Der Unterton in Ralf Meusers Stimme sorgt dafür, dass Manni augenblicklich reagiert. In zwei langen Schritten ist er bei ihm und betrachtet die Seite des Fotoalbums, die der Kollege aufgeschlagen hat. Das Foto zeigt Georg Röttgen mit zwei weiteren Priestern in schwarzen Soutanen – vor dem Eingang der Kirche Sankt Pantaleon.

*   *   *

»Röttgen ist tot!« Mariannes Stimme klingt hoch, viel höher als sonst. Atemlos.

»Was? Wie ...?« Ein kalter Schauer jagt Ruth über den Rücken.

»Man hat ihn ermordet! Ich kann jetzt nicht länger sprechen.« Die Verbindung bricht ab, die plötzliche Stille in der Telefonleitung verleiht Mariannes Worten nur noch mehr Gewicht.

Mechanisch, ohne darüber nachzudenken, zieht Ruth ihren Mantel an und hetzt los. Quer durch die Innenstadt, an den Kaufhäusern vorbei, blind vor Panik bahnt sie sich ihren Weg. Erst als sie die Telefonseelsorge erreicht, bleibt sie stehen und wischt sich mit einem Taschentuch Schweiß von der Stirn. Ist es wirklich klug, jetzt hierherzukommen? Auf einmal fühlt sie eine seltsame Scheu, aber darauf darf sie jetzt keine Rücksicht nehmen, vielleicht ist Hartmut Warnholz da, vielleicht kann sie irgendetwas tun, ihm beistehen, sich nützlich machen, einen Telefondienst übernehmen.

Sie schließt die Eingangstür auf, eilt die Treppe hinauf, prallt zurück. Scheinwerfer blenden sie, Polizeibeamte hasten hin und her, einer fängt sie ab, will sie wieder zurückschicken, lässt sie dann doch passieren.

»Korzilius. Kriminalpolizei. Und wer sind Sie?«

Der Sprecher ist groß und sportlich und blond und hat sehr blaue Augen. Stefan, denkt Ruth und umkrampft ihre Handtasche fester. So sah Stefan damals aus, als ich mich in ihn verliebte.

»Ich heiße Ruth Sollner, ich arbeite hier. Ehrenamtlich.«

Er winkt Ruth herein, seine Ähnlichkeit mit ihrem Exmann verfliegt.

»Eine Kollegin hat mich informiert, dass Priester Röttgen …« Ihr Halstuch! Es ist hellrot, pietätlos fröhlich, auf einmal fällt ihr das ein, aber als sie es aussuchte, konnte sie doch nicht wissen …

»Waren Sie auch gestern Abend hier?« Der blonde Kommissar lässt sie nicht aus den Augen.

»Nein, nicht ich, aber –«

Sie verstummt, ihr Magen krampft sich zusammen, ihre

Kehle wird eng, als würde jemand das Halstuch zuziehen. Beatrice hat gestern Abend geputzt, das sollte sie zumindest. Aber das hat sicher nichts zu bedeuten, hat nichts mit dem Tod ihres Chefs zu tun und ...

»Kommen Sie.«

Der Kommissar dirigiert sie in das Praktikantenzimmer.

»Hier ist die Spurensicherung schon fertig.« Er setzt sich auf den Drehstuhl hinter dem Schreibtisch, Ruth sinkt auf einen Holzklappstuhl.

»Wer war gestern Abend hier?« Er klaubt ein zerfleddertes Notizbuch aus seiner Hosentasche.

»Wahrscheinlich meine Tochter. Sie putzt hier.«

»Name?« Er greift nach einem Kuli.

»Beatrice.« Das Wort kostet Ruth unglaublich viel Kraft, führt ihr wieder den kahlrasierten Schädel ihrer Tochter vor Augen. Wie ein heruntergekommener Straßenpunk sieht Beatrice damit aus. Sie hatten grässlich gestritten, so laut wie noch nie. Aber natürlich führten Ruths Argumente bei Beatrice nicht einmal zu einem Funken Einsicht. Türenknallend war sie aus der Wohnung gestürmt und seitdem hat Ruth sie nicht mehr gesehen.

»Beatrice Sollner, ja?« Der Kommissar blättert in seinem Notizbuch. »Wann putzt sie normalerweise?«

»Von acht bis zehn?«

Ein knappes Nicken. »So weit scheint das zu stimmen.«

Bea war also hier! Die Erleichterung, die Ruth deshalb fühlen müsste, bleibt aus. Wen hat die Polizei wohl bereits vernommen, was haben die Kolleginnen über Bea erzählt? Sie denken, dass Ruth nicht mitbekommt, wie mitleidig sie hinter ihrem Rücken über ihr schweres Los mit ihrer missratenen Tochter sprechen, aber sie merkt das natürlich trotzdem und schämt sich dafür.

»Georg Röttgen war gestern Abend ebenfalls hier«, sagt der Kommissar.

Das Halstuch! Immer enger klebt es an Ruths Hals. Sie nestelt am Knoten herum.

»Er hat oft abends gearbeitet.«

Der Kommissar nickt. Eine knappe, ungeduldige Bewegung, die kein bisschen zustimmend wirkt.

»Mochten Sie ihn?«

»Mögen?« Endlich, der Knoten ist auf. Ruth stopft das Halstuch in ihre Handtasche.

»Georg Röttgen war Ihr Chef. Mochten Sie ihn?«

»Er war immer sehr korrekt und sehr kompetent.« Sie wird nicht sagen, dass alle über ihn stöhnten und sich von ihm gegängelt fühlten, sie wird auch ihren dummen nächtlichen Streit über die Beleuchtung nicht erwähnen. Ruth senkt den Blick auf ihre Hände. Man soll den Verstorbenen nichts Böses nachsagen, es bringt ja nichts mehr.

Dienstpläne, Aufgabenbereiche, Gewohnheiten der Mitarbeiter, Freundschaften, Feindschaften. Der Kommissar lässt nicht locker, alles will er wissen. War Georg Röttgen beliebt? Fühlte er sich bedroht? Hatte er sich in letzter Zeit verändert? Hatte er Streit, bekam er seltsame Anrufe? Vielleicht sollte ich ihm sagen, wie Röttgen neulich Nacht in die Seelsorge kam, wie gehetzt er da wirkte, beinahe ängstlich, überlegt Ruth. Aber vielleicht habe ich mir das nur eingebildet. Doch andererseits war in dieser Nacht noch dieser Drohanruf gekommen, und kurz davor *hatte* Röttgen am Fenster gestanden und sie *hatte* sich gefürchtet, und nun ist Röttgen tot.

»Wie ist er gestorben?« Die Frage platzt aus ihr heraus, sie wollte sie gar nicht stellen. Erschrocken schlägt Ruth sich die Hand vor den Mund.

»Er wurde erstochen.« Etwas in den Augen des Kommissars erinnert sie plötzlich wieder an Stefan.

»Erstochen«, echot sie leise und denkt an den Toten von Sankt Pantaleon und an ihre kahlgeschorene, schwarz gekleidete Tochter, die vor nichts Respekt hat und über Priester Witze reißt. Die sich betrinkt und den Tod verklärt und ein Messer besitzt. Ein sehr scharfes Messer mit sehr scharfer Klinge, das sie in ihrer Manteltasche bei sich trägt, manchmal auch in ihrem Rucksack, was Ruth natürlich nicht kontrollieren sollte, aber andererseits benimmt sich Bea nicht wie eine Erwachsene, auch wenn sie achtzehn ist, sie braucht noch Fürsorge, sie ... Röttgen ist ein geiler, alter Bock. Der glotzt mir immer so auf den Arsch, hat Bea neulich behauptet, um sie zu provozieren, auf einmal fällt Ruth das ein.

»Was hat Ihre Tochter gemacht, nachdem sie hier geputzt hat?«, fragt der Kommissar, fast kommt es Ruth so vor, als könne er ihre Gedanken lesen.

»Ich weiß es nicht.« Wieder schießt ihr die Hitze ins Gesicht. »Wahrscheinlich hat sie noch Freunde besucht.«

Oder sie hat mit den Punks auf der Domplatte herumgelungert und sich besoffen und die Passanten angebettelt oder sie war auf dem Friedhof oder ... Stopp, lieber Gott, hilf mir! Bea ist ein gutes Mädchen, nur etwas verwirrt. Sie hat gestern gearbeitet und sich danach amüsiert. Wahrscheinlich hat sie bei diesem Fabian übernachtet. Oder bei einer Freundin oder ...

»Wie alt ist Ihre Tochter?«

»18.«

»Ich muss mit ihr sprechen«, sagt der Kommissar.

* * *

Sie hört ihr Handy wie aus weiter Ferne. Es spielt Queen, ihre Dienstmelodie. In ihrer Wohnung ist es taghell. Der Himmel vor den Fenstern ist weißlich, diffus. *Spread your wings and fly away.* Das Handygefiedel wird lauter, dringlicher. Judith stolpert ins Wohnzimmer, noch ganz benommen von der ersten traumlosen Nacht ohne Tabletten seit langem.

»Wir brauchen dich heute schon, kannst du für ein paar Stunden kommen?«

Der Anrufer ist Millstätt, im Hintergrund hört Judith Telefonklingeln und Stimmengewirr.

»Was ist passiert?« Sie ist nackt, auf ihren Armen bildet sich Gänsehaut.

»Noch ein Mord nach dem gleichen Schema. Diesmal ist das Opfer tatsächlich ein Priester, der Leiter der Telefonseelsorge. Und wir sind durch die Grippe stark dezimiert ...«

»Dieselbe Botschaft?«

»Ja.«

Mörder. Kann ein Priester zum Mörder werden? Ja, warum nicht, denkt sie, er ist ein Mensch. Man darf einem Mörder nicht lange in die Augen sehen, genauso wenig wie einem Opfer mit akutem Trauma – ein älterer Kollege hat ihr das ganz am Anfang im KK 11 mal gesagt. Hüte dich vor diesem Blick, weil er ein Strudel ist, ein Sog in den Abgrund, in dem du dich verlierst. Judith zieht sich an, schminkt sich die Lippen und mustert sich im Spiegel. Ihre Augen sind ernst, die Iris sind zweifarbig: grau mit blauem Rand. Nichts an diesen Augen kommt ihr anders vor als früher. Nichts in ihnen verrät, was geschehen ist.

Die Luft draußen ist eisig, das Weiß des Himmels gleißend, fast wirkt es so, als würde die Sonne es durch den Hochnebel schaffen. Judith schiebt die Hände in die Parkataschen. Sie vermisst ihren Ledermantel und die Stiefel, die sie in den letzten Jahren so oft bei Ermittlungen getragen hat. Doch ihre Kleidung war nach dem Einsatz in diesem Haus nicht mehr zu retten. Denk da jetzt nicht dran. Sie winkt nach einem Taxi, erreicht das Polizeipräsidium in knapp zehn Minuten.

Heute kommt Millstätt ihr nicht entgegen, auch sein Arbeitszimmer ist leer, sie findet ihn an Mannis Schreibtisch, vertieft in eine Lagebesprechung mit Holger Kühn.

»Judith.«

Millstätt springt auf, zieht sie ins Büro.

»So, ihr zwei. Die Aufarbeitung der Vergangenheit ist bis

auf weiteres Sache der externen Ermittler. Wir sind ein Team. Gebt euch die Hand!«

Er schiebt Judith auf Kühn zu. Sie streckt die rechte Hand aus, sieht dem Kollegen, der nun ihr Vorgesetzter ist, direkt in die Augen. Seine Hand ist viel größer als ihre und feucht. Er drückt zu. Lange. Fest. Judith atmet scharf ein, ohne den Blick zu senken, zieht die verletzte Linke reflexartig hinter den Rücken.

»Willkommen in der Soko Priester.« Kühn grinst. Lässt endlich los und setzt sich wieder hin.

Judith nimmt eines der Tatortfotos von Mannis Schreibtisch.

»Der Tatort ist diesmal also nicht Sankt Pantaleon?«

Kühn verschränkt die Hände im Nacken. Die Köter in seinem Rücken glotzen stupide aus ihren Rahmen.

»Wir spielen nach meinen Regeln. Ich erwarte Transparenz und Kooperation!«

Kooperation. Schon als Jugendliche hat sie dieses Wort gehasst, weil es nichts anderes hieß, als dass sie zu tun hatte, was ihr Stiefvater wollte: der Mutter helfen. Leise sein. Die Zwillinge betreuen, die die Mutter drei Jahre nach ihrer zweiten Hochzeit gebar. Zwei kleine Jungs, Edgar und Artur. Judith hatte sie geliebt, soweit das einem einsamen Mädchen eben möglich war. Und sie hatten sie auch geliebt und bewunderten ihre große Schwester. Und bildeten dennoch eine Einheit, ein in sich geschlossenes System.

Judith legt das Tatortfoto zurück und lehnt sich an einen Aktenschrank. Der Schmerz in den Fingern ihrer rechten Hand ebbt langsam ab, dafür beginnt ihr linkes Handgelenk zu pochen. Hat sie sich geirrt, hat Sankt Pantaleon gar keine Bedeutung für diesen Fall? War ihre Angst dort nur ein Hirngespinst?

Kühn mustert sie aus schmalen Augen.

»Keine Extratouren, Krieger, es sei denn, ich ordne sie an.«

»Was soll ich also tun?«

Sie hat sich gefragt, wie es sein wird, dem stellvertretenden Kommissariatsleiter wieder zu begegnen, sie hat die verschiedenen Möglichkeiten durchgespielt: Widerwillen, Angst, Wut. Doch jetzt fühlt sie nur eine geradezu unwirkliche Ruhe, als ob sie Kühn und sich selbst von weit her beobachten würde. Sie sieht dem Soko-Leiter in die Augen. Unverwandt. Schweigend. Als sie in diesem Haus auf dem Boden lag und der Täter, den sie so verzweifelt gesucht hatten, über ihr stand, war sie überzeugt, sie würde sterben. Zuerst hatte sie noch dagegen angekämpft, dann hatte sie sich gefügt und obwohl sie das noch immer nicht wirklich begreift, fühlte sich das richtig an, als gehorche sie einem Plan. Auf eine Art erwuchs daraus Stärke. Freiheit, denkt sie jetzt, vielleicht ist es das.

»Übernimm das Telefon, Krieger, die Leitungen laufen heiß, die Zentrale stellt ziemlich wahllos zu uns durch. Schau, dass du die Fäden ein bisschen sortierst, die Spreu vom Weizen trennst«, sagt Kühn.

»Ich brauche die Akten. Alle.« Immer noch sieht sie Kühn an.

Er zögert, nickt dann. »Ich schick sie dir.«

Ihr winziges Eckzimmer wirkt fremd. Die einzige Topfpflanze ist vertrocknet, irgendjemand hat alle Ordner und Papiere aus ihren Ablagekörbchen entfernt und die Heizung abgedreht. Judith setzt sich an ihren Schreibtisch und schaltet das Telefon frei, sofort beginnt es zu klingeln.

»KK 11, Krieger.«

Ein vermeintlicher Zeuge ist am Apparat, schnell findet sie heraus, dass er nichts weiß.

»Hier sind die Berichte.« Kühn reißt die Tür auf und wirft mehrere Schnellhefter auf ihren Schreibtisch. Nur zur Erinnerung: Im KK 11 gilt Rauchverbot – überall. Auch für dich.«

Er knallt die Tür wieder zu, das Büro erscheint auf einmal noch enger. Judith widersteht dem Impuls, sich sofort eine Zigarette zu drehen oder einfach zu gehen, stattdessen schlägt sie den ersten Ordner auf.

Sie liest chronologisch und macht sich Notizen, beantwortet zwischendurch Anrufe und studiert die Tatortfotos. Das harte Blitzlicht lässt die Gesichter der Opfer zu hell erscheinen, in einem unnatürlich kalkigen Hellgrau, die weit aufgerissenen Augen geben ihnen etwas Geisterhaftes. Judith sortiert die Fotos wieder ein. Letzte Nacht bei ihrem Nachbarn war sie so entspannt wie schon lange nicht. So entspannt, dass sie sich für den heutigen Abend gleich noch einmal mit ihm verabredet hat. Sie haben zwischen Umzugskartons auf dem Boden gesessen, geredet und Wein getrunken. Einige der Nepal-Fotos, die Karl Hofer ihr zeigte, waren klassische Reportageaufnahmen. Doch dann holte er noch Schwarzweißfotos, die er mit einer Lochkamera aufgenommen hatte, einer Camera obscura, und die wirkten vollkommen anders, archaischer, mystischer, wie nicht ganz von dieser Welt.

Ein Lochkamerafoto sei unschärfer als das wirkliche Motiv und zugleich konzentrierter, hatte er ihr erklärt. Es sei ein Abbild der Realität, die man mit bloßem Auge so niemals sieht, mache zum Beispiel auch Bewegung sichtbar, friere sie förmlich ein. Man brauche Geduld für diese Art Fotografie. Müsse die Lichtverhältnisse sehr genau berechnen und viele Minuten lang belichten, oft sogar eine Stunde lang. Wähle man eine zu kurze Belichtungszeit, würden manche Motive überhaupt nicht sichtbar. Belichte man zu lange, würde alles von weißem Licht überstrahlt.

Judith schlägt den vorerst letzten Ordner der Soko Priester auf. Er enthält noch nicht viel, nur eine Liste mit den Personaldaten der Mitarbeiter der Telefonseelsorge, doch ein Name springt ihr sofort ins Auge: Hartmut Warnholz. Der Mann, von dessen Rolle in ihrem Leben im KK 11 niemand wissen soll.

* * *

Das Priesterseminar scheint den Stadtlärm regelrecht zu verschlucken. Stille empfängt sie in seinem Inneren, eine ganze Rabatte in Öl porträtierter Heiliger glotzt ihnen entgegen.

»Regens Johannes Ribusch – guten Tag.«

Ein silberhaariger Mann, dessen dunkelgraues Priesterhemd über dem Bauch spannt, eilt herbei, begrüßt sie mit Handschlag und dirigiert sie in einen blitzblank polierten Flur. Ihre Schuhsohlen quietschen leise, von irgendwoher riecht es nach verkochtem Gemüse. Sie passieren einen Glastrakt, der den Blick auf einen gepflegten Innenhof freigibt, und werden kurz darauf vom Regens in ein Zimmer mit violetter Couchgarnitur eskortiert. Der Priesterschüler Markus Fuchs, der den ermordeten Georg Röttgen gefunden hat, sitzt dort bereits mit im Schoß gefalteten Händen und wirkt jetzt bei Tageslicht noch viel milchgesichtiger als in der Nacht. Wie ein kaum der Pubertät entwachsener Chorknabe sieht er aus. Ganz und gar nicht wie ein junger Mann, der in nicht allzu ferner Zukunft als Oberhirte einer Gemeinde vorstehen soll.

»Benedikt Ackermann, ein enger Mitarbeiter des Kardinals, wird gleich noch zu uns stoßen.« Regens Ribusch deutet mit einladender Geste zur Sitzgruppe. »Möchten Sie Kaffee?«

»Ja.« Kaffee und vor allem ein paar brauchbare Antworten und das möglichst schnell. Manni wirft einen Blick aus dem Fenster, von dem aus man das Palais des Kardinals und den dahinter liegenden Park betrachten kann. Ein Gärtner fegt die Wege, obwohl sie tadellos sauber sind. Am Ende des Parks hinter der hohen Backsteinmauer verläuft die schmale Gasse, in der sich die Räumlichkeiten der Telefonseelsorge befinden. Auch Röttgens Wohnung ist nicht weit entfernt. War er zum Zeitpunkt seiner Ermordung mit jemandem aus dem Priesterseminar verabredet? Wurde er zur Telefonseelsorge gerufen? Keineswegs, wenn man den Beteuerungen der bislang befragten Personen glauben darf.

»Eine Oase der Ruhe, eine Quelle der Kraft.« Der Regens

tritt neben Manni und reicht ihm eine Kaffeetasse. »Unser Park ist die größte zusammenhängende Grünfläche der Innenstadt, wussten Sie das? Biologen haben hier vor ein paar Jahren sogar eine Goldkäferpopulation entdeckt.«

Goldkäfer, na fein. Das ist doch mal was. Manni setzt sich dem Priesterschüler Fuchs gegenüber. Wieso kommen erwachsene Männer auf die Idee, sich eine lila Sofagarnitur zu kaufen? Wieso will so ein Milchgesicht wie Fuchs für den Rest seines Lebens auf Sex verzichten?

»Sie waren also um kurz nach 24 Uhr auf dem Weg vom Hauptbahnhof zum Priesterseminar, als sie Georg Röttgen fanden«, sagt Manni.

Markus Fuchs nickt. »Ich kam zu Fuß vom Bahnhof, auf dem Rückweg von einer Familienfeier, und bin praktisch über ihn gestolpert – ich habe ihn sofort erkannt. Erst vor ein paar Tagen hatte er hier im Seminar mit uns über die Arbeit der Telefonseelsorge gesprochen.«

»Und?«

Der Priesterschüler guckt verdattert. »Und?«

»War er Ihnen sympathisch?«

»Ja, ja, natürlich. Er war ein fesselnder Dozent und erfahrener Theologe, es war interessant, was er erzählte.«

Interessant, engagiert, christlich, fleißig. Es folgt exakt dasselbe Programm, das schon die Telefonseelsorge-Mitarbeiter abgespult haben.

»Vielleicht habe ich letzte Nacht doch noch jemanden gesehen.« Markus Fuchs schluckt. »Da lief jemand zum Dom, ziemlich schnell, am Gebäude der Handelskammer vorbei.«

»Wie sah er aus?«

»Ich weiß es nicht. Es war ja dunkel, und ich habe nicht darauf geachtet. Ich habe ihn eher als eine Art Schatten wahrgenommen. Ich glaube, er trug einen schwarzen Mantel.«

Erst ein Ritter, dann ein Schatten. Das ist toll, wirklich toll. Ein gigantischer Fortschritt.

»Trug er vielleicht eine Soutane?«, meldet sich Meuser zu Wort.

»Aber das würde ja bedeuten, dass Sie glauben, der Mörder …« Fuchs schüttelt den Kopf. »Ich weiß es nicht. Wirklich nicht. Ich habe ja auch nicht bewusst hingeguckt. Es ging zu schnell.«

»Meine Herren!«

Die Tür fliegt auf, und der Botschafter des Kardinals gesellt sich zu ihnen, seine Physiognomie erinnert Manni an einen misslaunigen Habicht. Ungefragt doziert er über die Sorgen des Kardinals, die Beunruhigung der Priester und über die Verpflichtung der Polizei, alles Menschenmögliche zu tun, um die Mordserie zu stoppen.

»War Georg Röttgen ein Mörder?«, fragt Manni, als Ackermann sein mageres Hinterteil auf die Couch senkt und Luft holt.

»Natürlich nicht.« Die Habichtaugen fixieren Manni, als sei er ein minderwertiges Nagetier, möglicherweise dazu geeignet, einem hungrigen Raubvogel in Notzeiten als Imbiss zu dienen.

Manni starrt zurück. »Warum dann diese Botschaft?«

»Das müssen Sie schon den Täter fragen.«

»Ich frage Sie.«

Mannis Magen knurrt. Vor einer halben Ewigkeit hat er ein labberiges Schinkenbrötchen gegessen, lange vorgehalten hat es nicht. Nichts an Ackermann signalisiert Unsicherheit. Falls er etwas weiß, wird er es nicht preisgeben, denkt Manni. Er ist es gewöhnt, nur zu sagen, was er will, oder was sein Boss ihm diktiert – sein Boss oder seine Kirche.

»Hatte Georg Röttgen Feinde? Gibt es jemanden, der einen Grund gehabt haben könnte, ihn zu hassen?«, fragt er trotzdem.

»Ich wüsste nicht, wer. Oder warum.« Der Gesandte des Kardinals schenkt sich ein Glas Mineralwasser ein.

»Röttgen war erst seit einem halben Jahr in der Telefonseelsorge. Was hat er vorher gemacht?«, fragt Manni.

»Er war Gemeindepfarrer«, antwortet Regens Ribusch.

»Wo?«

»Zunächst in der Eifel. Dann in der Brunogemeinde in Klettenberg.«

Klettenberg, der Stadtteil, in dem Jens Weiß gelebt hat. Ist das eine Verbindung, die Spur, die sie suchen? Ein schneller Seitenblick zu Meuser verrät Manni, dass der Kollege dasselbe überlegt und dabei sogar wieder etwas wacher aussieht. Sie müssen noch mal mit Nora Weiß sprechen. Und mit ihren Töchtern. Sie müssen Röttgens Gemeinde befragen. Seine Personalakte studieren. Und mit Sicherheit verbirgt sich noch etwas in Röttgens Wohnung, etwas, das wichtig ist, möglicherweise sogar entscheidend, und sie haben es übersehen. Manni trinkt einen Schluck Kaffee. Sein Magen protestiert. Er stellt die halbvolle Tasse auf den Couchtisch.

»Kannte Georg Röttgen den Chirurg Jens Weiß?«

»Das erste Opfer?«, fragt Ribusch. »Ich weiß es nicht.«

»Warum hat Röttgen den Job gewechselt?«

»Er wollte sich verändern.«

»Wollte er oder musste er?«

»Niemand hat ihn dazu gezwungen«, sagt Benedikt Ackermann.

»Wirklich nicht?« Manni grinst. »Vielleicht hatte er sich ja etwas zuschulden kommen lassen und war als Gemeindepfarrer nicht mehr tragbar.«

»Nein. Keineswegs.«

»Vielleicht hat er es mit den Zehn Geboten ja nicht so genau genommen, sich an Messdienern vergriffen oder an einem Mädel aus dem Kirchenchor.«

»Natürlich sagen Sie das.« Ackermann lächelt. »Mir ist durchaus bewusst, dass wir als katholische Kirche nicht bei jedem ein gutes Ansehen genießen. Das Abtreibungsverbot.

Das Scheidungsverbot. Enthaltsamkeit vor der Ehe … Es gibt eben Regeln, die nicht gerade populär sind.«

»Es gibt sogar Priester, die gegen diese Regeln verstoßen.«

»Das sind Einzelfälle …«

»War Georg Röttgen so ein Einzelfall?«

»Nein.«

»Er hatte also keine Feinde, es gibt niemanden, der etwas gegen ihn hatte?«

»Nein.«

»Und wer sind seine Freunde?«

Die Blicke der beiden Geistlichen treffen sich.

»Hartmut Warnholz«, sagt Ribusch. »Warnholz war Röttgens Mentor.«

»Warnholz«, sagt Ralf Meuser nachdenklich. »Der Supervisor der Telefonseelsorge. Arbeitet der nicht auch als Polizeiseelsorger?«

»Das ist richtig. Ja.« Der Kardinalsgesandte lächelt und sucht Mannis Blick. »Manche Gebote mögen zwar nicht besonders populär sein und es gilt geradezu als modern, auf die Kirche zu schimpfen. Doch wenn es um die wirklich entscheidenden Dinge geht, sind wir eben doch gefragt, auch bei Ihren Kollegen.« Er stellt sein Wasserglas auf den Tisch und zählt an den Fingern ab. »Taufe, Hochzeit, Weihnachten – und natürlich erst recht bei Schicksalsschlägen aller Art, bei Krankheit, Leid und Tod.«

Eine schöne Ansprache. Sehr überzeugend. Manni greift nach dem Foto, das Georg Röttgen und die beiden anderen Priester in Soutane vor der Kirche Sankt Pantaleon zeigt.

»War Georg Röttgen auch einmal Pfarrer in Sankt Pantaleon?«

»In Sankt Pantaleon? Nein, nie.«

Manni legt das Foto auf den Couchtisch. Die beiden Priester und Fuchs beugen sich vor. Erneut ergreift Regens Ribusch das Wort.

»Das muss vor zwei Jahren bei der feierlichen Verabschiedung von Pastor Braunmüller aufgenommen worden sein.«

»Und?«

»Kein und.« Jetzt macht Ackermann wieder Habichtaugen. Nichts ist mehr von der jovialen Freundlichkeit von eben zu spüren.

»Georg Röttgen mochte Sankt Pantaleon gern, er schätzte ihre Architektur und die Akustik bei den Konzerten«, sagt Ribusch nach einer kleinen Pause. »Die Liebe zur Musik teilt er übrigens auch mit den Priestern Warnholz und Braunmüller.«

»Warnholz und Braunmüller, das sind die beiden Männer hier auf dem Foto?«

»Ja.«

»Wo sind die beiden jetzt?«

»Pastor Braunmüller ist tot ...« Ribusch stockt. »Sie glauben doch nicht, dass ...?«

»Wir glauben gar nichts, wir stellen nur Fragen.«

»Aber wenn nun, mein Gott ... wenn es jemand auf ...«

»Wann ist Braunmüller gestorben?«

»Im letzten Sommer.«

»Er erlitt einen Herzinfarkt«, sagt Benedikt Ackermann.

»Richtig. Ja. Natürlich. Einen Herzinfarkt.« Regens Ribusch nickt. Eifrig. Zu eifrig?

Sie müssen zur Obduktion. Sie müssen die Angaben aus dieser Vernehmung überprüfen und vor allem müssen sie etwas finden, das die gelackte Fassade, die die beiden präsentieren, zerstört. Kann dieses Mädchen aus der Telefonseelsorge ihnen dabei helfen, hat sie in der Tatnacht etwas gesehen? Manni checkt sein Handy, niemand hat angerufen. Er ergreift Röttgens Akte, sieht dem Gesandten des Kardinals ein weiteres Mal in die Augen.

»In Sankt Pantaleon gibt es die Skulptur eines mordenden Engels.«

»Der Erzengel Michael im Kampf mit den Dämonen.«

»Ziemlich blutrünstig, finden Sie nicht?«

»Die alten Darstellungen von den Mächten des Bösen sind manchmal etwas drastisch.« Der Kardinalsbote lächelt. Regens Ribusch springt auf und dienert sie durch die blank gewienerten Korridore zurück zum Eingang des Priesterseminars.

»Warum eigentlich lila?«, fragt Manni, bevor sie sich von ihm verabschieden.

Der Regens blinzelt. »Was meinen Sie?«

»Die Couchgarnitur in Ihrem Besprechungsraum. Warum ist die lila?«

»Wir sitzen dort oft mit unseren Diakonen zusammen und erörtern theologische Fragen. Ich fand das passend.«

»Warum?«

»Der Farbe Violett kommt in unserer Kirche eine besondere Bedeutung zu.«

»Nämlich?«

»Violett bedeutet Umkehr und steht deshalb auch für Vergebung.«

* * *

Wo ist ihre Tochter? Ruth stolpert, schafft es gerade noch zu verhindern, dass sie der Länge nach auf eine marmorne Grabplatte fällt. Ihre Füße sind eiskalt und inzwischen beinahe taub, ihre Finger in den dünnen Lederhandschuhen schmerzen. Sie lehnt sich an einen Baumstamm, wählt zum wiederholten Mal die Handynummer ihrer Tochter. Nichts. Keine Antwort, auch in ihrer Wohnung geht Beatrice nicht ans Telefon. Ich sollte heimgehen, denkt Ruth resigniert, ich werde sie hier auf dem Friedhof nicht finden. Aber dann quält sie sich doch weiter voran, biegt in die nächste Grabreihe, immer weiter und weiter. Die Angst treibt sie vorwärts, eine furchtbare Angst, die ihr die Kehle zuschnürt. Sie will, sie kann, sie darf nicht auch noch ihre Tochter verlieren. Erst als die Dämmerung sich schon über die Gräber senkt, gibt sie auf und schleppt sich zitternd zurück zu ihrer Wohnung. Vielleicht ist Bea ja dort, vielleicht schläft sie und hört das Telefon nicht.

»Bea? Beatrice? Bist du da?«

Niemand antwortet ihr, alles ist still, auch Beas Zimmer wirkt verlassen und leer. Ruth zieht ihren Mantel aus und hängt ihn an die Garderobe. Jede Bewegung kostet sie Kraft. Steifbeinig geht sie in die Küche und setzt Teewasser auf. Bestimmt ist Bea nichts passiert, bestimmt hat sie sich nichts angetan und auf keinen Fall hat sie etwas mit diesen Morden zu tun. Immer wieder sagt Ruth sich das vor, bitte, Gott, bitte, wie ein Gebet.

Ruth zieht eine Strickjacke über und schlürft heißen Tee. Er schmeckt nach nichts, obwohl sie zwei Löffel Honig hineinrührt. Sie hat einmal einen Traum gehabt, einen Traum von einem Leben mit einem Mann und einer Tochter. Aber der Traum ist zerbrochen und sie konnte nichts tun, das zu verhindern, sie hat erst als Ehefrau versagt und dann als Mutter, und was jetzt passiert, ist die Strafe dafür.

Ein leises Zirpen reißt sie aus ihren Gedanken und treibt sie vorwärts, noch einmal in Beatrices Zimmer. Sie reißt die schwarzen Gardinen zur Seite. Das Zirpen wird lauter, und Ruths Angst wird zu Wut, als sie den durchsichtigen Plastikbehälter mit den übereinander krabbelnden Heuschrecken entdeckt. Ihre Tochter war hier, während sie voller Angst um sie auf dem Friedhof herumstolperte! Ihre Tochter hält es zwar nicht für nötig, mit ihr zu kommunizieren, aber den Futtervorrat ihres Chamäleons hat sie aufgestockt und sein Terrarium gereinigt. Satt und zufrieden döst das Reptil unter seiner Wärmelampe und mustert Ruth mit lauerndem Blick.

Es klingelt. Einmal. Noch einmal. Der blonde Kommissar. Er sieht hohläugig aus und er hat es eilig, lässt sich aber nicht abwimmeln und drängelt sich in ihre Wohnung. Wenn er schon nicht mit ihrer Tochter sprechen kann, will er wenigstens deren Zimmer ansehen.

»Beatrice ist zurzeit ein bisschen eigen. Ihr Geschmack … die Pubertät …«

Ruth beißt sich auf die Lippe. Es ist völlig sinnlos, in Beas Zimmer irgendetwas zu beschönigen, und der Kommissar, der sie hier in ihrer Wohnung plötzlich wieder an ihren Exmann erinnert, scheint das genauso zu sehen. Stumm steht er da und lässt seine Blicke über die schwarzen Wände, die Kerzenständer, die Fledermausposter, die leeren Bierflaschen und die Matratze mit dem zerknautschten Bettzeug schweifen. Ruth ist sicher, dass ihm nicht das kleinste Detail entgeht. Keines der Brandlöcher im Teppich, nicht der überquellende Aschenbecher und bestimmt auch nicht der BH und das getragene Höschen in der Ecke neben dem Schrank, die Ruth erst jetzt entdeckt, was ihr die Schamesröte ins Gesicht treibt.

»Na, wen haben wir denn da?«

Zum Glück kommentiert der Kommissar nicht, was er sieht, sondern geht nach einer ersten Inspektion mit zwei langen Schritten zum Terrarium und klopft an die Scheibe. Das Chamäleon faucht, seine Hauttönung wechselt von grün zu grauschwarz.

»Sie dürfen sie nicht erschrecken«, sagt Ruth mit steifen Lippen.

»Es ist ein Mädchen, ja?« Der Kommissar grinst. »Ungewöhnliches Haustier.«

»Beatrice sorgt sehr gut für sie.«

»Wo ist sie jetzt?«

»Ich weiß es nicht. Ich habe sie nicht erreicht. Ihr Handy ist abgeschaltet. Vielleicht ist auch die Karte leer, das kommt schon mal vor.«

»Und das macht Ihnen keine Sorgen?«

»Ich … sie ist achtzehn …«

»Ist das Beatrice?« Jetzt hat der Kommissar das Trauerflor-Foto auf der Kommode entdeckt.

»Nein, das ist ihre Freundin. Jana. Jana Schumacher. Sie ist vor zwei Jahren gestorben.«

»Wie?«

»Ein Unfall.« Ruths Augen füllen sich mit Tränen. Sie blinzelt, zwingt sie zurück. Sie kann doch bis heute nicht beschwören, dass das verzweifelte junge Mädchen, das eines Nachts vor zwei Jahren in der Seelsorge anrief, Jana war. Natürlich, ja, ihr durch alle Beratungen geschultes Ohr täuscht sie fast nie. Aber damals war sie noch nicht so routiniert. Und selbst wenn sie ganz sicher gewesen wäre, dass die schluchzende Anruferin wirklich Beas Freundin war, so unterlag sie doch der Schweigepflicht. Also hatte sie dem Mädchen zugehört, sie beschworen, mit ihren Eltern zu reden oder zumindest mit ihrem Freund. Sie hatte ehrlich geglaubt, sie hätte ihr geholfen. Und kurz darauf wirft sich diese Jana einfach vor den Zug.

»Haben Sie auch ein Foto von Ihrer Tochter?« Der Kommissar schaut auf seine Uhr und folgt Ruth ins Wohnzimmer, wo sie ihm ein Porträt von Beatrice gibt. Meine Tochter hat jetzt eine andere Frisur. Ruth weiß, dass sie das eigentlich sagen muss, aber sie ist zu erschöpft, sie schafft es einfach nicht.

»Ihre Tochter muss sich sehr dringend bei uns melden«, der Kommissar steckt das Foto in seine Jackentasche. »Bis morgen früh um zehn Uhr.«

»Das tut sie bestimmt.«

Ruth wankt in ihr Schlafzimmer, nachdem er sich verabschiedet hat. Wo ist ihre Tochter? Bei Fabian, bei Janas Eltern, bei Stefan, bei den Gammlern am Dom? Oder bei einer früheren Klassenkameradin? Sie muss das überprüfen, schnell, und sie darf nicht die Nerven verlieren, sie muss aufhören, so schlecht von ihrer Tochter zu denken, sie muss sich frisch machen und etwas essen. Sie darf die Hoffnung nicht verlieren. Ruth kniet sich vors Bett und faltet die Hände.

»Vater unser im Himmel, geheiligt werde dein Name …«
Sie schließt die Augen, während sie betet, verharrt nach dem Amen noch eine Weile und versucht, die Kraft Gottes zu spüren oder zumindest ein klein bisschen Trost. Aber sie fühlt nichts, nur ein Geräusch dringt plötzlich in ihr Bewusstsein, ein verhasstes Geräusch, das keineswegs in ihr Schlafzimmer gehört.

Ungläubig reißt Ruth die Augen auf und starrt direkt in die Stecknadelkopfaugen einer Heuschrecke, die sprungbereit auf ihrem Kopfkissen thront und zirpt. Das ist zu viel, das ist wirklich zu viel. Beatrice hat schon wieder nicht aufgepasst, als sie das unselige Chamäleon fütterte.

Ruth springt auf und läuft auf den Flur. Das Zirpen verfolgt sie. Zwingt sie dazu, sich vor jedem Schritt zu vergewissern, dass sie nicht im Begriff ist, auf einen weiteren Ausreißer zu treten, so wie beim letzten Mal, als sie nachts zur Toilette musste und unter der nackten Fußsohle gerade noch das letzte Zappeln spürte, bevor der Insektenkörper zerbarst.

Sie findet die Sprayflasche und geht zurück in ihr Schlafzimmer, sie hat wirklich Glück, die Heuschrecke hat sich noch nicht bewegt. Ein Geschöpf Gottes. Ein Geschöpf, das leben will. Ruth positioniert die Flasche im richtigen Winkel. O Vater, vergib mir. Sie drückt auf den Knopf, der Giftnebel zischt, die Heuschrecke krümmt sich zusammen, die zarten Fühler zittern, die Beine verkrampfen. O Vater, ich weiß, dass ich sündige. O Gott, sei mir gnädig. Erst nach einer kleinen Ewigkeit ist es vorbei.

Es stinkt. Sie muss lüften, das Bett frisch beziehen. Ruth stolpert aufs Fenster zu und entdeckt eine weitere Heuschrecke an der Gardine. O Herr, warum hasst du mich, warum diese Strafe? Wieder holt sie das Insektenspray. Wieder drückt sie auf den Knopf. Aber die Flasche ist leer und das sinnlose Zischen bringt etwas in Ruth zum Zerreißen. Es wirft sie zu Boden, lässt sie die Fassung verlieren, bringt sie dazu, dass sie

weint und schreit und mit den Fäusten auf den Teppich ein-
drischt, so fest, dass es schmerzt. Aber sie hört trotzdem nicht
auf, sie kann einfach nicht, sie schlägt immer weiter, bis sie
nichts mehr fühlt.

* * *

Als die Schnippelei an Georg Röttgen endlich vorbei ist, ist
Manni so müde, dass er ohne weiteres auf einem der Stahlti-
sche im Obduktionskeller einschlafen könnte, wenn denn die
Aussicht auf Ruhe bestünde. Er zwinkert, versucht sich wieder
zu konzentrieren. Ekaterina Petrowa wirft ihre Instrumente in
eine Stahlschale, Karl-Heinz Müller pfeift Queen, Meuser stiert
auf den Leichnam des Priesters, vermutlich ohne ihn wirklich
zu sehen. Dessen Augen wiederum glubschen himmelwärts ins
Leere, dorthin, wo er wohl seinen Schöpfer vermutet hat.

»Derselbe Tathergang also.« Der Tonfall des Staatsanwalts
macht klar, wie wenig ihm das gefällt. Er nickt ihnen zu und
rauscht zur Tür, kollidiert dort um ein Haar mit Judith Krieger.
Ohne zu zögern, marschiert sie zum Obduktionstisch, starr vor
Erstaunen sehen die anderen sie an.

»Personalnotstand. Millstätt hat mich zurückgeholt.« Sie
lächelt knapp. »Eigentlich hab ich für heute schon wieder Feierabend, aber ich wollte zumindest einen Blick riskieren.«

»Bitte sehr.« Müller fängt sich als Erster. Er grinst, deutet
eine Verbeugung an und als sei das ein Kommando, beginnt
seine russische Kollegin im Stakkato die wichtigsten Fakten
zu referieren. So wie Jens Weiß ist auch Röttgen ungebremst
zu Boden gefallen, bevor der Täter ihm das Schwert ins Herz
rammte. Allerdings hat der Priester durch den Sturz keinen
Schädelbruch, sondern eine Fraktur der rechten Schulter erlitten. Die Wahrscheinlichkeit, dass er seinem Mörder während
der Tat in die Augen sah, ist also groß.

»Warum hat er sich nicht gewehrt?« Auch wenn die Krieger

noch ziemlich schlapp aussieht, fackelt sie nicht lange, sondern kommt direkt zur Sache, ganz genau so, wie man sie kennt.

»Das kann ich nicht sagen.« Ekaterina Petrowa verzieht die perlmuttfarben geschminkten Lippen, als ob sie noch etwas hinzufügen will, entscheidet sich dann dagegen.

»Aber Röttgen lag auf dem Boden, als er getötet wurde«, insistiert die Krieger.

»So sieht es aus, ja.«

»Er liegt einfach da und wehrt sich nicht.«

Die Petrowa nickt. »Genauso wie Jens Weiß.«

»Drogen, Alkohol, Gift, Herzinfarkt können wir ausschließen«, sagt Karl-Heinz Müller.

Die Krieger starrt den toten Priester an. »Der Zeuge«, sagt sie langsam. »Dieser alte Mann, Bloch, der ist doch auch hingefallen, hat der wirklich überhaupt nichts Brauchbares ausgesagt?«

»Du kannst ja selbst mal dein Glück bei ihm versuchen«, sagt Manni. Er klingt aggressiv, kann das nicht ändern. Klar ist es gut, dass die Krieger wieder dabei ist, aber muss sie sich deshalb gleich als Chefin aufspielen?

»Ich frag ja nur.« Sie lächelt beschwichtigend, hebt die Hände.

»Ihr bekommt den Bericht noch heute.« Die Petrowa streift ihre Handschuhe ab, Karl-Heinz Müller tut es ihr nach und beginnt wieder zu pfeifen: *We are the champions*, ein guter Witz.

Sie fahren zu Burger King, wo Manni und Ralf Meuser Burger und Fritten bestellen und Judith Krieger einen Erdbeer-Milkshake.

»Wer ist der Täter?«, fragt sie, nachdem sie ihre Tabletts zu einem einigermaßen ruhigen Plastiktisch getragen haben. »Was wissen wir über ihn?«

»Er inszeniert seine Taten, er hat eine Botschaft für uns.« Manni streckt die Beine aus und stippt eine Fritte in den Ketchup. »Er klagt seine Opfer an, fühlt sich ihnen also moralisch überlegen. Er ist aller Wahrscheinlichkeit nach maskiert.«

»Droht er seinen Opfern, spricht er mit ihnen? Macht er ihnen weis, dass er sie am Leben lässt, wenn sie sich nicht wehren?«

»Interessanter Gedanke.«

»Religion spielt für ihn eine wichtige Rolle«, sagt Ralf Meuser. »Die Haltung der Opfer erinnert an den gekreuzigten Jesus.«

»Mal angenommen, das ist die Absicht des Täters, was will er uns damit sagen?« Die Krieger saugt an ihrem Strohhalm. »Huh, grauenhaft.« Sie stellt den Becher ab. »Man kann ja zu Jesus stehen, wie man will, aber er war kein Mörder und er war auch nicht des Mordes angeklagt.«

»Die seitlich ausgestreckten Arme könnten Sühne symbolisieren oder Kapitulation vor dem Schicksal, also vor Gottes Wille.«

»Und der Täter sieht sich als Gott?«

»Die Tatwaffe könnte darauf hindeuten.« Meuser knüllt seine Papierserviette zusammen und zückt sein Notizringbuch. »Mal angenommen, der Täter tötet mit dem Schwert, weil er sich tatsächlich mit dem Erzengel Michael identifiziert?« Meuser blättert in seinem Buch. »Der Erzengel Michael gilt unter anderem als Patron der Soldaten. Michael bedeutet im Hebräischen ›Wer ist wie Gott?‹. Michael tritt immer dann auf den Plan, wenn es das Gottesreich zu verteidigen gilt, den göttlichen Willen zu vollstrecken.«

»Dieser Michael ist also so 'ne Art biblischer Terminator, ja?« Manni beißt in seinen Burger.

Ralf Meuser nickt. »Könnte man so sagen, ja. In Kapitel zwölf der Johannes-Offenbarung steht dazu: ›Da erhob sich ein Kampf im Himmel: Michael und seine Engel kämpften mit dem Drachen und auch der Drachen und seine Engel kämpften. Doch sie richteten nichts aus und es blieb kein Platz mehr für sie im Himmel. Gestürzt wurde der große Drache, die alte Schlange, die den Namen Teufel und Satan trägt.‹«

Meuser klappt sein Notizbuch zu. »Der Täter fühlt sich im Recht, seine Opfer sind für ihn der Teufel.«

Einen Moment lang sagt keiner etwas, und Meusers Worte scheinen sich aufzublähen, mehr und mehr an Gewicht zuzulegen, fast wie eine düstere Prophezeiung wirken sie.

»Aber warum, Ralf?«, fragt Judith Krieger schließlich. »Das ist doch die entscheidende Frage. Was verbindet Jens Weiß und den Priester Röttgen? Tatsächlich Mord? Aber Mord an wem?«

Meuser seufzt. »Ich weiß es doch auch nicht, ich spekuliere ja nur.«

»Lasst uns bei den Fakten bleiben. Weiß lebte in Klettenberg, Röttgen war dort Pfarrer. Weiß war nach Aussage seiner Ehefrau nicht besonders gläubig. Trotzdem wurde er ausgerechnet vor einer Kirche ermordet.« Manni spült den letzten Bissen seines Hamburgers mit einem großen Schluck Cola runter. »Wir brauchen Zeugen, irgendjemand muss doch was gesehen haben. Wir müssen herausfinden, ob die beiden Opfer sich kannten.« Er legt das Foto von Beatrice Sollner auf den Tisch. »Sie hier zum Beispiel kannte Röttgen aus der Telefonseelsorge, sie ist ihm dort sogar in der Mordnacht begegnet.« Er knüllt die Hamburgerpackung zusammen, schiebt das Foto näher zur Krieger. »Und seitdem ist sie abgetaucht.«

»Ein Gothic-Mädchen.« Die Krieger mustert das Porträt mit Katzenaugen. »Wie halten die es denn mit der Religion?«

»Die Gothic-Kids verklären den Tod, soweit ich weiß, haben sie aber mit der Kirche nichts am Hut«, sagt Ralf Meuser. »Kreuze und Friedhöfe sind für die so was wie Folklore.«

Manni nickt. »Ihr Zimmer ist in etwa so anheimelnd gestylt wie ein Sarg.«

»Kannte sie auch Weiß?«, fragt die Krieger.

Manni zuckt die Schultern. »Das ist eine der Fragen, die ich ihr gern stellen würde. Wenn wir sie morgen nicht erreichen, schreiben wir sie zur Fahndung aus.«

»Ja, gut.« Die Krieger sieht plötzlich aus, als ob sie friert. Ihre Sommersprossen wirken riesig, ihre Haut fast transparent. Ihre Rechte umfasst ihr linkes Handgelenk und beginnt es zu massieren, es wirkt wie eine Angewohnheit, die sich verselbständigt hat.

»Vielleicht gibt es ja gar keine Verbindung zwischen den Opfern«, sagt Ralf Meuser. »Vielleicht geht es wirklich um die Kirche.«

»Was heißen würde, dass wir einen durchgeknallten Serienmörder suchen, der katholische Priester hasst und seine Opfer unter ihnen willkürlich wählt.« Judith Krieger steht auf.

»Sind die Kollegen informiert? Hat jemand Hartmut Warnholz gewarnt?«

»Ja, klar. Und die Streifen kontrollieren die Kirchen heute Nacht ganz besonders.«

»Wie viele katholische Kirchen gibt es in Köln?«

»Ich weiß es nicht.« Manni schiebt sein Tablett zur Seite. »Zu viele.«

* * *

Jeder Tote erzählt seine eigene Geschichte. Eine stumme Geschichte, die über die Summe der Verletzungen, Narben und Krankheiten hinausgeht, die eine Obduktion analysiert. Man muss sich Zeit nehmen für diese Geschichte, man muss an sie glauben, um sie zu hören. Nachdem die Kollegen sich in den Feierabend verabschiedet haben, zieht Ekaterina Petrowa den Metallschlitten mit dem toten Priester noch einmal aus dem Kühlregal. Seine Haut schimmert bläulich, seine Augen scheinen sie anzusehen. Was ist mit dir, was verbirgst du vor mir? Kälte schlägt ihr entgegen, Stille, nur das Summen der Neonlampen ist zu hören. Vorsichtig, tastend lässt Ekaterina ihre

Hände über den nackten Körper gleiten. Georg Röttgen hatte Angst, er wollte nicht sterben und konnte sich doch nicht wehren. Sie holt einen zweiten Rollwagen und zieht auch die Bahre mit dem Arzt hervor. Fast sofort glaubt sie, dieselbe Angst zu spüren, aber da ist noch etwas anderes, das die beiden Männer verbindet, etwas, das sie bislang nicht gefunden hat, doch sosehr sie sich auch konzentriert, sie kann es nicht greifen, als ob es da ist und doch nicht da.

Sie gibt auf, schiebt die beiden Männer zurück in ihre Fächer. Eine Chance hat sie vielleicht noch, ein Gespräch unter Medizinerinnen, in einer Umgebung, in der die Witwe sich wohl fühlt … Ekaterina löscht das Licht im Kühlkeller und geht die Treppe hinauf in ihr Büro. Noch nie hat sie bei den Angehörigen eines von ihr obduzierten Verstorbenen einen Hausbesuch gemacht. Noch nie war das nötig, aber Nora Weiß scheint ihr Anliegen nicht weiter zu verwundern. »Kommen Sie nur«, sagt sie, als Ekaterina sie anruft. »Auch wenn ich wirklich nicht weiß, was ich Ihnen noch sagen soll.«

Ekaterina wäscht sich die Hände und überprüft ihr Makeup. Dann löscht sie das Licht, tritt für einen Augenblick ans Fenster und starrt auf den Friedhof, dessen Existenz sie im Dunkeln eher erahnen als sehen kann. Ein paar rot glimmende Grabkerzen sind die einzigen Lichtpunkte dort. Gaben, die die Lebenden trösten, nicht die Toten, für die sie gedacht sind, aber das gestehen sich die Lebenden selten ein.

Sie nimmt ein Taxi nach Klettenberg, lässt sich jedoch schon am Anfang der Petersberger Straße absetzen. Ihre Absätze klackern auf dem Pflaster, es ist ungemütlich nasskalt und auf einmal sehnt sie sich nach Schnee. Im Kulturzentrum ›Volksfreude‹ in ihrem Heimatdorf Prirechnij gab es eine Leihbibliothek für die Kinder und ihr Lieblingsbuch war eine Sammlung von Wintergeschichten aus aller Welt. Jede Geschichte war liebevoll illustriert, und das Bild zu der deutschen Geschichte sah genau so aus wie diese Straße mit ihren gepflegten Altbauhäusern. Nur dass es eben schneit, dicke, freundliche Flocken, die die Kinder auf dem Bild offenbar nicht so frieren ließen wie die Kinder in Prirechnij, sondern sie auf die Straße lockten, wo sie Schneemänner bauten und sich mit Schneebällen bewarfen und lachten.

Es muss eine Geschichte aus der DDR gewesen sein, wird Ekaterina nun auf einmal klar. Eine regimekonforme Geschichte ohne jede Anspielung auf ein religiöses Fest wie Weihnachten, perfekt für die Bibliotheken der Sowjetunion. Aber als Kind hatte sie sich darüber keine Gedanken gemacht. Die Vorstellung von einem Land mit so schönen Häusern und so glücklichen, in warmem Watteschnee herumtollenden Kindern, hatte ihre Sehnsucht beflügelt, möglicherweise hatte sie ihr als junge Frau sogar den Mut gegeben, ihre Heimat zu verlassen.

Hier muss es sein, das Namensschild stimmt. Ekaterina setzt ihre Pelzmütze ab und fährt sich mit der freien Hand glättend durch ihr kurzes Haar, bevor sie auf die Klingel drückt, schnell und energisch, damit sie es sich nicht doch noch anders überlegen kann.

Nora Weiß ist eine schöne, großgewachsene Frau, die sich sehr aufrecht hält und doch so wirkt, als könne sie jeden Moment in sich zusammenfallen. Sie führt Ekaterina durch einen Flur mit sehr hohen Decken. Die wenigen Möbelstücke sind geschmackvoll und sicher sehr teuer, das Licht ist dezent. Trotz ihrer hochhackigen violetten Stiefel fühlt Ekaterina sich auf einmal sehr winzig und fehl am Platz. Nie hätte sie sich als Kind träumen lassen, dass es in einem der Bilderbuchhäuser so aussehen könnte.

»Tee?«

»Danke, gern.«

Auch die Küche und der Küchentisch sind riesig. Ekaterina setzt sich und legt die Hände um ihre Tasse. Nora Weiß nimmt ihr gegenüber Platz und ihre Trauer senkt sich zwischen sie, lähmend und raumergreifend, wie ein ungebetener Gast.

»Was war Ihr Mann für ein Mensch?«, fragt Ekaterina, als sie begreift, dass die andere Frau nicht von sich aus sprechen wird.

»Was für ein Mensch?« Die Augenärztin runzelt die Stirn. »Das ist aber keine medizinische Frage.«

»Ich muss das trotzdem wissen. Sie haben gesagt, Ihr Mann war nicht depressiv und von seinem Körperbau her schließe ich, dass er recht sportlich war.«

»Jens hat Squash gespielt und regelmäßig im Fitnessstudio trainiert.«

»Er war also reaktionsschnell.«

»Ja, absolut.«

»War er glücklich?«

»Jens war Optimist. Immer. Auch deshalb habe ich ihn geliebt.«

Und trotzdem hat er nicht um sein Leben gekämpft.

»Nahm er Medikamente? Gab es irgendeine körperliche Beeinträchtigung?«

»Nein, nein.«

»Operationen? Unfälle?«

»Nein.«

Wieder lastet das Schweigen zwischen ihnen und das gelegentliche Flackern des Teelichts im Stövchen ist die einzige Bewegung, beide starren sie es an.

Sag etwas, frag etwas oder verabschiede dich. Doch statt ihren stummen Rat zu befolgen, bleibt Ekaterina regungslos sitzen, so wie ihre Großmutter es früher tat, wenn sie ein Geheimnis ergründen wollte. Eine Minute, zwei Minuten, länger, immer länger, und das Schweigen breitet sich aus und wiegt nicht mehr so schwer und dann wird es zu Ruhe und nach einer Weile beginnt Nora Weiß sich zu entspannen, und aus dem Schweigen erwächst eine Vorahnung. Eine Vorahnung, die Ekaterina aufblicken lässt, und auch Nora Weiß hebt den Kopf.

»Das ist sicher völlig irrelevant für Sie.«

»Vielleicht auch nicht.«

»Jens hat sich sterilisieren lassen. Zwei Jahre nach der Geburt unserer jüngeren Tochter.«

* * *

Sie driftet, schwebt. Körperlos. Schwerelos. Im Wasser, im Himmel, sie kann das nicht sagen und es ist auch egal. Es soll nur immer so weitergehen. Die Toten sind weg und trotzdem noch da. Anders jedoch. Unsichtbar. Die meisten Leute wollen das nur nicht sehen. Denken sich vor lauter Angst alberne Geschichten von einem Rauschebartgott aus, der sie eines Tages in den Himmel abberufen wird, wenn sie nur gut genug sind und ganz fest daran glauben. Plock, plock, plock. Ein Geräusch dringt in ihren Schwebezustand, eine Art unregelmäßiges Klopfen. Sie öffnet die Augen. Dunkelheit. Ihr Kopf ist wie Watte. Nur allmählich erkennt sie die Konturen des Tischs mit dem Totenschädel. Also ist sie bei Fabian, in seinem Zimmer, nach dem Riesenkrach mit ihrer Mutter hat sie bei ihm übernachtet, jetzt fällt ihr das wieder ein. Sie waren im Club, haben lange geschlafen und zum Frühstück haben sie sich den Bauch mit Ravioli vollgeschlagen und Bier getrunken. Danach ist sie doch noch mal heimgefahren, um Penti zu füttern und ein paar Sachen zu holen.

Und dann, was war dann? Sie hat noch ein Bier getrunken und ist wieder eingepennt. Sie hat von Fabi geträumt, dass er sie küsst. Wie peinlich, wie unendlich peinlich und wie mies gegenüber Jana. Plock. Plock. Wieder dieses Geräusch. Bat setzt sich auf. Irgendwas in ihrer Erinnerung stimmt nicht, irgendwas war da noch. Sie muss besoffen gewesen sein, so einen Scheiß zu träumen. Sie tappt über den Flur nach nebenan, wo Fabi damit beschäftigt ist, Bücher aus dem Regal in Bananenkartons zu werfen. Wie gut, dass er ihr ihren Traum nicht ansehen kann.

»Bat.« Er greift nach dem nächsten Buch. »Deine Ma hat schon wieder angerufen.«

»Hast du ihr gesagt, dass ich hier bin?«

»Bis du verrückt? Nein.«

Gut, das ist gut. Soll die heilige Ruth noch ein Weilchen schmoren. Bat hockt sich aufs Sofa, nimmt einen langen Schluck aus einer offenen Bierdose und mopst sich eine von Fabians Luckys. Fabi fegt weitere Bücher aus dem Regal. Sie beugt sich vor und betrachtet sie. Alles Bücher von Fabians Mutter, die er nun offenbar nicht mehr haben will. *Selbstheilung, Die Kraft der Edelsteine, Leben mit Krebs, Magie der Engel.*

»Hat ihr alles nichts genützt.« Er streckt die Hand aus, und Bat reicht ihm die Lucky. Er nimmt zwei tiefe Züge, gibt ihr die Zigarette zurück und räumt das nächste Regalfach leer, in dem dicht an dicht staubige, uralte Schinken mit Goldprägung stehen. Schiller. Goethe. Shakespeare. Ein Buch nach dem anderen fliegt in den Karton.

Bat legt die Füße auf den Couchtisch. »Meine Mutter hebt auch jeden Scheißdreck auf. Die hat unter ihrem Bett sogar eine Kiste mit sämtlichen blöden Briefen, die mein Vater ihr je geschrieben hat.«

»Dein Vater!« Fabian spuckt das Wort förmlich aus. »Deine Alte ist echt total krass!«

Krass, ja, aber Fabis Mutter war auch nicht viel besser, wenn es um seinen Erzeuger ging, dabei hatte der sich genauso schäbig vom Acker gemacht. Aber daran erinnert sie ihn lieber nicht. Sie streift die Asche in eine leere Bierdose.

»Was hast du vor?«

»Morgen ist Flohmarkt.«

Flohmarkt, ja, Fabi braucht Kohle. Ständig ist er mit der Miete in Verzug, seit er den Job in der Malerwerkstatt nicht mehr hat. Zu viele Fehlzeiten, dann kam das Aus. Dass er einfach nicht mehr arbeiten konnte, wenn erst seine Freundin und dann auch noch seine Mutter stirbt, hatte natürlich niemanden interessiert.

»Du solltest hier einziehen.« Fabi lässt den letzten Goethe in die Kiste plumpsen. »Wir gründen 'ne WG. Du und ich und ein paar von der Gang.«

Er will sie dabeihaben. Er fragt sie jetzt schon zum zweiten Mal. Er mag sie wirklich und es ist ihm völlig egal, wie sie aussieht. Nein, stimmt nicht, er findet sie gut, so wie sie ist. Ihre Mutter wird natürlich nur wieder rumschreien und Kohle für die Miete wird sie ihr auch keine geben, genauso wenig wie ihr toller Herr Vater, der sich sowieso nicht für sie interessiert. Aber sie könnte weiter in der Gärtnerei arbeiten und putzen, und endlich würde sie niemand mehr mit Diäten terrorisieren oder wegen der paar Bier, die sie nun mal gern trinkt oder wegen Penti und dann – Bat beißt sich auf die Unterlippe und mopst sich noch eine Zigarette. Und Jana, was würde sie zu dieser Wohngemeinschaft sagen? Bats Wangen beginnen zu brennen.

Ich liebe ihn, du darfst Fabi nichts von den Treffen mit Lars sagen, hatte Jana sie beschworen. Ich will Fabi doch überraschen. Erst brauch ich den Vertrag. Und Bat hatte mitgespielt, klar, natürlich, Jana war schließlich ihre Freundin. Wenn Fabi fragte, wo Jana gewesen sei, hatte Bat behauptet, sie sei bei ihr gewesen. Auch wenn es ätzend war, dass sie Jana in Wirklichkeit kaum noch sah. Auch wenn es ätzend war, Fabian zu belügen.

Bat springt auf. Lügen, Lügen, überall Lügen. Sie muss das beenden, sie will das nicht mehr. Dein Vater kommt bald zurück, ganz bestimmt, er liebt uns doch, hatte ihre Mutter selbst dann noch behauptet, als er längst schon mit der anderen zusammenlebte. Die glückliche Familie – der Traum ihrer Mutter, doch er war immer hohl, und das Einzige, was Bat von ihrem Vater geblieben ist, ist sein Abschiedsgeschenk: Penthesilea.

Sie geht ins Bad und malt sich Augen und Lippen schwarz.

Sie erschrickt fast ein wenig, weil es so hart aussieht im Kontrast zu ihren kahlrasierten Schläfen. Fabian ist ihr gefolgt und betrachtet sie. Keine Lügen mehr, verspricht sie ihm stumm. Keine Lügen mehr, sondern die Wahrheit. Bald, sehr bald, werde ich dir alles erzählen. Das verspreche ich dir.

Sie schiebt die Finger in die Hosentasche und schließt sie um den 50-Euro-Schein aus der Haushaltskasse ihrer Mutter. Nicht ihre Schuld, dass sie den einfach genommen hat, wenn die ihr ständig das Taschengeld kürzt. Und überhaupt – immer das Getue um die blöde Kohle. Soll die heilige Ruth doch auch irgendwo putzen gehen, statt nur in der Telefonseelsorge rumzuschleimen und denen beim Arbeitsamt auf die Nerven zu fallen. Bat zieht ihren Ledermantel über und vergewissert sich, dass sie Messer und Pfefferspray eingesteckt hat.

»Wir sehen uns nachher im Club.«

»Wo gehst du hin?«

»Ich muss noch was erledigen. Erzähl ich dir später.«

Die kalte Abendluft draußen macht sie wieder nüchtern. Sie ist jetzt ganz klar, ganz ruhig und erreicht das Gelände des L-Music-Studios in nur zwanzig Minuten. Es ist ziemlich einsam hier, obwohl es noch gar nicht so spät ist. Beinahe bedrohlich kommt ihr das leerstehende Backsteingebäude gegenüber dem Studio vor. Aber Lars' Protzauto parkt in dem Hof, und oben im zweiten Stock brennt noch Licht.

Bat weicht in den Schatten der alten Fabrik zurück und schaut in den Himmel. Einer der Sterne dort oben ist vielleicht Jana. So war es immer: Jana ist hell und Bat braucht die Dunkelheit. Genau wie die Fledermäuse, denen sie im Sommer so gern auf dem Friedhof zusieht. Bat dreht sich eine Zigarette und starrt zu Lars' Fenster hinauf. Das Licht erlischt, springt dann im Treppenhaus an und gleich darauf betritt er den Hof. Allein, nicht mit einem Mädchen im Arm, wie sie es erwartet hat, latscht er zu seiner Protzkarre und sucht was im Kofferraum.

Nachdem Lars Jana angequatscht hatte, war sie zuerst vollkommen glücklich. Stundenlang hat sie Bat von seiner tollen Erfahrung und seinen tollen Kontakten als Musiker vorgeschwärmt und hat alle Warnungen in den Wind geschlagen. Und dann ging etwas schief, aber Jana wollte auf keinen Fall darüber sprechen. Nicht mit Bat. Nicht mit Fabian. Und dann war sie tot.

Bat starrt den Mann an, der immer noch in seinem Kofferraum rumwühlt. Janas Mörder. Jetzt schlägt ihr Herz doch sehr laut. Aber jetzt kann sie nicht mehr zurück, sie darf nicht kneifen, das hier ist ihre Chance. Für Jana. Für Fabi.

Bat tastet nach ihrem Messer, löst sich aus dem Schatten und geht auf Lars zu.

»Wir müssen reden«, sagt sie.

* * *

Die Geschäfte der Innenstadt haben noch geöffnet, aber jetzt, kurz vor Ladenschluss am Samstagabend sind sie beinahe leer und die wenigen Verkäuferinnen, die hier noch ausharren müssen, wirken zu müde, um eine späte Kundin nach ihren Wünschen zu fragen. Judith ist das recht, sie entscheidet sich schnell, probiert, was ihr gefällt, legt die Waren zurück oder bezahlt sie und zieht sie gleich an. Einen Kurzmantel aus braunem Wildleder mit großen, bequemen Taschen. Westernboots in derselben Farbe. Eine Jeans mit Schlag, die erstaunlich bequem ist. Einen schwarzen Pullover mit V-Ausschnitt und eine Halskette aus Glasperlen, die exakt in den Farben ihrer Augen changieren. Ihre alte Kleidung lässt sie sich einpacken, kauft noch eine Sweatshirtjacke mit Kapuze, ein Kleid und eine Bluse und einen Poncho und als Krönung des Ganzen eine Flasche Parfum, das nach Sandelholz riecht. Sie hat sich nie viel aus Mode gemacht, schon als Teenager nicht, sie hat diese Frauen mit ihren Tüten und Taschen niemals richtig verstanden, aber jetzt ist sie gierig, kauft wie im Rausch, und zum Schluss ist sie so spät dran, dass ihr nichts weiter übrigbleibt, als ein Taxi zu dem Restaurant zu nehmen, in dem sie mit Karl Hofer verabredet ist.

Ich kann verkraften, dass ich einen Mörder getötet habe, wird ihr auf einmal klar. Aber ich bereue, dass ich sein letztes Opfer nicht retten konnte, dass diese Frau nicht mehr leben darf. Ich hätte ihr eine zweite Chance gewünscht, ein besseres Leben, ohne Gewalt.

Sie dreht sich eine Zigarette, bittet den Taxifahrer, schon ein paar Meter vor dem Lokal zu halten. Karl Hofer sitzt an einem Tisch am Fenster, vertieft in die Speisekarte. Judith lehnt sich in einen Hauseingang und zündet die Zigarette an. Sie wollte Leben retten und hat es zerstört. Ohne Absicht, vielleicht sogar ohne Schuld, wenn sie der Argumentation von Manni und Hartmut Warnholz folgt. Was wird sie tun, wenn das Gericht anders urteilt? Wenn sie offiziell für schuldig am Tod einer Zeugin befunden wird und ihren Job verliert? Schuld. Unschuld. Ist die Wahrheit im Nachhinein überhaupt noch zu ergründen? Wird sie erleichtert sein, falls sie freigesprochen wird? Und wenn nicht, was ist dann? Freiheit. Sie wird einen Weg finden, ihren Weg. Sie nimmt noch einen Zug von ihrer Zigarette, tritt sie dann aus. Sie stellt sich vor, wie es wäre, Karl Hofer zu berühren, mit den Händen in sein schwarzgraues Haar zu fassen, sein Gesicht zu erkunden und seinen Körper. Sie stellt sich vor, wie es wäre, alles andere darüber zu vergessen, auch wenn sie weiß, dass das nicht funktionieren würde.

Er hat sehr grüne Augen und er springt auf, als sie ihre Taschen und Tüten neben den Tisch fallen lässt. Sie umarmt ihn flüchtig, setzt sich ihm gegenüber. Den ganzen Tag schon hat sie sich darauf gefreut, auch wenn sie sich bemühte, nicht daran zu denken.

»Du warst Einkaufen und was du anhast, steht dir ausgesprochen gut.« Er lächelt sie an, schenkt ihr Wein und Wasser ein.

»Ich war in der Stadt. Und davor war ich arbeiten.«

Sie trinkt einen Schluck Wasser. Sie ist erschöpft von dem ersten Ermittlungstag und zugleich überdreht. Und sie ist hungrig, so wahnsinnig hungrig.

»Ich bin Kommissarin. Mordermittlerin. Das hab ich dir bislang nicht erzählt.«

»Nein.« Er hebt sein Weinglas. »Die Kommissarin und der Fotograf – das klingt wie eine interessante Geschichte.«

Eine interessante Geschichte. Eine Großstadtromanze mit Abenteuerflair. So könnte es sein, aber so wird es nicht funktionieren. Sie wünscht sich, dass sie einfach schweigen könnte oder zumindest die Wucht dessen, was sie sich vorgenommen hat Karl zu sagen, durch ein paar bedachte Einleitungssätze mildern könnte. Sätze über die Pflicht, über die Polizeiarbeit, über den Sinn des Lebens. Aber solche Sätze fallen ihr nicht ein.

»Ich habe getötet. Einen Menschen getötet.«

Jetzt lächelt Karl nicht mehr, aber er sieht sie an, sieht sie immer noch an.

»Es ist noch nicht lange her.« Der Schmerz kommt plötzlich, brennt und sticht. Sie tastet nach ihrem Handgelenk. *Spread your wings and fly away.* Ihr Handy spielt Queen, ihre Dienstmelodie, einmal, zweimal, noch einmal. Wieder ein toter Priester, ist es das? Sie macht eine entschuldigende Geste zu Karl, nimmt das Gespräch an. Kein weiterer Toter, die Anruferin ist Ekaterina Petrowa.

»Ich habe vielleicht einen neuen Ansatz«, sagt sie mit ihrer dunklen Stimme. »Ich werde die beiden Verstorbenen gleich morgen früh noch einmal obduzieren.«

»Ich komme um sieben ins Institut«, sagt Judith, legt dann auf und schaltet das Handy aus. Sie hat nicht gefragt, was das für ein neuer Ansatz ist. Sie hat nicht darauf bestanden, die Untersuchungen sofort durchzuführen. Früher hätte sie das getan und auf eine Art wäre es leicht, jetzt loszufahren. Leichter, als hier zu bleiben. Ein Tribut an die Pflicht. Das ist der Vorteil ihrer Arbeit. Die Schicksale anderer, fremder Menschen stehen im Vordergrund, andere Leben, andere Tode. Nicht die ganz persönlichen Geister der Kommissarin Judith Krieger.

Judith trinkt einen Schluck Wein und sieht Karl in die Augen.

»Es war bei einem Einsatz. Notwehr.« Ihre Stimme ist heiser. »Ich wollte das nicht, aber es ist passiert und ich lerne gerade erst, damit zu leben. Du solltest das wissen, bevor …«

Er nickt. Sieht sie immer noch an. Abwartend. Offen. Sie denkt an seine Lochkamerafotos aus Nepal, diese Langzeitaufnahmen aus einer Blackbox, die etwas sichtbar machen, was da ist und doch nicht da. Schatten und Licht, Bewegung, die längst vergangen ist, flüchtig wie Wind, eine zweite Realität. Sehr langsam lässt Judith ihr Handgelenk los, sehr sacht schiebt Karl Hofer seine Hand über den Tisch.

»Erzähl es mir«, sagt er.

Sonntag, 26. Februar

Sonntags um sieben Uhr morgens ist die Stadt wie ausgestorben, auch vom Licht des hereinbrechenden Tages ist noch nichts zu erkennen, als Manni das Rechtsmedizinische Institut erreicht. Ein weiterer toter Priester war sein erster Gedanke, als der Anruf von Judith Krieger ihn noch vor dem Weckerklingeln aus dem Tiefschlaf riss. Aber so ist es nicht, noch nicht zumindest, und wenn es in diesem Fall nur endlich mal gute Nachrichten geben würde – einen brauchbaren Zeugen, einen Erfolg der Kriminaltechnik, eine neue Erkenntnis der Rechtsmedizin, irgendwas –, muss es vielleicht keine weiteren Morde geben. Die Krieger ist bereits da, mit einem Pappbecher in der Hand lehnt sie neben dem Eingang des 70er-Jahre-Gebäudeklotzes, raucht und starrt in den Regen. Irgendetwas an ihr hat sich über Nacht verändert, fast wirkt sie so stabil wie in alten Tagen. Doch als Manni vor ihr steht, sieht er die dunklen Ringe unter ihren Augen. Viel geschlafen hat sie offenbar nicht.

»Judith, hey. Wolltest du nicht mit dem Rauchen aufhören?«

»Will ich auch immer noch.« Sie lässt die Kippe in den Becher plumpsen, knickt ihn zusammen und wirft ihn in einen Abfalleimer. »Bald.«

Schweigend betreten sie das Obduktionsgebäude. Nur die Notbeleuchtung ist eingeschaltet, die Gänge sind leer und scheinen den Hall ihrer Schritte zu verstärken. Sobald sie sich dem Leichenkeller nähern, empfängt sie der muffige Geruch des Todes, dezent zwar, dennoch kann man ihn nicht ignorieren. Die russische Ärztin ist dagegen vermutlich immun, sorgfältig geschminkt, in grüner Arbeitskleidung schiebt sie eine stählerne Rollbahre vom Kühltrakt zu den Sektionstischen. Unter dem Tuch, das die Bahre bedeckt, zeichnen sich die Umrisse eines menschlichen Körpers ab.

»Vasektomie.« Die Andeutung eines Lächelns umspielt die Mundwinkel der Rechtsmedizinerin. »Die Sterilisation des Mannes. Ein kleiner, harmloser Eingriff, er wird meist ambulant unter örtlicher Betäubung durchgeführt. Zwei kleine Schnitte, rechts und links, an der Unterseite des Hodensacks. Die beiden Samenleiter werden durchtrennt, je ein Stück davon herausgeschnitten, die losen Enden werden verödet. Mit beinahe einhundertprozentiger Sicherheit ist der Mann danach zeugungsunfähig. Die winzige Narbe ist nach ein paar Monaten im runzligen Gewebe des Hodensacks nicht mehr zu sehen.«

Sie rollt die Bahre sehr nah an einen der Sektionstische. »Ich habe gestern Abend mit Nora Weiß gesprochen, weil ich mir etwas noch nicht erklären kann.« Ihre dunklen Augen blicken ins Leere. »Eine bestimmte Energie.«

»Energie«, echot Manni und merkt, wie er ungeduldig wird. »Du meinst den Grund, warum die sich nicht gewehrt haben.«

»Da bin ich noch dran.« Unwillig schüttelt die Petrowa den Kopf. »Aber Nora Weiß hat gesagt, nach der Geburt der Töchter habe sich ihr Mann sterilisieren lassen. Ich habe das überprüft und dabei kam mir dann die Idee …« Sie zieht das Tuch von dem Leichnam auf der Bahre. Manni atmet scharf ein und merkt, wie die Krieger sich neben ihm ebenfalls anspannen. Er hat gedacht, dass der tote Chirurg vor ihnen liegt, doch es ist der Priester.

Die Rechtsmedizinerin justiert einen der OP-Strahler, greift nach einer Pinzette und beugt sich tief über die allerprivateste Körperregion des gemeuchelten Gottesmanns.

»Bei dieser Hautstruktur ist das wirklich schwierig …«,

murmelt sie, schiebt den schlaffen Penis zur Seite und zwickt mit der Pinzette zu.

Autsch. Unwillkürlich zuckt Manni zusammen. Die Krieger grinst. Die Russin ist viel zu beschäftigt, um ihr lebendes Publikum zu beachten. Hochkonzentriert zerrt sie am Hodensack des Priesters herum.

»Hier, ganz eindeutig«, sagt sie nach einer Weile. »Seht ihr die winzige Narbe?«

»Röttgen war sterilisiert«, folgert die Krieger.

Die Petrowa nickt und sieht auf einmal unglaublich zufrieden aus, wie eine Katze, die den Sahnetopf ausgeschleckt hat. »Sterilisiert«, bestätigt sie, stakst in ihren absurden Absatzgaloschen auf die andere Seite der Bahre und macht sich am rechten Hoden zu schaffen. »Ich sehe natürlich auch noch von innen nach, aber die Narben sind beidseitig, es gibt eigentlich gar keinen Zweifel.« Sie richtet sich auf. »Hilf mir mal, ihn auf den Tisch zu heben, Manni.«

»Es gibt wohl keinen medizinischen Grund für eine solche Operation«, sinniert die Krieger, während Manni der Rechtsmedizinerin assistiert.

Ekaterina Petrowa schüttelt den Kopf. »Eine Vasektomie dient allein der Verhütung. Sie verändert den Hormonspiegel nicht, auch das sexuelle Empfinden bleibt gleich.«

»Er durfte halt keine Kondome benutzen.« Manni grinst. »Und Kinder wollte er auch nicht.«

Die Petrowa versenkt ihr Skalpell im linken Hoden, klappt die Haut auseinander, stochert darin herum, zerrt etwas Sehnenartiges hervor. »Es ist völlig eindeutig. Der Samenleiter wurde durchtrennt.«

»Wann, Ekaterina?« Judith Kriegers Augen blitzen. »Wann wurde der Eingriff gemacht, kannst du das sagen?«

Die Rechtsmedizinerin schnaubt und klingt dabei exakt wie ihr Chef Karl-Heinz Müller. »Das lässt sich nicht mehr eindeutig feststellen. Ich vermute, der Eingriff liegt nicht länger als zwei oder drei Jahre zurück, aber damit dürft ihr mich nicht zitieren.«

»Melde dich, wenn du noch etwas herausfindest«, drängt Judith Krieger.

Melden Sie sich, rufen Sie uns an – die immergleiche Bitte. Du willst es zu sehr, so wird das nicht funktionieren. Aus heiterem Himmel fallen ihm plötzlich die Worte von Margarete aus dem letzten Training ein. Karate perfekt zu beherrschen heißt, zuallererst den Geist zu beruhigen – das ist das Credo aller Karatemeister. Zen. Der leere Geist. Die schwerste Übung. Der einzige Weg, einen *Ippon* zu setzen, diesen einen, perfekt getimten tödlichen Schlag. Er denkt an Sonja, die jetzt vielleicht meditiert, oder Yoga macht oder Tee trinkt und in einem ihrer englischen Klassiker liest. Im Gegensatz zu all ihren Vorgängerinnen in seinem Leben hat sie ihm wegen seines Berufs noch nie eine Szene gemacht. Aber wird das so bleiben und will er das überhaupt? Eine Beziehung, die zur Gewohnheit wird?

»Wir müssen los, nimmst du mich mit?« Die Stimme Judith Kriegers reißt ihn aus seinen Gedanken. Draußen ist es inzwischen hell, aber der Regen ist stärker geworden und peitscht ihnen ins Gesicht, als sie die Stufen zum Parkplatz herunter rennen. Wer ist ihr Gegner, was hat er vor? Er wird wieder zuschlagen, denkt Manni und gibt Gas, kaum dass er die Wagentür zugeknallt hat, so abrupt, dass die Krieger neben ihm zusammenzuckt.

»Wir müssen den Arzt finden, der Röttgen sterilisierte«, sagt sie und tastet nach dem Haltegriff.

»Den Arzt und vor allem die Frau, beziehungsweise die Frau*en*, mit denen unser angeblich so frommer Herr Priester was hatte.« Manni zieht auf die linke Spur. Die Ampel vor ihm schaltet auf Rot. Er bremst hart, sieht aus dem Augenwinkel, wie die Krieger die Fersen ins Bodenblech rammt.

»Die wissen doch alle, dass Röttgen rumgevögelt hat«, sagt er und drängt die Erinnerung an die Beichttouren mit seiner

Mutter beiseite. »Die wollen doch nur, dass das niemand erfährt.«

»Seine Vorgesetzten, meinst du.«

»Dieser aufgeblasene Kardinalsgesandte, die Gemeindefuzzis in Klettenberg, dieser Warnholz aus der Telefonseelsorge.«

»Wahrscheinlich, ja.« Die Krieger hypnotisiert die Scheibenwischer. Oder die hypnotisieren sie, das ist nicht klar zu entscheiden.

Manni angelt nach einem Fisherman's. »Der hat sich jahrelang einen Dreck um Enthaltsamkeit geschert und dann ließ sich das nicht länger vertuschen und sie haben ihn in die Telefonseelsorge strafversetzt.«

»Möglich. Ja.«

Es wird grün, Manni gibt wieder Gas und grinst die Krieger an, die sofort wieder das Bodenblech malträtiert. »Keine Angst, Baby, ich hab alles im Griff.«

»Das ist schön.« Sie verdreht die Augen, wird gleich wieder ernst. »Dieses Mädchen, Beatrice Sollner, welche Rolle spielt die?«

»Vielleicht stand Röttgen ja auf Minderjährige und konnte die Pfoten nicht bei sich behalten.«

»Hat sie sich inzwischen gemeldet?«

»Noch nicht. Nein.«

»Röttgen war ihr Chef, aber kannte sie auch Weiß?«

»Seine Frau sagt, nein. Aber das muss nichts heißen.«

»Ja, klar.« Die Krieger glotzt wieder den Scheibenwischer an. »Röttgen und Weiß«, sagt sie nach einer kleinen Pause. »Ist es nur Zufall, dass beide sterilisiert sind?«

»Gegenfrage: Woher sollte der Täter das wissen?«

»Vielleicht waren sie beim selben Arzt. Oder sie hatten was mit derselben Frau.«

»Du meinst, wir suchen eine Täterin?«

Vor ihnen nimmt ein Sonntagsfahrer mit Hut den Trennstreifen auf der Fahrbahn exakt zwischen die Räder seines blank gewienerten Mercedes. Manni hupt. Einmal. Noch einmal. Die Reaktion vor ihm ist gleich Null.

»Diese Frau muss ja nicht die Täterin sein, sie muss nur mit dem Mörder in Verbindung stehen«, sagt Judith Krieger.

»Der Täter mordet in ihrem Namen?«

»Oder um Widersacher auszuschalten.«

»Eifersucht.«

»Wäre doch ein klassisches Motiv.«

Manni schüttelt den Kopf. »Und warum dann diese klerikale Inszenierung? Und diese Botschaft, ›Mörder‹? Die bezieht sich ja wohl kaum auf die Sterilisation.«

»Wir müssen noch mal von vorn anfangen, Röttgens und Weiß' Lebensläufe vergleichen. Irgendwo muss sich ein Hinweis auf das Motiv des Täters verbergen. Irgendeine Gemeinsamkeit haben wir übersehen.«

»Oder auch nicht.« Manni zerbeißt das Fisherman's. »Vielleicht hat ja doch Ralf Meuser recht und wir haben es mit einem religiösen Spinner zu tun, der seine Opfer willkürlich wählt.«

Die Krieger antwortet nicht. Der Opi hat endlich ein Einsehen und lenkt nach rechts. Manni würgt das Pfefferminzbonbon in seinen überreizten Magen und gibt wieder Gas. Sie sind immer noch ganz am Anfang. Es wird weitere Tote geben. Er kann förmlich riechen, dass es so ist. Doch das allein erklärt nicht dieses ungute Grollen in seinem Magen.

* * *

Johlen, Pfeifen, Beifallklatschen – die Eröffnung, dass der Priester Georg Röttgen sich sterilisieren ließ, hat die Kollegen elektrisiert. Ein Priester auf Abwegen! Hochmotiviert sind sie nach dem Morgenmeeting ausgeschwärmt. Fühlt der Kirche auf den Zahn. Findet den Arzt, der den Priester operierte, schafft mir endlich brauchbare Zeugen bei, hat Holger Kühn befohlen.

Bis das Gegenteil feststeht, gehen wir nicht von Serienmord aus. Kein Wort an die Presse davon und erst recht nicht zum Tathergang.

Judith schaltet ihren Computer an. Irgendetwas klingt in ihr nach, irgendetwas, das ihr seit Ekaterina Petrowas Demonstration im Obduktionskeller durch den Kopf ging, aber sosehr sie auch grübelt, sie bekommt nicht zu fassen, was das ist. Sie starrt auf den Monitor, öffnet das Textverarbeitungsprogramm. Eine halbe Stunde vor seiner Ermordung hat der Priester Georg Röttgen einen Anruf erhalten, haben die Kriminaltechniker in der Morgenbesprechung berichtet. Das Gespräch dauerte eine Minute und 47 Sekunden und kam von einer öffentlichen Telefonzelle am Hauptbahnhof. Von dort braucht man zu Fuß bis zum Tatort maximal zehn Minuten, der Anrufer dürfte also mit großer Wahrscheinlichkeit der Täter gewesen sein. Doch seine Identität ist wohl kaum noch zu ermitteln, und auf den Telefonanschlüssen von Jens Weiß ist kein vergleichbarer Anruf registriert. In der Nacht, in der er starb, hatte er nicht einmal sein Handy dabei.

Judith steht auf, setzt sich gleich wieder hin. Ihr Büro ist zu eng und der Schreibtischjob macht sie nervös, das Gefühl, etwas Entscheidendes zu wissen und doch nicht greifen zu können. Sie braucht eine Zigarette. Ihr Plan aufzuhören, ist grandios gescheitert, längst hat die Sucht sie wieder im Griff. Komm schon, beherrsch dich, bleib bei der Sache. Sie schlägt den Bericht der Kriminaltechnik auf: Die beiden Opfer hatten weder per E-Mail noch telefonisch Kontakt miteinander, keine der untersuchten Rufnummern oder Mails verweist auf gemeinsame Bekannte. In ihren Computern gibt es auch keine E-Mails von potentiellen oder ehemaligen Geliebten, keine Informationen zur Sterilisation, keine Drohbriefe, keine Hinweise auf kriminelle Aktivitäten. Jens Weiß hat privat regelmäßig mit seiner Familie und Freunden korrespondiert und im Internet Nachrichten gelesen und medizinische Lexika benutzt. Georg Röttgen benutzte seinen PC offenbar nur für seine Arbeit. Er hat seine Predigten sorgfältig archiviert und war im Internet fast ausschließlich auf Musik- und Kirchenseiten unterwegs.

Judith schlägt den Bericht wieder zu. Das Passwort von Röttgen ist interessant: ›SPantaleon‹. Warum hat er es gewählt, wenn er dort niemals Priester war? Ist ›SPantaleon‹ ein Deckname für eine Frau, die es in seinem Leben nach aller Wahrscheinlichkeit gegeben hat, ist es ein Hinweis auf ihre Identität oder auf den gemeinsamen Treffpunkt? Hat auch Jens Weiß diese Frau bei der Kirche gesucht?

Sie bekommt kein Gefühl für diesen Fall, ihr Instinkt, auf den sie sich sonst verlassen konnte, funktioniert nicht, es ist, als ob sie etwas sieht und doch nicht sieht. Sie hatte gehofft, das Trauma im Griff zu haben. Der Tag gestern war gut, der Abend mit Karl Hofer noch besser. Nachdem sie ihm von dem Haus erzählt hatte, hat sie sich zum ersten Mal wieder frei gefühlt, doch jetzt sind plötzlich die Zweifel wieder da und die Angst. Vielleicht war es ein Fehler, so früh wieder zu arbeiten, vielleicht taugt sie nicht mehr zur Polizistin. Sie beginnt zu tippen, mühsam, die Schmerzen in ihrer linken Hand ignorierend. Kurz vor seiner Ermordung, um 23.36 Uhr, erhielt Georg Röttgen einen Anruf. Er hat seine Wohnung danach überstürzt verlassen. Warum hat er das getan, obwohl er von dem mitternächtlichen Mord vor der Kirche Sankt Pantaleon wusste? Es kann nur einen Grund dafür geben: Er hat seinen Mörder gekannt und ihn als harmlos angesehen. Vielleicht ist der Täter also tatsächlich seine Geliebte. Zumindest aber ist er ein Mensch, dem Georg Röttgen vertraute.

Judith lehnt sich zurück und starrt auf die Fensterscheiben, an denen der Regen graue Schmutzschlieren zieht. Hartmut Warnholz ist Röttgens Freund und Mentor und der Supervisor der Telefonseelsorge. Mit ihm hat er nachweislich am häufigsten telefoniert. Die beiden sind Weggefährten, lieben beide Musik. Es gibt ein Foto, das sie zusammen vor Sankt Pantaleon zeigt. Was folgt daraus, ist Hartmut Warnholz verdächtig? Oder ist er selbst in Gefahr? Sie steht auf, tritt ans Fenster. Die morgendliche Konferenz wäre der richtige Zeitpunkt gewesen zu offenbaren, dass sie den Polizeiseelsorger bereits kennt und auch weiterhin in privater Sache treffen will. Aber sie hat geschwiegen. Warum? Sie weiß es nicht. Nein, das ist nicht korrekt. Sie hat geschwiegen, weil sie ihre Seelenlage nicht offenbaren will. Und weil sie überzeugt ist, dass sie eher etwas von Warnholz erfahren wird, wenn sie ihm nicht als Ermittlerin der Soko Priester begegnet.

Sie steht auf und presst die Stirn an die Fensterscheibe. Warum wird jemand Priester? Weil er den Lebenssinn sucht, weil Gott ihn ruft, wie es die Website des Priesterseminars suggeriert? Oder weil er sich einem Leben mit echten Beziehungen nicht gewachsen fühlt? Ihre lange vergangene Konfirmandenfreizeit im Schwarzwald fällt ihr ein. Die Stille des Tagungshauses in der Mittagssonne, das Summen der Bienen in den blühenden Obstbäumen, die abendlichen Diskussionen mit dem Pfarrer über den Sinn und die Schöpfung. Manchmal in dieser Zeit erschien es sehr leicht, an Gott zu glauben. Aber bald darauf traten andere Dinge in den Vordergrund. Ein weiterer Umzug. Der Sommer mit Erri und damit verbunden ein neuer, erwachsener Blick auf die Welt und die Erkenntnis, wie viel Unrecht es gibt.

Judith beugt sich über den Schreibtisch und blättert in den Unterlagen. In Röttgens Biographie gibt es scheinbar keine Lücken, keine Ausreißer, kein weltliches Vorleben, kein Hadern mit Gottes Willen und Werk. Röttgen hat das Abitur an einem katholischen Knabengymnasium abgelegt und dann sofort Theologie studiert. Völlig geradlinig führte sein Lebensweg direkt zur Priesterweihe. Und doch muss es einen Punkt in seinem Leben gegeben haben, an dem er an den Anforderungen seiner Kirche zweifelte, vielleicht sogar an seinem Gott, und diese Zweifel müssen dazu geführt haben, dass er die Regeln verletzte.

Fleischeslust. Das Wort ist altbacken, abstoßend, unangemessen. Nichtsdestotrotz muss sie unwillkürlich an Karl Hofer denken. Sie fühlt sich zu ihm hingezogen, sie fühlt sich wohl mit ihm. Es wäre ein Leichtes gewesen, nach dem Abendessen noch weiterzugehen. Seit dem brutalen Ende mit David ist sie allein gewesen. Sie war nicht bereit, nochmals zu vertrauen. Und jetzt ist die Sehnsucht wieder erwacht, diese Sehnsucht, die so verdammt verletzlich macht. Liebe. Verlangen. Der Wunsch, geborgen zu sein. Der Wunsch nach Berührung. Ist das vergleichbar mit den Gefühlen eines katholischen Priesters, der gelobt hat, enthaltsam zu leben und dann nicht fähig war, diesen Schwur zu halten? Hat ihn jemand dafür bestraft?

Ein scharfer Luftzug. Ein Geräusch. Eine Tür. Ihr Herz beginnt zu rasen, ihre Hände zittern. Das Haus, dieses verdammte Haus. Übergangslos, ohne Vorwarnung, ist sie wieder dort drin, hilflos, bewegungslos, riecht das Benzin.

Mühsam richtet sie sich auf und erkennt Holger Kühn.

»Siehst du Gespenster?« Er lehnt im Türrahmen und mustert sie.

»Ich hab dich gar nicht gehört.« Ihr Mund ist trocken, ihre Knie drohen nachzugeben. Reiß dich zusammen. Nicht jetzt. Nicht hier.

»Ist dir nicht gut?«

»Alles okay, ich war nur in Gedanken.« Sie spürt den Schmerz in der linken Hand, umfasst die Stuhllehne fester.

»Du siehst gar nicht gut aus.« Der Leiter der Soko Priester lässt sie nicht aus den Augen. »Ist ganz schön übel, wenn man getötet hat, nicht wahr? Wenn man sich ständig fragt, ob man das nicht hätte verhindern können.« Er grinst. »Manche Kollegen zerbrechen daran.«

»Was willst du, Holger?« Er hat sie getroffen. Er weiß das, sie weiß das. Ein Punkt für ihn. Noch einer. Wieder.

Er räuspert sich. »Die jüngere Tochter der Weiß kommt heute Nacht aus Australien zurück. Fahr morgen früh dort vorbei und horch sie ein bisschen aus.«

Die Tochter, die Töchter. Jens Weiß ließ sich sterilisieren, weil er nicht noch weitere Kinder zeugen wollte. Sie nickt mechanisch, weil es auf einmal so einfach erscheint, so klar. Das eine Detail, nach dem sie den ganzen Morgen gesucht hat, womöglich sogar die Gemeinsamkeit der beiden Opfer.

Sie zählt sehr langsam bis zehn, nachdem Kühn ihr Büro verlassen hat. Erst als sie sicher ist, dass er tatsächlich verschwunden ist, nimmt sie ihr Handy und beginnt zu telefonieren.

*   *   *

Benedikt Ackermann, der Gesandte des Kardinals, leugnet, von der Sterilisation gewusst zu haben. Im Priesterseminar und in Röttgens Ex-Gemeinde will ebenfalls niemand etwas davon wissen. Und Hartmut Warnholz, angeblich der beste Freund und Vertraute und zudem Telefonseelsorgekollege des unsanft aus dem Leben gerissenen Priesters, ist weder persönlich noch telefonisch zu erreichen. Manni sprintet auf Sankt Pantaleon zu. Die Kirchenglocken rufen zur Messe, ein paar verspätete Schäflein eilen im strömenden Regen vor ihnen her. Sonntag, fällt Manni ein. Zeit für Gebete, wenn man drauf steht.

»Wenn du die Kirchenleute weiterhin so aggressiv angehst, redet bald niemand mehr mit uns.« Meuser hechtet neben ihn. »Oder die beschweren sich und Kühn entzieht uns den Fall.«

»Für Blümchensex fehlt uns die Zeit.«

»Vielleicht wissen Röttgens Kollegen und Vorgesetzten ja wirklich nichts von seiner Sterilisation. Vielleicht hatte er noch nicht einmal eine Geliebte. Das ist doch bislang nur Spekulation.«

»Das glaubst du doch selbst nicht, Ralf!«

Meuser zieht die Schultern hoch. »In dubio pro reo, gilt das etwa nicht, bloß weil du was gegen die Kirche hast?«

Wie auf ein geheimes Kommando verstummen die Glocken, sobald sie die Kirche betreten und ihre Schritte hallen überlaut.

Meuser langt routiniert ins Weihwasser, deutet einen Knicks an und bekreuzigt sich.

»Ich mag's nun mal nicht, wenn man mich verarscht«, zischt Manni ihm zu.

»Psst.« Meuser nickt Richtung Altar, vor dem der mit Brokatlatz herausgeputzte Gemeindepfarrer Bernhard Dix mit einem Gefolge Messdiener aufmarschiert. Manni ballt die Fäuste in den Jackentaschen. Der Gottesdienst geht vor, die Kriminalpolizei muss warten. Auch bei Mord gibt es da natürlich kein Pardon. Er lässt den Blick über die Kirchenbänke schweifen. Ist eines der Gemeindemitglieder der Täter? Betet hier irgendwo Röttgens Geliebte?

»Liebe Mitchristen«, Dix tritt ans Mikrofon. »Ein Mensch hat schwere Schuld auf sich geladen. Er hat getötet. Hier vor unserer heiligen Kirche …«

Schuld. Erbsünde. Der Mensch ist schuldig von Geburt an. Auch ein Junge, dessen Vater im Suff die Mutter schlägt, ist schuldig, schuldig, schuldig. Ich bekenne, dass ich Böses getan und Gutes unterlassen habe. Das Beichtritual. Meistens hat Manni genau wie alle anderen Kinder irgendeine Sünde erfunden. Ich hab in der Schule nicht aufgepasst. Die Hausaufgaben abgeschrieben. Heimlich im Bett gelesen. Oder, wenn ihm gar nichts mehr einfiel: Ich hab unkeusche Gedanken gehabt, mich unkeusch berührt – auch wenn er da noch nicht wusste, wie das ging. Nur einmal ist er ehrlich gewesen, da war er ungefähr zehn. Ich hab meiner Mama nicht geholfen, hat er geflüstert. Ich hab mir gewünscht, der Papa wär tot.

Es war eine Ungeheuerlichkeit, noch während er sprach, hat er das gewusst. Und trotzdem hat er einen Moment lang echte Erleichterung verspürt, fast so etwas wie Frieden. Aber dann drang die Antwort durch das düstere Gitter. Er sollte Jesus um Verzeihung bitten. Er sollte ehrlich bereuen und den Rosenkranz beten. Zehnmal ›Gegrüßet seist du Maria‹ eine ganze Woche lang, und jetzt lauf, Junge, tschüs und sei brav.

Er muss raus hier, sofort. Auf einmal hält er den Salbader des Priesters keine Sekunde mehr aus. Er rennt aus der Kirche zum Parkplatz, startet den Wagen mit quietschenden Reifen und heizt Richtung Südstadt, nietet in einer der schmalen Gassen fast einen Radfahrer um. Cool, Mann, cool down. Er drosselt sein Tempo, zwingt sich, den alten Hass wieder zu verdrängen, zwingt sich bis zur Wohnung von Mutter und Tochter Sollner langsam zu fahren.

»Ich muss mit Ihrer Tochter sprechen. Jetzt. Sofort«, sagt er, sobald Ruth Sollner ihm geöffnet hat.

Sie glotzt ihn an wie ein paralysiertes Kaninchen, sie will ihn nicht reinlassen, das ist ganz eindeutig, aber er hat nicht vor, sich abwimmeln zu lassen und drängt sich an ihr vorbei in den schmalen Flur.

»Bea schläft noch, sie ist …« Ruth Sollner verstummt, fummelt an ihrer Frisur herum.

Er mustert sie, merkt plötzlich, dass sie verändert aussieht. Bislang war alles an ihr immer tadellos glatt und in Form, eingeschnürt und festgezurrt, jedes Haar saß an seinem Platz, ihre Kleidung sah aus wie aus dem Katalog. Jetzt aber trägt Ruth Sollner einen schlabberigen Nickianzug, der über Hüften und Oberschenkeln unvorteilhaft spannt und ihr Gesicht wirkt ohne die Make-up-Schicht seltsam nackt und undefiniert, fast so, als sei es in Auflösung begriffen. Wieso ist sie eigentlich zu Hause? Müsste sie am Sonntagmorgen nicht in der Kirche sein?

Sie bemerkt seinen Blick und verschränkt die Arme vor der Brust. Auf ihren Wangen bilden sich hektische rote Flecken.

»Entschuldigung, ich habe gerade Gymnastik gemacht.« Sie stößt einen Laut aus, der wohl ein Lachen sein soll, jedoch eher wie ein Schluchzen klingt. Im Wohnzimmer steht tatsächlich ein Stepp-Trainer. Von irgendwo nimmt Manni jetzt den leicht säuerlichen Geruch von Erbrochenem wahr.

»Ihre Tochter ist in ihrem Zimmer?«

Er wartet die Antwort nicht ab, geht zu der Tür am Ende des Flurs.

Ruth Sollner klebt ihm auf den Fersen und plappert. Atemlos. Ohne Pause, ohne Sinn. Wie seine Mutter, wenn sie was verbergen will.

»Die Jugendlichen und ihre Partys ... nächtelang feiern und dann den ganzen Tag verschlafen ... das kann schon mal ein bisschen eskalieren ... nun ja, so ist das wohl, wir waren ja alle mal jung ...«

Er öffnet die Tür zu Beatrice Sollners Gruftirefugium und prallt fast zurück, weil es so stinkt. Erbrochenes. Alkohol. Kalter Rauch und irgendwas Süßlich-Künstliches umnebeln ihn, obwohl das Fenster geöffnet ist. Den beiden Bewohnern des Zimmers jedoch scheint das nichts auszumachen. Sie schlafen. Das grün schimmernde Chamäleon auf einem Ast in seinem Glaskasten, seine Besitzerin auf ihrem Matratzenlager. Ein Plastikeimer und nasse, dunkle Flecken auf dem Teppich weisen klar auf die Ursache des Kotzgeruchs hin. Eine Flasche Teppichreiniger steht neben dem Eimer. Es dürfte wohl die Mutter gewesen sein, die versucht hat, das Erbrochene zu beseitigen, denn das Fräulein Tochter wirkt, als ob es völlig hinüber wäre.

»Beatrice hat sich wohl einen Virus eingefangen.«

Ruth Sollner sprüht hektisch ein Raumluftspray um sich. Eine Wolke synthetisches Kokosaroma stülpt sich über Manni. Er hustet, bekämpft das Bedürfnis, in den Eimer zu kotzen.

»So ist es schon besser, nicht wahr?«, plappert Ruth Sollner.

Blindwütige Mutterliebe. Die Entschlossenheit, auch noch die größte Scheiße zu beschönigen, wenn es dem Bild der heilen

Familie dient. Das ist auch eine ganz spezielle Form der Hölle, die er aus eigener Erfahrung kennt. Es fühlt sich an, als klebe man in einem gigantischen Gespinst aus Zuckerwatte fest.

Er geht in die Hocke und rüttelt an der Schulter des Mädchens. Sie hatte offenbar keine Kraft mehr sich auszuziehen, liegt in voller schwarzer Punkmontur im Bett, nur ihre Stiefel stehen am Fußende der Matratze.

»Beatrice Sollner? Mein Name ist Manfred Korzilius. Ich bin Kriminalkommissar. Ich muss Ihnen ein paar Fragen stellen.«

Das Mädel grunzt, aber ihre Lider flattern nicht mal. Ihr Gesicht wirkt aufgedunsen, die schwarze Schminke ist grotesk verschmiert, an den kahlrasierten Schläfen schimmern die Haarstoppel wie talgige Mitesser.

»Beatrice? Hallo? Hören Sie mich?«

Nichts, gar nichts, keine Reaktion. Nicht eine Bewegung. Auf der rechten Hand des Mädchens klebt ein verkrustetes Gemisch aus Erbrochenem und Blut.

»Kochen Sie mal einen starken Kaffee«, befiehlt Manni der Mutter.

»Ja, natürlich, sofort.« Ruth Sollner hastet aus dem Zimmer.

Manni versucht erneut, das Mädchen zu wecken, gibt dann auf und vergewissert sich nur, dass ihr Atem frei und regelmäßig fließt, bevor er nach nebenan in die Küche geht, wo es jetzt verführerisch nach Kaffee riecht. Komasaufen ist eine Art Jugendsport heute. Die meisten Streifenbeamten können ein Lied davon singen.

Ruth Sollner schenkt ihm ein und stellt einen Teller mit Plätzchen auf den Tisch.

»Hat Ihre Tochter ein Alkoholproblem?«

»Nein, nein, das ist nur ...« Sie bricht ab, fegt ein unsichtbares Stäubchen von der blank gewienerten Tischplatte. »Ein Virus«, flüstert sie.

Er setzt sich und isst ein Plätzchen. Dann noch eines. Spült mit Kaffee nach. Lässt ihr alle Zeit der Welt, ihre Lüge zu korrigieren. Was sie nicht tut. Natürlich nicht. Manni stellt seine Tasse ab.

»Ihre Tochter scheint sehr viel Alkohol zu trinken, Frau Sollner.«

Sie zuckt zusammen. »Nein, das ist nur ... sie vermisst ihre Freundin manchmal und schlägt dann ein bisschen über die Stränge.«

»Seit wann arbeitet sie in der Telefonseelsorge?«

»Seit etwa einem halben Jahr.«

»Also so lange wie Georg Röttgen. Wie war ihr Verhältnis zu ihm?«

»Ihr Verhältnis?«

»Frau Sollner, kann es sein, dass Georg Röttgen ihre Tochter missbraucht hat?«

Sie wird ganz starr, wie ein Reh im Scheinwerferlicht.

»Was reden Sie da?«

»Beantworten Sie bitte einfach meine Frage.«

Ihre Unterlippe zittert. »Sie meinen, er hat Bea ... nein.«

»Sind Sie sicher?«

»Ich – er war doch ...«

»Ein katholischer Priester. Ja. Und er war sterilisiert.«

»Sterilisiert?«

»Frau Sollner, Sie verschweigen mir etwas. Das ist mir schon bei unserer ersten Begegnung aufgefallen.«

»Nein. Nein.«

Sie lügt. Sie weiß etwas. Genau wie die Priester. Mit jeder Faser kann er das spüren.

»Ihr Chef, Georg Röttgen, war sterilisiert. Er hatte also mit großer Wahrscheinlichkeit Geschlechtsverkehr.«

Sie schüttelt den Kopf.

»Wir suchen seinen Mörder, Frau Sollner. Wir sind darauf angewiesen, dass Sie mit uns kooperieren. Sie sind sogar gesetzlich dazu verpflichtet. Genauso wie Ihre Tochter.«

Von nebenan ist ein würgendes Geräusch zu hören. Das Gruftigirl erleichtert seinen Magen ein weiteres Mal.

* * *

Auf dem Bahnsteig stellt Judith sich zu den anderen Rauchern in das mit gelben Linien markierte Feld. Es ist wie im Zoo, denkt sie. Demnächst sperren sie uns in Glaskästen ein und gaffen uns an wie exotische Tiere oder wie diese armen Krüppel, die man früher auf Jahrmärkten präsentierte. Sie raucht ihre Zigarette trotzdem und denkt über Georg Röttgen nach. In der Kölner Frauenszene galt er als Hardliner, als Günstling des Kardinals, hat ihre Freundin Cora ihr verraten. Röttgen predigte schon mal vom Lebensrecht eines ›Zweizellenmenschen‹ im Mutterleib, hetzte gegen Abtreibung und Verhütung und außerehelichen Geschlechtsverkehr, machte den katholischen Frauenberatungen das Leben schwer.

Doppelmoral. Scheinheiligkeit. Ist es das, was den Hass des Mörders schürt? Vielleicht sieht er sich ja wirklich als Vollstrecker der göttlichen Moral, wie Ralf Meuser vermutet. Doch wenn es so ist, warum hat er dann auch Jens Weiß getötet, dessen Ehefrau schwört, dass er weder besonders gläubig war noch sie betrogen hat?

Der Urologe, der Jens Weiß sterilisierte, hat glaubhaft versichert, Georg Röttgen weder zu kennen noch behandelt zu haben. Bei seiner eigenen Krankenkasse hat der Priester eine Sterilisation nicht abgerechnet. Die Sterilisation des Mannes sei ein eher kleinerer Eingriff, hat der Urologe Judith erklärt. Man könne sich unter Umständen im Ausland oder privat in einer ambulanten Praxis sterilisieren lassen, sogar unter falschem Namen. Gibt es Gemeinsamkeiten zwischen den Männern, die sich zu diesem Schritt entschließen, hat Judith gefragt. Fast alle haben zuvor bereits Kinder gezeugt, antwortete der Arzt ohne zu zögern. Einige lassen zur Sicherheit vor der OP sogar noch eine Samenspende hinterlegen, denn die Sterilisation rückgängig zu machen ist schwer. Judith wählt Mannis Handynummer, erreicht nur seine Mobilbox.

»Vielleicht hat Röttgen ein Kind gezeugt«, sagt sie. »Vielleicht gibt es dieses Kind irgendwo.«

Der Zug nach Bonn fährt ein, und Judith ergattert einen Sitzplatz am Fenster. Väter und Kinder, Kinder und Väter. Das kann eine elementare Beziehung sein, stärkend oder zerstörend, oder eine, die gar nicht existiert. Selbst eine Mutter, die ihr neugeborenes Kind sofort nach der Geburt verstößt, war mit ihm zumindest neun Monate lang körperlich verbunden. Doch für den Vater gilt das nicht, er muss den Kindern, die er gezeugt hat, nicht ein einziges Mal begegnen, in Zeiten moderner Fortpflanzungsmedizin muss er mit der Mutter nicht einmal Geschlechtsverkehr haben. Und trotzdem tragen seine Kinder etwas von ihm in sich weiter, selbst wenn sie niemals erfahren, wer ihr Vater ist.

Judith starrt aus dem Fenster. Der Regen hat endlich aufgehört, ein Streifen gelbe Nachmittagssonne schafft es durch die bleigrauen Wolken und gleißt in den Pfützen auf den Äckern. In einigen Büschen liegt schon eine Ahnung von Grün. Ich lebe, denkt Judith. Ich bin verletzlich und ich bin verwundet, aber ich lebe.

Volker Ludes, der Jugendfreund ihres Vaters, bewohnt eine Villa mit Rheinblick. Der dreiteilige Klingelton scheint in dem Haus zu verhallen, es dauert lange, bis Judith schwerfällige Schritte hört.

»Ich bitte um Entschuldigung, aber der Krebs macht mich langsam.«

Der Anwalt stützt sich auf einen Gehstock mit Silbergriff.

»Mein Gott, deine Augen, du bist ihm so ähnlich«, sagt er.

»Du – Sie, ich weiß gar nicht …«

»Du ist schon okay.« Judiths Stimme ist rau.

Er führt sie in ein Wohnzimmer mit Blick auf den Rhein.

Der Tisch ist mit Teegeschirr und Gebäck eingedeckt, in einer schmalen chinesischen Vase leuchtet ein Strauß Narzissen. Ein handgroßer Bronzebuddha sitzt davor, unbestimmt lächelnd.

»Ich will dir also erzählen, wie es war. Wie dein Vater war.« Ludes räuspert sich. »Das hätte ich schon viel früher tun sollen.«

»Aber?«

Der Tee riecht nach Jasmin. Der Freund ihres Vaters ist sehr mager, seine Gesichtshaut wirkt beinahe durchscheinend, wie Pergament. Judith blickt aus dem Fenster, wo der Rhein strömt und strömt.

»Deine Mutter beschwor mich, dich in Ruhe zu lassen, die alten Wunden nicht aufzureißen. Ich habe ihren Wunsch respektiert.«

»Und jetzt?«

»Jetzt sterbe ich.« Er lächelt, trinkt einen Schluck Tee. »Da werden Dinge wichtig, die zuvor im Alltag untergingen. Die richtigen Dinge. Zumindest hoffe ich, dass es die richtigen Dinge sind.«

Ich hätte keine Zeit gehabt, irgendetwas zu ordnen, wenn ich in diesem Haus gestorben wäre. Genauso wenig wie jedes andere Mordopfer. Ganz unvermittelt ist dieser Gedanke da.

»Du hast deinen Vater sehr geliebt, Judith, und er dich auch. Du warst verzweifelt, als er plötzlich fort war, monatelang hast du nach ihm gefragt, hat deine Mutter gesagt.«

»Ich kann mich nicht daran erinnern.«

»Der Verlust war ein Schock für dich und du warst ja noch klein, gerade erst drei.«

Das Bild fällt ihr ein, das Foto, das sie auf den Knien ihres Vaters zeigt. War das eine Momentaufnahme oder Ausdruck einer alltäglichen Innigkeit? Beides ist möglich. Wie soll sie herausfinden, was die Wahrheit ist, wenn ihre Erinnerung nicht funktioniert?

»Wir wollten die Welt verändern, ach was, wir wollten sie

überhaupt erst mal entdecken. Das freie Leben. Fremde Kulturen.« Der Rechtsanwalt betrachtet die Buddhaskulptur. »NEPAL – Never End Peace And Love«, sagt er dann. »Wir haben tatsächlich geglaubt, dass das möglich sei.«

Glauben. Hoffen. Vielleicht ist auch Georg Röttgens Glauben an seine Kirche einmal ebenso stark und rein gewesen. Vielleicht ist der Glaube, die Welt verändern zu können, ja ein Privileg der Jugend. Ihr eigener, wilder Glaube an die Gerechtigkeit fällt ihr ein. Die Welt verbessern wollte sie. Erst mit Cora in der Frauenbewegung, dann als Kommissarin.

»Ihr habt euch was vorgemacht«, sagt sie zu dem alten Freund ihres Vaters. »Ihr habt es Freiheit genannt, doch in Wirklichkeit habt ihr einfach eure Familien verlassen, um in einem Entwicklungsland abzuhängen, zu kiffen und zu vögeln.«

»Im Rückblick kann man das wohl so sehen, ja. Darauf lief es wohl hinaus.« Er lächelt. »Aber damals … wir wollten wirklich reisen, um zu entdecken, nicht um zu erobern. Weder mit Armeen noch mit 5-Sterne-Pauschaltourismus. 1969 waren wir ja Pioniere. Die ersten Rucksacktouristen, viele waren wir damals noch nicht. Wir reisten per Anhalter, mit Bussen und Eisenbahn. Durch Gebirge und Wüsten. Quer durch die Türkei, dann nach Afghanistan. Das war damals noch kein Kriegsgebiet und je weiter nach Osten wir kamen, desto mehr wurden wir angestaunt. Die Leute dachten wohl, wir wären Landarbeiter auf der Flucht vor einer großen Hungersnot und sie versorgten uns so gut es ging mit dem Wenigen, was sie hatten. Nahmen uns auf Eselskarren und Lastwagenladeflächen mit. Kandahar war unsere erste längere Station, eine Stadt aus Lehm. Da saßen wir und aßen den ersten Kebab unseres Lebens, er kam uns vollkommen exotisch vor, und die Afghanen tranken Tee und spielten Schach und die Nacht war warm und immer wieder zogen Beduinen mit Kamelherden an uns vorbei. Wir waren sprachlos, völlig überwältigt. Es war ja noch ein anderes Reisen damals, ohne Handy und Kreditkarte und Google-Earth. Eine Reise ins wirklich Unbekannte. Trotz aller Sagen, die sich um den Hippietrail rankten, waren wir völlig unvorbereitet auf die Fremde, wie sehr, fingen wir allmählich an zu begreifen. Weißt du, was damals das vordringlichste Geräusch in Kandahar war, Judith?«

»Nein.«

»Fahrradklingeln. Fast jeder fuhr Fahrrad, es war das Hauptverkehrsmittel in dieser damals noch vollkommen unzerstörten Stadt. Selbst in der Nacht ließ das Gebimmel kaum nach.«

»Fahrradklingeln.«

»Ja. Dein Vater hat sogar ein Lied darauf komponiert. Immer hat er auf seiner Gitarre gespielt, das hat uns die ganze Fahrt über begleitet.«

Ihr Vater war musikalisch, das hat ihr noch niemals jemand erzählt.

Volker Ludes hustet und lächelt versonnen, bevor er weitererzählt. Von Buddhatempeln mit Augen, von den unzähligen Hinduschreinen in Kathmandu, von den Märkten, Gewürzen und lächelnden Menschen. Von billigen Drogen und schäbigen Unterkünften und dem Gefühl unbändiger Freude, in den engen Gassen der Freakstreet auf Blumenkinder aus aller Welt zu stoßen, jung wie sie selbst, mit langen Haaren und leichtem Gepäck und denselben großen Träumen.

»Was ging schief?«

»Einige sind dort hängengeblieben, dem Heroin verfallen und jämmerlich krepiert.«

»Das meinte ich nicht.« Ihre Stimme schneidet, das hört sie selbst. Sie kann es nicht ändern. Fühlt plötzlich eine große Traurigkeit, als habe sie selbst gerade einen Traum verloren, als sei das nicht schon viel länger her.

»Wir waren drei, die ganze Zeit.« Volker Ludes hustet. »Folkes, das war ich. Tom, dein Vater und Sebastian. Wir wollten mehr, wir wollten in die Berge, ins Himalayamassiv. Den Göttern nah sein. Ein Irrsinn. Wir haben uns übernommen, aber das wäre vielleicht nicht so schlimm gewesen, wenn Sebastian sich nicht den Fuß gebrochen hätte.«

»Und mein Vater?«

»Er war entkräftet. Das waren wir alle. Ich noch am wenigsten, denn ich hatte jahrelang Leichtathletik trainiert. Es begann zu schneien, ach was, ein regelrechter Blizzard brach über uns herein und es wurde dunkel. Es war gar nicht mehr weit bis zu diesem Kloster, in dem wir übernachten wollten, doch wir kamen so gut wie gar nicht voran. Zuerst haben wir Sebastian gezogen und schließlich habe ich ihn auf den Rücken genommen. Ich dachte, dein Vater käme uns hinterher. Es waren doch nur noch ein paar hundert Meter.«

»Du hast dich für Sebastian entschieden.«

»Wir hatten das gemeinsam beschlossen. Ich konnte doch nicht beide tragen. Ich dachte, Tom würde uns folgen oder zumindest die Spur halten, ich dachte, er hätte Kraft genug. Sobald ich das Kloster erreichte, zog ich mit ein paar Mönchen los, ihn zu holen, doch da war es schon zu spät.« Der Rechtsanwalt wischt sich über die Augen, seine Hände zittern. »Wir haben ihn erst am nächsten Morgen gefunden. Tot.«

»Er war erfroren.«

»Ja.«

»Wo ist Sebastian heute?«

»Er starb vor über zehn Jahren bei einem Autounfall.«

»Es gibt also keine Zeugen.«

»Außer mir – nein.«

Und jetzt soll ich sagen, dass ich dir glaube, damit du in Ruhe sterben kannst, denkt sie und versucht, sich vorzustellen, wie es gewesen sein muss. Flower-Power. So viel Hoffnung und Aufbruchstimmung, ein Trip zu den Göttern, die große Freiheit und dann bleiben Kälte und Hunger und Einsamkeit.

»Crosby, Stills, Nash und Young«, sagt Volker Ludes. »Die

haben unser Lebensgefühl ausgedrückt, das war unsere Musik, deines Vaters Musik.«

Crosby, Stills, Nash und Young. Ausgerechnet. Die *Four Way Street*. Während des Sommers in Frankfurt hat sie die immer gehört. Anfang der 8oer Jahre ist das gewesen, in den Wäldern im Süden der Stadt tobte der Widerstand gegen den Ausbau des Flughafens. ›Keine Startbahn West‹ hatten sie skandiert und nicht für möglich gehalten, dass sie scheitern würden.

»Hier«, der Freund ihres Vaters beugt sich vor und hebt mit sichtlicher Anstrengung den Bronzebuddha hoch. »Den hat er für dich gekauft. Er wollte zurückkommen, Judith. Er wollte dich nicht für immer verlassen.«

Sie nimmt den Buddha, betrachtet sein Lächeln, streicht über die fein ziselierten Ornamente. Auf einmal fühlt sie sich, als wäre sie zu einer weiten Reise aufgebrochen und stecke nun in einem Niemandsland fest: ohne Verbindung zu dem Ort, den sie verlassen hat, ohne Sicht auf ihr Ziel.

»Du glaubst mir nicht. Du denkst, ich hätte deinen Vater retten können«, sagt Volker Ludes.

»Ich dachte immer, das Letzte, was er gesehen hat, waren die Sterne.«

»Da waren Sterne, Judith. Millionen Sterne. Sterne aus Schnee.«

* * *

Georg Röttgens Arbeitszimmer ist noch immer von der Polizei versiegelt, doch davon abgesehen wirken die Räume der Telefonseelsorge an diesem Abend wie immer. Das Licht ist gedämpft. Am Pinnbrett hängt der Dienstplan. Die Wand gegenüber zieren Naturfotografien: Sonnenuntergänge, Bäume, Wolken, Wasser und eine wogende Sommerwiese, jedes Bild ist mit einem Bibelspruch versehen. ›Der Herr ist mein Hirt, mir wird nichts mangeln.‹ Doch was ist, wenn dieser Hirte seine Schäflein nicht auf grüne Auen führt, sondern in die Finsternis, weil er ihnen zürnt?

Ruth zieht ihren Mantel aus und hängt ihn an die Garderobe. Die Bewegungen kosten sie Kraft. Kraft, die sie nach diesem Tag eigentlich nicht mehr hat. Immer noch fühlt sie die indiskreten Blicke des blonden Kommissars auf sich. Er hat sie angesehen, als halte er sie für eine Lügnerin, nein, schlimmer noch, als mache er sie, Ruth, für die Morde verantwortlich, oder sei zumindest überzeugt, sie kenne den Täter. Und dann ihre Tochter … Ich bin krank, Mami, ich hab mich wirklich nicht betrunken, hat Bea behauptet, als der Kommissar längst wieder gegangen war und sie endlich zu sich kam. Mami hat sie tatsächlich gesagt – so wie in alten, glücklichen Zeiten. Doch schon Ruths erste vorsichtige Frage nach Georg Röttgen brachte die alte Feindseligkeit zurück. Was hatte sie denn auch erwartet? Dankbarkeit, weil sie die Kotze ihrer Tochter aufwischt und sich schützend vor sie stellt? Dankbarkeit gibt es nicht mehr von ihrer Tochter, nicht seit ihre Freundin Jana gestorben ist.

»Ruth, da bist du ja.«

Sie fährt herum, sie hat Hartmut Warnholz nicht kommen gehört und die tiefen Falten, die sich scheinbar über Nacht in sein Gesicht gegraben haben, erschrecken sie noch mehr.

Es ist noch Zeit, bis ihr Telefondienst beginnt und sie hatte gehofft, den Seelsorger hier zu treffen, gesteht sie sich ein.

»Komm.« Ganz leicht legt er seine Hand auf ihre Schulter und führt sie in ein leeres Büro.

Er hat seinen besten Freund verloren und trotzdem ist er noch fürsorglich zu ihr. Und sie? Sie kreist um sich selbst. Sie zweifelt an ihrer Tochter, sie zweifelt an Gott und sie tötet seine Geschöpfe. Schamröte steigt ihr ins Gesicht, als sie an ihre Giftattacke auf die unschuldigen Heuschrecken denkt. Scham und zugleich eine unerklärbare Wut.

»Gott erlegt uns immer wieder Prüfungen auf«, sagt der Supervisor leise, als könne er in ihren Gedanken lesen wie in einem aufgeschlagenen Buch. »Zumindest kommt es uns so vor.«

»Vielleicht haben wir seine Strafe verdient.«

Er schüttelt den Kopf. »Wenn wir ehrlich bereuen, ist Gott sehr gnädig.«

Ruth sinkt auf einen Stuhl und krampft die Hände im Schoß zusammen.

»Unglück geschieht, Ruth. Denk doch an Hiob. Er hatte nichts Schlechtes getan, als das Unglück über ihn kam.«

»Er hat mit Gott gehadert.«

»Später, ja. Als er im Elend war, krank, ausgestoßen, ohne Besitz und Familie und Freunde. Doch am Ende hat er dennoch verstanden, dass Gott allmächtig ist, und dass er uns Menschen nicht zur Rechenschaft verpflichtet ist.«

»Wir können Gottes Willen nicht immer begreifen«, sagt Ruth leise, doch anders als sonst tröstet sie das nicht.

»Gott hat den Menschen den freien Willen gegeben. Er leidet mit seinen Geschöpfen, wenn sie das Böse wählen. Das ist die eigentliche Botschaft von Jesus Christus, wie sie im Neuen Testament steht. Und auch im Alten Testament ist Vergebung angelegt. Hiob wurde am Ende für seine Treue zu Gott reich belohnt.« Hartmut Warnholz lehnt sich vor und ergreift Ruths Hand. »Du darfst den Glauben nicht verlieren, Ruth. Nicht an Gott und nicht an deine Tochter.«

Sie starrt den Seelsorger an, begreift plötzlich, dass der blonde Kommissar Korzilius auch mit ihm gesprochen haben muss.

»Die Polizei sagt, Priester Röttgen war sterilisiert«, flüstert sie. »Sie fragen sogar, ob er Bea etwas getan hat.«

»Und was sagt Beatrice dazu?«

»Sie hat mal was angedeutet, dass Priester Röttgen sie komisch ansehe. Aber sie redet ja nicht mehr mit mir.« Ruth kämpft mit den Tränen.

»Hast du das der Polizei gesagt?«

»Nein, ich … ich wollte erst mit dir darüber sprechen und Bea nimmt es ja auch mit der Wahrheit manchmal nicht so genau. Und sie neigt zu völlig überzogenen Anschuldigungen, wenn sie jemanden nicht mag.«

Hartmut Warnholz nickt. »Natürlich, ja.«

»Es kann doch nicht stimmen, Priester Röttgen war immer so korrekt.«

Überkorrekt, um genau zu sein. Geradezu bösartig korrekt. Niemand hatte ihn leiden können, nur Hartmut Warnholz nahm ihn immer in Schutz. Hätte sie das der Polizei sagen müssen? Haben die anderen das getan? Wahrscheinlich, ja.

»Quäl dich nicht so, Ruth. Georg Röttgen hat deiner Tochter nichts getan.«

»Ich weiß nicht mehr, was ich denken soll.« Sie vergräbt das Gesicht in den Händen. Ich hab deinen heiligen Hartmut schon nachts bei Sankt Pantaleon gesehen. Noch so eine Lüge von Bea. Oder die Wahrheit?

»Es war nicht immer einfach, seit Georg Röttgen hier in der Telefonseelsorge war«, sagt Hartmut Warnholz. »Ich weiß das, Ruth, ich weiß das sehr wohl. Ihr wart nicht glücklich mit ihm. Doch glaub mir das bitte: Das alles hat nichts mit dem Mord zu tun und es hätte sich bestimmt bald zurechtgerückt.«

»Er war so seltsam in der Nacht vor seinem Tod.«

»Du hast ihn gesehen?«

»Er platzte hier herein, ganz außer Atem, und befahl mir das Licht anzuschalten.«

»Er konnte manchmal ein bisschen ruppig sein«, sagt Hartmut Warnholz.

»Und kurze Zeit später kam dieser Anruf. Ein Drohanruf. ›Ich bring dich um, du Schwein‹.«

»Ging der Anruf auf seinem Büroanschluss ein?«

»Nein, beim Beratungstelefon.«

»Dann solltest du das nicht überbewerten. Du weißt doch, dass wir solche Anrufe immer wieder erhalten.«

»Ja, ich weiß. Aber einen Tag später war Röttgen tot. Wenn der Anrufer nun doch sein Mörder war?«

Der Seelsorger nickt. Nachdenklich. »Ich nehme deine Sorge sehr ernst, sie ist sicher berechtigt«, sagt er schließlich. »Aber wir dürfen dennoch nichts überstürzen. Es ist ein großer Schritt, die Polizei um die Aufhebung der Anonymität unserer Anrufer zu bitten. Das darf nur im äußersten Notfall geschehen.«

Der äußerste Notfall. Meist heißt das, dass sie versuchen, einen Suizid zu verhindern, den ein verzweifelter Anrufer ankündigt. Doch wenn ihnen jemand ein bereits geschehenes Verbrechen gesteht, sind sie verpflichtet zu schweigen. Vertraulichkeit ist die Grundvoraussetzung der Telefonseelsorge. Die Last, die die Anrufer ihnen auf die Schultern laden, müssen die Mitarbeiter zu tragen lernen.

»Ich werde eine Lösung finden, Ruth, ich kümmere mich darum.« Wieder ergreift Hartmut Warnholz ihre Hand. »Du siehst müde aus, schaffst du denn deine Nachtschicht jetzt oder soll ich für dich übernehmen?«

»Nein, nein, das ist kein Problem.«

Ruth kocht sich eine Kanne Tee und geht ins Beratungszimmer, wo Marianne soeben zusammenpackt. Sie zündet die Kerze an und setzt sich an ihren Platz. Als der erste Anruf eingeht, zwingt sie sich, sich nur auf die Stimme am anderen Ende der Leitung zu konzentrieren und winkt Hartmut Warnholz und Marianne nebenbei einen Abschiedsgruß zu. Es ist gut, anderen helfen zu können, es gibt ihr Halt und ist ihr Talent. Das, was sie auf dieser Welt am allerbesten kann. Doch nach dem ersten Anruf bleibt das Telefon heute still und die Zeit scheint zu schleichen. Sogar das Ticken der Wanduhr im Büro nebenan kann Ruth auf einmal hören. Sie steht auf und schaltet das Licht im Eingangsbereich ein. Sie geht zur Toilette und überprüft, ob Hartmut Warnholz die Eingangstür auch wirklich abgeschlossen hat.

Die nächtliche Stille erscheint ihr heute lauter als sonst. Obwohl sie todmüde ist, ist an Schlaf nicht zu denken. Es ist, als ob sie auf etwas warte, nein, als ob sie schon wisse, dass in dieser Nacht noch etwas geschehen wird. Ich hätte mutiger sein sollen, denkt sie. Ich hätte darauf bestehen sollen, selbst mit der Polizei zu sprechen. Aber womöglich hätte sie der Telefonseelsorge dann geschadet und die Chance auf eine Festanstellung verspielt? Unter Georg Röttgen hatte sie diese Hoffnung schon aufgegeben, doch jetzt, mit Hartmut Warnholz, sieht das ganz anders aus. Er schätzt mich, denkt Ruth. Er mag mich. Er weiß, wie sehr ich eine bezahlte Arbeit brauche.

Sie tritt ans Fenster und schaut in die Dunkelheit. Am Ende des Parks liegen die Gebäude des Priesterseminars, im Sommer sind sie von hier aus gar nicht zu sehen. Doch im Winter glimmt nachts hin und wieder das Licht aus einem der Zimmer im ersten Stock durch die kahlen Kronen der Bäume, auch jetzt ist das so. Was derjenige, der jetzt dort drüben wach ist, wohl gerade tut? Beten? Studieren? Oder sieht er zu ihr herüber und freut sich über den Lichtschein aus ihrem Fenster, weil er sich in der schlafenden Stadt genauso allein fühlt wie sie?

Das Klingeln des Telefons bringt das Gefühl von Bedrohung zurück. Auf einmal wünscht Ruth sich, dass es wieder verstummt.

»Telefonseelsorge, guten Morgen.«

Nichts. Stille. Sie packt den Hörer fester. Die Stille ist nicht absolut. Sie kann etwas in dieser Stille hören. Jemand atmet am anderen Ende der Leitung. Ein Mann? Ja, ein Mann.

»Hallo?«

Die Angst überwältigt sie, lähmt sie, zwingt sie dazu, immer weiter in diese Stille zu horchen. Er ist ganz nah! Beinahe glaubt sie, den fremden Atem auf ihrer Wange zu spüren. Sie will den Hörer wegwerfen, weglaufen, schreien, doch sie kann sich nicht rühren. Nur ihre Gedanken rasen und toben, bleiben auf einmal bei Hiob stehen.

Gott hatte gewettet, dass Hiobs Glauben durch nichts zu erschüttern sei, so fängt das Buch Hiob an. Es war eine Wette um Hiobs Seele, der brave Hiob selbst hatte überhaupt keine Chance. Er war nur ein Spielball zwischen den Mächten. Denn der Wettpartner Gottes war der Teufel selbst.

4. Teil

»Ich sage zu Gott:
Sprich mich nicht schuldig!
Lass mich wissen,
warum du mir feind bist!«

Hiob 10,2

Sie schickt ihm ein Bild, als das Kind auf der Welt ist. Der Brief kommt zurück. Sie legt das Kind in den Wagen und schiebt es zu seinem Haus. Sie hofft. Sie betet. Das Kind ist doch unschuldig, er wird es doch lieben, wenn er es erst sieht. Aber er öffnet ihr nicht, auch nicht am nächsten Tag und nicht am übernächsten. Dann, eines Tages, steht sein Name nicht mehr auf der Klingel. Sie kann einfach nicht glauben, dass das geschieht.

Das Kind wächst heran. Ein Kind der Sünde, das nicht hätte sein dürfen. Trotzdem wird es zu ihrer Freude und zu ihrem Halt. Ein liebes Kind mit einem Hauch Traurigkeit in den runden Augen, einer nicht altersgemäßen Ernsthaftigkeit, die es seinem Vater nur umso ähnlicher macht. Wo ist mein Papa, fragt das Kind, als es sprechen lernt. Alle Kinder haben doch einen Papa, warum nicht ich?

Verzweiflung. Traurigkeit. Hass. Wut. Sie streicht dem Kind über den Kopf, schmiert ihm ein Honigbrot. Dein Papa ist auf einer langen Reise, sagt sie mit zusammengekrampftem Magen. Er ist ein guter Mann. Er hat uns lieb.

Montag, 27. Februar

Nichts tut ihr weh, eine weitere Nacht, in der sie gut geschlafen hat, liegt hinter ihr. Beinahe erholt fühlt sie sich, als sie auf das Café zuläuft, in dem sie mit Karl zu einem zweiten Frühstück verabredet ist. Die Panikattacken der letzten Tage erscheinen ihr unwirklich, als hätte es sie gar nicht gegeben. Vielleicht ist es vorbei, einfach so vorüber, vielleicht ist sie doch nicht dauerhaft traumatisiert. Etwas in ihr weiß, dass das nicht der Fall ist, aber jetzt, hier, fühlt es sich beinahe so an.

Den Morgen hat sie mit einem Besuch bei Nora Weiß begonnen. Wie Kühn es ihr auftrug, hat sie mit der aus Australien zurückgekehrten jüngsten Tochter gesprochen. Es hat nichts gebracht. Falls der Chirurg tatsächlich eine außereheliche Beziehung hatte, weiß seine Familie nichts davon, jedenfalls wirkt ihre Trauer um Vater und Ehemann echt. Auch eine Verbindung zu Beatrice Sollner oder Georg Röttgen verneinen sie überzeugend.

Sie entdeckt Karl, winkt ihm zu und die kurze Umarmung, mit der sie sich begrüßen, bringt aus irgendeinem Grund die Erinnerung an den Reisebericht von Volker Ludes zurück, die Naivität dieser Träume, die ihr Vater einst hatte. *Love. Peace. Hope.* Das Leben ein einziges Fest. Während sie frühstücken, erzählt sie Karl davon und von dem lächelnden Buddha, der jetzt auf ihrem Küchentisch sitzt. Sie erzählt ihm sogar von ihren eigenen Träumen, damals in Frankfurt in diesem 80er-Jahre-Sommer, der aus heutiger Sicht auf eine geradezu altmodische Weise sonnig und träge und schwerelos erscheint. Erri – »nenn mich bloß nicht Erika« – hieß das älteste Mädchen aus

Judiths Klasse, mit dem sie sich angefreundet hatte. Erri mit den halb durchsichtigen Indienkleidchen und den klimpernden Halsketten, die jeden Tag laut bedauerte, zu spät für die wahre Hippie-Bewegung geboren worden zu sein. Wenn sie Glück hatten, nahmen Erris langhaariger Bruder und dessen Freunde sie in einer klapprigen Ente oder in einem R 4 mit, raus aus der Stadt, zu den Seen bei Mörfelden. Wenn nicht, stellten Judith und Erri sich an die Bundesstraße und trampten.

»Es war verrückt.« Judith nimmt sich noch ein Croissant. »Wie eine Parallelwelt mit Autobahnanschluss. Eine Oase vor der Stadt, am Rande der Widerstandscamps gegen den Großflughafen. Die Seen sahen aus wie aus einem Urlaubsprospekt: weißer Sand, von Kiefern bestandene Ufer, türkisfarbenes Wasser. Wir schwammen nackt und tranken Bier und immer stimmte irgendwer eine Gitarre und begann zu singen. Wir waren tatsächlich sehr sicher, das alles sei eine Wirklichkeit, die eine Perspektive hätte, dabei dröhnten schon damals die landenden Passagierjets über uns weg.«

»Die wilde Jugend der Judith K.« Karl lächelt versonnen. »Nicht in Nepal, sondern an einem Baggerloch in Südhessen.«

»Bis wir am Ende der Schulferien mal wieder fortzogen, ja.«

Sie sieht Karl in die Augen. Ihr Grün wirkt im Tageslicht noch intensiver, in seinen Augenwinkeln liegen Schatten.

»Ich habe mir nie Gedanken über meinen Vater gemacht. Er war einfach immer nur tot für mich. Und jetzt sagt mir sein Jugendfreund auf einmal, dass wir die gleichen Träume träumten.«

»Auf eine Art hast du das bestimmt schon gewusst.«

»Vielleicht, ja.«

Ich werde bald vierzig, denkt sie. Mein Vater starb, als ich drei war. Ich lebe nicht mehr zu Hause, seit ich achtzehn bin. Ich bin zu alt, plötzlich den möglicherweise verpassten Chancen einer glücklichen Kindheit nachzuhängen, das hat keinen Sinn. Aber das stimmt nur auf eine rationale Art, und wenn sie ehrlich ist, weiß sie, dass darunter noch eine andere Wahrheit liegt. Weil es eben doch nicht egal ist, von wem man abstammt, weil selbst ein toter Vater ein Anhaltspunkt ist, sich zu verorten. Sie sieht die jüngere Judith vor sich, unerreichbar entfernt und doch gestochen scharf. Erinnert sich an die ewigen Kämpfe mit ihrem Stiefvater Wolfgang Krieger. Um alles und jedes hatten sie gestritten, als ob der gemeinsame Nachname ein Omen war. Der See war eine Atempause. *Love and Peace and Happiness*. Sein Türkisgrün erinnert an die Farbe, in der sie ihr Wohnzimmer streichen will. Es wird nicht funktionieren, wird ihr plötzlich klar. An der Wand ist das die falsche Farbe. Ockergelb wäre vielleicht eine Idee, zumindest wäre das sonniger. Wärmer.

Karl sieht sie an. Aufmerksam. Ruhig.

»Und du?«, fragt sie ihn.

»Meine Eltern hatten eine Firma. Heizung und Sanitär, ich sollte mit einsteigen, klar, der älteste Sohn. Aber ich wollte immer nur fotografieren.«

»Du bist also deinen Weg gegangen.«

»Zum Glück hat nach einigem Hin und Her mein jüngster Bruder die Firma übernommen. Mein Vater wollte das eigentlich nicht, aber mir gab es die Freiheit mit einem einigermaßen intakten Gewissen zu gehen. Ich hab dann studiert und sehr schnell die Chance bekommen, Reportagen für Magazine zu fotografieren. Dann rutschte ich in die Werbefotografie rein und da ging es bald um richtig dicke Kohle und ich hab mitgespielt, hab meine eigene Firma gegründet. Bis ich merkte, dass das gar nicht das war, was ich hatte machen wollen. Ich hatte nur noch aufs Geld geguckt, vielleicht um meinen Vater doch noch zu beeindrucken. Aber meine Fotos waren seelenlos.«

»Nicht die Lochkamerafotos, die du mir gezeigt hast.«

»Nein, die nicht. Doch genau für solche Aufnahmen fehlte mir längst die Zeit.«

»Und jetzt?«

»Mal sehen.« Er lächelt. »Letzten Sommer habe ich meine Firma verkauft, mietete für den Rest des Jahres das Cottage eines Freundes an der irischen Bantry Bay und zog wieder mit meiner alten Leica los. Klassische Reportagefotografie mit nur einem 35-Millimeter-Objektiv. Als ich mich damit ausgetobt hatte, begann ich wieder mit der Lochkamera.«

»Leben deine Eltern noch?«

»Ja. Und sie sind nicht froh, dass ich, wie sie das sehen, einfach alles hingeschmissen habe.«

Eltern. Kinder. Hoffnungen. Träume. Ich hätte mir einen Vater gewünscht, gesteht Judith sich ein. Einen Vater, der mich unterstützt und stolz auf mich ist, auch wenn mein Weg ein eigener ist. Aber diese Chance hatte sie nicht bekommen und ihr Vater auch nicht, und niemand kann sagen, ob ihr Leben mit ihm wirklich besser verlaufen wäre.

Sie winkt nach der Bedienung. Vielleicht hat der Priester Georg Röttgen ja wirklich ein Kind gezeugt. Vielleicht ist diese streng verbotene und streng geheim gehaltene Vaterschaft der Grund für den Mord an ihm. Doch wer wäre der Täter, wenn es wirklich so ist? Die Mutter des Kindes, deren gehörnter Mann oder jemand, der Röttgens Fehltritt im Namen der Kirche rächen will? Sie muss dieses Kind finden, das Kind ist wichtig. Wenn es dieses Kind denn überhaupt gibt. Doch selbst wenn es existiert – wie passt das zu dem Mord an Jens Weiß? Wer hätte einen Grund, auch ihn zu töten?

»Du bist schon bei deinem Fall, stimmt's«, sagt Karl Hofer.

Sie bezahlt für sie beide und umarmt ihn. Fest. »Es muss eine Verbindung zwischen den beiden Opfern geben, ich kann einfach nicht an einen Serienmord glauben.«

»Vielleicht gibt es ja noch eine dritte Möglichkeit.«

»Nämlich?«

»Das weiß ich nicht. Aber oft ist die Wahrheit ja nicht einfach schwarz oder weiß, sondern sie liegt irgendwo dazwischen.«

* * *

Lähmung. Lähmung. Sie waren gelähmt, konnten nicht reagieren. Sie lagen auf dem Rücken, unfähig sich zu bewegen, bei vollem Bewusstsein. Der Täter stand über ihnen. Sie hatten Schmerzen. Sie haben die Mordwaffe gesehen, das Schwert. Wie der Täter es hochhob und auf sie niederfahren ließ, mit all seiner Kraft und all seinem Hass. Wie lange dauert es, bis das spitze Metall durch Kleidung, Haut und Fleisch geschnitten und das Herz zerfetzt hat? Sekundenbruchteile, jeder davon eine panikerfüllte Unendlichkeit. Es gibt keine Worte für diese Angst, keinen medizinischen Beweis. Ekaterina Petrowa steht zwischen den beiden Stahlbahren, sehr still, mit geschlossenen Augen. Die Angst der toten Männer war real, das kann sie fühlen. Doch das ist immer noch keine Antwort auf ihre dringlichste Frage: Warum haben sich die beiden Männer nicht gewehrt?

Ekaterina öffnet die Augen wieder und löst ihre Hände von den kalten Körpern. Etwas ist merkwürdig mit ihnen. Etwas, das sie von den anderen Opfern im Keller unterscheidet. Sooft sie den Chirurg und den Priester berührt, kann sie das spüren, das Rätsel verfolgt sie sogar bis in ihre Träume. Zwei rastlose Nebelkrähen, die klagen und schreien. Warum waren sie gelähmt? Beide Männer waren gesund und kräftig, ihre Muskeln und Sehnen sind intakt, sie haben vor ihrer Ermordung weder einen Hirnschlag noch einen Herzinfarkt erlitten. Strom, ein elektrischer Stromschlag kann eine vorübergehende Lähmung verursachen, schon ein paar Mal hat sie diese Möglichkeit erwogen. Vielleicht attackierte der Täter sie mit einem Elektroschocker. Aber falls es so war, hat der Stromschlag keinerlei Spuren hinterlassen. Wie also soll sie das beweisen?

Ekaterina schiebt die beiden Toten wieder in ihre Kühlfächer, wirft ihren Kittel in den Wäschekorb und wäscht sich die Hände. Ihr Gesicht wirkt geisterhaft durchscheinend im Neonlicht. Die dunklen Schamanenaugen ihrer Großmutter scheinen ihr aus dem Spiegel entgegenzustarren.

»Ich hab alles versucht, Babuschka, ich finde es nicht«, flüstert Ekaterina und hört die Antwort der Großmutter so klar, als stünde sie wirklich vor ihr: Du kannst das besser, Katjuschka, das weißt du, du musst es weiter probieren.

Ekaterina löscht das Licht im Kühlkellerraum und geht nach oben in ihr Büro. Die nächste Obduktion steht erst in zwei Stunden an. Die Berichte über den Arzt und den Priester helfen ihr nicht weiter. Sie zieht Pelzmütze, Handschuhe und Mantel an, schnell, bevor sie es sich wieder anders überlegen kann. Die Luft draußen ist feucht und kühl, Autos und Straßenbahnen lärmen, entfernt ist das Heulen eines Martinshorns zu hören.

Ekaterina läuft mit energischen Schritten. Die Luft tut ihr gut, hilft ihr, sich auf ihr Vorhaben zu konzentrieren. Sie mag keine Krankenhäuser, auch wenn sie Ärztin ist. Sie hat ihre Praktika dort absolviert, natürlich, ja. Sie untersucht dort überlebende Gewaltopfer, wenn diese zu schwer verletzt sind, um ins Institut zu kommen. Sie arbeitet dann immer problemlos und routiniert mit dem Klinikpersonal zusammen, nie gibt es irgendwelche Beschwerden über sie. Doch wie schon als Studentin ist sie jedes Mal erleichtert, wenn sie die Kranken wieder verlassen kann, um sich um die Toten zu kümmern. Im Untergeschoss, überall ist das so, immer sind die Toten im Kellertrakt untergebracht. Weil sie kein Licht mehr benötigen und weil die Lebenden ihre Existenz verleugnen wollen, so gut das eben geht.

Ekaterina ist schneller, als sie geplant hat, nach nur 20 Minuten erreicht sie die Klinik, in der Erwin Bloch behandelt wird. An der Pförtnerloge zeigt sie ihren Dienstausweis und wird nach einem kurzen Telefonat mit der zuständigen Stationsärztin zu einem Aufzug dirigiert. Die Kardiologische Abteilung befindet sich im dritten Stock. Die Metallwände des Aufzugs scheinen sich auf Ekaterina zuzuschieben, nachdem sich die Türen schließen.

Du darfst keine Angst haben, Katjuschka. Ekaterina nimmt ihre Pelzmütze ab und streicht glättend über ihr widerspenstiges Haar, bevor sie die Klinke von Blochs Krankenzimmer herunterdrückt. Es ist überheizt hier drinnen. Ein Fernseher blökt. Drei alte Männer in Pyjamas glotzen ihr entgegen. Der in dem Bett unter dem Fenster sei Erwin Bloch, hat die Stationsärztin gesagt. Ekaterina zieht ihren Mantel aus, hängt ihn über einen Stuhl. Die Augen der Männer gleiten über ihren mintgrünen Hosenanzug, machen kurz bei den weißen Lackstiefeln halt, huschen dann wieder hoch, über die Taille zu ihren Brüsten.

»Oh, là là«, der Greis im mittleren Bett schnalzt mit der Zunge, ein Schauer Spucketröpfchen ist im Gegenlicht deutlich zu sehen.

»Herr Bloch, ich bin Rechtsmedizinerin«, mit größtmöglicher Würde stöckelt Ekaterina auf das Bett am Fenster zu und hält dem Zeugen, dessen vage Andeutungen die Polizei verzweifeln lassen, ihren Ausweis hin. »Ich möchte Sie gern nochmals untersuchen.«

Blochs Bettgenossen feixen. Bloch selbst legt den Kopf schief und mustert Ekaterina aus rot geäderten Augen. Zu viel Alkohol, denkt sie automatisch. Ich möchte mal wissen, wie es um seine Leber steht. Eine junge asiatisch aussehende Pflegerin eilt auf leisen Sohlen ins Krankenzimmer und hilft Ekaterina, Bloch in ein Untersuchungszimmer zu bringen. Manchmal, nachts, mit dem Kater Tjoullda auf ihren Füßen, träumt Ekaterina von einer Frau mit sehr schwarzem, seidigem Haar, und sie meint ihr Lächeln zu spüren, auch wenn sie das Gesicht dieser Fremden niemals erkennt und nicht versteht, was ihre Anwesenheit in ihren Träumen zu bedeuten hat.

»Danke«, sagt sie zu der Pflegerin, zu laut, zu scharf, und zu Erwin Bloch: »Machen Sie bitte den Oberkörper frei.«

Er will widersprechen, überlegt es sich dann anders. Der Katheter behindert ihn, seine Hände zittern. Sie hilft ihm mit dem Schlafanzugoberteil und heißt ihn, sich zu beruhigen. Seine Brust ist faltig und weiß behaart, Messsonden kleben darauf, um sein Herz zu kontrollieren.

Was will sie hier finden, was erhofft sie sich bloß? Sie will schon wieder aufgeben, da sieht sie es. Eine minimale Verfärbung über der Halsschlagader – keine Druckstelle und auch kein Muttermal. Die Erleichterung macht Ekaterina ganz ruhig, sogar Blochs begehrliche Blicke sind ihr plötzlich egal. Sie hilft ihm wieder in seinen Pyjama und lächelt ihn an.

»Erzählen Sie mir doch noch einmal genau, was bei Sankt Pantaleon geschehen ist«, bittet sie.

*   *   *

Wo ist das Gruftigirl? Nicht dort, wo der Gärtnereichef gesagt hat, dass sie sein soll. Manni läuft schneller, biegt hinter einem bemoosten Jugendstilengel in die nächste Grabreihe ein. Es ist nasskalt hier, ungemütlich, passend zu seiner Stimmung. Der sechste Ermittlungstag nimmt seinen Lauf und sie haben noch immer nicht mehr als lose Enden. Immerhin hat der Täter nicht wieder zugeschlagen. Noch nicht? Oder wissen sie es nur nicht? Es wird weitere Morde geben, denkt Manni und spürt wieder dieses seltsame Ziehen in seinem Magen. Als ob das, was noch kommen wird, ihn ganz persönlich bedroht.

Am Morgen haben die Kriminaltechniker das Ergebnis der DNA-Analysen von den Tatorten präsentiert. Es ist ihnen gelungen, identische Spuren von der Kleidung beider Ermordeten sowie von der Jacke des Zeugen Bloch zu isolieren. Alle Opfer kamen also mit derselben Person in Berührung. Das kann kein Zufall sein. Man kann davon ausgehen, dass diese DNA vom

Täter stammt. Einem männlichen Täter, so viel steht nun fest. Doch natürlich ist seine DNA-Spur polizeilich nicht registriert. Wir brauchen einen Durchsuchungsbeschluss für Röttgens ehemalige Gemeinde in Klettenberg, hat Manni gefordert. Wir müssen Speichelproben von seinen Kollegen nehmen. Doch Kühn hatte abgewinkt. Das kriegen wir nicht durch. Liefert mir erst mal einen konkreten Verdacht.

Mannis Handy fiept. Er stöhnt auf: seine Mutter. Seit mehreren Tagen ist sie schon hinter ihm her. Er nimmt das Gespräch an, damit sie endlich Ruhe gibt, lässt sie über den Niedergang einer gottlosen Welt lamentieren, in der nun selbst Priester ermordet werden, während er den Friedhof weiter nach Beatrice Sollner absucht. Weiß diese Punkgöre etwas, das ihnen weiterhilft? Vielleicht. Vielleicht auch nicht. Vielleicht ist sie einfach nur dauerbesoffen. Was nicht verboten ist, sie ist schließlich 18, erwachsen, sie hat das Recht, ihr Leben zu ruinieren.

Er würgt seine Mutter ab, steckt das Mobiltelefon wieder in die Hosentasche, lässt seinen Blick über die Grabsteine schweifen. ›Geliebter Ehemann und Vater‹. ›Unvergessen‹. ›Ruhe in Frieden‹. Wie viele dieser Botschaften sind ehrlich? Die kleinen, dezenten Plastikspieße mit Gärtnereinamen auf etlichen Gräbern weisen zumindest darauf hin, dass sich längst nicht alle Angehörigen persönlich um die letzte Ruhestätte ihrer Lieben kümmern. Er biegt in die nächste Reihe ein. Da, endlich – das Gruftigirl! Sie kniet Kaugummi kauend im Windschatten eines immens kitschigen weißen Steinengels und wühlt im Modder. Manni stoppt, sein rechter Fuß landet mit einem schmatzenden Geräusch in einer Pfütze, eisiges Wasser quillt in den Schuh. Super, echt super, herzlichen Glückwunsch. Als wäre es hier nicht schon scheißkalt genug.

»Beatrice Sollner?«

Sie reagiert nicht, langt nach einer dunkelroten Primel, ihr matschiger Overall spannt über ihrem strammen Hintern. Die

Kopfhörer eines MP3-Players plärren in ihren Ohren. Stand Priester Röttgen auf so was? Möglich, wenn auch nicht sehr wahrscheinlich. Manni tippt dem Mädel auf die Schulter und wedelt mit seinem Dienstausweis. Sie fährt hoch, starrt ihn an wie ein Gespenst.

»Jens Weiß«, sagt er nach dem obligatorischen Eingangsgeplänkel.

Sie legt den Kopf schief. »Wer soll das sein?«

»Ein Arzt.«

»Und weiter?«

»Du kennst ihn nicht?«

»Nein.«

»Aber Georg Röttgen, den kanntest du schon.«

»Röttgen war ein Arsch, der hat alle tyrannisiert.« Die Piercings in ihren schwarz geschminkten Lippen blitzen.

Ein tyrannischer Arsch, das ist doch mal eine Abwechslung zu all den frommen Lügen. Doch viel mehr ist aus Beatrice Sollner nicht rauszuholen. Während Röttgen erdolcht wurde, sei sie längst mit Freunden in einer Disco gewesen. Der Priester habe zwar »dummgeil geglotzt« und alle und alles in der Telefonseelsorge »ständig kontrolliert«. Aber mehr sei da nicht gewesen, nein, ganz bestimmt nicht. »Niemand konnte den leiden«, versichert sie stur.

›Jana. Geliebte Tochter‹. Auf einmal wird Manni bewusst, vor wessen Grab sie da eigentlich kniet.

»Hier liegt deine Freundin, nicht wahr?‹

»Und weiter?« Sie funkelt ihn an.

»Kannte sie den Priester Röttgen?«

»Nein.«

»Sicher?«

»Ja. Sicher.«

»Du vermisst sie.«

»Das geht Sie nichts an.«

»Trinkst du deshalb so viel?«

Jetzt zeigt ihre coole Fassade Risse. Unsicher sieht sie plötzlich aus, auch wenn sie theatralisch die Augen verdreht.

»Du warst gestern nicht mehr ansprechbar«, legt Manni nach.

»Ich war krank!«

»Du warst betrunken.« Manni grinst. »Total besoffen.«

Sie greift nach einer Harke und zieht eine wütende Furche.

»Nein!«

Sie lügt. Das ist klar. Und die Tatsache, dass er das weiß, macht sie nervös. Soll er sie mitnehmen, würde das etwas bringen? Sein Instinkt sagt ihm, nein.

Karate – leere Hand. Er denkt darüber nach, während er ins Präsidium fährt. In einem Karatekampf hat man nur sich selbst, um zu gewinnen. Das eigene Gleichgewicht, die eigene Mitte. Man muss zum Spiegelbild seines Gegners werden und dessen Bewegungen imitieren, sagen die Meister. Man muss sich in diese Bewegungen hineinversetzen und mit ihnen verschmelzen. Nur dann kann man im exakt richtigen Moment angreifen. Jenem Moment, wenn der Gegner am wenigsten damit rechnet und deshalb besonders verletzlich ist.

In der Kantine hocken Judith Krieger und Meuser und löffeln Eintopf. Manni holt sich eine Cola und setzt sich zu ihnen.

»Hast du mit Beatrice Sollner über ihren Vater gesprochen?«, fragt die Krieger.

»Stefan Sollner zahlt brav Alimente, das hab ich gecheckt.«

»Das muss nichts heißen.«

»Schon klar. Aber selbst wenn dieses Punkmädel ein Kuckucksei wäre, der Spross unseres Priesters, was ist dann mit Weiß?«

Sie antwortet nicht, hat wieder diesen sturen Blick, den er nur allzu gut kennt.

»Hast du Beatrice gefragt, ob sie mal schwanger war?«, fragt sie nach einer kleinen Pause.

»Das hätte sie mir wohl kaum verraten.«

»Du hast sie also nicht gefragt.«

»Judith, komm runter, fixier dich nicht auf diese Kindertheorie! Röttgen und Weiß waren sterilisiert.«

»Fixieren! Du klingst schon wie Kühn!« Sie rammt ihren Löffel in den Linseneintopf.

»Weder Weiß noch Röttgen haben von ihren Konten regelmäßige Zahlungen geleistet, die nach Unterhalt für ein Kind aussehen«, sagt Manni.

»Ich hab Daten vom Einwohnermeldeamt bestellt.« Sie legt ihren Löffel hin, zählt an den Fingern ab. »Ledige Frauen aus Klettenberg, die in den letzten Jahren ein Kind bekommen haben. Frauen die plötzlich weggezogen sind. Frauen, deren Kinder gestorben sind. Frauen, die aus der katholischen Kirche ausgetreten sind ...«

»Das ist doch Wahnsinn!«

»Hast du eine bessere Idee?«

»Das Gruftigirl sagt, in der Telefonseelsorge war Röttgen gar nicht so beliebt, wie die alle behaupten. Da müssen wir ansetzen, die lügen ...«

»Halt. Stopp. Ich kann diese Leier nicht mehr hören!« Meuser, der bislang still seine Suppe gelöffelt hat und, soweit Manni sich erinnern kann, noch niemals laut geworden ist, haut auf den Tisch.

Besteck und Gläser klirren. Es hallt regelrecht nach. Ungläubig starren sie ihn an.

»Ihr tut dauernd so, als wäre das Opfer der Täter.« Meusers Stimme ist leise vor mühsam beherrschter Wut. »Ihr klagt die Kirche an, statt zu ermitteln.«

»Die Kirche hat Dreck am Stecken, das garantiere ich dir«, sagt Manni.

»Das sind deine Vorurteile!«

»Und du, du bist objektiv? Du verrennst dich in obskure Heiligentheorien, die zu nichts führen!«

»Das tue ich nicht. Aber ich glaube …«

»Glauben, ja genau das ist es! Es passt nicht in dein Weltbild, dass ein katholischer Priester kein Heiliger ist.«

»Wir haben noch längst nicht bewiesen, dass Röttgen den Zölibat gebrochen hat! Sicher ist bislang nur seine Sterilisation.«

»Du willst es nicht sehen, Ralf.«

»Und du rennst mit einer riesen Selbstgerechtigkeit rum, und schaust auf alle herab, die nicht aus der Kirche austreten wie du. Klar, ja, ich finde auch, es gibt gute Gründe dafür. Der Papst! Der Kardinal! Das Verbot der Empfängnisverhütung. Und, und, und. Aber das ist nicht alles. Das ist nicht der Kern der christlichen Kirche!«

»Sondern?«

»Barmherzigkeit.«

»Barmherzigkeit.« Manni lacht auf.

Meuser seufzt, als habe er diese Diskussion schon viel zu oft geführt. Trotzdem sieht er Manni geradewegs in die Augen, ohne den kleinsten Anflug von Unsicherheit.

»Verzeihen können. Großzügig sein. Anderen helfen. Ohne Entgelt und ohne Verpflichtung, einfach nur deshalb, weil das christlich ist.«

Schweigen. Geschirrklappern von den Nebentischen. Das übliche Stimmengewirr.

»Vielleicht hast du recht, Ralf. Vielleicht sind wir wirklich voreingenommen«, sagt die Krieger langsam und massiert wieder ihre lädierte Hand. »Und vielleicht ist das genau das, was der Täter erreichen will.«

Meuser nickt. »Ja, genau. Das ist alles so plakativ. Es könnte doch sein, dass der Täter die Morde so inszeniert, dass sie auf die Kirche hindeuten. Er täuscht einen religiös motivierten Serienmord vor …«

»… und lenkt damit von etwas anderem ab«, sagt Judith Krieger.

»Und was soll das sein?« Mannis Handy beginnt zu fiepen. Sonja. Nicht jetzt. Er drückt sie weg.

»Der dritte Weg«, murmelt die Krieger und blickt ins Leere. »Das eigentliche Motiv.«

Ralf Meuser springt auf. »Ich fahr jetzt noch mal ins Krankenhaus und zu der Witwe von Weiß.«

»Gut, Ralf, ja«, sagt Judith Krieger und wirkt immer noch, als ob sie ganz woanders wäre.

Am Morgen ist der externe Ermittler aus Düsseldorf angekommen, der die angeblichen Vergehen der KHK Krieger im letzten großen Fall untersuchen soll, auf einmal fällt Manni das ein. Niemand im KK 11 hatte damals geglaubt, dass sie richtiglag, auch er nicht. Zu nervig und stur hatte sie sich verhalten.

»Vielleicht ist das ja gar kein Serienmord. Vielleicht gibt es nicht einmal einen Zusammenhang zwischen den beiden Toten«, murmelt sie jetzt. »Vielleicht musste einer der beiden nur sterben, damit es wie ein Serienmord aussieht.«

»Du meinst, einer der beiden wurde vollkommen willkürlich getötet?«

Bevor die Krieger dazu kommt, ihm zu antworten, stöckelt Ekaterina Petrowa auf sie zu.

»Der Zeuge Erwin Bloch wurde mit einem Elektroschocker betäubt«, verkündet sie, lüpft ihre absurde Kaninchenfellmütze vom Kopf und gönnt ihnen eins ihrer raren Lächeln. »Es lässt sich zwar nicht mehr eindeutig nachweisen, aber die Wahrscheinlichkeit, dass auch die Opfer auf diese Weise gelähmt wurden, ist hoch.«

* * *

Warmes Wasser prasselt auf ihren Körper. Ruth lehnt sich an die Wand der Duschkabine. Der Schlaf am Tag ist ein anderer als der in der Nacht. Weniger erholsam, weniger tief. Ein leichtes Opfer für böse Träume. Jetzt ist es schon Nachmittag, und sie hat kaum zwei Stunden geschlafen. Sie war nicht zur Ruhe gekommen, nachdem ihre Nachtschicht in der Telefonseelsorge endlich zu Ende war. Überwach hat sie sich hin- und hergewälzt und glaubte immer noch dieses Schweigen zu hören, den fremden Atem am anderen Ende der Leitung. Ein gesunder Mann hatte da geatmet, nicht aufgeregt, nicht flach, und obwohl nichts weiter passierte, wusste sie instinktiv, dass das eine Drohung war. Er war zu nah gewesen, zu präsent. Selbst nachdem sie es endlich geschafft hatte aufzulegen, konnte sie diesen Atem noch hören. Sogar fühlen konnte sie ihn: wie einen kalten Lufthauch auf ihrer Wange, der sie schaudern ließ.

Mach dir keine Sorgen, Ruth, diesen Schweiger hatte ich in den letzten Wochen auch schon am Apparat, hatte ihr Kollege Bernd gesagt, der sie am Morgen am Beratungstelefon ablöste. Der ist bestimmt einsam und fühlt sich halt besser, wenn er eine menschliche Stimme hört. Ja, du hast recht, hatte sie erwidert und während sie ihren Mantel anzog, hatte sie das sogar geglaubt und sich für ihre Hysterie gescholten. Doch auf der Straße kam diese Angst zurück, sprang sie an, biss sich an ihr fest. Jemand verfolgt und beobachtet mich – dieser Anrufer verfolgt mich, hatte sie gedacht, und sie war schneller und schneller gelaufen und hatte sich immer wieder rumgedreht. Aber da war niemand, absolut niemand, der sich für sie zu interessieren schien.

Schlafen, du musst schlafen, du bist überreizt, du bist hysterisch, nach der Sorge um Bea und dem Mord, du musst dich erholen, hatte sie sich beschworen, als sie schließlich in ihrem Bett lag. Doch trotz der Lärmstopper in ihren Ohren konnte sie den fremden Atem immer noch hören, lauter sogar, und sobald sie die Augen schloss, strich er ihr übers Gesicht. Am Ende hatte sie kapituliert und eine Tablette genommen. Und dann, kaum dass sie in einen betäubten Tiefschlaf zu sinken begann, riss die Türklingel sie wieder hoch und der blonde

Kommissar drängte ein weiteres Mal in ihre Wohnung und stellte weitere schreckliche Fragen. Warum hatte Ruth verschwiegen, dass Georg Röttgen unbeliebt gewesen war? Hatte sie je ein Verhältnis mit dem Priester gehabt, hatte sie gar ein Kind mit ihm gezeugt? War Stefan wirklich Beatrices leiblicher Vater? Und Beatrice selbst, war sie jemals schwanger gewesen? Als der Kommissar endlich ging, war an Schlaf nicht mehr zu denken.

Wasser, warmes Wasser. Es hüllt sie ein, beruhigt sie, reinigt sie. Es ist Verschwendung, solange zu duschen. Trotzdem muss sie sich dazu überwinden, den Hahn endlich zuzudrehen. Ihre Glieder sind schwer, wie die einer alten Frau, als sie aus der Wanne steigt. Sie hüllt sich in ein Badetuch. Auflösung, denkt sie, und mustert ihr verquollenes Gesicht im Spiegel. Mein Leben ist in Auflösung begriffen, ist es vielleicht schon seit Jahren, schon seit Stefan fortging, und natürlich habe ich das die ganze Zeit gewusst, ich wollte es mir nur nicht eingestehen. Ich wollte nicht wahrhaben, wie einsam ich bin, genauso einsam wie die Anrufer, die es nicht aushalten, wenn die Nacht in ihre Wohnungen kriecht, denn die Nacht hat die Sehnsucht im Schlepptau, die Sehnsucht nach Liebe, Geborgenheit und echter Berührung. Die Sehnsucht nach dem Gefühl, zu jemandem zu gehören.

Sie müssen mir sagen, was Sie wissen, das ist sehr wichtig, hatte der blonde Kommissar gedrängt. Jemand muss dieses ungute Schweigen brechen, sonst können wir den Mörder Ihres Chefs nicht finden, sonst werden vielleicht noch weitere Morde geschehen. Aber sie hatte geschwiegen, hatte ihm auch nichts von dem Anruf erzählt und von dem seltsamen Verhalten Georg Röttgens in jener Nacht vor seinem Tod.

Dämonen. Wieder muss sie an das Gespräch mit Hartmut Warnholz über den armen Hiob denken. Wie kann es sein, dass sich Gott mit dem Teufel einlässt, wieso lässt er das Böse zu, statt es zu vernichten? Gott ist Liebe. Gott hat seinen Sohn geopfert für die Sünden der Menschen, sagt sie sich vor. Aber ist das nicht eigentlich nur eine weitere Geschichte von Blut und Leid und Brutalität? Gott ließ seinen eigenen Sohn jämmerlich krepieren. Das hat doch nichts mit Liebe zu tun.

Sie wird verrückt, sie kann schon nicht mehr klar denken. Sie zieht ihren Morgenmantel über und tappt hinüber ins Wohnzimmer. Wählt Hartmut Warnholz' Telefonnummer, legt dann gleich wieder auf. Bea ist noch auf dem Friedhof, zumindest hofft Ruth, dass es so ist. Es ist sehr still in der Wohnung, nur die Heizkörper zischen leise und die Küchenuhr tickt und aus Beas Zimmer glaubt Ruth das Rascheln und Schaben der Heuschrecken zu hören. Sie sinkt in einen Sessel, hat eine wilde Vision von sich selbst, wie sie ins Zimmer ihrer Tochter eilt und die todgeweihten Insekten aus ihrem Gefängnis befreit. So real ist das Bild der wirbelnden Leiber, dass sie aufschreit. Die biblische Plage. Von Gott über die Ägypter gebracht, weil die seinen Diener Moses und dessen Gefolge nicht ziehen lassen wollten. Aber Gott hatte die Heuschrecken trotzdem nicht verdammt, er hatte sie sogar als reine Insekten bezeichnet, rein genug, um sie zu essen.

Genug. Genug. Sie wird wirklich verrückt, glaubt schon wieder, diesen fremden Atem zu hören. Sie hastet ins Schlafzimmer und zieht sich an, schnell, ohne wie sonst groß zu überlegen, selbst fürs Make-up nimmt sie sich keine Zeit. Steht dort unten auf der anderen Straßenseite jemand und wartet auf sie? Nein, es ist nur ein Nachbar, der im Begriff ist, seine Haustür aufzuschließen. Ruth hastet los, dreht sich immer wieder um. Die Angst treibt sie an, klebt an ihr, der fremde Atem.

Erst als sie Hartmut Warnholz' Dienstwohnung erreicht, lässt das Gefühl, verfolgt zu werden, ein wenig nach. Sie tritt in den Hinterhof und atmet auf, als sie den Seelsorger durchs Fenster an seinem Schreibtisch erkennt. Wie lieb er ihr in den letzten zwei Jahren geworden ist. Ein wahrer Freund, ein echter Halt.

Sie klingelt. Sieht vorsichtshalber noch einmal über ihre Schulter.

»Ruth!« Der Priester ergreift ihre Hand und führt sie zu der Sitzecke in seinem Arbeitszimmer Er lächelt sie an und schenkt ihr ein Glas Wasser ein, doch sie sieht die Traurigkeit in seinen Augen, die tief in ihren Höhlen liegen. Der Tod seines Freundes setzt ihm viel mehr zu, als er es zeigen will, wird Ruth klar und auf einmal ist es ihr furchtbar peinlich, ihn schon wieder mit ihren eigenen Nöten zu belästigen. Sie will wieder aufstehen, gehen, doch das lässt Hartmut Warnholz nicht zu und so berichtet sie ihm schließlich von den nächtlichen Anrufen, von dem erneuten Besuch des Kommissars und von dessen Appell, ihr Schweigen über die Telefonseelsorge und Georg Röttgen zu brechen.

»Es ist gut, dass du zu mir gekommen bist, statt selbst mit der Polizei zu sprechen«, sagt Hartmut Warnholz, als sie geendet hat. »Durch die Polizeiermittlungen befinden wir uns in einer sehr sensiblen Situation. Wir müssen mit Bedacht vorgehen, um der Telefonseelsorge nicht zu schaden.«

»Ich soll also wirklich nichts sagen?«

»Nein, Ruth, überlass das mir.« Hartmut Warnholz lächelt. »Das ist meine Pflicht. Das Erzbistum hat mich zum vorläufigen Leiter der Telefonseelsorge gemacht.«

»Oh.«

»Ich bin also ohnehin mit der Polizei und allen Mitarbeitern im Gespräch.« Er räuspert sich. »Ich habe leider gleich noch einen Termin.«

»Oh, ja, ja natürlich.« Ruth springt auf.

»Ich habe eine weitere bezahlte Stelle im Sekretariat beantragt, Ruth. Und es sieht gut aus, wirklich gut.«

Menschen hasten an Ruth vorbei, als sie wieder auf die Straße tritt. Menschen mit guten oder mit bösen Zielen. Menschen, die gewinnen und Menschen, die verlieren. Aber sie, Ruth, hat noch einmal Glück gehabt. Ihr Leben löst sich nicht auf. Gott hat sie nicht verstoßen, Gott hat sie erhört. Eine feste Stelle. Eine sinnvolle, redliche Arbeit. Keine Arbeitslosigkeit mehr. Sie muss keinen Hartz-IV-Antrag stellen, darf ihre mageren Ersparnisse behalten. Und Hartmut Warnholz wird ihr neuer Chef.

Sie bleibt abrupt stehen und faltet die Hände.

»He!« Eine Frau prallt in ihren Rücken.

»Oh, tut mir leid, ich …«

»Ist ja nichts passiert.«

Die Frau nickt ihr zu und läuft in die Einfahrt, die zu Hartmut Warnholz' Büroräumen führt. Eine Frau mit wilden, rotbraunen Locken und riesigen Sommersprossen, die ihrem blassen Gesicht eine aparte Schönheit verleihen.

Ruth lächelt ihr hinterher, und das Lächeln begleitet sie zurück durch die Straßen und ihre Schritte sind leicht, und sie ist ganz sicher, dass ihr niemand folgt, sie muss das wirklich nicht überprüfen, kein einziges Mal dreht sie sich um. Sie wird frische Blumen für den Jesus in Sankt Pantaleon kaufen. Sie wird eine Kerze anzünden. Sie muss nur erst noch einmal in ihre Wohnung, weil sie vorhin so kopflos aufgebrochen ist. Nicht einmal Geld hat sie dabei.

Das Telefon läutet, sobald sie ihre Wohnung betritt. Ruth rennt durch den Flur und reißt den Hörer hoch.

»Sollner, ja bitte?«

Nichts. Gar nichts. Wer auch immer hier anrief, hat aufgelegt.

* * *

Hartmut Warnholz wollte den Termin mit ihr verschieben. Ein Freund sei ermordet worden, tragisch, erschütternd, sie hätte doch sicher davon gehört. Ja, hat sie gesagt, ja natürlich und das tut mir sehr leid. Und dann hat sie ihn trotzdem dazu überredet, sie zu treffen. Ich brauche Ihre Hilfe, hat sie gesagt.

Aber das ist nicht ehrlich gewesen. Sie hat ihm verschwiegen, dass sie wieder ermittelt und jetzt, während sie vor seiner Eingangstür steht, wünscht sie sich plötzlich, sie wäre nicht hier.

»Judith. Ich darf Sie doch Judith nennen?« Hartmut Warnholz öffnet ihr persönlich.

Sie nickt, gibt ihm die Hand, folgt ihm durch einen halbdunklen Flur ins Innere des Hauses, dessen Parterre ihm die Kirche zum Wohnen und Arbeiten zur Verfügung stellt.

Das Zimmer, in das er sie führt, verströmt Ikea-Charme. Hellgelbe Raufaser an den Wänden, Topfpalmen, eine Sitzgruppe aus Kiefernholz mit karierten Kissen, Billyregale.

»Möchten Sie Wasser? Tee?«

»Wasser.«

Debriefing, hat er bei ihrem letzten Treffen gesagt. Wir gehen gemeinsam Schritt für Schritt zurück. Wir betrachten die Ereignisse, die Sie traumatisierten, noch einmal und finden einen Weg für Sie, damit zu leben. Wir erschaffen Säulen der Sicherheit, die Ihr Trauma eindämmen und somit für Sie beherrschbar machen werden. Es klang verlockend, beinahe leicht. Sie weiß von Kollegen, dass es funktionieren kann.

Judith trinkt einen Schluck Wasser, ihr Mund ist trocken. Pelzig. Verräterin. Lügnerin.

»Standen Sie Georg Röttgen nah?«

Warnholz mustert sie überrascht. »Wir kannten uns lange. Ich war sein Mentor, damals, als ich schon Priester war und er noch Kaplan. Wir haben seitdem zusammen musiziert.«

Musik. Röttgens Geige. In der ansonsten tadellos aufgeräumten Wohnung lag sie schräg auf ihrem Kasten, als hätte Georg Röttgen sie nur kurz beiseitegelegt, steht in Meusers Bericht über die Durchsuchung der Wohnung.

»Welches Instrument spielen Sie?«, fragt Judith den Polizeiseelsorger.

»Cello.«

»Cello und Geige.«

»Und Bratsche.« Warnholz nickt gedankenverloren. »Die Streicher. Eigentlich waren wir zu dritt.«

»Eigentlich?«

»Unser dritter Mann starb bereits im letzten Sommer.«

Pastor Braunmüller. Der dritte Mann auf dem Foto, das Warnholz und Röttgen gemeinsam vor Sankt Pantaleon zeigt.

»Haben Sie sich oft getroffen?«

»Jeden Dienstag.« Er sieht voraus, was Judith als Nächstes fragen will und schüttelt den Kopf. »Am letzten Dienstag nicht, es war ja Karneval.«

Am Tag, an dem der Chirurg Jens Weiß ermordet wurde, haben sich Röttgen und Warnholz nicht wie sonst zum Musizieren getroffen. Es schwingt etwas mit in dieser Aussage. Etwas, das wichtig ist, entscheidend, sie kann es nur noch nicht sehen. Der dritte Weg. Die dritte Möglichkeit.

»Wo haben Sie sich getroffen?«

»Weshalb sind Sie hier, Judith, doch nicht, um über mich zu sprechen?«

»Nein.« Sie zwingt sich zu einem Lächeln. »Ich frage wohl aus berufsbedingter Gewohnheit.«

»Seit Max' Tod haben wir uns hier getroffen.«

»Und davor?«

»In der Dienstwohnung von Max.«

»Bei Sankt Pantaleon.« Sie sieht Warnholz in die Augen. »Zwei gute Freunde von Ihnen sind tot. Haben Sie keine Angst?«

»Sprechen wir über Sie, Judith, wie geht es Ihnen?«

Sie zögert. Sie will das Thema nicht wechseln, sondern weiterfragen. Aber sie will auch keine offizielle Vernehmung führen, noch nicht jedenfalls.

Judith trinkt einen Schluck Wasser. »Ich schlafe besser. Tagsüber geht es mir stundenlang gut und dann, plötzlich … Eine Tür schlägt zu. Ein Streichholz ratscht. Irgendetwas erschreckt mich und sofort bekomme ich Panik und bin wie-

der in diesem Haus. Ich kann das nicht kontrollieren ...« Sie
bricht ab.

»Derealisation.« Warnholz nickt. »Sie nehmen die Wirklichkeit nicht mehr so wahr, wie sie ist. Sie erleben das trauma-
tische Erlebnis wieder und wieder.«

»Ich will, dass es aufhört«, sagt Judith leise.

»Sie haben gesagt, dass Sie sich schuldig fühlen.«

»Ich habe getötet, ja. Einen Mord nicht verhindert. Damit
muss ich leben.«

»Und? Können Sie das?«

»Ich habe ja keine andere Wahl.«

»Sie könnten um Vergebung bitten.«

»Wen? Gott?«

Warnholz lächelt. »Das wäre eine Möglichkeit, ja.«

»Ich sage sorry – und Gott sagt, okay?«

»Die Voraussetzung für Vergebung ist ehrliche Reue.«

Reue. Ich bereue. Ein Bild steigt vor Judith auf, so präzise
und scharf, als hätte es jemand tatsächlich fotografiert. Ihr
sterbender Vater, mit weit aufgerissenen Augen. Blind vom
Schnee, der fällt und fällt. Hat er bereut, seine Frau und die
kleine Tochter in Deutschland gelassen zu haben? Hat er nach
ihnen gerufen, sich nach ihnen gesehnt?

Zum ersten Mal sieht sie auch den Abschied vor sich. Sieht
sich selbst, wie sie im Flur der Berliner Altbauwohnung vor
einem riesigen olivgrünem Militärrucksack aus grobem Leinen
steht. Der Sack macht ihr Angst, er war lange im Keller. Er
riecht muffig und fremd. Aber dann kommt ihr Vater, hebt sie
hoch und küsst sie. Und sie schlingt die Arme um ihn und gerade als sie sich traut, nach dem grünen Ungetüm zu blinzeln,
setzt ihr Vater sie schon wieder auf den Boden und schultert den
Rucksack. Er geht durch die Tür, ohne sie. Sie versucht, ihm
zu folgen, sie versucht es wirklich, das ist so wichtig, sie will
das so sehr. Aber sie ist noch zu klein, sie kann den Türknauf
nicht drehen. Und dann hört sie seine Schritte nicht mehr, sieht

ihn nicht, fühlt ihn nicht, nur der Geruch des Rucksacks hängt noch in der Luft …

»Judith? Wo sind Sie?«

Tränen, ihr Gesicht ist nass von Tränen, sie hat gar nicht bemerkt, dass sie weint.

»Sie wollten niemanden töten, Judith. Es ist wichtig, dass Sie sich selbst vergeben.«

Sie rupft Papiertaschentücher aus der Box, die der Polizeiseelsorger zu ihr herüberschiebt. Sie kann die Tränen nicht aufhalten, sie fließen und fließen, sie hat überhaupt nicht gewusst, dass sie so traurig ist. Blind vor Tränen. Blind vor Schnee. Aber das sind nur Bilder. Wunschbilder. Trugbilder. Bilder, die ihre Erinnerung ihr vorgaukelt. Sie weiß nicht, ob sie mit der Wirklichkeit übereinstimmen. Sie kann das nicht überprüfen. Jetzt nicht, später nicht.

»Ich muss mal zur Toilette.«

»Über den Flur, die letzte Tür rechts.«

Ihre Schritte hallen auf dem Fliesenboden. Ihre Augen brennen. Sie hat ein Gäste-WC erwartet, doch ganz offensichtlich steht sie in Hartmut Warnholz' privatem Badezimmer. Sie schließt die Tür ab und hält ihr Gesicht unter den Wasserhahn, bis sie die Kälte nicht mehr aushält. Ihre Augen sind trotzdem noch rot und verschwollen. Sie lässt das Wasser weiterlaufen, öffnet den linken Flügel des Badezimmerschranks, dann den rechten. Deo, Zahnpflegeutensilien, Rasiersachen, Nagelnecessaire, Pflaster, Handcreme, Kopfschmerztabletten. Nichts deutet auf die Anwesenheit einer Frau oder eines Kindes in diesem Haushalt hin. Auch nicht in dem anderen Wandschrank. Und auch das Shampoo und das Duschgel auf dem Rand der Badewanne sind Männermarken.

Okay, genug. Sie dreht den Wasserhahn zu. Öffnet die Tür. Hartmut Warnholz steht auf dem Flur, nicht direkt vor dem Bad, aber doch in der Nähe. Er weiß, warum ich hier bin. Er verbirgt etwas. Ihr Gefühl ist sehr klar, frei von jedem Zweifel.

Wieder schießen ihr Tränen in die Augen. Intuition. Instinkt. Ich dachte, ich hätte das verloren, aber so ist es nicht. So ist es ganz und gar nicht. Es ist alles noch da.

»Sind Sie jetzt bereit, zurückzugehen, Judith?«

Wortlos folgt sie ihm in sein Besprechungszimmer.

* * *

Ein Stromstoß von einem Elektroschocker kann 300 000 Volt in den Körper des Opfers jagen. Große Schmerzen, Kontrollverlust, Orientierungslosigkeit und minutenlange Lähmung sind die Folge. Durch den ungebremsten Sturz erleidet das Opfer meist zusätzliche Verletzungen: Brüche, Prellungen, Platzwunden. Die Schädelverletzung von Weiß sei so zu erklären, hat Ekaterina Petrowa gesagt. Doch der Stromschlag selbst ist schwer nachweisbar. Manchmal bleiben minimale Verbrennungen auf der Haut zurück oder eine leichte Rötung, manchmal zwei stecknadelförmige Punkte, an denen die Elektroden ihre Ladung verschossen. Und manchmal ist überhaupt nichts zu sehen.

Manni stellt sich exakt an die Stelle, an der vor einer Woche der Chirurg Jens Weiß zu Boden ging. Urlaub wäre jetzt schön. Sommertage am Meer, kühle Drinks und heiße Nächte. Nichtstun. Nichts denken. Nicht ermitteln müssen. Er angelt nach einem Fisherman's. Jens Weiß muss über den Fahrweg oder den Fußpfad zur Kirche gelaufen sein, nicht über die matschige Wiese, davon zeugen seine Schuhe, an deren Sohlen keinerlei Erdreste klebten. Von wo kam der Täter? Folgte er Weiß oder hat er ihn an Sankt Pantaleon erwartet? Und wenn ja, hat der Chirurg ihn gesehen oder traf ihn der Stromschlag wie aus dem Nichts?

Manni versucht sich die Lichtstimmung von der Tatnacht noch einmal zu vergegenwärtigen. Die Silhouetten der Kriminaltechniker auf der Kirchenfassade, den Park im Dunkel.

Schattenkämpfe. Auf dem Weg hierher hat er noch einmal in der Wohnung von Georg Röttgen haltgemacht. Wieder war er überzeugt, dass dort drinnen die Lösung liegt. Wieder hat er nicht kapiert, worin sie besteht. Konzentrier dich, Mann, komm schon. Er sieht sich um. Es war dunkel am Tatort, erst die Scheinwerfer der Kriminaltechniker hatten den Platz vor dem Seitenportal beleuchtet. Von wo kam der Täter? Langsam dreht Manni sich um die eigene Achse, betrachtet Pflaster, Wege, Gebüsch und das Gebäude des Pfarramts. Direkt daneben steht eine Straßenlaterne.

Sein Handy fiept. Sonja.

»Hast du Zeit, Fredo, können wir uns sehen?«

»Was ist los?«

»Nicht am Telefon.«

»Verdammt, Sonni, ich hab echt Stress und –«

»Ich muss mit dir reden. Es ist wichtig.«

»Ja, schon gut.«

»Sag nicht immer ›schon gut‹.«

»Schon –« Mist. »Ich melde mich gleich noch mal, ja?«

Er legt auf und starrt zu der Laterne hoch. Der Leuchtkörper sieht intakt aus, trotzdem könnte er schwören, dass die Lampe nicht funktioniert. Dieser Ort hier ist wichtig. Diese Laterne. Warum haben sie die nicht längst überprüft? Weil sie nicht kaputt aussieht, weil es sein kann, dass sie nachts zu einer bestimmten Zeit regulär abgeschaltet wird, weil sie einfach nicht darauf geachtet haben. Manni wählt die Nummer der Auskunft, lässt sich mit den Stadtwerken verbinden. Keine Chance. Es ist nach 17 Uhr. Was ist mit Sonja los, warum war sie so komisch? Nicht jetzt, Mann, später, mach erst hier fertig.

Dämmerlicht empfängt ihn, als er die Kirche betritt, die schwere Holztür schnappt hinter ihm ins Schloss, ein kalter Lufthauch streift über ihn.

»Gegrüßet seist du Maria voll der Gnade, der Herr ist mit dir, du bist gebenedeit unter den Frauen …«

Die Frauenstimme wirkt körperlos, wie die Durchsage in einem Warenhaus. Manni sieht sich um und entdeckt die Lautsprecher an den Säulen über dem Kirchenschiff. In den Bänken darunter knien ein paar vereinzelte, bußfertige Gemeindemitglieder, die das Rosenkranzgebet in den auf dem Tonband dafür vorgesehenen Pausen murmelnd wiederholen.

»... und gebenedeit ist die Frucht deines Leibes ...«

Gebenedeit. Früher im Religionsunterricht hatten sie spekuliert, was das wohl bedeuten möge, wenn Maria doch schwanger war.

Ein übermannshoher mehrarmiger Leuchter ragt aus einem massiven Steinquader hinter den Kirchenbänken. Der mordende Erzengel Michael mit seinem Schwert ist im Dunkel auf der Empore darüber nicht mehr als ein Schemen, das Licht im Kirchenschiff ist nach vorn gerichtet, auf den Jesus am Kreuz über dem Altar.

»... die Frucht deines Leibes, Jesus, der dich, o Maria, im Himmel gekrönt hat ...« Die Tonbandstimme wiederholt das Rosenkranzgebet ein weiteres Mal, die Gemeinde zieht nach. Immer noch ist kein Geistlicher zu sehen, doch ein rotes Lämpchen über einem der Beichtstühle zeigt an, dass dort drinnen gerade etwas passiert.

Manni lehnt sich an eine Säule. Aus dem Beichtstuhl dringt gedämpftes Flüstern zu ihm, doch die Worte sind nicht zu verstehen und nach etwa zwei Minuten schaltet das Licht auf Grün, die Tür des Beichtstuhls öffnet sich und ein gebücktes Mütterchen hinkt hurtig heraus.

Ich bereue, dass ich Böses getan und Gutes unterlassen habe. Die Worte von damals sind plötzlich da. Er wollte das nicht, hat sich nicht darum bemüht. Er duckt sich in den Beichtstuhl, zieht die Tür hinter sich zu. Es riecht nach alter Frau und Staub und Tränen und ist zu eng hier drin und zu warm.

Sein Vater ist nie zur Beichte gegangen, und nur an den Feiertagen zur Messe. Pass auf und erzähl mir auf dem Heimweg, was der Priester gesagt hat, hieß es jeden Sonntag, wenn er mit Manni das Haus verließ, seinen Sohn in die Kirche scheuchte und selbst in die Kneipe zum Frühschoppen verschwand. Und wenn Manni später nicht anständig referieren konnte, was in der Kirche passiert war, setzte es Kopfnüsse, immer ins Haar, damit die Mutter die blauen Flecken nicht sah. Die Mutter, die immer nur zur Abendandacht gehen durfte, weil sie ja sonntags das Essen kochen musste, das der Vater um Punkt zwölf auf dem Tisch erwartete.

»Gott, der unser Herz erleuchtet, schenke dir wahre Erkenntnis deiner Sünden und seiner Barmherzigkeit.« Die Stimme von Priester Bernhard Dix dringt durch die Gitterwand.

Manni presst den Hinterkopf an die Holzwand des Beichtstuhls. Wenn Gott diesen Vater mitsamt seines LKW damals aus dem Verkehr gezogen hätte, das wäre tatsächlich ein Zeichen der Liebe gewesen. Ein Beweis für die göttliche Barmherzigkeit, auf die auch Kollege Meuser so steht. Doch darum geht es jetzt nicht. Und auch nicht um seine Kindergebete und die Schuldgefühle, die unweigerlich mit ihnen verbunden waren, denn die sind Vergangenheit. Vorbei und vergangen wie die schmerzenden Beulen, die die Knöchel seines Vaters auf Mannis Kopf hinterließen und die unterdrückten Schreie seiner Mutter, nachts, hinter der Schlafzimmertür und – am schlimmsten – das wimmernde Schluchzen beider Eltern, wenn es wieder einmal vorüber war. Ich wollte das nicht, nie wieder kommt es vor, glaub mir, nie wieder, vergib mir, verzeih mir, verlass mich nicht.

Manni schluckt das Fisherman's hinunter. Es brennt in seiner Kehle, dann in seinem Magen.

»Korzilius, Kriminalpolizei. Was können Sie mir über die Laterne auf dem Kirchenvorplatz sagen?«

Schweigen von jenseits des Gitters. Ein scharfer Atemzug. Aber vielleicht bildet er sich das auch nur ein.

»Die Laterne ist schon seit einiger Zeit defekt.«

»Wie lange genau?«

»Etwa zwei Wochen. Wir haben das wiederholt bei der Stadt gemeldet …«

»Danke.« Manni stößt die Tür auf, hastet nach draußen, lehnt sich neben der Außentreppe an die Kirchenfassade.

Es wird langsam dämmrig, auf der Straße und auf dem Kirchenparkplatz springen die Laternen an. Aber nicht die am Seitenportal, die bleibt als Einzige dunkel. Hat der Täter das gewusst oder war es ihm egal? Hat er die Laterne manipuliert? Manni versucht sich den Täter vorzustellen, versucht diesen Ort mit dessen Augen zu sehen. Er ist feige, denkt er, und wahrscheinlich ist er auch nicht besonders stark. Doch sein Opfer soll keine Chance haben, er will keinen Kampf mit ihm riskieren. Deshalb die Maske und deshalb der Strom. Er will seinem Opfer Angst einflößen, aber er will kein Gemetzel, er will die Kontrolle. Er hat seine Tat geplant und will sie genau so inszenieren.

Manni starrt die Laterne an. *Mushin.* Der Nichtgeist. Die hohe Kunst des Zen und Ziel aller Meditationen im Karate. *Mushin* ist der Bewusstseinszustand der vollkommenen Absichtslosigkeit. Wer *Mushin* erreicht, kann jeden Gegner bezwingen, denn er hat den eigenen Willen überwunden und kann die Dinge stattdessen ihrem Wesen nach geschehen lassen. Wer *Mushin* erreicht, kann jeden noch so kleinen Fehler des Gegners, jede Chance für Angriff und Verteidigung, so wie sie sich ergibt, ohne Zögern erkennen und nutzen. Es erscheint abstrakt, kaum nachzuvollziehen, wie so vieles in der Karatephilosophie. Man braucht Jahre und Jahrzehnte des Trainings dafür und lernt es vielleicht nie.

Er fischt seinen Autoschlüssel aus der Hosentasche, läuft zum Wagen und erreicht Sonjas Wohnung in nur fünf Minuten. Wieder fühlt er dieses Grummeln im Magen. Etwas kommt auf ihn zu. Der Täter wird wieder zuschlagen. Bald. Manni drängt diese ungute Ahnung beiseite, klingelt an Sonjas Tür.

»Fredo, hey, das ging schnell!« Sie zieht ihn in ihre Küche, wo es nach einer ihrer asiatischen Suppen duftet, die sie in jeder Lebenslage kocht. »*Tom Kha Gai*, eine thailändische Hühnersuppe mit Gemüse und Kokosmilch«, erklärt sie und macht sich am Herd zu schaffen. »Willst du was?«

»Unbedingt.« Er wäscht sich die Hände über der Spüle und setzt sich an den Tisch.

Inzwischen sind diese Zusammenkünfte in Sonjas Küche schon eine Gewohnheit geworden, nein, wichtiger, besser. Er kann das nicht näher beschreiben, aber es fühlt sich richtig an, hier mit ihr zu sitzen, zu essen, zu reden, zu trinken. Vielleicht hat er sich vorhin am Telefon geirrt, und es gibt gar kein Problem, vielleicht wollte sie ihn nur einfach mal wieder sehen. Er streckt die Beine aus. Ich will das nicht mehr missen, gesteht er sich ein. Ich will sie nicht mehr missen.

»Achtung, scharf.« Sonja platziert zwei gefüllte Teller auf den Tisch und setzt sich ihm gegenüber. Ohne ihn zu berühren und ohne ihn anzufassen.

Wieder grummelt sein Magen. Er versucht ihren Blick einzufangen, aber sie starrt auf ihren Teller, streicht sich eine rotblonde Haarsträhne hinters Ohr und beginnt dann stumm ihre Suppe zu essen.

»Was ist los, Sonni, worüber müssen wir reden?«

Langsam, sehr langsam, lässt sie ihren Löffel sinken. Immer noch guckt sie ihn nicht an, aber sie sieht plötzlich unglaublich jung aus, wie ein kleines Mädchen, das tapfer versucht, gegen die Tränen anzukämpfen, obwohl gerade sein Lieblingsspielzeug kaputtgegangen ist. Und dann, als er gerade schon denkt, sie schafft es nicht, sie wird nicht antworten, sondern heulen, hebt sie den Kopf, begegnet seinem Blick und sieht überhaupt nicht mehr kindlich aus.

»Ich krieg meine Tage nicht«, sagt sie.

*   *   *

Lars hat sie ausgelacht, einfach ausgelacht, als sie ihn vor seinem Studio zur Rede stellte. Zuerst ist Bat noch ganz ruhig geblieben, zum Schluss hat sie geschrien. Schließlich weiß sie ganz genau, wie es in seinem Studio abgeht, Jana hatte ihr das ja alles erzählt. Und je länger Bat darüber nachdenkt, desto mehr Details fallen ihr ein. Geh da nicht mehr hin, hatte sie Jana beschworen. Und zum Schluss hatte Jana tatsächlich aufgehört, von Lars zu schwärmen. Immer blasser und stiller ist sie geworden, aber sie wollte nicht drüber reden und Bat hatte sie in Ruhe gelassen, weil sie nicht schon wieder mit Jana streiten wollte und weil sie sicher war, dass diese Phase nun schnell vorbeigehen würde, genau wie die ganze Geschichte mit Lars. Du hast Jana ausgenutzt, du hast sie begrapscht und betatscht und weil sie das nicht wollte, hast du sie vor den Zug gestoßen, hat sie Lars ins Gesicht gebrüllt. Aber der Typ ist aalglatt. Komm, hau ab, Kleine, du hast ja 'n Knall, hat er gesagt und in seinem Kofferraum rumgewühlt.

Bat zerrt den Staubsauger über den Flur der Telefonseelsorge zur Abstellkammer und befördert ihn mit einem gezielten Fußtritt an seinen Platz unter dem Regal. Und dann, was war dann? Wie ist das mit Lars an dem Abend dann weitergegangen? Sie kriegt das nicht mehr zusammen, kann sich nicht erinnern. Ihr Kopf funktioniert nicht mehr, alles, was sie noch weiß, ist, dass ihr auf einmal hundeübel war, dass sie zu Hause war und dass ihre Mutter sich um sie gekümmert hat. Dabei hatte sie gar nicht getrunken, bevor ihr so schlecht wurde, sie hatte sich wirklich nicht besoffen, sie könnte schwören, dass das stimmt. Wieso kann sie sich dann nicht richtig erinnern? Und wieso weiß sie nicht mal mehr, wie und wann und warum sie heimgekommen ist, und warum war sie überhaupt zu Hause und nicht bei Fabian?

Egal. Es bringt nichts, darüber noch länger nachzudenken. Sie geht ins WC, füllt frisches Wasser in einen Eimer und gibt reichlich Putzmittel dazu, damit auch morgen früh alle in der

Telefonseelsorge riechen können, wie fleißig sie war. Jetzt muss sie noch die Teeküche wischen und dann hat sie es für heute geschafft, dann kann sie ihren Plan umsetzen, für den sie vorhin bereits die Digitalkamera ihrer Mutter eingesteckt hat, die die sowieso fast nie benutzt. Es kann eigentlich überhaupt nichts schiefgehen, sie hat alles genau durchdacht, und Jana hätte bestimmt auch dasselbe für sie getan, trotzdem hat sie nun, da es fast so weit ist, ein bisschen Schiss.

Bat schleppt den Eimer in die Küche, nascht die letzten Kekse aus der Schale auf dem Tisch und verfrachtet ein paar benutzte Tassen und Gläser in die Spülmaschine. Zum Glück ist Röttgen nicht mehr hier, der ihr ständig hinterherspionierte und nie zufrieden war, egal, wie viel Mühe sie sich gab. Sie schleicht zum Flur, vergewissert sich, dass der Mitarbeiter, der heute Nachtdienst hat, auch wirklich am Beratungstelefon sitzt, bevor sie sich ein paar Euromünzen Trinkgeld aus der Kaffeekasse mopst und den Wischmopp in den Eimer taucht.

Nach nur fünf Minuten ist sie schon fertig. Sie räumt die Putzsachen weg, geht aufs Klo und betrachtet sich im Spiegel. Für ihren Plan ist es natürlich vollkommen egal, wie sie aussieht, denn Lars wird sie diesmal gar nicht zu Gesicht kriegen. Aber sie fühlt sich gut mit dem Lacklederrock und dem geschnürten Samtoberteil, bei dessen Anblick ihre Mutter immer Zustände kriegt, sie fühlt sich stark, und Fabi, bei dem sie auf dem Weg in die Telefonseelsorge noch kurz vorbeischaute, hat sogar durch die Zähne gepfiffen. Bat schwärzt sich die Lippen nach. Sie hat sich bei Fabi über den Kommissar ausgeweint, der sie am Morgen auf dem Friedhof genervt hat. Haarklein hat sie Fabi alles über die Fragerei nach Priester Röttgen und Jana erzählt und natürlich auch von dem scheißpseudofreundlichen Gesülze von Warnholz. Beinahe hätte sie sich verplappert und Fabi auch noch in ihren Plan eingeweiht, erst im allerletzten Moment hat sie sich beherrscht.

Bat wirft noch einen letzten prüfenden Blick in den Spiegel.

Wenn sie die Kohle zusammenhat, wird sie sich ein Tattoo am Hals oder im Dekolleté stechen lassen. Eine Fledermaus mit weit ausgebreiteten Flügeln, auch wenn ihre Mutter vor Entsetzen darüber in Ohnmacht kippen wird. Aber das ist Zukunftsmusik, jetzt geht es darum, Janas Mörder zu überführen. Sie öffnet die WC-Türe und prallt beinahe mit Hartmut Warnholz zusammen. Mist, verdammter. Sie hatte gedacht, der wäre schon längst gegangen, doch stattdessen hat er offenbar auf sie gewartet.

»Beatrice, hallo, danke fürs Saubermachen.«

Er gibt ihr die 20 Euro fürs Putzen, versucht sie in ein Gespräch zu verwickeln. Wie es ihr denn ginge, ob sie nicht doch mal in Ruhe mit ihm reden wolle, es gäbe auch Jugendgruppen für junge Menschen mit Drogen- und Alkoholproblemen, ihre Mutter mache sich solche Sorgen und ob Bat sich darüber bewusst sei, dass eine Falschaussage bei der Polizei eine Straftat sei, denn Georg Röttgen sei zwar ein strenger Chef gewesen, aber sicherlich habe er Bat doch niemals unsittlich berührt. Blablabla. Alle reden an ihr rum. Sie hat es so satt. Sie drängt sich zur Garderobe und zieht ihren Ledermantel über. Kamera, Messer und Tränengasspray sind noch da, das ist gut.

»Beatrice, hallo, redest du nicht mehr mit mir?«

Sie legt den Kopf schief und sieht den Seelsorger an.

»Ich könnte der Polizei ja mal erzählen, dass Sie hinter meiner Mutter her sind.«

»Beatrice, nein, das siehst du völlig falsch, Ruth und ich ...«

»Und dass ich Sie nachts bei der Pantaleon-Kirche gesehen hab.«

Das macht ihn sprachlos. Das gibt ihr die Chance, ohne eine Fortsetzung seiner Predigt zu verschwinden. Sie rennt die Treppen hinunter, hört ihn hinter sich herrufen. Aber das ist nicht ihr Problem, sie wird schließlich fürs Putzen und nicht fürs Quatschen bezahlt und bloß weil der heilige Hartmut geil auf ihre Mutter ist, gibt ihm das noch längst nicht das Recht, sich wie ein Ersatzpapa aufzuführen.

Unten auf der Straße klemmt sie sich eine halb gerauchte Kippe zwischen die Lippen, zündet sie an und läuft Richtung Friesenplatz. Zwei-, dreimal schaut sie noch über ihre Schulter, ob Warnholz ihr folgt, aber bald ist ihr Vorsprung sowieso zu groß und am Friesenplatz erwischt sie direkt eine U-Bahn. Vielleicht sollte sie der Polizei wirklich von Warnholz und ihrer Mutter erzählen, oder zumindest von ihren Beobachtungen an Sankt Pantaleon, aber irgendwie bringt sie das nicht, denn auch wenn ihre Mutter oft nervt, ist sie doch ihre Mutter und gestern, als es ihr so dreckig ging, hat sie Bats Hand gehalten und überhaupt nicht gemeckert, zumindest glaubt Bat sich daran zu erinnern, dass es so war.

In Ehrenfeld steigt sie aus und läuft die letzte Strecke zu Lars' Studio zu Fuß. Seine Fenster sind erleuchtet und sein BMW parkt unten im Hof, gut. Sie mustert das verlassene Gebäude, das sich wie ein dunkler, klobiger Schatten gegenüber dem Studiotrakt erhebt und fügt Lars' Protzkarre ein paar ordentliche Kratzer zu. Sie muss in das Abbruchhaus rein, das ist der schwerste Teil ihres Plans. Auf einmal schlägt ihr das Herz bis zum Hals, doch zugleich wird etwas in ihr ganz kalt. Lars hat sie ausgelacht, er hat sie nicht für voll genommen. Aber er hat sich getäuscht, das wird sie ihm beweisen.

Bat geht zum ersten Fenster des Abbruchhauses, rüttelt daran, tastet sich dann an der Backsteinwand weiter. Vielleicht kommt sie gar nicht rein oder es sind besoffene Penner da drinnen, die sie gleich wieder verjagen. Sie stolpert über etwas, es scheppert höllisch. Kommt da jemand, hört sie da Schritte? Nein. Alles bleibt still. Das nächste Fenster, das sie findet, ist ebenfalls fest verschlossen, eine Tür ist mit Stahlplatten gesichert, aber im nächsten Fenster klemmt nur ein loses Brett, das sie zur Seite drücken kann. Sie stemmt sich hoch, springt drinnen auf den Boden und umklammert ihr Reizgasspray. Ihr Herz rast noch schneller, doch sie ist wohl allein hier drin. Kein Laut ist zu hören.

Vorsichtig tastet sie sich weiter vor. Im Nebenraum riecht es nach Pisse und Kacke und Müll, zwei Zimmer weiter erkennt sie Plastiktüten und die Umrisse eines Matratzenlagers. Aber sie sind verwaist und am Ende des Flurs ist eine Treppe, genau wie sie es gehofft hat. Stufe um Stufe schleicht Bat nach oben, bis sie im zweiten Stock endlich in einem Zimmer steht, von dem sie tatsächlich genau in Lars' Studio gucken kann.

Es zieht hier oben, denn jemand hat die Fensterscheiben zerschlagen. Doch das ist ihr egal, weil das, was dort gegenüber passiert, sie sofort in den Bann zieht. Lars fläzt auf einem Sofa und vor ihm auf einem Hocker sitzt ein Mädchen mit einer Gitarre und singt. Genau so hat Jana ihr das beschrieben. Aber dieses Mädchen ist nicht Jana, dieses Mädchen ist irgendeine fremde, gelackte Tussi mit superkurzem Rock und affigen blonden Locken, und wahrscheinlich kann sie längst nicht so schön singen wie Jana und das scheint Lars auch zu finden, denn er hebt die Hand und sagt was und das Mädel auf dem Hocker hört auf zu singen und guckt, als ob sie gleich losheult. Erst schüttelt Lars den Kopf, aber dann zieht er die Blonde auf seinen Schoß und fummelt an ihr rum, das blöde Schwein, genau so hat er es bestimmt auch mit Jana gemacht. Die Kamera, verdammt, genau das wollte sie doch fotografieren! Hastig holt Bat sie aus ihrer Manteltasche, zoomt die beiden ran, so gut es geht, und drückt auf den Auslöser.

Der Blitz flackert auf, grell, viel zu grell. Bat duckt sich vom Fenster weg und presst sich an die Wand. Sie wagt kaum, zu atmen, sie wagt nicht einmal zu blinzeln. Scheiße, verdammte, an den Blitz hat sie nicht gedacht. Erst nach einer halben Ewigkeit traut sie sich ganz vorsichtig, wieder durch die kaputte Scheibe zu spähen. Das Mädel ist jetzt allein, eine Tür neben dem Sofa steht auf. Das Mädel scheint etwas zu rufen, dann setzt sie sich wieder auf den Hocker, streicht sich die Locken aus dem Gesicht und greift nach der Gitarre.

Der Schmerz kommt so schnell, dass Bat gar nichts kapiert. Wie eine Stichflamme jagt er durch ihren Körper und lässt sie fallen, fallen, fallen. Sie will sich herumdrehen, sie will sehen, woher dieser Schmerz kommt, dieses irrsinnige Brennen, aber sie hat keine Chance, sie kann sich nicht mehr bewegen und alles wird schwarz.

*   *   *

Sie erwacht mit einem Ruck, ihr Herz pumpt in harten Stößen, ihr T-Shirt ist nass geschwitzt. Ein Mord ist geschehen, ein weiterer Mord oder hat sie das nur geträumt? Es ist 23.14 Uhr. Nach dem *Debriefing* war sie so erschöpft, dass sie einfach ins Bett gekrochen ist und sechs Stunden lang wie ein Stein geschlafen hat. Judith stolpert ins Bad, schöpft sich kaltes Wasser ins Gesicht und trinkt einige Schlucke in durstigen Zügen.

Was war das Allerschlimmste für Sie, Judith, hat Hartmut Warnholz gefragt. Was war das wirklich Furchtbarste in diesem Haus, das, was Sie glauben, nicht aushalten zu können? – Als ich begriff, dass die Zeugin tot war, die ich doch eigentlich schützen sollte, hat sie zunächst gesagt. Aber der Polizeiseelsorger wollte tiefer vordringen, er wollte ganz genau wissen, was sie wann gefühlt hatte, und dann ist der Schutzwall, den sie in den letzten Wochen so mühsam versucht hat zu errichten, zerbrochen. Dann war sie noch einmal in diesem unerträglich winzigen, gekachelten Raum gefangen, blutend, benommen, mit gebrochenen Knochen. Und sie roch das Benzin, das der Mörder ausschüttete, und das panische Entsetzen darüber, dass sie gleich bei lebendigem Leibe verbrennen würde, überlagerte noch einmal jedes andere Gefühl.

Aber sie ist nicht verbrannt und sie selbst hat das verhindert, jedenfalls zum Teil. Auch das hat Hartmut Warnholz sie fühlen lassen. Sie ist nicht vollkommen hilflos gewesen. Sie hat überlebt.

STAYING ALIVE. Sie nickt ihrem Spiegelbild zu, geht ins Wohnzimmer und dreht sich eine Zigarette. Weder auf ihrem Handy noch auf dem Festnetztelefon ist eine Nachricht eingegangen. Sie zündet die Zigarette an und wählt die Nummer der Polizeileitstelle. Nein, sagt der Beamte am anderen Ende der Leitung, nichts ist geschehen, kein weiterer Mord und auch nichts anderes, was für die Soko Priester von Interesse ist.

23.21 Uhr. An Schlaf ist nicht mehr zu denken. Judith geht zum Fenster, starrt hinaus. Drei Männer treffen sich einmal pro Woche, um gemeinsam Musik zu machen. Die Männer sind Priester. Einer stirbt an einem Herzinfarkt. Der zweite wird ein halbes Jahr später ermordet. Er und ein Arzt. Doch der dritte Mann schweigt. Warum, denkt Judith. Warum ist ihm sein Schweigen wichtiger als die Aufklärung des Mordes an einem Freund? Was ist so schrecklich, dass es niemand erfahren soll?

Auf dem Couchtisch liegt noch die Tarotkarte, die sie vor dem Termin mit dem Polizeiseelsorger gezogen hatte: Die Prinzessin der Scheiben. Die schwangere Frau. Der Buddha ihres Vaters sitzt daneben und lächelt. Judith drückt ihre Zigarette aus, zieht sich ein frisches T-Shirt an, Jeans, Socken, ein Kapuzensweatshirt und die neuen Stiefel. Die Walther wiegt schwer in ihrer Hand, schwerer, als sie es in Erinnerung hat, und mit links hat sie keinerlei Kraft, die Waffe zu stabilisieren. Trotzdem nimmt Judith auch das Holster aus der Nachttischschublade, legt seine Riemen um Hüfte und Schulter und schiebt die geladene Pistole hinein.

Aus Karl Hofers Wohnung dringt heute keine Musik. Unten auf der Straße ist kaum etwas los, nur ein paar Nachtschwärmer hasten an Judith vorbei. Sie läuft am Volksgarten entlang, biegt dann nach rechts in die Eifelstraße, in Richtung Sankt Pantaleon. Die Luft ist kühl und feucht und riecht nach Erde.

Ein weiterer Mord – vielleicht hat sie das nur geträumt. Doch ihre Unruhe ist kein Traum, sie ist real, treibt sie voran.

Kein Blaulicht, kein Polizeiauto, nichts, was in irgendeiner Weise auffällig wäre, ist vor der Kirche zu sehen. Wieso glaubt sie trotzdem, dass sich an diesem Ort der Schlüssel zur Lösung verbirgt? Judith tritt durch das Steintor, betrachtet die Silhouette der Kirche, die Bäume und Büsche. Nichts regt sich, alles ist still. Die Panik lauert, bereit sie anzuspringen. Etwas ist hier. Ich kann es spüren.

Der Fußweg zur Kirche ist ein schwarzes Band. Jens Weiß ist hier gegangen. Erwin Bloch. Georg Röttgen und Hartmut Warnholz mit Sicherheit auch. 23.57 Uhr, kurz vor Mitternacht. Judith umfasst ihre Walther und zwingt sich weiter. Jeder ihrer Schritte scheint überlaut nachzuhallen. Es gibt keine Sicherheit, hat sie zu Hartmut Warnholz gesagt. Das Leben ist unberechenbar. Aber das war nicht die ganze Wahrheit, weil es tief in ihr drin etwas gibt, das verletzt ist, verletzlich, doch nicht vollständig zerstört. Weil sie sich darauf verlassen kann, solange sie lebt.

Noch ein Schritt. Und noch ein Schritt. Stehen bleiben. Sichern. Umdrehen. Sichern. Weiter. Nach einer kleinen Ewigkeit erreicht sie den Kirchenvorplatz, duckt sich hinter einen Busch, dann neben einen Baum.

Jetzt kann sie es sehen. Ihr Instinkt war richtig. Sie ist nicht allein. Jemand ist dort am Kirchenportal.

Die Walther zittert in ihrer Hand, der Schmerz in der Linken schießt Blitze, als sie nach ihrem Handy tastet. Endlich, da ist es, doch sie kann es nicht halten, es rutscht ihr durch die Finger, fällt, schlägt auf. Verdammt. Verdammt. Auch die Gestalt in dem dunklen Mantel hat es gehört. Sieht zu Judith herüber, richtet sich auf.

»Polizei! Keine Bewegung!«

»Bitte, ich …« Die Gestalt friert ein, etwas gleitet aus ihrer Hand. Lautlos. Hell.

»Mein Mann ... ich bin ... ich wollte nur ...«

Nora Weiß. Die Frau des Chirurgen. Kein Mörder. Kein weiterer Mord und kein weiteres Opfer. Nur eine trauernde Frau und ein Strauß weißer Rosen, der auf den Stufen der Kirche liegt.

Langsam lässt Judith die Waffe sinken. Sie müsste erleichtert sein, doch falls das so ist, kann sie es nicht spüren.

Dienstag, 28. Februar

Nebel, nasskalt und schwer, verschluckt das hereinbrechende Tageslicht. Manni rennt los. Er rennt schnell, hart am Limit. Die kalte Luft beißt in seinen Lungen, seine Beinmuskeln brennen, doch das ist ihm egal, Adrenalin treibt ihn an. Den Rest des gestrigen Abends hat er in der Sporthalle seines Karatevereins verbracht. Erst im Training, dann bei einer Extraschicht für sich allein, so lange, bis sie ihn rausgeschmissen haben und er ohnehin völlig ausgepumpt war. Aber es hat nichts geholfen und auch jetzt hört er immer noch Sonjas Worte, bei jedem Schritt, so schnell er auch rennt. Ich krieg meine Tagenicht-Tagenicht-Tagenicht. Er kehrt um, joggt nach Hause, duscht, zieht sich an. Sie hat nicht versucht, ihn zurückzuhalten, als er bald nach ihrer Eröffnung gegangen ist. Sie hat ihn einfach nur angesehen und sich von ihm umarmen lassen. Tschüs, Sonni, hat er gesagt, ich muss los, ich melde mich.

Auf der Fahrt ins Präsidium wird der Nebel zu Regen. Sein Handy bleibt still, wie schon in der Nacht. An einer Ampel liest er die Überschriften der Boulevardpresse in den Verkaufsautomaten: ›Kölns Priester in Angst!‹ ›Polizei hat noch immer keine Spur‹. Das KK 11 wirkt wie ausgestorben, er sucht Judith Krieger und findet sie in ihrem Minibüro, tief über die Kopie eines Stadtplans gebeugt, in dessen Zentrum er Sankt Pantaleon erkennt. Sie nickt ihm zu, malt einen roten Kringel um die Kirche, dann einen weiteren um den zweiten Tatort, die Kirche des Priesterseminars, die nördlich der Shoppingzonen der Innenstadt liegt. Ihr linkes Handgelenk ist bandagiert und sie trägt ziemlich schicke Klamotten, doch davon abgesehen, wirkt sie fast wie in alten Zeiten. Ein bisschen zu blass und ein bisschen zu stur – ein untrügliches Zeichen, dass sie sich auf etwas eingeschossen hat und ihre Spur verfolgen wird, selbst wenn sie sich damit Feinde macht.

»Priesterkinder«, sagt sie. »Niemand weiß, wie viele es in Deutschland gibt. 800? 2000? Aber es gibt mehrere Betroffeneninitiativen und Umfragen, hier wie in anderen Ländern. Demnach dürften etwa die Hälfte der etwa 17 000 katholischen Geistlichen trotz der Verpflichtung zum Zölibat sexuelle Beziehungen unterhalten.«

»Das glaub ich sofort, aber Röttgen war sterilisiert«, sagt Manni und lehnt sich an die Tür.

»Willst du Kinder?« Die Krieger legt den Kopf schief und mustert ihn.

»Kinder?« Ganz schlechte Frage, ganz schlecht getimt. »Nein.«

»Hast du dich deshalb sterilisieren lassen?«

»Nein. Hör mal, Judith, was soll das …«

»Du willst keine Kinder, aber du willst theoretisch schon zeugungsfähig sein, denn vielleicht überlegst du es dir ja irgendwann anders.«

Sie grinst. Wischt sich eine ihrer drahtigen Locken aus dem Gesicht.

»Damit bestätigst du jede Statistik. Fast jeder Mann, der sich sterilisieren lässt, hat zuvor schon ein Kind gezeugt, meist sogar mehrere. Die OP ist die Notbremse, könnte man sagen.«

Notbremse, ja. Ein gutes Wort. Sonja nimmt die Pille nicht. Sie hatten es mit Kondom gemacht. Meistens. Fast immer.

»Du glaubst also, Röttgen hat ein Kind gezeugt«, sagt er lahm.

Die Krieger nickt. »Es gibt dieses Kind und es hat eine Mutter. Die müssen wir finden. Dann kommen wir weiter.«

»Der Täter ist laut DNA-Analyse männlich.«

»Die Mutter ist trotzdem wichtig.«

»Und wer ist der Täter?«

»Jemand, der ihr nahesteht. Oder aber jemand, der sich durch Röttgens Vaterschaft bedroht fühlte.«

»Du meinst, Röttgen wollte aussteigen, die Kirche diskreditieren? Seine Versetzung in die Telefonseelsorge war nur der erste Schritt, ihn davon abzuhalten?«

»Ich weiß es nicht.« Die Krieger schielt nach ihrem Tabak, der an gewohnter Stelle neben ihrem Handy liegt. »Die katholische Kirche hat kein Interesse daran, die Fehltritte ihrer Priester zu veröffentlichen. Manchmal zahlen sie diesen heimlichen, ungewollten Kindern wohl Alimente. Manchmal tun das auch die Priester aus eigener Tasche. Doch immer ist die Voraussetzung dafür, dass sich die Frauen zum Schweigen verpflichten.«

Schweigen. Vertuschen. Ignorieren. Es darf nicht geben, was es nicht geben soll. Er kennt das, er hasst das, er traut jedem Priester durchaus einiges zu – doch Mord?

»Die wenigen Priester, die sich in der Vergangenheit offen zu ihrer Vaterschaft bekannt hatten, haben alles verloren: Sie wurden aus der Kirche ausgeschlossen, sie verloren also sowohl ihre Glaubensgemeinschaft als auch ihre berufliche Existenz«, sagt die Krieger.

VaterMutterKind. Es ist heiß hier, stickig. Manni zieht seine Jacke aus und stellt ein Fenster auf Kipp.

»Was ist mit dieser Botschaft, Mörder?«, fragt er. »Und was ist mit Weiß?«

Judith Krieger seufzt. »Wir wissen so vieles noch nicht: Wo und wann ließ sich Röttgen sterilisieren? Wo sind sein Adressbuch und sein Handy? Warum hat der Täter vor der Tat bei ihm, aber nicht bei Weiß angerufen? Plant dieser Täter noch weitere Morde? Und, und, und.«

Sie runzelt die Stirn, wendet sich wieder dem Stadtplan zu, malt weitere Kringel, während sie spricht. »Hier unterhalb des Priesterseminars ist die Telefonseelsorge. Hier, gleich um die

Ecke davon, ist Röttgens Wohnung und dort, quasi direkt auf dem Weg zwischen Sankt Pantaleon und dem Priesterseminar, wohnt Ruth Sollner mit ihrer Tochter.«

»Die Sollner wohnt zwischen den beiden Tatorten, ja. Und?« In Ermangelung irgendeines freien Stuhls oder einer Garderobe wirft Manni seine Jacke auf ein Regal.

»Hier bei der Kirche Sankt Severin liegt die Dienstwohnung von Hartmut Warnholz.« Die Krieger wechselt den Stift und markiert eine Linie von Warnholz' Wohnung zur Telefonseelsorge. »Sein Fußweg zur Telefonseelsorge führt ihn ohne nennenswerten Umweg an beiden Tatorten und an der Wohnung Ruth Sollners vorbei, und«, sie tippt auf Sankt Pantaleon, »genau hier haben sich Warnholz, Röttgen und der im letzten Sommer verstorbene Priester Braunmüller immer getroffen. Jeden Dienstagabend, um genau zu sein. Sie haben dort zusammen musiziert.«

Manni starrt sie an. »Woher weißt du das?«

»Warnholz hat es mir gesagt.«

»Du hast ihn vernommen?«

»Nicht wirklich, eher inoffiziell.«

»Weiß Kühn das?«

Sie schüttelt den Kopf, unwillig, wie eine Katze, die man falsch berührt. »Nach Braunmüllers Tod haben sich Warnholz und Röttgen dann bei Warnholz getroffen. Warnholz sagt auch, Röttgen habe Sankt Pantaleon geliebt.«

»Wenn er nach den Abenden bei Warnholz heimging, kann er dort noch vorbeigeschaut haben«, folgert Manni.

»Ja, jede Woche, aber nicht an dem Abend, an dem Weiß dort ermordet wurde.« Die Krieger legt den Stift beiseite und massiert ihr bandagiertes Handgelenk. »An diesem Dienstag hatten sie nämlich beschlossen, sich nicht zu treffen.«

»Weil Karneval war.«

»Ja.«

»Die Laterne vor Sankt Pantaleon hat nicht funktioniert«,

sagt Manni langsam. »Ein Defekt in der Leitung, sagen die Techniker von den Stadtwerken.«

»Es war also dunkel dort«, die Krieger starrt aus dem Fenster. »Dunkler als sonst ...«

Weiter kommt sie nicht, denn die Tür fliegt auf und Kühn stürmt herein, Ralf Meuser im Schlepptau, der auffallend rote Backen hat.

»Hier bist du, Korzilius, du fährst jetzt sofort mit Meuser los, es gibt eine neue Spur«, kläfft der Leiter der Soko Priester. »Und du, Krieger, kommst mit mir. Du hast Besuch aus Düsseldorf.«

* * *

Bestimmt ist Bea in dieser Nacht noch heimgekommen. Bestimmt hat sie dann so tief geschlafen, dass sie das Telefon nicht hörte. Oder sie hat bei Fabian übernachtet und jetzt, am Morgen, arbeitet sie schon wieder in der Friedhofsgärtnerei und ihr Handy ist ausgeschaltet oder sie hat es mal wieder vergessen oder sie geht einfach nicht ran, weil sie keine Lust auf ein Gespräch mit ihrer lästigen, überbesorgten Mutter verspürt. Während sie eine weitere Nachtschicht in der Telefonseelsorge durchstand, hat Ruth sich mit diesen Gedankenspielen beruhigt. Und auch jetzt, nachdem sie ihre Sachen zusammengepackt hat, um ihrer Kollegin Gerti Platz zu machen, betet sie sich mit stummer Inbrunst all diese vollkommen plausiblen, vollkommen harmlosen Begründungen vor, warum ihre Tochter nicht zu erreichen ist. Bea ist nichts passiert. Alles ist wie immer. Bestimmt, ganz bestimmt.

Die Nacht war ruhig, ohne besondere Vorkommnisse. Kein weiterer stummer Anruf ist bei der Telefonseelsorge eingegangen, beinahe unwirklich kommt Ruth ihre gestrige Panik nun vor. Sie stellt ihre Tasse in die Spülmaschine und wäscht sich die Hände über dem blitzblanken Becken. Bea hat gestern Abend hier geputzt, hat Hartmut Warnholz ihr berichtet, und ganz offensichtlich hat ihre Tochter sich wirklich Mühe gegeben – warum also nagt diese Panik an ihr?

Um kurz nach Mitternacht war der Anruf gekommen. Kannst du kommen, Ruth, kannst du mich ablösen, bitte, hatte ihr Kollege Bernd gefragt. Ich habe mir offenbar einen Magen-Darm-Virus eingefangen und die anderen erreiche ich nicht … Natürlich hatte Ruth nicht nein gesagt, natürlich war sie gleich losgelaufen. Eigentlich ist es ja nicht erlaubt, zweimal hintereinander die Nacht durchzuarbeiten, aber einige Mitarbeiterinnen haben sich krankgemeldet, andere weigern sich, nachts zu arbeiten, solange der Priestermörder frei herumläuft. Auch sie hatte Angst, natürlich, ja, aber Hartmut Warnholz soll wissen, dass er sich auf sie verlassen kann, gerade jetzt, und das Seelsorgetelefon muss doch in jedem Fall besetzt sein, die vielen einsamen und gequälten Menschen, die es in dieser Stadt nun einmal gibt, verlassen sich schließlich auf seine Existenz.

Ruth trocknet sich die Hände ab. Hängt das Handtuch wieder an seinen Haken. Streicht mit der Hand über die Spüle. Es kostet sie Kraft, ihren Mantel anzuziehen, unendlich langsam knöpft sie ihn zu. Aus dem Beratungszimmer hört sie das Seelsorgetelefon. In dem Büro, das Hartmut Warnholz bezogen hat, raschelt Papier. Unschlüssig macht Ruth einen Schritt darauf zu, bleibt dann stehen, als sein Handy zu klingeln beginnt.

»Warnholz.«

Sie lächelt, als sie seine warme Stimme hört. So sicher. So ruhig. Aber etwas in diesem Gespräch ist seltsam. Er sagt gar nichts mehr, stößt nur ein kurzes »Wie bitte?« hervor und dann »Hallo? Hallo?«.

»Ist etwas …?« Sie zittert. Steht plötzlich vor seinem Schreibtisch, ohne darüber nachgedacht zu haben, ohne noch sagen zu können, wie sie das so schnell schaffte.

»Ruth! Ich dachte, du wärst längst daheim.« Der Seelsorger lässt das Handy sinken, langsam, geistesabwesend. Als ob dieses kleine Gerät sehr schwer wiegen würde, sieht diese Geste aus.

»Wwas war dddas für ein Anruf gerade?« Ihre Zähne klappern.

»Ich weiß es nicht, jemand hat sich wohl verwählt.« Er steht auf, drückt sie auf einen Stuhl. »Du musst dich jetzt entspannen, Ruth, du musst nach Hause fahren, dich hinlegen und schlafen. Ich rufe dir ein Taxi, ja?« Er lächelt. »Auf Kosten der Seelsorge, das hast du verdient.«

Sie will ihm widersprechen, sie will ihm sagen, dass sie sich fürchtet, nach Hause zu gehen, weil die Wohnung zu leer ist, zu still, weil es sein kann, dass Bea nichts von sich hören hat lassen, weil es sein kann, dass nur ein paar Heuschrecken dort auf Ruth warten. Heuschrecken und ein Chamäleon, mit stoischem, eiskaltem Blick.

Das Tageslicht blendet sie, obwohl es grau und trübselig ist, der Taxifahrer versucht, ein Gespräch mit ihr anzufangen, aber sie hat keine Kraft mehr, ihm höflich zu antworten, drückt ihre Stirn an die Scheibe und starrt in den Regen. Bestimmt ist Bea nichts passiert. Bestimmt, ganz bestimmt.

Der Hausschlüssel liegt wie Blei in ihrer Hand, ihre Wohnung ist kalt, leer, unberührt. Nicht einmal das Rascheln der Heuschrecken ist zu hören. Langsam, wie in Trance, wankt Ruth durch die Zimmer.

»Bea? Bea?«

Nichts. Keine Antwort. Nur der Anrufbeantworter blinkt, und bestimmt ist das ein gutes Zeichen, bestimmt, ganz bestimmt.

Ruth holt tief Luft und drückt auf die Wiedergabetaste.

»Hier ist die Friedhofsgärtnerei Stein, guten Morgen Frau Sollner. Es tut uns sehr leid, aber da Beatrice schon wieder nicht zur Arbeit gekommen ist, müssen wir das Arbeitsverhältnis mit sofortiger Wirkung beenden.«

*   *   *

Furcht und Hoffnung bewirken das Gleiche – sie schwächen, steht in Judiths Nepal-Bildband unter einem Panorama aus kargen, schneestarren Bergen. Es ist eine sehr buddhistische Sichtweise, schwer zu verstehen, doch jetzt, während der externe Ermittler sie zurück zu dem Haus ihrer Alpträume fährt, erscheinen ihr diese Worte auf einmal sehr logisch, sehr wahr. Es hat keinen Sinn, auf die Zukunft zu hoffen oder sich vor ihr zu fürchten. Man hat keine Kontrolle darüber, weiß nicht, was sie bringt. Das Einzige, was man – zumindest ansatzweise – beeinflussen kann, ist die Gegenwart.

Regen prasselt aufs Autodach, Regen, Regen, immer nur Regen, seit es hell wurde, geht das schon so. Die Unruhe, die sie in der Nacht auf die Straße trieb, ist nach wie vor da. Stärker jetzt. Sie hat nicht mehr geschlafen, seit sie Nora Weiß bei Sankt Pantaleon begegnet ist, ist stattdessen ins Präsidium gefahren. Sie denkt an die Erzählungen von Volker Ludes, denkt an ihren Vater in seiner Todesnacht, die Sterne aus Schnee, die fielen und fielen die Hoffnungen, die sie unter sich begruben, das Leben. Hatte er Angst, war er verzweifelt, hat er gekämpft? Sie wird das niemals erfahren, jetzt nicht, später nicht.

Warum sind Sie in dieses Haus gegangen, KHK Krieger? Warum haben Sie nicht auf Ihren Kollegen gewartet? In Millstätts Büro hat sie diese Fragen ein weiteres Mal beantwortet, dieselben Fragen wie schon so oft zuvor. Aber etwas ist diesmal anders gewesen, etwas hat sich verändert, seitdem Hartmut Warnholz sie das Entsetzen noch einmal fühlen ließ. Gut, gut, hat der Ermittler, von dessen Urteil ihre Zukunft entscheidend abhängt, schließlich gesagt. Dann machen wir jetzt noch einen Ortstermin.

Sie hebt den Blick, begegnet seinen Augen im Rückspiegel. Sie sind eisblau mit beinahe durchsichtigen Wimpern. Sie glaubt, einen Anflug von Mitleid in diesen Augen zu lesen, dann wieder Kälte, Gleichgültigkeit. Ist er ein Freund Holger

Kühns, dazu bestellt, sie fertigzumachen? Sie kann das nicht einschätzen, sie bekommt kein Gefühl für ihn, erinnert sich plötzlich wieder an diese Affen, denen man die Amygdala entfernt hat, ihr emotionales Gedächtnis, ihre Intuition.

»Hier vorne rechts.« Ihre Stimme ist rau.

Der fremde Kommissar nickt und setzt den Blinker.

»Wo haben Sie damals geparkt?«

»Gegenüber, unter dem Baum.«

»Hier?«

»Ja.«

Dasselbe Haus. Jetzt, im Tageslicht, kommt es ihr freundlicher vor, heller, viel weniger wie eine Festung. Sie dreht sich eine Zigarette, steigt aus, zündet sie an.

»Geben Sie mir fünf Minuten, ja?«

Der Kommissar nickt, reicht ihr einen Schirm und setzt sich wieder ins Auto.

Regen trommelt auf ihren Schirm. Das Nikotin, das sie tief in die Lungen saugt, ist Gift und tut ihr trotzdem gut. Wie war es in jener Nacht, wie ist es jetzt? Das Licht ist der alles entscheidende Faktor, hat Karl gesagt, als sie über seine Lochkamera-Fotos sprachen. Die lange Belichtungszeit verfremdet, verzerrt, überstrahlt, verwischt. Hat sie gewusst, dass sie in diesem Haus, vor dem sie jetzt steht, jemanden töten und selbst beinahe sterben würde, hat sie es geahnt, als sie zum ersten Mal vor ihm stand? Sie zieht an ihrer Zigarette, schnippt die Asche in den Rinnstein. Da ist nichts in ihrer Erinnerung, da war keine Warnung. Nicht einmal, dass das Haus kalkweiß getüncht ist, hat sie richtig registriert.

»Okay, wir können.« Sie tritt ihre Kippe aus, nickt dem Ermittler zu.

Er schließt die Haustür auf, überlässt ihr den Vortritt. Es ist kalt in dem Haus, kälter als damals. Es riecht nach Benzin, nicht mehr sehr stark, aber sie merkt es sofort und beginnt zu schwitzen und in ihrem Handgelenk pocht der Schmerz, ja selbst ihre Rippen, die längst verheilt sind, scheinen erneut unter den Fußtritten zu splittern.

Du bist in Sicherheit. Du bist in der Gegenwart, nur die ist real. Sie tastet nach ihrer Walther, hält abrupt inne, als sie den eisblauen Blick des fremden Ermittlers bemerkt. Mühsam setzt sie sich in Bewegung, jeder Schritt ist ein Kraftakt, jeder Schritt ist ein Sieg. Schließlich steht sie wieder am Tatort und ganz offenbar hat hier seit dem Abzug der Polizei niemand etwas verändert. Das Haus steht leer. Niemand lebt hier mehr. Nur das Fenster zum Garten, das Manni zerbrochen hat, hat jemand ersetzt.

»Zeigen Sie mir, wo Sie sich befanden, als Sie die Zeugin vernahmen.«

Wie von weit her hört sie die Stimme des Kommissars, wie durch einen Wall aus Watte.

Wieder zwingt Judith sich vorwärts, hölzern. Setzt sich noch einmal auf diesen Sessel.

»Hier.«

»Und von wo kam der Täter?«

Sie dreht sich herum. Sieht die zweite Tür in dem Raum, halb verborgen im Schatten hinter einem Regal, sieht den weichen Teppich auf dem Parkett. Ich hatte tatsächlich gar keine Chance. Ich wusste nichts von dieser Tür, ich konnte sie nicht sehen, ich konnte die Schritte nicht hören, es ist ein Wunder, dass ich noch lebe.

»KHK Krieger? Hallo? Hören Sie mich?«

»Ja.«

Sie stemmt sich hoch, führt den Kommissar in den Flur, durch den der Täter sie schleifte. Damals, halb bewusstlos vor Schmerzen, kam ihr der Flur vor wie ein schwarzer Schlund, jetzt wirkt er geräumig und freundlich. An den Wänden hängen Aquarelle von Blumen.

»Hier hat er mich eingesperrt. Hier habe ich ihn getötet.«

Schweiß kriecht als juckendes Rinnsal über ihre Schläfen.

Wieder glaubt sie so etwas wie Mitgefühl in den Augen ihres Gegenübers zu lesen.

Erri hatte solch leuchtende Augen. Hellgrün schimmernd wie der See, an dessen Ufer sie trotz des nahen Flughafens einen Sommer lang glaubten, sie könnten die Welt verbessern. Nein, nicht glaubten – fühlten, lebten, zelebrierten.

»Zeigen Sie mir, wie, KHK Krieger.«

Sie geht in die Hocke, vollzieht die Bewegungen des Kampfes noch einmal als Pantomime. Die Fliesen sind dunkel von getrocknetem Blut. Ihr Blut. Sein Blut. Sie verliert das Zeitgefühl, flieht aus diesem Raum und ist wieder Teenager. Läuft in Jeans, Afghanhemd und Jesuslatschen durch einen Sommerregenschauer die Straße herunter, den Gitarrenprotest von Neil Young im Ohr und Erri an ihrer Seite, lachend, tanzend. Sie waren so jung damals, sie patschten mit kindlichem Spaß durch die Pfützen, und trotzdem ist dieser Frankfurter Sommer so greifbar, so nah, als sei keine Zeit vergangen seitdem, als sei auch die Judith von damals jetzt hier, ein Kern von ihr, den sie sich durch all die Jahre bewahrt hat, und vielleicht ist es das, was der Polizeiseelsorger Hartmut Warnholz meinte, wenn er von ihrer inneren Stärke sprach, von ihrem ureigensten Ich.

Ich wollte nicht sterben. Ich wollte leben, mein eigenes Leben retten.

»Mehr kann ich Ihnen nicht sagen.«

Sie richtet sich auf, wendet sich ab. Geht zurück durch den Flur und das Zimmer auf die Straße. Es regnet immer noch, stärker sogar. Die Forsythien in den Vorgärten werden bald blühen. Judith duckt sich unter den schmalen Dachvorstand einer Garage, dreht sich eine weitere Zigarette, denkt plötzlich an Karl, stellt sich vor, wie es wäre, die Linien in seinem Gesicht mit den Fingern nachzuzeichnen, in seine Haare zu fassen, ihn zu umarmen.

Das Licht ist so wichtig, das Licht kann so vieles verändern. Das Licht und die Schatten. Sie hat nicht gesehen, dass dieses

Haus ihrer Alpträume einen zweiten Eingang hat. Sie hat letzte Nacht bei Sankt Pantaleon Nora Weiß nicht sofort erkannt, weil die Straßenlaterne nicht funktioniert.

Sie zündet ihre Zigarette an, inhaliert tief. Sie müssen noch mal von vorne anfangen. Sie sind von falschen Voraussetzungen ausgegangen und haben deshalb etwas Wesentliches übersehen. Das Licht ist der Schlüssel, denkt sie.

*　　*　　*

Vor ihnen erhebt sich der Dom über die Altstadt, majestätisch und grau. Vor drei Jahren, als Manni nach Köln versetzt wurde, war dieser Anblick ein Kick für ihn, ein Symbol des Triumphs. Der Dom hieß, dass er die Vergangenheit in Rheindorf endgültig hinter sich gelassen hatte. Dass das Beste noch vor ihm lag, zum Greifen nah: coole Mädchen. Ein cooler Job. Beförderungen. Erfolge. Wettkämpfe. Der zweite Dan. Er hatte nicht vorgehabt, eine Familie zu gründen, und wenn eine seiner früheren Freundinnen davon phantasierte, hatte er sich immer schnell verabschiedet. Aber Sonja ist anders. Mit ihr ist es anders. Sie könnten zusammenziehen, es einfach probieren. VaterMutterKind. Nach nicht einmal zwei Monaten, die sie sich kennen. Es ist zu früh, denkt er. Es kann nicht funktionieren.

»Heute Morgen war ich so sicher, aber jetzt …«, sagt Meuser neben ihm.

Manni nickt. Zwei bleischwere Vernehmungen liegen hinter ihnen. Erst mit einem früheren Assistenzarzt von Jens Weiß, dann mit dem Vater eines Jungen, der nach einer Routineoperation, die Weiß geleitet hatte, an einer falsch dosierten Glukose-Infusion gestorben war. Der Assistenzarzt war dafür allein verantwortlich gewesen, hatte das Gericht entschieden. Doch Weiß war der Chef der Station gewesen und diese Tatsache taugt durchaus zum Mordmotiv. Vielleicht ist also alles ganz anders, vielleicht geht es also ursächlich um Weiß und gar nicht um Röttgen oder um die Kirche. Und so hatte Manni sich von Meusers Enthusiasmus anstecken lassen. Voller Elan waren sie aufgebrochen und hatten erwartet, zwei Männer zu vernehmen, die Weiß hassen, ihm eine Mitschuld am unwiederbringlichen Verlust von Karriere beziehungsweise Sohn geben oder Weiß' gewaltsamen Tod zumindest mit Genugtuung registrieren würden. Doch stattdessen waren sie nur auf Trauer und bleischwere Resignation gestoßen, die nun als stummer, ungebetener Gast mit im Wagen hockt.

Sie stecken fest. Sie haben zwar weitere Speichelproben und Alibis, die sie überprüfen müssen, doch noch immer gibt es keinen Verdächtigen, der ein Motiv hätte, sowohl den Arzt als auch den Priester zu töten und Mörder zu nennen. Manni wechselt die Spur, beschleunigt, merkt wieder diesen Druck in seinem Magen, diese Ahnung auf etwas zuzusteuern, was er nicht kontrollieren kann. Wieder glaubt er Sonjas Worte zu hören. Wieder hört er sein Versprechen: Ich melde mich. Später, denkt er. Nachher. Nicht jetzt.

Er schaltet die Freisprechanlage ein, wählt die Handynummer der Krieger. Ist sie überhaupt noch seine Kollegin oder haben sie sie inzwischen suspendiert?

»Das Licht«, sagt sie, ohne ihm Zeit zu lassen, etwas zu berichten oder danach zu fragen, wie sie mit dem externen Ermittler klargekommen ist. »Als Jens Weiß ermordet wurde, war es dunkel vor Sankt Pantaleon, dunkler als sonst, wegen der defekten Laterne.«

»Ja, das wissen wir bereits, und?«

»Jens Weiß trug eine Soutane. Er hat ungefähr dieselbe Statur wie Röttgen. Ich glaube, der Täter hat Weiß nur getötet, weil er ihn für Georg Röttgen hielt.«

»Unser Chirurg war einfach nur zur falschen Zeit am falschen Ort?«

»Georg Röttgen kam regelmäßig dienstags nachts an Sankt Pantaleon vorbei. Er mochte die Kirche. Hatte vielleicht sogar einen Schlüssel zu ihr. Wenn der Täter von Anfang an ihn töten wollte, dann ist es durchaus wahrscheinlich, dass er Röttgens Gewohnheiten kannte und ihm an der Kirche auflauerte.«

»Und dann kommt nicht Röttgen, sondern Jens Weiß.«

»Und es ist so dunkel, dass der Täter das nicht bemerkt.« Die Krieger inhaliert Qualm, das ist deutlich zu hören. »Und als er es schließlich erkennt, vielleicht auch erst aus den Nachrichten erfährt, ist es zu spät.«

»Also muss er noch mal ran«, sagt Manni langsam. »Er wartet zwei Tage, dann ruft er Röttgen aus einer Telefonzelle an, verabredet sich mit ihm am Priesterseminar.«

»Weil er Röttgen kennt, ja. Und weil er davon ausgehen muss, dass die Polizei Sankt Pantaleon im Auge behält«, ergänzt die Krieger. »Oder dass Röttgen so kurz nach dem ersten Mordfall misstrauisch geworden wäre, hätte er ihn dorthin bestellt.«

»Okay, könnte sein.« Manni setzt den Blinker, zieht scharf nach rechts auf die Zoobrücke und flucht. Stau. »Klingt sogar ziemlich plausibel«, sagt er. »Keine Verbindung zwischen den Opfern. Nur eine tragische Verwechslung. Und zufällig sind beide Opfer sterilisiert?«

»Ja, das stört mich auch an dieser Theorie.« Wieder zieht die Krieger an ihrer Zigarette. »Aber zumindest was Weiß angeht, wissen wir, warum er sich sterilisieren ließ. In seinem Fall ist das völlig plausibel.«

»Aber nicht bei unserem Priester.«

»Es sei denn, er war sexuell aktiv.«

»Was er nicht sein durfte.« Manni wirft einen schnellen Seitenblick zum Kollegen Meuser, doch der scheint gar nicht richtig zuzuhören, sondern fummelt an seinem Handy herum.

»Röttgen hatte eine Geliebte«, sagt Judith Krieger. »Ich bin mir sicher. Eine Geliebte – und auch ein Kind.«

»Mag sein, ja. Aber selbst wenn wir die finden, suchen wir immer noch einen männlichen Täter, das hat der DNA-Test klar ergeben. Und was ist mit dieser Anklage, Mörder, wie passt die? Unerlaubtes Herumvögeln ist doch noch kein Mord – selbst der Papst dürfte das so sehen.«

Die Krieger seufzt. Und zu Mannis Überraschung, ergreift Meuser das Wort, den Blick immer noch auf das Display seines Mobiltelefons geheftet.

»Der heilige Georg«, sagt er langsam. »Wenn der Mörder an Sankt Pantaleon wirklich Georg Röttgen zu töten glaubte, dann passt es perfekt.«

»Was passt perfekt, Ralf?«, fragt die Krieger ruhig.

»Die Inszenierung der Tat.« Meuser holt Luft und schielt auf sein Handydisplay. »So wie Albanus und Michael wird auch der heilige Georg oft mit einem Schwert abgebildet. Vor allem aber ist Georg ein sehr bedeutender Märtyrer. Angeblich hat Jesus selbst ihm ein siebenjähriges Martyrium und mehrere Tode vorausgesagt. Wenn der Täter tatsächlich darauf anspielt, dann ist er wohl der Auffassung, dass Georg Röttgen für ein wirklich schwerwiegendes Verbrechen bestraft werden muss.«

»Was für ein Verbrechen?«, fragt Manni.

Meuser zuckt die Schultern. »Das weiß ich nicht. Aber auf jeden Fall gibt es zwischen dem heiligen Georg und dem Erzengel Michael, dessen Skulptur wir ja in Sankt Pantaleon finden, eine hochinteressante Verbindung.«

»Nämlich?«

»Georg ist dreimal den Märtyrertod gestorben. Und jedes Mal war es der Erzengel Michael, der ihn in Gottes Auftrag wieder zum Leben erweckte.«

»Damit er weiter gefoltert werden konnte?«

Meuser nickt. »Ja.«

* * *

Der Schmerz kommt in Wellen und schüttelt sie. Sie rollt sich auf die Seite in Embryohaltung, umschlingt ihre Knie. Ihr ist kalt, wahnsinnig kalt. Ihr ganzer Körper zittert und bebt, und ihre Zähne klappern, klappern und klappern, und da ist noch etwas: ein anderes Geräusch, ein Gefühl auf der Haut. Wind vielleicht. Kalt, so kalt. Hört nicht auf.

Sie will das nicht. Will nicht mehr frieren. Will nichts mehr spüren. Sie will wieder schlafen vergessen, fliehen. Decke, wo ist ihre Decke, sie braucht ihre Decke, ihre warme, vertraute Decke. Sie tastet danach, taste ins Leere. Hart. Kalt. Dreck unter ihren Fingern. Etwas raschelt. Knistert. Sie reißt die Augen auf, versteht nicht, was sie sieht.

Fahles Licht. Ein zerbrochenes Fenster. Betonfußboden. Sie liegt auf Pappe. Noch weitere Pappen stapeln sich neben ihr. Blut klebt darauf, in asymmetrischen Spritzern.

Ein Mann hat mich zusammengeschlagen.

Wer? Wie? Bat stemmt sich noch, zitternd, wimmernd. Ihr Kopf tut so weh. Ihr Rücken. Ihr Bauch. Alles tut weh. Ihre Brüste sind nackt, BH und Bluse zerrissen, Leggins und Slip kleben in Fetzen an ihren Beinen.

Vergewaltigung. Ich bin vergewaltigt worden. Ein Mann kniet über mir. Lange, lange, hört nicht auf.

Ist es das, was mit Jana geschehen ist? Ist sie deshalb gestorben? Jana. Lars. Auf einmal fällt ihr das wieder ein. Sie hatte Lars beobachtet, sie hatte ihn mit dem blonden Mädchen fotografiert, sie wollte ihn überführen, und dann war der Blitz von der Kamera losgegangen und dann …?

Leere. Schwärze. Sie war allein hier, oder? Dann muss aber jemand gekommen sein. Und dann, was war dann? Lars. Er hat den Blitz gesehen und ist rübergekommen. So muss es sein. Doch sosehr sie es auch versucht, sie kann sich nicht erinnern. Ein anderes Bild ist plötzlich da, schemenhaft, neblig. Jemand hat ihr etwas zu trinken gegeben, hat sie umarmt und gehalten, als sie so furchtbare Schmerzen hatte. Oder? Oder? Wieder springt sie das erste Bild an. Der Schatten, der über ihr kniet. Sie zerdrückt. Sie zerreißt.

Sie muss weg hier, weg. Sie muss nach Hause. Oder zu Fabi.

Irgendwohin. Ihr Kopf dröhnt und hämmert, ihr Mund ist ganz trocken, ihr ist wahnsinnig schlecht. Sie zerrt die Reste der Strumpfhose hoch, knöpft ihren Mantel über der kaputten Bluse zu. Stützt sich an der Wand ab, stemmt sich hoch, taumelt zur Treppe. Unendlich lange braucht sie für jede Stufe.

Unten sind zwei Penner, die Wodka saufen.

»He, Kleine, wo kommst du denn her, willst du auch einen Schluck?«

Ihr Messer, ihr Reizgasspray, sie greift danach, greift ins Leere. Auch die Kamera ihrer Mutter ist nicht mehr da und ihr Geld. Sie drückt sich an die Wand, an den Pennern vorbei, die sie zum Glück in Ruhe lassen. Lars' BMW steht nicht mehr im Hof. Überhaupt niemand ist hier draußen zu sehen, und es regnet in Strömen. Sie weiß nicht, wie spät es ist, aber es ist Tag.

Vergewaltigung. Wer wird ihr das glauben, wenn sie sich nicht mal richtig erinnern kann? Niemand, gar niemand und schon gar nicht dieser arrogante Kommissar.

Alles tut weh. Immer noch schlagen ihre Zähne aufeinander und sie kann nicht richtig laufen, torkelt gegen eine der Hausfassaden, muss sich anlehnen, setzen.

Menschen hasten an ihr vorbei. Schlagen einen Bogen um sie. Wenden den Blick ab. Ein versoffener Punk, eine Satansbraut, wen kümmert das schon, solange sie einem nicht vor die Füße kotzt? Vergewaltigung. Es brennt zwischen ihren Beinen, ihr ganzer Körper ist wund. Es ist nicht wahr, fleht sie stumm, es ist einfach nicht wahr.

Sie weiß nicht, wie spät es ist, als sie endlich zu Hause ist. Sie weiß nicht, ob ihre Mutter da ist, hofft einfach, dass sie sie in Ruhe lässt, findet den Hausschlüssel in ihrer Rocktasche, öffnet die Tür.

Es ist so still in der Wohnung. So sauber. So warm. Tränen schießen ihr in die Augen. Sie taumelt in den Flur, reißt den Schirmständer um.

»Beatrice!«

Wie aus dem Boden gewachsen steht ihre Mutter vor ihr, mit weit aufgerissenen Augen.

Bat schüttelt den Kopf, setzt sich wieder in Bewegung. Torkelt gegen die Garderobe, gleich darauf gegen den Spiegel.

»Beatrice!«

Mit einer Kraft, die sie ihr gar nicht zugetraut hätte, fasst ihre Mutter nach ihr. Bat versucht sich aus diesem Griff zu befreien, sie will ins Bett, sie will nicht reden, sie will nichts erklären, sie will nicht eine weitere Litanei von Beschimpfungen hören.

Etwas reißt mit einem hässlichen Laut – ihr Mantel, Knöpfe kullern auf den Boden.

»Bea! O Gott, um Himmels willen, Kind! Dein Kopf ist ganz blutig und deine Bluse ... Was ist bloß passiert?«

»Lass mich, ich will schlafen!«

»Nein, Bea, nein. Du bist – o Gott, die Polizei, wir müssen ...«

»Nein!« Sie will schreien, aber es klingt eher wie ein Flüstern und auch das tut ihr weh in der Kehle, kratzt und beißt. Wieder versucht sie loszukommen, aber ihre Mutter ist stärker und dreht sie zum Spiegel.

»WER HAT DAS GEMACHT?«

Es tut so weh. »Ich weiß nicht. Niemand.«

»Wir müssen ins Krankenhaus, jemand muss dich untersuchen. Sie müssen dir was geben, Bea, bitte, denk doch an Jana. Was, wenn du schwanger bist, wie sie?«

»Jana war schwanger?« Bat erstarrt. Sieht den Mund ihrer Mutter, die bebenden Lippen, übergroß.

»Ich weiß es doch nicht sicher, aber da war dieser Anruf, sie hat sich ja nicht mit Namen gemeldet, aber sie war so verzweifelt und so jung und sie klang wie Jana und einen Tag später war Jana tot ...«

Jana war schwanger. Jana war so verzweifelt, dass sie in der

Telefonseelsorge angerufen hat. Deshalb hat Lars sie getötet. Deshalb. Weil sie von ihm schwanger war. Jana konnte ja nicht wissen, dass Bats Mutter in der Telefonseelsorge arbeitete, damals hat Bat sich ja noch an die Auflage gehalten, niemandem davon zu erzählen.

»Was hast du ihr geraten?« Sie fühlt keine Schmerzen mehr, keine Müdigkeit, keine Verzweiflung. Nur Wut. Kalte, alles verschlingende Wut.

»Ich habe ihr gesagt, dass sie mit ihren Eltern reden soll. Und mit dem Vater des Kindes. Dass es für alles eine Lösung gibt, dass ...«

Eine Lösung, na klar. Eine Lösung auf Janas Kosten. Denn eine Abtreibung kommt für ihre feine, katholische Mutter mit ihrem Priesterpack natürlich nicht in Frage. Bat reißt sich los, so heftig, dass ihre Mutter zu Boden fällt.

»Du hast Jana im Stich gelassen! Du bist schuld an ihrem Tod!«

* * *

Ein schlichtes Kreuz markiert das Klingelschild der Telefonseelsorge, ein Code, den nur Eingeweihte verstehen.

Judith drückt auf die Klingel und gelangt in ein Treppenhaus, in dem es ebenfalls keinerlei Hinweise auf die Telefonseelsorge gibt. Es ist beinahe unwirklich still hier drinnen, nur ihre durchnässten Stiefel quietschen auf dem Steinboden. Ihre Knie sind zittrig. Auf einmal merkt sie, wie müde sie ist, ausgelaugt, wie lang dieser Tag schon war und dass sie bald nicht mehr kann. Nach dem Termin mit dem externen Ermittler ist sie zu Fuß in die Innenstadt gelaufen. Zu Fuß durch den Regen, wie damals mit Erri, und mit jedem Schritt blieb der Ort ihrer Alpträume weiter zurück.

»Judith.« Im dritten Stock kommt ihr Hartmut Warnholz entgegen und sofort rückt das Haus wieder näher. Wird es zu einem Prozess gegen sie kommen oder wird sie rehabilitiert? Sie weiß es noch immer nicht, war zu stolz, danach zu fragen.

»Ich bin dienstlich hier«, sagt sie zu Warnholz und glaubt einen Anflug von Ärger in seinem Gesicht zu erkennen, doch beinahe sofort hat er sich wieder unter Kontrolle.

»Sie arbeiten wieder? Das haben Sie gestern gar nicht erwähnt.«

»Nein.«

Verrat. Falsches Spiel. Doch Hartmut Warnholz bleibt gelassen, führt sie in ein halbdunkles, intim anmutendes Büro, deutet auf einen Stuhl, nimmt dann selbst hinter dem Schreibtisch Platz.

Sie zieht den Besucherstuhl näher heran, bevor sie sich setzt. Sie sehnt sich nach Schlaf, tiefem traumlosen Schlaf und die Wärme der Heizung macht sie noch müder. Regen trommelt ans Fenster, was das Gefühl von Intimität noch verstärkt.

»Wie ist es Ihnen nach gestern ergangen, Judith?«

»Ich war heute noch einmal in diesem Haus. Ich habe das geschafft.« Sie sieht ihm in die Augen. »Danke für Ihre Hilfe.«

Er lächelt. »Möchten Sie ein Glas Wasser?«

Sie nickt, starrt aus dem Fenster, während Warnholz ein Glas für sie holt. Vielleicht hätte sie diese Vernehmung besser Manni überlassen. Vielleicht ist sie gar nicht dazu in der Lage, Warnholz unvoreingenommen zu betrachten, weil sie sich viel zu sehr wünscht, dass er unschuldig ist. Sie zwingt sich, die Zweifel beiseitezuschieben, die Zweifel, die Müdigkeit. Versucht sich zu konzentrieren.

»Mörder«, sagt sie, als ihr der Seelsorger wieder gegenübersitzt. »Was hat der Täter damit gemeint?«

»Ich weiß es nicht.« Er zögert. »Vielleicht hat das ja gar nichts mit Georg persönlich zu tun, sondern ist eher ein allgemeiner Angriff gegen die Kirche.«

»Das glaube ich nicht«, sagt Judith. »Ich bin inzwischen davon überzeugt, dass der Täter von Anfang an Georg Röttgen töten wollte.«

Warnholz erwidert nichts, sieht sie nur an.

»Georg Röttgen war sterilisiert. Ich bin überzeugt, dass es dafür einen Grund gab, einen Grund, den es jedoch offiziell nicht geben durfte: eine Frau in seinem Leben – vielleicht auch ein Kind, das er zeugte, bevor er sich sterilisieren ließ.«

»Ich kann Ihnen dazu nichts anderes sagen als Ihren Kollegen, Judith.«

»Er war Ihr Freund. Er hat Ihnen vertraut.«

Warnholz nickt. »Ja.«

»Hatte er eine Geliebte?«

Sie glaubt zu erkennen, dass sich die Augen des Seelsorgers verdunkeln. Es gibt diese Frau, denkt sie. Er weiß von ihr. Ich täusche mich nicht.

»Der heilige Georg«, sagt sie leise. »Angeblich starb er an tausend Qualen. Ich glaube, der Täter hat gedacht, auch Ihr Freund hätte solche Qualen verdient. Er hat ihn gehasst. Hat ihn mit einem Elektroschocker gelähmt, hat ihm nicht die kleinste Chance gelassen, sich zu wehren. Sie müssen sich das vorstellen: Wie aus dem Nichts haben Sie höllische Schmerzen, Sie fallen zu Boden, können sich nicht mehr bewegen, können nicht schreien, sehen das Schwert, wie es auf Sie niederfährt.«

Warnholz senkt den Kopf. »Furchtbar, ja.«

»Wollen Sie nicht, dass wir den Mörder Ihres Freundes finden?«

»Natürlich will ich das.«

»Dann helfen Sie mir.«

»Niemand aus der Kirche und niemand aus der Telefonseelsorge ist der Täter, den Sie suchen, Judith.«

»Er war in der Telefonseelsorge nicht sehr beliebt. Er ist hierher versetzt worden, weil er in der Gemeinde in Klettenberg nicht mehr haltbar war.«

»Das ist eine Unterstellung.«

»War er beliebt?«

Warnholz seufzt. »Er war recht konservativ. Das hat nicht immer allen gefallen.«

»Konservativ, das heißt, er hat sehr entschieden die Werte Ihrer Kirche verteidigt, nicht wahr? Keine Verhütung. Keine Abtreibung. Keine Scheidung. Keine Frauen ins Priesteramt ...«

»Das ist kein Verbrechen.«

»Und dann steckt er auf einmal in einem furchtbaren Dilemma, weil er selbst diese Regeln gebrochen hat. Er verliebt sich, begehrt eine Frau. Zeugt ein Kind mit ihr.«

Warnholz sieht sie an. Aufmerksam. Unverwandt. So, wie er es auch gestern tat, als sie weinend vor ihm zusammenbrach. Nicht jetzt, Judith, nicht jetzt. Bleib hier, in der Gegenwart.

Sie trinkt einen Schluck Wasser. »Vielleicht hat dieses Kind ja auch niemals das Licht der Welt erblickt. Vielleicht ließ Georg Röttgens Geliebte es abtreiben, vielleicht hat er sie sogar dazu genötigt. Das wäre nach katholischer Auffassung dann Mord, nicht wahr?«

»Georg hätte niemals eine Abtreibung befürwortet.«

»Dann sagen Sie mir, wie es wirklich war. Wer hatte einen Grund, ihn so sehr zu hassen?«

Er räuspert sich. »Wissen Sie, was bei einer Priesterweihe geschieht, Judith?«

»Ich bin evangelisch.«

»Die Weihekandidaten prosternieren sich. Das heißt, sie werfen sich im Verlauf der Weiheliturgie vor dem Altar lang ausgestreckt auf den Boden, während die Allerheiligenlitanei gesungen wird. Es ist ein Übergangsritual, von einem alten zu einem neuen Leben. Ausdruck einer Entscheidung, die ein Leben lang bindet. Es ist ein Zeichen der Demut und Hingabe an Gott.«

»Was hat das mit meiner Frage zu tun?«

»Diese tief empfundene Hingabe ist die Voraussetzung für

ein Leben als Priester. Nur wer sich die eigenen Grenzen als Mensch vergegenwärtigt, die Machtlosigkeit, wenn es um Leben und Tod geht, kann Gottes Größe erkennen und sich ihr fügen. Man muss als Persönlichkeit stark und gefestigt sein, um so zu fühlen.«

Hingabe – ein flüchtiges Bild taucht vor Judith auf. Ein Bild ihres Vaters mit seinen Freunden, wie sie sich mit ihren Rucksäcken auf ihren Trip ins Ungewisse begaben, alles zurücklassend, was einmal ihr Leben war, beseelt von ihrem Traum, etwas Besseres zu finden als ein von der Elterngeneration vorgezeichnetes Leben. Freiheit und Liebe und Weltfrieden. Einen neuen Kosmos mit fremden Göttern.

»Es muss Zweifel geben. Krisen«, sagt sie zu Warnholz.

»Natürlich, ja.« Der Seelsorger lächelt. »Wie in jeder Beziehung. Und doch ist die Entscheidung für Gott eine Entscheidung fürs Leben.«

Irgendwo nebenan klingelt ein Telefon. Das Ticken einer Wanduhr dringt in ihr Bewusstsein. Der gedämpfte Verkehrslärm von der Straße. Hartmut Warnholz beugt sich vor und schaltet seine Schreibtischlampe ein. Das Licht blendet sie, sie blinzelt dagegen an, versucht ihm wieder in die Augen zu sehen.

»Sind Sie gläubig, Judith?«

»Das tut hier nichts zur Sache.«

»Vielleicht doch.«

Hingabe. Leidenschaft. Glauben an das Gute, vielleicht sogar an Gott. Sie wünscht sich, sie könnte das noch mal so bedingungslos empfinden. Sieht ihr jüngeres Ich mit Erri, sieht sich später im Studium mit Cora, wie sie für die Sache der Frauen kämpften. Sie waren so vollkommen sicher, das Richtige zu tun und deshalb nicht scheitern zu können. Auch mit ihrem Freund Patrick hatte sie dieses Gefühl der Unschlagbarkeit geeint. Bis ihn ein durchgeknallter Frauenhasser, der kurz zuvor seine Familie ausgelöscht hatte, erschoss.

»Ich weiß nicht, wer Georg Röttgen umgebracht hat, Judith. Und ich versichere Ihnen, dass mein Freund kein Mörder war.«

»Mag sein.« Sie drängt die Tränen zurück, die ihr schon wieder in die Augen steigen wollen. Seit sie Warnholz das erste Mal begegnete, geht das schon so, als bringe er in ihr irgendeinen Damm zum Brechen.

Sie hebt den Kopf: »Mag sein, dass Georg Röttgen kein Mörder war. Und trotzdem verschweigen Sie mir etwas.«

»Sie selbst haben mich gebeten, das, was Sie mit mir besprechen, vertraulich zu behandeln, nicht wahr?«

»Ja.«

»Das Beichtsakrament ist heilig, Judith. Was ich in der Beichte anvertraut bekomme, erfahre ich als Stellvertreter Gottes, nicht als Mensch. Ich nehme die Last fremder Schuld auf mich, die Last des Wissens. Das ist zuweilen eine schwere Bürde, doch damit muss ich leben. Kein Priester würde je das Beichtgeheimnis brechen.«

»Aber Georg Röttgen ist tot. Sie können ihm nicht mehr schaden. Und was ist, wenn der Täter weitermordet? Können Sie Ihr Schweigen auch dann noch verantworten?«

»Es gibt diese häufig diskutierte Frage in der Priesterausbildung: Was tust du, wenn dir unmittelbar vor der Messe jemand beichtet, er habe den Messwein vergiftet?«

»Und?«

»Man kann die Schweigepflicht nicht verletzen. Aber man würde andere Wege finden, um die Gemeinde zu schützen. Den Messwein verschütten. Die Messe absagen.«

»Und wenn das nicht geht?«

Der Seelsorger antwortet nicht, und auf einmal merkt Judith, dass sie friert.

* * *

Sie kann Hartmut Warnholz unmöglich schon wieder anrufen und mit ihren Problemen belästigen, auch wenn sie sich mit jeder Faser ihres Körpers nach seinen tröstenden Worten sehnt. Aber wenn sie ihm nun rein zufällig begegnen würde? Sie könnte sagen, sie hätte ihren Schirm in der Telefonseelsorge vergessen, und wenn sie dem Priester dann begegnet, und er sie fragen würde, wie es ihr geht, könnte sie ihm von Bea erzählen, ihrer armen, verwirrten, geschundenen Tochter, die nun halbnackt durch die Stadt irrt oder bei ihrem schrecklichen Freund Fabi untergekrochen ist, auch wenn der behauptet, dass das nicht stimmt und sich offenbar sogar selbst Sorgen um Bea macht.

Unschlüssig schaut Ruth zu den Fenstern der Telefonseelsorge hoch, während es allmählich dunkel wird. In Hartmut Warnholz' Arbeitszimmer schaltet jetzt jemand das Licht ein, er ist also wohl wirklich da. Aber sie schafft es trotzdem nicht, sich aus dem Hauseingang zu lösen, in dem sie lehnt. Jemand hat ihre Tochter zusammengeschlagen und ihr wahrscheinlich auch noch Schlimmeres angetan. Vergewaltigung. Das Wort ist so grauenvoll, es lässt Ruth schaudern. Vielleicht sollte sie zur Polizei gehen, ja, das sollte sie. Vielleicht ist das ihre Pflicht. Aber was geschieht, wenn Bea das wirklich unter keinen Umständen will, wird sie sich dann nicht erst recht verraten fühlen und sich endgültig von ihrer Mutter abwenden? Falls sie das nicht ohnehin schon getan hat. Du hast Jana im Stich gelassen! Du bist schuld an ihrem Tod! Als Bea sich so heftig von ihr losriss, war Ruth mit dem Kopf gegen die Wand geschlagen. Sie muss richtig weggetreten gewesen sein, denn als sie sich aufrappelte und auf die Straße lief, war von ihrer Tochter nichts mehr zu sehen. Ruth schiebt die klammen Finger in die Manteltaschen. Ich kann das Kind nicht kriegen, hatte das Mädchen am Telefon geschluchzt. Das Mädchen, das vielleicht Jana war. Ich bin doch erst 16. Ich will doch singen.

Gott, fleht Ruth zum wiederholten Mal, Gott. Bitte steh

mir bei und beschütze meine Tochter. Und als ob Gott sie endlich doch noch erhören wollte, springt jetzt im Treppenhaus
der Telefonseelsorge das Licht an und jemand läuft die Stufen
herab. Hartmut! Unwillkürlich löst Ruth sich aus ihrem Ver-
steck. Doch im nächsten Moment weicht sie wieder zurück.
Eine Frau tritt dort drüben auf den Bürgersteig. Eine Frau
in tailliertem Ledermantel mit wilden Locken – ganz unver-
kennbar die Sommersprossige, die Ruth gestern vor Hartmut
Warnholz' Wohnung fast umgerannt hat. Geht ein paar Schritte, bleibt dann scheinbar unschlüssig stehen, dreht sich eine
Zigarette und sieht wie Ruth zu den Fenstern der Telefonseelsorge hinauf, während sie ihr Handy zückt und mit jemandem
telefoniert.

Wer ist diese Frau? Was hat sie mit Hartmut Warnholz zu
tun? Gesprächsfetzen überschlagen sich in Ruths Kopf. Georg
Röttgen ist sterilisiert. – Der glotzt mir immer so geil auf den
Arsch. – Vertrau mir Ruth, Georg Röttgen hat Bea nichts getan.
Ein Taxi fährt vor, die Lockige winkt, steigt ein, immer noch
telefonierend. Wer ist sie, was hat sie mit Hartmut Warnholz
zu tun? Hat sich womöglich nicht Priester Röttgen versündigt,
sondern er? Ich hab deinen heiligen Hartmut schon nachts bei
Sankt Pantaleon gesehen, hat Bea neulich in einem Streit behauptet. Doch wieso sollte Ruth ihr glauben, wenn Bea ständig
lügt und provoziert und alles durcheinanderbringt?

Wieder geht drüben die Haustür auf, und diesmal erscheint
Hartmut Warnholz auf der Straße. Er hält einen Moment inne,
schaut nach links und nach rechts, als wolle er sich vergewissern, dass seine lockige Besucherin tatsächlich verschwunden
ist, dann läuft er Richtung Innenstadt, und ohne das bewusst
zu beschließen, wie magisch angezogen, beginnt Ruth ihm zu
folgen.

Er läuft ruhig, zügig. Zunächst an der hohen Mauer entlang,
hinter der sich der Park des Kardinalspalais verbirgt und eine
Weile glaubt sie, dass er vielleicht einen Termin beim Kardinal

wahrnehmen will oder im Priesterseminar, dann, dass er wohl einfach nach Hause geht. Doch so ist es nicht, denn nach etwa einer Viertelstunde erreicht er den Rudolfplatz und steigt in eine Bahn der Linie 1.

Ruth rennt auf den Taxistand zu. Sie muss verrückt sein, wirklich völlig verrückt, total durchgedreht. Trotzdem steigt sie in eine der Taxen und bittet den Fahrer, einfach hinter der Bahn herzufahren. Es ist ihr völlig egal, dass der Mann sie sicherlich für eine klimakterische, hysterisch eifersüchtige Ehefrau hält, und dass sie sich diese Taxifahrt überhaupt nicht leisten kann, zumal sie auch noch Extratrinkgeld dafür anbietet, wenn sie an jeder Straßenbahnhaltestelle warten, bis die Bahn wieder anfährt. Sie will wissen, wo Hartmut Warnholz hinfährt. Sie will diesen furchtbaren Verdacht gegen ihn nicht länger ertragen. Sie muss wissen, ob sie ihm vertrauen kann.

Sie fahren etwa zehn Minuten stadtauswärts, am Melatenfriedhof vorbei, was ihren Puls nur noch weiter in die Höhe treibt. Doch Hartmut Warnholz bleibt in der Bahn sitzen, vielleicht hat er also gar nichts mit Beas Zustand zu tun, vielleicht ist ihr Verdacht gegen ihn wirklich nichts als Hysterie, denn erst in Junkersdorf steigt er aus.

»Halt, was bekommen Sie?«

»18 Euro.«

Sie gibt dem Mann einen Zwanziger und springt auf den Gehweg. Wo ist Hartmut Warnholz? Dort, auf der anderen Seite der Straße. Die Ampel schaltet auf Grün, Verkehr brandet an ihr vorbei, es dauert eine Ewigkeit, bis sie ihm folgen kann und die Panik schnürt ihr den Hals zu, weil sie ihn nicht mehr sieht. Auf gut Glück rennt sie in eine Querstraße und atmet auf. Da vorne ist er. Er läuft nun langsamer, als sei er müde, bleibt schließlich vor einem gepflegten Zweiparteienhaus stehen und drückt auf eine der Klingeln.

Es ist nun fast ganz dunkel, und Hartmut Warnholz macht keinerlei Anstalten, sich umzudrehen. Dennoch hält Ruth den

Atem an, als sie schrittweise näher schleicht. Jetzt ertönt ein Summen und er drückt das Gartentor auf, geht hindurch, zieht es hinter sich zu. Das Außenlicht über der Haustür springt an. Es ist ohne jeden Zweifel Hartmut Warnholz, der dort steht. Und es ist ohne jeden Zweifel eine attraktive junge Frau, die ihm öffnet und nach einem kurzen Zögern seine Hand ergreift und ihn ins Innere des Hauses zieht.

Es kann nicht sein. Darf nicht sein. Ohne zu überlegen, schleicht Ruth noch näher. Gerade rechtzeitig, um Hartmut Warnholz ans Fenster der Parterrewohnung treten zu sehen. Blumen- und Tierbilder kleben drauf, wie sie Kinder im Kindergarten basteln. Doch Hartmut Warnholz scheint dieses Dekor nicht zu beachten, er starrt auf die Schaukel, die ein Windstoß im Vorgarten sacht bewegt. Fast so, als sei ein übermütiges Kind gerade abgesprungen, sieht das aus.

* * *

Die Frau ist winzig, bestimmt einen Kopf kleiner als sie selbst. Sie hat grellrote Strähnen in den akkurat frisierten schwarzen Haaren und trägt ein knallrotes, tailliertes Wollkleid und alberne weiße Stiefel. Aber ihre Stimme ist überraschend dunkel und kehlig, und da ist etwas in ihren kohlschwarzen Augen, das Bat Respekt einflößt und ihr zugleich das unangenehme Gefühl gibt, durchsichtig zu sein.

»Das ist Doktor Ekaterina Petrowa«, erklärt die Frau, die Bat bei der Bahnhofsmission abgeholt und zu dieser sonderbaren, kleinen Ärztin gefahren hat. Nach dem Streit mit ihrer Mutter und der schrecklichen Erkenntnis, dass Jana schwanger war und sich so geschämt hatte, dass sie das nicht einmal ihrer besten Freundin anvertraute, ist Bat eine Weile ziellos durch die Stadt gestolpert. Sie wollte zum Friedhof, sie wollte zu Fabi, aber ihr war dauernd schwindlig, sie kam nicht voran. Irgendwann war sie dann am Bahnhof und wollte zur U-Bahn-

Station. Aber dann sind ihr die Beine einfach weggeknickt und sie hat mitten auf den Bahnsteig gekotzt und dann stand plötzlich eine ältliche Frau in blauer Uniform vor ihr und führte sie in einen Raum, wo lauter kaputte Typen rumsaßen, und gab ihr Tee und einen Pullover, weil Bat so fror.

Die winzige Ärztin macht einen Schritt auf Bat zu, ohne den Blick von ihr zu wenden. »Ist es in Ordnung, wenn ich ›du‹ sage?«

Bat nickt.

»Ich würde dich jetzt gern untersuchen.«

»Okay.«

»Doktor Petrowa untersucht öfter Frauen und Mädchen, denen jemand Gewalt angetan hat. Du brauchst keine Angst zu haben, sie wird ganz vorsichtig sein«, sagt die Frau, die Bat hergebracht hat. Sie hat kurze, wasserstoffblonde Haare und eine komische Brille. Sie hatte sich Bat mit Namen vorgestellt, Cora irgendwas, sie hatte gesagt, dass sie von irgendeinem Frauennotruf käme. Sie hatte versucht, mit Bat zu reden, wollte wissen, ob sie jemanden anrufen sollte. Ihre Mutter. Eine Freundin. Bat hatte den Kopf geschüttelt. Sie braucht keine Hilfe und sie braucht keine Untersuchung. Sie weiß auch so, dass sie vergewaltigt worden ist. Sie weiß auch so, dass es höllisch weh tut und dass das ihre Schuld ist und dass sie es total verbockt hat, weil sie Lars unterschätzt hat und sich nicht mal richtig an die Vergewaltigung erinnern kann. Aber die Frau hat ihr versprochen, dass sie nach der Untersuchung die Pille danach bekommen würde. Deshalb, nur deshalb ist sie hier.

»Du musst dich jetzt ausziehen«, sagt die Ärztin.

Wieder nickt Bat. Hinter dem Fenster liegt der Melatenfriedhof und auch wenn sie Janas Grab von hier aus nicht sehen kann, ist das Wissen, dass sie das Gleiche erlitten hat wie Jana, ein klein bisschen tröstlich. Der Pulli, den ihr die Bahnhofsmissionsfrau geschenkt hat, kratzt auf ihrer Haut, als sie ihn auszieht. Sie schafft es kaum, die Arme über den Kopf zu heben. Erst jetzt bemerkt sie die Schürfwunden und blauen Flecken und sobald sie nackt auf der Untersuchungspritsche liegt, krampft sich alles in ihr zusammen. Es tut so weh. Zum ersten Mal, seit sie am Morgen wieder zu sich kam, hat sie das Bedürfnis zu weinen.

»Ruhig, ganz ruhig, Mädchen.« Die Ärztin beginnt etwas zu summen, während ihre Hände ganz sacht über Bats Körper gleiten. Eine kehlige Abfolge fremder Laute, die zu einer Melodie heranwachsen, die alt klingt und eigentlich ganz einfach, aber je länger Bat zuhört, desto mehr verfällt sie diesem dunklen Gesang, fast ein bisschen high wird sie davon und der Schmerz ebbt ab.

»Was ist das, was Sie da singen?«, fragt sie, als die Ärztin eine Pause macht, um in ihr Diktiergerät zu sprechen.

»Ein Joik. Ein uraltes Lied der Samen. Meine Großmutter singt das gern.«

»Wo wohnt die?«

»In Russland, ganz weit im Norden. Nördlich des Polarkreises.«

Die dunklen Augen der Ärztin scheinen kurz in die Ferne zu schweifen, dann werden sie wieder klar. Sie beugt sich über Bats Gesicht, leuchtet ihr in die Augen.

»Hat er dir irgendwas eingeflößt, weißt du das noch? Hast du in dem Haus was getrunken?«

»Ich weiß nicht genau. Ich glaub, ja. Ich kann mich nicht erinnern.«

Die Ärztin nickt. »GBL. K.-o.-Tropfen. Hast du davon schon einmal gehört?«

»Ich weiß nicht.«

»Das ist eine geschmacklose, transparente Flüssigkeit. Wahrscheinlich hat er dir das gegeben. Du wirst davon willenlos, kannst dich nicht wehren. Und hinterher kannst du dich an nichts erinnern.«

»Vielleicht bin ich einfach hingefallen, vielleicht ...«

»Nein.« Leicht wie Schmetterlingsflügel gleiten die Hände der Ärztin über Bats Körper.

»Hast du das schon früher mal gehabt? Dass du dich nicht richtig an etwas erinnern kannst?«

»Manchmal ja.«

»Und war dir dann auch schlecht?«

»Ja. In letzter Zeit schon.« Angst, dumpfe Angst steigt in ihr auf.

»Ich werde dir jetzt Blut abnehmen. Und eine Urinprobe brauche ich auch noch. Bis zu 24 Stunden nach der Einnahme lässt sich GBL noch nachweisen.« Die Ärztin greift nach einem metallenen Instrument. »Das ist jetzt ein bisschen kühl, wenn ich das in deine Scheide einführe, aber es tut nicht weh.«

Ein Schlag. Schwärze. Eine Hand, die sie niederdrückt. Aber kein Gesicht, kein Geruch, kein Geräusch, sosehr sie sich auch bemüht. Etwas in ihr ist zersprungen, sie ist gefallen, und dann hat er ihr was zu trinken gegeben. Und dann? Etwas zerreißt in ihr und tut weh, so weh. Hämmernde Stöße. Ja? Nein? War es so – oder war sie einfach mal wieder besoffen?

»Er hat kein Kondom benutzt.« Die Stimme der Ärztin klingt noch etwas kehliger.

»Ich hab solche Angst, dass ich schwanger bin.«

»Mach dir darum jetzt keine Sorgen. Du bekommst die Pille danach.« Die Ärztin beginnt wieder zu summen und erneut scheint die Zeit stillzustehen.

»Ich mache jetzt noch ein paar Fotos von deinen blauen Flecken«, sagt die Ärztin schließlich.

Bat fährt hoch. »Niemand soll wissen, dass ich hier bin. Das haben Sie mir versprochen!«

»Du allein entscheidest das.« Die Ärztin sieht ihr direkt in die Augen. »Aber ich denke, es wäre gut, wenn du bei der Polizei eine Anzeige erstattest.«

»Die glauben mir doch sowieso nicht, die denken doch nur, dass ich eine versoffene Schlampe bin.«

»Nein, das denken die ganz bestimmt nicht. Denn du bist leider nicht das einzige Mädchen, das mit K.-O.-Tropfen betäubt und böse missbraucht wurde und sich hinterher schämt, weil sie sich an nichts erinnern kann.«

»Ich habe eine Freundin, die ist bei der Polizei.« Zum ersten Mal seit dem Beginn der Untersuchung meldet sich wieder die Blonde mit der Brille zur Wort. »Der kannst du vertrauen. Mit der könntest du reden. Einfach so. Ganz unverbindlich. Sie könnte dir erklären, was die Polizei für dich tun könnte, und wie. Und wenn du dann eine Anzeige erstatten willst, gut. Und wenn nicht, wird sie dich nicht dazu zwingen.«

Bat schüttelt den Kopf. »Kann ich jetzt gehen?«

*   *   *

In der Küche stapelt sich benutztes Geschirr, die Tulpen von ihrer Freundin Cora haben die letzten welken Blütenblätter abgeworfen, der Kühlschrank ist leer und sie ist müde, wahnsinnig müde und zugleich überdreht, wie unter Strom. Sie hatte für Karl kochen wollen, aber nun hat sie nicht einmal eingekauft. Er hatte gelacht, als sie ihm das gestand: Dann koch ich halt wieder Spaghetti und du kommst runter. Judith stopft ihre nassen Stiefel mit Zeitungspapier aus, stellt eine Maschine Wäsche an, duscht lange und heiß. Auf ihrem Anrufbeantworter ist eine Nachricht von Volker Ludes, der wissen will, wie es ihr geht, in ihrem Kopf scheint sich alles zu drehen. Sie raucht eine Zigarette auf ihrer Fensterbank, starrt die halbdurchsichtige Kontur ihrer Spiegelung im Fenster an. Sie denkt an das Haus, an Hartmut Warnholz, an ihren Vater, die nichts miteinander zu tun haben und in ihrem Bewusstsein dennoch so eng miteinander verbunden sind. Sie denkt an Karl, der in ihren Gedanken nun ebenfalls Raum einnimmt – in ihren Gedanken, in ihrem Leben. Sie glaubt, dass es gut ist mit ihm, sie glaubt das wirklich. Aber natürlich kann sie sich täuschen und falls das so ist, werden die Synapsen in ihrem Hirn, oder was auch immer für ihr Denken und Fühlen verantwortlich ist, damit beginnen, die Geschichte von Judith und Karl umzudefinieren. Eine neue Wirklichkeit wird entstehen, so überzeugend wie die davor, genauso real oder irreal. Oder etwa nicht? Judith steht auf und drückt ihre Zigarette aus. Das Leben ist ein Konstrukt und du kannst auf die Schnauze fallen, Frau, egal, was du tust, das ist dir doch klar?

Unten bei Karl folgt sie ihm in seine Küche und lässt sich auf die Eckbank dirigieren. Es duftet verführerisch und der Tisch ist schon gedeckt, Kerzen brennen. Auf ihrem Teller liegt ein Paket Räucherstäbchen mit exotischer Goldschrift.

»Für dich, aus Nepal. Die hab ich beim Kistenauspacken gefunden.«

Er schenkt ihr Wein ein, füllt ihren Teller mit Pasta Carbonara.

»Ich hab Musik mitgebracht.« Sie gibt ihm die CD, die sie am Mittag gekauft hat. Musik war immer so wichtig in ihrem Leben, doch in den letzten Wochen hat sie sie nicht mehr ertragen, vielleicht weil sie es nicht wagte, sich in andere Welten versetzen zu lassen. Jetzt berühren sie die ersten Klänge der CD dafür umso intensiver. Crosby, Stills, Nash & Young. Sie hat die 4 *Way Street* an die 20 Jahre lang nicht mehr gehört, aber sie kennt immer noch jeden Gitarrengriff, jeden Klavierakkord, jedes Wort, sie weiß, wann und wie lange Applaus zwischen den einzelnen Stücken aufbrandet, sie kennt sogar viele der Liedtexte auswendig und bekommt bei Graham Nashs *Teach Your Children Well* genau wie damals eine Gänsehaut.

You who are on the road
Must have a code that you can live by
And so become yourself
Because the past is just a good-bye.

Es fühlt sich an wie die unerwartete Heimkehr in ein verloren geglaubtes Land. Es fühlt sich an wie Glück. Doch als sie fertig gegessen haben und das zweite Glas Wein und Espresso trinken und zu reden beginnen, ernsthafter jetzt, vertrauter, spielt Judiths Handy Queen und sie will gar nicht rangehen, sie will an diesem Abend nicht mehr Kommissarin sein. Nur weil sie Coras Nummer im Display erkennt, meldet sie sich und im nächsten Moment bereut sie es schon, weil es bedeutet, dass sie noch einmal los muss, dass auch dieser Abend mit Karl schon wieder vergangen ist, *just a good-bye.*

»Das Mädchen ist zusammengeschlagen und vergewaltigt worden, will aber keine Anzeige erstatten und nicht einmal mit der Polizei reden, auch wenn ich ihr geschworen habe, dass du nichts gegen ihren Willen unternehmen würdest«, erklärt Cora, als Judith zu ihr ins Auto steigt und nennt auf der Fahrt weitere Details.

»Wo ist sie?«, fragt Judith.

»Ekaterina hat gesehen, wie sie auf den Melatenfriedhof gegangen ist und ist ihr gefolgt. Das Mädchen hockt jetzt offenbar seit Stunden an einem Grab.«

Beatrice Sollner. Das Gruftimädchen. Noch bevor Cora das bestätigt, weiß Judith, dass es so ist. Jetzt ist sie nicht mehr müde, jetzt fühlt sie in jeder Faser ihres Körpers dieses altbekannte Prickeln. Selbst den Schmerz in ihrem Handgelenk, als sie sich am Tor des Friedhofs hochzieht, und auf die andere Seite klettert, nimmt sie kaum wahr. Sie ist schon oft hier gewesen, aber nie in der Nacht, wenn der spärliche rote Schimmer vereinzelter Grablichter die einzige Lichtquelle ist.

Sie orientiert sich nach links, läuft dann tiefer ins Innere des Friedhofs, in die Richtung, die Cora beschrieb. Ihre Sportschuhe knirschen auf dem Kies, der Verkehrslärm wird schwächer. Judith zwingt sich zu atmen, gleichmäßig, ruhig, gegen die Panik, die nun wieder lauert. Du bist allein hier, allein mit einem Mädchen. Du brauchst deine Walther nicht. Alles ist okay. Es hat sogar aufgehört zu regnen.

Zeit vergeht, sie kann nicht sagen, wie viel, während sie durch die Grabreihen geht. Mondlicht fällt zwischen den Wolken hindurch, malt fahle Konturen auf die Gesichter der steinernen Engel, so dass sie beinahe lebendig wirken.

Wo ist das Mädchen, ist sie überhaupt noch hier? Judith bleibt stehen und horcht. Sie glaubt etwas zu hören, Schritte vielleicht oder ein Tier, und ihr Puls geht schneller. Dann trägt ein Lufthauch den unverkennbaren Duft einer selbstgedrehten Zigarette zu ihr und kurz darauf entdeckt sie das Gruftimädchen. Sie kauert vor einem riesigen Steinengel auf dem Boden, ein zusammengekrümmtes Bündel, die Arme fest um die Knie geschlungen. Der Widerschein mehrerer Grablichter zittert auf ihrem blassen Gesicht.

»Beatrice, hallo, ich bin Judith.« Vorsichtig, als gelte es, ein verängstigtes Tier zu zähmen, bewegt Judith sich auf das Mädchen zu.

»Bat«, faucht das Mädchen. »Ich heiß Bat.«

»Bat. Okay. Das wusste ich nicht. Meine Freundin Cora hat mich gebeten, nach dir zu sehen.«

»Bist du von den Bullen?«

»Ja.« Judith setzt sich auf die steinerne Grabeinfriedung, holt ihren Tabak aus der Tasche, dreht sich eine Zigarette. Konzentriert, als ob das ihr einziges Interesse wäre.

»Ich hab dich schon mal gesehen.« Das Mädchen starrt sie an. »Hier auf dem Friedhof. Du hast geheult.«

»Mein bester Freund liegt da drüben.« Judith zündet ihre Zigarette an, deutet vage hinter sich.

»Du vermisst ihn.«

»Ja. Jeden Tag.«

»Wie ist er gestorben?«

»Jemand hat ihn bei einem Einsatz erschossen. Er war Kommissar. Wie ich.«

»Warst du in ihn verliebt?«

»Nein. Er war einfach mein Freund.«

Das Gruftimädchen nickt. »Ich hab auch so einen Freund. Fabian. Er war mit Jana zusammen.«

»Jana?«

»Meine beste Freundin.« Sie zeigt auf das Grab.

›Jana Schumacher. Innig geliebte Tochter‹. Judith betrachtet das pummelige Mädchen mit dem kahlrasierten Kopf, das sich wie eine Fledermaus nennt und mit beinahe andächtigem Blick vor den Grablichtern und dem Steinengel kniet.

»Ich glaub, ihr ist das Gleiche passiert wie mir«, flüstert das Mädchen tonlos.

»Jana ist vergewaltigt worden?«

Ein knappes Nicken. »Von demselben Typ wie ich. Aber ich kann's nicht beweisen.«

»Magst du mir davon erzählen?«

»Was soll das bringen?«

»Vielleicht weiß ich einen Weg, den zu bestrafen, der das getan hat.«

Es ist eine ziemlich wirre Geschichte, von einem Musikstudio und dessen Besitzer, von Versprechungen, Träumen und Freundschaft, die Judith nach und nach aus dem Mädchen herauslockt. Stockend vorgetragen, von zahlreichen Gedanken- und Zeitsprüngen zerstückelt, und als sie endlich glaubt, einigermaßen zu verstehen, hat sie das Gefühl, dass die Kälte der Steinumfriedung, auf der sie immer noch hockt, sich auf ihren ganzen Körper übertragen hat.

»Kann ich mir von dir eine drehen?«, fragt Bat.

Wortlos hält Judith ihr den Tabak hin und steht auf. Ihre Beine sind steif, wie eingefroren. Wenn sie Pech hat, hat sie sich eine saftige Erkältung oder eine Blasenentzündung geholt.

Etwas knackt hinter ihr. Kies knirscht. Sie fährt herum, glaubt gerade noch einen Schatten zu erkennen. Shit, shit, shit. Warum liegt ihre Walther daheim? Ihre Hände zittern, ihre Knie werden weich, die Panik aus dem Haus, die sie schon überwunden glaubte, springt sie wieder an.

Die Taschenlampe, komm schon, du bist Kommissarin, du bist hier die Starke, jetzt reiß dich am Riemen, Judith Krieger!

»Was ist?« Das Mädchen starrt sie an, ihre Augen in dem bleichen Gesicht wirken riesig.

»Still!« Judith schaltet die Lampe an. Unstet huscht der Lichtstrahl über die Grabreihen. Sie glaubt sich entfernende Schritte zu hören. Oder spielt ihr verdammtes Hirn ihr nur einen weiteren Streich?

»Hallo? Hallo!«

Nichts ist da, niemand. Nur sie und das Mädchen, das sich nun schwerfällig hochstemmt und am ganzen Leib zittert, so heftig, dass ihre Zähne klappern.

»Komm, Bat, bitte, hier kannst du nicht bleiben.« Judith packt sie am Arm, zieht sie weg von dem Grab.

»Meine Freundin wartet mit dem Auto. Wir fahren dich jetzt erst mal heim und du schläfst, und morgen früh sehen wir weiter, okay?«

Keine Antwort, aber auch kein Widerstand. Stumm lässt sich das Mädchen zurück zur Straße führen.

* * *

Es ist aussichtslos, die Geliebte des Priesters mit Hilfe der Daten des Einwohnermeldeamts aufzuspüren. Er hat das der Krieger von Anfang an gesagt, und nachdem die ersten Rückmeldungen von den Kollegen eintreffen, kann er seine Einschätzung nun immerhin ausreichend belegen. Keine der wenigen ledigen Mütter aus Röttgens Ex-Gemeinde in Klettenberg, die beim Standesamt ›Vater unbekannt‹ angegeben hatten, machte Anstalten, diese Angabe zu präzisieren, bloß weil ein Polizist an ihrer Tür klingelte und höflich darum bat. Ohnehin ist ja nicht einmal sicher, dass Georg Röttgen eine Geliebte hatte. Und selbst wenn, muss sie nicht aus Klettenberg oder Köln stammen, sie muss nicht einmal ledig sein oder katholisch.

Manni knüllt die vor Soße triefende Papierverpackung seines Döners zusammen und wirft sie in den Abfalleimer neben dem Stehtisch des Schnellimbiss. Der Tag fing beschissen an und ist im Begriff, genauso zu enden. Nicht einmal zum Karatetraining hat er sich aufgerafft. Er spült den Knoblauchgeschmack der Dönersoße mit Cola runter und wirft ein Fisherman's ein. Spätestens jetzt ist der Moment gekommen, sich bei Sonja zu melden oder noch besser, direkt zu ihr zu fahren. Aber was soll er ihr sagen? Hey, Sonni, ich liebe dich schon, aber ein Kind mit dir hatte ich nicht geplant? Und dann, was folgt dann, was soll er dann als Lösung vorschlagen?

Das chinesische Tattoo, das er sich vor ein paar Wochen Sonja zuliebe hat stechen lassen, scheint auf seinem Oberarm zu puckern, als wäre es frisch. Leben. Ein klares Bekenntnis, eine klare Aussage hat er gedacht und die Konsequenzen nicht berechnet. Wenn Sonja tatsächlich schwanger ist, kann sie sich entscheiden, das Kind zu kriegen oder nicht. Sein Kind. Mit ihm oder ohne ihn. Vielleicht hat Judith Krieger ja wirklich mal wieder recht. Vielleicht ist ein ungewollt gezeugtes Priesterkind das Mordmotiv, das sie noch immer suchen. Vielleicht war der gar nicht so heilige Georg von seiner ungeplanten Vaterschaft so verschreckt, dass er sich sterilisieren ließ. Samenraub – welcher Dummschwätzer hat das noch gleich gesagt? Boris Becker nach seinem Blitz-Techtelmechtel in der Besenkammer. Geholfen hat es ihm nicht, bezahlen musste er doch.

Manni winkt dem Dönerchef zu und lenkt seinen Dienstwagen ein weiteres Mal zur Wohnung des ermordeten Priesters. Das Polizeisiegel an Röttgens Wohnung ist unversehrt. Er schlitzt es auf und öffnet die Tür. Der nun schon beinahe vertraute Geruch, dessen Quelle er immer noch nicht genau definieren kann, schlägt ihm entgegen und der Döner, den er viel zu schnell hinuntergeschlungen hat, klumpt in seinem Magen, zäh wie Pappmaché.

Langsam geht Manni durch die Wohnung. Etwas verbirgt

sich hier. Etwas Wichtiges. Wieder ist er davon überzeugt, dass es so ist. Er fängt im Schlafzimmer an, öffnet ein weiteres Mal Schrank und Schubladen, legt sich aufs Bett, starrt das Kruzifix mit dem leidenden Jesus an. Ein echter Lustkiller, das steht außer Frage. Manni setzt sich wieder hin und schlägt Röttgens Bibel an der markierten Stelle auf:»Vierter Bußpsalm: Reue und Umkehr« steht da als Überschrift.»Erbarme dich meiner, o Gott, nach deiner Huld, nach deiner großen Güte tilge meine Missetaten! Wasche meine Sünde völlig von mir ab und mach mich rein von meiner Schuld! ...« Was für ein Quatsch. Das klingt beinahe so, als ob Gott eine Art Fleckenentferner wäre. Interessanter ist natürlich die Frage, von welchen Missetaten und Sünden Georg Röttgen so gerne reingewaschen werden wollte.

Manni legt die Bibel zurück auf den Nachttisch und geht durch den Flur in die Küche. Auch die ist unverändert trostlos, einzig das Wohn- und Arbeitszimmer mit dem dicken Perserteppich wirkt einigermaßen gemütlich, doch hier ist auch dieser Geruch am stärksten. Dieser Geruch, der ihn an etwas erinnert, ungut, wie eine Warnung. Weihrauch vielleicht, Weihrauch, Papierstaub und Kernseife. Der Dorfpriester in Rheindorf hat so gerochen, aber vielleicht täuscht er sich auch. Er kippt das Fenster, streicht über die Saiten der Geige, lauscht dem Missklang nach. *Mushin*. Der Nichtgeist. Die Absichtslosigkeit. Warum fällt ihm das nun wieder ein?

Manni setzt sich in einen der Sessel und betrachtet die Familienfotos an der Wand. Meuser hat Röttgens Eltern über den gewaltsamen Tod ihres Sohnes informiert. Sie waren starr vor Schock, sind es wohl noch und haben keinerlei Erklärung dafür, warum jemand ihren Sohn gehasst haben könnte. Manni steht wieder auf, studiert ihre Gesichter auf dem Foto, das sie mit dem erwachsenen Georg Röttgen vor dem Kölner Dom zeigt. Sie sehen stolz und ein wenig altmodisch aus – wie einfache Leute vom Land, die sich für den Besuch in der Großstadt herausgeputzt haben und nun bemüht sind, Haltung zu wahren, obwohl sie völlig eingeschüchtert sind.

Warum hat Röttgen kein Foto von seiner Schwester als erwachsene Frau aufgehängt, wenn er doch so auf Familie steht, was ist mit ihr? Manni kniet sich aufs Sofa, studiert die beiden silbergerahmten Fotos, die die etwa fünfjährigen Geschwister als Einzelporträts zeigen. Röttgens Schwester ist vermutlich direkt vor oder nach der Aufnahme des Gruppenbilds fotografiert worden, für das die vierköpfige Familie auf einer Frühlingswiese strammstand. Das Licht ist ähnlich und sie trägt dasselbe Kleid. Aber das Foto vom kleinen Röttgen selbst ist weniger rotstichig, etwas in seinem Blick passt nicht und statt des steif gebügelten Hemds trägt er auf dem Einzelporträt ein T-Shirt. Gab es in der Eifel in den 5oer Jahren T-Shirts?

Mit zwei schnellen Griffen löst Manni das vermeintliche Kinderporträt des Priesters aus dem Silberrahmen, dreht es herum und pfeift durch die Zähne, als er den Datumsstempel auf der Rückseite entdeckt. Bingo! Das Foto ist gerade einmal ein Jahr alt. Es zeigt also nicht Georg Röttgen selbst – sondern einen Jungen, der seinem kindlichen Ich wie aus dem Gesicht geschnitten ist.

5. TEIL

Warum denn ließest du mich aus
dem Mutterschoß kommen?
Ich wäre gestorben,
ohne dass ein Auge mich sah.

Hiob 10, 18

Sie hatte Gott nicht aufgegeben, nie. Sie hatte versucht, ihn zu verstehen. Sie hatte sich bemüht, gut zu sein, alles richtig zu machen, nach diesem einen Fehltritt. So wie sie dachte, dass er es wünschte. Und sie hatte gebetet: um Geld, eine Wohnung, um ein besseres, leichteres Leben für ihr Kind.

Aber Gott war nicht verlässlich. Manchmal erhörte er sie, meistens nicht. Und vielleicht hatte er ja recht damit, vielleicht war die Sünde, die sie begangen hatte, wirklich zu ungeheuerlich und alles, was folgte, war nur die gerechte Strafe dafür.

Hure, sagten sie, als sie behauptete, nicht zu wissen, wer der Vater des Kindes war. Hure, Schlampe, billiges Flittchen. Hat sich einen Bankert anhängen lassen. Und er tat nichts, sie zu erlösen, tat nichts für sein Kind. Und dann gab sie auf, konnte das Tuscheln nicht mehr ertragen, floh in die Stadt.

Es war nicht gerecht. Selbst Jesus hatte doch die gefallene Maria Magdalena angenommen. Aber vor allem tat es ihr unendlich weh für das Kind. Es konnte ja nichts dafür. Fragte nach seinem Papa. Spann sich aus ihren wenigen Geschichten Heldensagen zusammen. Wie gern hätte sie ihm ein besseres Leben beschert.

Komm, sagte sie, als Gottes Strafe sie noch heftiger traf. Komm, hör mir zu, ich muss dir ein Geheimnis verraten.

Mittwoch, 1. März

Der Duft von Kaffee und frisch geschälten Orangen weckt sie auf. Sie blinzelt und erkennt einen Schrank und ein mit einem Tuch verhängtes Fenster, durch das fahles Morgenlicht fällt. Karls Schlafzimmer, nicht ihr eigenes. Er stellt ein Tablett mit Tassen und Tellern auf einen Umzugskarton neben dem Bett und rutscht wieder zu ihr unter die Decke.

»Schläfst du noch, Frau Kommissarin?«

»Mmh. Ja.«

»Ich glaub dir kein Wort.«

Seine Haut ist warm, sein Körper fest und Judith wird weich unter seinen Händen, fließend. Sie lacht auf, rollt sich näher zu ihm und tut etwas, was sie sonst niemals tut, wenn sie Dienst hat: Sie schaltet ihr Handy aus und sie lieben sich noch einmal, wissender, gieriger, nicht mehr so vorsichtig wie in der Nacht.

»Und, hast du dich erkältet?«, fragt Karl später, als sie den inzwischen nicht mehr sehr heißen Kaffee trinken.

»Du hast mich prima aufgetaut.« Sie grinst ihn an, isst den letzten Orangenschnitz und greift nach ihrem Handy. Sobald sie es angeschaltet hat, meldet es mehrere Anrufe von Manni.

»Röttgen hat einen Sohn, du hattest recht«, sagt er, als sie ihn zurückruft. »Jedenfalls glaub ich, dass es sein Sohn ist. Ich hab in seiner Wohnung ein Foto von einem etwa fünfjährigen Jungen entdeckt, der ihm täuschend ähnlich sieht.«

»Wow! Gut.«

»Wo bist du? Kühn bläst zum Morgenappell!«

Sie steht auf, wirft Karl einen Luftkuss zu, sucht mit der freien Hand ihre Klamotten zusammen.

»Ich hab mit Beatrice Sollner geredet«, sagt sie und skizziert Manni die Eckpunkte ihres nächtlichen Gesprächs auf dem Friedhof.

»Wie passt das ins Bild?«, fragt er. »Was hat diese Vergewaltigung mit den Priestermorden zu tun?«

»Ich weiß es nicht«, antwortet sie und fühlt auf einmal wieder diese seltsame Unruhe, ein diffuses Gefühl von Bedrohung, dessen Grund sie nicht versteht.

»Unser Gruftigirl ist ja wohl kaum die Mutter von diesem Jungen«, sagt Manni.

»Nein, wohl nicht.«

»Wir müssen diesen Jungen finden.«

»Und seine Mutter.«

»Vielleicht wissen Röttgens Eltern was. Und seine sauberen Priesterkollegen.«

»Was ist mit seiner Schwester?«

»Die ist wohl vor 16 Jahren nach Amsterdam gezogen und hat keinen Kontakt zu ihrer Familie mehr.«

»Interessant.«

»Yep.«

»Hat sie Kinder? Vielleicht lebt Röttgens Sohn ja bei ihr?«

»Meuser ist dran.«

»Pass auf Manni, ich beeil mich. Halt Kühn noch was hin, sag von mir aus, ich sei beim Arzt. Ich komme so schnell wie möglich ins KK.«

»Was hast du vor?«

»Ich fahr noch mal zu Ekaterina.«

»Wegen des Mädchens, ja?« Manni stöhnt.

»Ich beeil mich, okay?«

Sie zieht sich an, geht hoch in ihre Wohnung, holt die Walther und vertauscht die Turnschuhe gegen die inzwischen trockenen Stiefel. Die Prinzessin der Scheiben liegt noch aufgedeckt neben den anderen Tarotkarten auf dem Wohnzimmertisch. Die schwangere Frau. Fruchtbar. Weiblich. Was hat sie zu bedeuten, welche Rolle spielt sie? Der Buddha von Judiths Vater lächelt unbestimmt. Sie hat noch keinen Platz für ihn gefunden, sie weiß immer noch nicht, in welcher Farbe sie ihr Wohnzimmer streichen will, und dieses weiche, karamellbraune Ledersofa, das sie schon seit langem kaufen möchte, hat sie auch nicht bestellt.

Sie wirft ihren Mantel über, läuft die Treppe herunter und winkt einem Taxi. Allmählich geht das zu sehr ins Geld, aber sie wagt es noch nicht, mit ihrem lädierten Handgelenk ein Auto zu lenken. Sie lehnt sich zurück, schaut aus dem Fenster. Der Himmel ist schwer, ein graues Zwielicht liegt über der Stadt, als wollte es nicht richtig hell werden und würde gleich wieder regnen. In einigen Kübeln und Vorgärten leuchten Primeln und Narzissen. Die Innenstadt bleibt zurück und bald darauf passieren sie den Aachener Weiher. Das Wasser ist von einem stumpfen Hellgrün. Ein Schwarm Enten kreist darüber. Judith lehnt den Kopf an die Nackenstütze. Ich lebe, denkt sie. Ich will leben. Ich habe getötet, weil ich sonst nicht mehr leben würde. Vielleicht hat Hartmut Warnholz recht, es ist möglich, mit dieser Schuld zu leben. Schuld. Verantwortung, was auch immer es ist.

Ekaterina Petrowa ist nicht in ihrem Arbeitszimmer im Rechtsmedizinischen Institut und auch nicht im Leichenkeller. Nach einigem Hin und Her findet Judith die russische Ärztin im Labor. Sie mustert Judith mit einem forschenden Blick aus ihren kohlschwarzen Augen und wirkt in keinster Weise überrascht, dass sie so unangemeldet vor ihr steht.

»GHB«, sagt sie und konzentriert sich sofort wieder auf ihr Mikroskop.

»Die K.-o.-Tropfen meinst du.« Judith tritt hinter sie und unterdrückt ein Lächeln. Als Medizinerin ist Ekaterina gut, brillant um genau zu sein, doch Small Talk gehört eindeutig nicht zu ihren Talenten und man darf auf keinen Fall den Fehler machen, den von ihr zu erwarten, oder gar ihr mehr als eigenwilliges Verständnis von Mode anders als wohlwollend zu kommentieren oder nach ihrer Kindheit in Russland zu fragen, wenn man mit ihr zusammenarbeiten will.

»Gamma-Hydroxy-Buttersäure«, die Rechtsmedizinerin nickt. »Wird auch als Liquid Ecstasy bezeichnet. In einer Dosierung bis etwa 1,5 Gramm wirkt es euphorisierend und senkt die Hemmschwelle, bis etwa 2,5 Gramm bewirkt es gesteigertes sexuelles Verlangen, eine noch höhere Dosis führt zu Bewusstlosigkeit und fast immer ist die Folge der Einnahme eine starke Amnesie.«

»Die Opfer können sich an nichts erinnern.«

Ekaterina Petrowa murmelt etwas auf Russisch, das wohl Zustimmung bedeutet und verstellt eines der Rädchen am Mikroskop.

»Wo kriegt man das Zeug?«, fragt Judith.

»Am leichtesten als GBL, Gamma-Butyrolacton. Das ist ein industriell hergestelltes Lösungsmittel. Reinigungsfirmen benutzen das zum Beispiel, um Fassaden von Graffiti zu säubern. GBL ist billig und legal – es unterliegt nicht dem Betäubungsmittelgesetz.«

»Jeder kann das also kaufen.«

»Es gibt eine freiwillige Verpflichtung der Hersteller, die Abgabe zu kontrollieren.«

»Und es gibt das Internet. – Kannst du sagen, ob Beatrice Sollner damit oder mit GHB betäubt wurde?«

»Nein, kann ich nicht. Im Körper verwandelt sich GBL automatisch in GHB.«

Judith lehnt sich an einen der Tische. »Für die Kollegen von der Sitte sind Vergewaltigungen mit K.-o.-Tropfen inzwischen ein ernsthaftes Thema. In vielen Diskotheken und Nachtclubs wird ausdrücklich davor gewarnt.«

Ekaterina nickt. »Die große Gefahr bei GBL ist die Überdosierung. Die passiert leicht – und kann tödlich sein. Vor allem im Zusammenhang mit Alkohol.«

Tödlich. Judiths Hände sind eiskalt. Sie schiebt sie in die Manteltaschen.

»Kannst du einen früheren Fall in eurem Computer checken, Ekaterina, etwa zwei Jahre alt?«

Die Rechtsmedizinerin scheint ihre Anspannung zu spüren. »In meinem Büro«, sagt sie, steht auf und läuft los, erstaunlich schnell, wie eine Athletin. Der hohle Klang ihrer Stiefelabsätze hallt von den Wänden wider.

»Jana Schumacher«, sagt Judith, als sie in Ekaterinas Büro vor dem Computer stehen. »Ein 16-jähriges Mädchen.«

Für eine Weile ist das Klicken der Tastatur das einzige Geräusch.

»Hier«, sagt die Rechtsmedizinerin schließlich. »Ein Suizid.«

»Ist das sicher?«

»Von Fremdeinwirkung steht hier nichts.«

»Gibt es Hinweise auf eine Schwangerschaft? Oder eine Vergewaltigung? Hat man Janas Blut auf Drogen oder GBL untersucht?« Unwillkürlich beugt Judith sich näher zum Bildschirm.

»Keine Drogen. Aber sonst?« Ekaterina schüttelt den Kopf.

»Und wenn man sie exhumieren würde?«

»Es war nicht viel übrig von ihr. Willst du die Fotos sehen?«

»Schon gut.«

Judith richtet sich auf, starrt aus dem Fenster. Versucht sich vorzustellen, wie das ist. Willenlos sein. Völlig enthemmt. Ohne klare Erinnerung. Für die betroffenen Mädchen sei eine Vergewaltigung unter dem Einfluss von K.-o.-Tropfen oft noch schwerer zu verkraften, noch traumatischer und mit noch mehr Scham behaftet, als eine Vergewaltigung ohne Drogen, hat Cora erklärt. Weil sie sich allenfalls bruchstückhaft erinnern können. Weil sie damit leben müssen, dass sie sich nicht wehrten, vielleicht sogar mitmachten oder, wie die Täter gern behaupten, es genossen. Weil sie akzeptieren müssen, dass sie tatsächlich vollkommen willenlos waren.

Judith dreht sich zum Fenster und starrt auf den Melatenfriedhof herunter. Vielleicht hat das Mädchen Bat wirklich recht, vielleicht hat jemand ihre Freundin Jana vergewaltigt und dann vor den Zug gestoßen, damit sie ihn nicht verraten kann und vielleicht ist dieser jemand tatsächlich der Musikproduzent Lars Löwner. Aber worin besteht dann der Zusammenhang mit den Morden an Georg Röttgen und Jens Weiß? Bilder wirbeln durch Judiths Kopf. Ihr Vater im Schnee, ein erfrorener Träumer. Erri und ihr eigenes, jüngeres Ich, wie sie Hand in Hand durch den Regen tänzeln oder singend zu ihrem See trampen. Wie wäre ihr Leben verlaufen, wenn jemand sie betäubt und vergewaltigt hätte, wie hätten sie das überlebt?

Judith tritt ans Fenster und blickt auf die Gräber des Melatenfriedhofs, zwischen denen nun, am Tag, einzelne dunkel gekleidete Menschen spazieren. Wie zart und verletzlich das Gruftimädchen wirkte, wenn sie von ihrer toten Freundin sprach. Wie andächtig sie zu dem Steinengel aufschaute. Das Glück scheint so leicht, so selbstverständlich, so ewig, wenn man jung ist, und trotzdem kann es so schnell und endgültig zerbrechen.

»Ah, das ist interessant«, sagt Ekaterina Petrowa hinter ihr. »Das willst du sicher wissen.«

»Was, Ekaterina?« Judith wendet sich vom Fenster ab.

»Die DNA-Analysen von gestern sind da.« Erneut klickt die Rechtsmedizinerin mit der Maus, den Blick konzentriert auf den Bildschirm gerichtet, wird dann plötzlich ganz starr und atmet scharf ein.

»Von allen Proben, die ich gestern weggeschickt habe, gibt es nur eine Übereinstimmung mit der Täter-DNA«, sagt sie langsam. »Ich hatte eigentlich nur pro forma um diesen Abgleich gebeten, aber das Ergebnis ist völlig eindeutig.«

»Was?«, fragt Judith scharf.

»Der Mann, dessen DNA wir an den Leichen von Jens Weiß und Georg Röttgen und an Josef Blochs Jacke sichergestellt haben, hat auch Beatrice Sollner vergewaltigt«, sagt Ekaterina Petrowa.

*　*　*

Sie erwacht auf dem Wohnzimmersofa, ihr Nacken ist steif, jeder Knochen tut weh. Ruth schaut auf die Wanduhr. Bis kurz vor vier hat sie hier gewartet, dass ihre Tochter noch heimkommt. Jetzt ist es beinahe neun. Die Erschöpfung muss sie schließlich überwältigt haben. Doch obwohl sie tatsächlich ein paar Stunden am Stück geschlafen hat, fühlt sie sich nicht erholt, im Gegenteil. Sie fühlt sich, als hätte sie jemand bewusstlos geschlagen und nun sei sie aus einer Ohnmacht erwacht und die Schmerzen sind nur noch schlimmer geworden. Die Schmerzen und diese finstere, jede andere Gefühlsregung erdrückende Angst.

Ruth stemmt sich hoch, tappt schwerfällig in den Flur. Vielleicht liegt ihre Tochter ja friedlich in ihrem Bett und sie hat sie nicht gehört.

»Bea, Mädchen, bist du da?«

Der Flur wirkt unberührt, alles bleibt still. Wie ausgestorben, denkt sie und spürt, wie ihr eine bleierne Kälte in die Glieder kriecht.

»Bea?«

Es sind nur wenige Schritte bis zum Zimmer ihrer Tochter, doch jeder einzelne kostet unendlich viel Kraft und währt eine kleine Ewigkeit. So muss sich ein zum Tode Verurteilter fühlen, wenn er auf seinen Henker zugeht.

Jetzt hat sie die Tür erreicht, jetzt drückt sie die Klinke herunter, öffnet die Tür und starrt in das leere, schwarz getünchte Heiligtum ihrer Tochter, das mehr denn je wie eine Grabkammer wirkt. Sogar das Chamäleon sieht heute ungesund aus, seine schuppige Haut schimmert in einem matten Graugrün, in den runden Reptilienaugen glaubt Ruth einen stummen Vorwurf zu lesen: Du hast nicht auf deine Tochter aufgepasst. Selbst gestern, als sie halbnackt und verstört und blutend vor dir stand, hast du nicht die richtigen Worte gefunden und sie wieder auf die Straße getrieben. Du hast sie im Stich gelassen, genau wie das arme Mädchen am Telefon damals. Wenn es darauf ankommt, versagst du, wie in deiner Ehe, wie in deinem Beruf ...

Es klingelt. Nachdrücklich. Einmal. Noch einmal. Wie in Trance geht Ruth in den Flur.

»Kriminalpolizei. Machen Sie bitte auf!«

Eine weibliche Stimme dringt aus der Gegensprechanlage, also kommt diesmal nicht der blonde Kommissar. Schicken sie Frauen, um schreckliche Nachrichten zu überbringen, ist es das? Ruth beginnt zu zittern, so sehr, dass sie Mühe hat, den Türöffner zu drücken. Ihre Knie sind weich, sie lehnt sich an die Wand, dieselbe Wand, gegen die ihre Tochter sie stieß, während sich im Treppenhaus schnelle Schritte nähern. Oh, bitte, Bea, mein Mädchen, bitte, fleht Ruth stumm. Nie wieder will ich mit dir streiten, nie wieder an dir herumnörgeln, ich werde alles besser machen, ich werde mir Mühe geben, dich zu verstehen, du wirst schon sehen, wir werden das schaffen, alles können wir schaffen, wenn du nur lebst!

Erneut schrillt die Klingel und jemand klopft hart an die Wohnungstür.

»Öffnen Sie bitte!«

Das bin nicht ich, denkt Ruth, während ihr Körper gehorcht. Das passiert mir nicht wirklich. Das ist nicht mein Leben, das gerade zerbricht.

»Frau Sollner? Ich bin Kriminalhauptkommissarin Judith Krieger.«

Die Sprecherin ist die sommersprossige Frau mit den wilden Locken, die Ruth verdächtigt hat, eine Affäre mit Hartmut

Warnholz zu haben. Wie dumm sie doch war, wie albern und blind.

»Ich muss mit Ihrer Tochter sprechen«, sagt die Kommissarin, wedelt mit einem Dienstausweis und drängt in den Flur.

»Sie ist nicht hier«, flüstert Ruth und die Erleichterung ist wie eine warme Welle, als sie begreift, dass diese wildlockige Polizistin also wohl nicht gekommen ist, um ihr zu eröffnen, dass ihre einzige Tochter sich vor einen Zug geworfen hat.

»Wo ist sie dann?« Die Augen der Kommissarin wirken so, als ob ihnen niemals das kleinste Detail entgeht. Ihre Iriden sind zweifarbig, blau und grau, sie hat Chamäleonaugen denkt Ruth.

»Frau Sollner, wo ist Ihre Tochter?«

»Ich weiß es nicht«, stößt Ruth hervor. Es klingt mehr wie ein Schluchzen denn wie ein anständiger Satz. »Ich habe die ganze Nacht auf sie gewartet, aber sie ist nicht heimgekommen und …«

»Das kann nicht sein«, widerspricht die Kommissarin und wird noch eine Spur blasser. »Das kann nicht sein. Ich habe Beatrice persönlich nach Hause gebracht, um kurz nach 23 Uhr.«

»Sie ist nicht heimgekommen.« Ruths Knie drohen nachzugeben, die Kommissarin verschwimmt vor ihren Augen.

»Kommen Sie.« Die Kommissarin legt den Arm um sie, schiebt sie in die Küche und bugsiert Ruth dort auf einen Stuhl.

»Atmen Sie!«, befiehlt sie, öffnet die Kühlschranktür und schenkt ein Glas Orangensaft ein. »Trinken Sie das!«

Ruth gehorcht. Nimmt wie durch Nebel wahr, dass die Kommissarin ihre Kaffeemaschine befüllt und anstellt, bevor sie sich ihr gegenüber setzt.

»So«, sagt sie und ihre seltsamen Augen fixieren Ruth. »Also noch einmal. Ich habe Ihre Tochter um kurz nach 23 Uhr heimgebracht. Sie hat die Haustür aufgeschlossen und ist ins Haus gegangen. Das habe ich gesehen. Aber Sie sagen, sie ist nicht in die Wohnung gekommen?«

»Nein.«

»Wo kann sie sein?« Die Kommissarin zieht ein Notizbuch aus der Manteltasche. »Haben Sie irgendeine Idee?«

»Vielleicht bei ihrem Freund. Fabian Bender.«

Die Kommissarin sieht sich um. Blitzschnell. »Haben Sie seine Nummer?«

»Sie ist im Telefon gespeichert. Im Wohnzimmer.«

»Bleiben Sie sitzen.« Die Kommissarin springt auf, verschwindet, kommt gleich darauf mit dem Telefon zurück. »Rufen Sie an«, befiehlt sie und hält Ruth den Hörer hin.

Ruth gehorcht, auch wenn eine innere Stimme ihr sagt, dass das sinnlos ist, weil es keinen harmlosen Grund für Beas Verschwinden gibt. Und die Besorgnis, die sie in Fabians Stimme zu hören glaubt, der sich immerhin meldet, schürt ihre Angst noch mehr.

»Er weiß nicht, wo sie ist«, berichtet sie. »Er war gestern Abend im Lunaclub mit ihr verabredet, aber Bea ist nicht gekommen.«

Die Kommissarin macht sich eine Notiz. Die Kaffeemaschine gurgelt.

»Wo könnte Beatrice sonst noch sein, überlegen Sie!«

Ruth krampft die Hände ineinander. »Vielleicht bei einer früheren Schulkameradin. Oder in diesem Lunaclub.«

»Namen. Adressen«, befiehlt die Kommissarin.

Zitternd holt Ruth das Telefonregister aus dem Wohnzimmer, findet tatsächlich ein paar Namen von Freundinnen. Früher haben Bea und sie dieses Register zusammen genutzt.

»Ist Ihr geschiedener Mann Beas leiblicher Vater?«

»Stefan? Ja. Ja natürlich.«

»Rufen Sie ihn an.« Die Kommissarin springt auf, holt Milch aus dem Kühlschrank und stellt die Zuckerdose auf den Tisch.

»Mein Mann hat seit Monaten nichts von Bea gehört«, sagt Ruth, nachdem sie sich von Stefan verabschiedet hat.

»Sicher?«

»Das hat er gesagt, ja.«

»Ihre Tochter ist vergewaltigt worden, das wissen Sie, oder?« Die Kommissarin setzt sich Ruth gegenüber. »Es gibt Anlass zu vermuten, dass derjenige, der dies getan hat, auch Ihren Chef, Georg Röttgen und einen weiteren Mann getötet hat.«

Aber doch nicht Stefan. Wieder droht alles vor Ruth zu verschwimmen. Doch die Kommissarin lässt das nicht zu. Nennt immer weitere furchtbare Fakten und bombardiert Ruth mit Fragen, nötigt sie zwischendurch Kaffee zu trinken und macht sich Notizen, während Ruth von den Schwierigkeiten mit Röttgen in der Telefonseelsorge erzählt, wie er alle mit seiner Frömmigkeit terrorisierte. Wie gehetzt er in der Nacht vor seiner Ermordung wirkte, wie dann jemand anrief und drohte ›ich bring dich um‹.

»Haben Sie die Stimme erkannt?«, fragt die Kommissarin.

»Nein, ich – sie war verzerrt«, Ruth krampft die Hände im Schoß zusammen. »Ich bin sonst sehr gut darin, Stimmen zu identifizieren, das lernt man in der Telefonseelsorge ganz automatisch.« Ruth hält inne, erzählt dann auch von den Schweigeanrufen und von dem Anruf des schwangeren Mädchens, das sie für Jana hielt. Selbst ihren Streit mit Bea deswegen verschweigt sie nicht. Und auch nicht, dass ihre Tochter den ermordeten Priester beschuldigte, sie unsittlich angesehen zu haben.

Die Kommissarin lässt sie reden, nickt hin und wieder, macht sich eine Notiz.

»Sagt Ihnen der Name Lars Löwner etwas? Oder L-Music?«

»Nein, wer soll das sein?«

Statt Ruth zu antworten, hastet die Kommissarin in den Flur, zieht die Küchentür hinter sich zu und beginnt zu telefonieren. Wie ein gedämpftes Stakkato dringt ihre Stimme zu Ruth herein, zu leise, um etwas zu verstehen. Wieder droht die Angst um ihre Tochter sie zu überwältigen, wie eine entsetzliche Prophezeiung steht ihr das Schicksal des armen Hiob wieder vor Augen: Frau, Kinder, Freunde, Reichtum, Gesundheit, alles hatte Gott ihm genommen, um seine unermessliche Macht zu demonstrieren. Aber Hiob war unschuldig, ein redlicher Mann. Hiob hatte nicht versagt, als Gott ihn prüfte, im Gegensatz zu ihr.

»Es wird gleich eine Kollegin kommen und bei Ihnen bleiben, Frau Sollner. Und ein Team von der Spurensicherung. Wir haben Ihre Tochter zur Fahndung ausgeschrieben. Wir wissen bestimmt bald mehr.«

Ruth nickt. Mechanisch. Sie hat gar nicht mitbekommen, dass die Kommissarin wieder vor ihr steht. Sie stemmt sich hoch und geht mit hölzernen Bewegungen in Beas Zimmer. Sie muss das Chamäleon füttern. Wenigstens das muss sie tun. Das Tier soll doch leben, wenn Bea zurückkommt.

Unverwandt starrt das Chamäleon sie an. Ruth drängt ihren Ekel beiseite, nimmt die Plastikpinzette und greift nach der Futterschachtel. Nichts raschelt darin, nichts schabt, nichts zirpt. Ruth öffnet den Deckel und beginnt zu schreien. Die Heuschrecken sind tot. Ihre schwarzen Stecknadelaugen glotzen ins Leere.

* * *

Wer ist der Junge, dessen Foto bei Georg Röttgen im Wohnzimmer hing? Nicht Röttgens Sohn, nicht ihr Enkel, wenn man den Eltern des ermordeten Priesters glauben darf. Doch das heißt natürlich gar nichts. Vielleicht schützen sie den Ruf ihres Sohnes noch nach seinem Tod, vielleicht haben sie tatsächlich nichts von seinem folgenreichen Fehltritt gewusst oder wollen nicht zulassen, dass ihr Glaube an ihn posthum zerbricht. Vielleicht haben sie den verbotenen Enkel auch längst akzeptiert und dessen Mutter versprochen, das süße Geheimnis zu wahren. Manni ballt die Fäuste. Lügen, Lügen, Lügen. Lügen und Scheinheiligkeit. Im Morgenmeeting hatte er das Foto des Jungen präsentiert und um einen Durchsuchungsbeschluss für die Personalstabsstelle des Erzbistums Köln gebeten. Doch Kühn hatte abgewinkt. Auf welcher Grundlage denn, nur wegen eines Fotos, das einem Kinderfoto des Toten zugegebenermaßen sehr ähnlich sieht? Willst du, dass der Staatsanwalt uns auslacht? Bring mir was Handfestes, dann sehen wir weiter.

Manni springt auf, läuft über den Flur zu Meuser, der eben im Begriff ist, ein halb Englisch, halb Deutsch geführtes Telefonat zu beenden.

»Das war Amsterdam«, sagt er zu Manni, nachdem er aufgelegt hat. »Röttgens Schwester ist ledig und kinderlos. Von einem Neffen weiß sie nichts.«

»Sagt sie.«

»Der niederländische Kollege meint, sie hätte das für seinen Geschmack ein wenig zu eifrig behauptet, er konnte ihr aber nicht beweisen, dass sie lügt. Andererseits lebt sie ja schon seit 16 Jahren in Amsterdam und hat seitdem keinen Kontakt zu ihrer Familie mehr.«

»Warum? Hat der Kollege das auch gefragt?«

»Deutschland war ihr zu engstirnig, hat sie gesagt.«

»Deutschland oder ihre saubere katholische Familie?«

Meuser wiegt den Kopf hin und her. »Vielleicht eher das Letztere. Sie ist aus der Kirche ausgetreten, reist einmal im Jahr nach Indien und leitet in Amsterdam sehr erfolgreich ein Yogazentrum.«

Yoga und Indien, nun denn. Auch das ist eine Art Religion, kann zumindest zu einer werden. Einer Ersatzreligion mit fremden Göttern, die man genauso fanatisch verehrt. Das ist auch etwas, das er an Sonja schätzt. Sie macht ihre Sachen, ohne groß drüber zu reden, ohne irgendwen missionieren zu wollen. Vegetarisch kochen, Yoga, Massage, ihr Studium. Und genauso wird sie auch in Sachen Schwangerschaft verfahren. Sie wird ihre Entscheidung treffen und durchziehen. Still und effizient. Sie wird nicht ewig auf seinen Anruf warten. Wieder spürt er diesen Druck im Magen. Als ob irgendwo eine Zeitbombe tickt. Als ob er die hört und trotzdem einfach weitergeht, so fühlt sich das an.

»Wo ist die Krieger?« Kühn steckt den Kopf zur Tür rein. Die getupfte Krawatte spannt über seinem Preisboxerhals, auf seiner Stirn perlt Schweiß. Ihm auf den Fersen klebt der externe Ermittler aus Düsseldorf, der vage lächelt, als wüsste er etwas, das er noch nicht verrät

»Sie wartet vor Ort auf die KTU«, sagt Manni. »In der Wohnung der Sollners.«

»Wer hat das angeordnet?«

»Was soll sie denn sonst tun? Das Mädchen, das nachweislich mit der Täter-DNA in Berührung kam, ist verschwunden. Es geht darum, schnell zu sein.«

Kühn wischt sich Schweiß von der Stirn und betrachtet Manni mit dem nachsichtigen Blick eines enttäuschten Pädagogen, der entschlossen ist, die Hoffnung auf eine Läuterung seines Schutzbefohlenen noch nicht zu begraben.

»Du tust, was die Krieger sagt, hm? Lässt dich von ihr herumkommandieren.«

Manni starrt dem Soko-Leiter in die Augen. »Ich tu, was ich für angemessen halte.«

»Ah ja?« Kühn grinst, trollt sich dann aber, vielleicht weil der Externe in seinem Rücken sich räuspert und weiterdrängt.

Ich werde aussagen, dass es meine Schuld war, dass die Krieger allein in das Haus gegangen ist, beschließt Manni. Dass ich ihre Nachricht zu spät erhielt, weil ich mein Handy nicht abgehört habe. Selbst wenn es mich die nächste Beförderung kostet, werde ich das tun. Weil ein Schleimscheißer wie Kühn nicht gewinnen darf.

Er verabredet mit Meuser, dass der Kollege sich um die Herausgabe der Telefondaten von der Telefonseelsorge bemüht und sie mit denen von Georg Röttgen, Jens Weiß und den Sollner-Frauen vergleicht, schnappt sich selbst einen Dienstwagen. Er sollte direkt zu der Adresse fahren, wo Judith den Vergewaltiger von Beatrice Sollner vermutet, doch sie ist nicht allein, hat die Sache im Griff, also macht er noch einen Abstecher in die Kardinal-Frings-Straße, vorbei an Röttgens Wohnung, direkt vor den Eingang des Priesterseminars. Es ist keine rationale Entscheidung, nicht wirklich zu begründen. Eine diffuse Wut treibt ihn dazu, Wut auf Kühn, Wut auf die Kirche. Auf dieses ganze selbstgefällige System.

Er steigt aus, lehnt sich an den Wagen, betrachtet die hohe Mauer, die das Gelände abschirmt, wählt die Telefonnummer des Kardinalsboten Benedikt Ackermann, der bislang nicht einmal die exakte Adresse seines Büros preisgeben wollte.

»Ich habe Neuigkeiten, die ich Ihnen gerne persönlich mitteilen würde«, sagt er, sobald Ackermann sich meldet. »Ich stehe direkt vor dem Priesterseminar.«

Er glaubt ein Zögern in Ackermanns Stimme zu hören, das darauf hindeutet, dass der Kardinalsbote diese Neuigkeiten lieber nicht hören möchte, doch bereits zehn Minuten später holt ihn ein bleichhäutiger, grau-schwarz gekleideter Priesterschüler ab und geleitet ihn am Pförtner vorbei in einen Besprechungsraum im Seitentrakt, versorgt ihn mit Kaffee und heißt ihn zu warten.

Zeit vergeht. Kostbare Zeit. Draußen im Park krakeelt eine Elster. Ein leidender Holzjesus linst unter gesenkten Lidern auf ihn herab. Manni steht auf, sieht in den Park, denkt an die Goldkäfer, die dort angeblich irgendwo herumkrabbeln, eine bedrohte Art, auf deren Existenz die Priester so stolz sind und die sie deshalb schützen. Aber natürlich ist ein Insekt etwas anderes als ein Kind.

»Herr Kommissar, guten Morgen!« Benedikt Ackermann

rauscht herein, dicht gefolgt von dem rundlichen Regens und nach einer Runde Händeschütteln und Höflichkeiten gruppieren sie sich um den Tisch.

»Es gibt Unfälle«, sagt Manni langsam. »Priester, die sich trotz ihres Gelöbnisses zur Enthaltsamkeit mit einer Frau einlassen. Und manchmal ist die Konsequenz einer solchen Liaison ein Kind.«

Die beiden Männer mustern ihn. Schweigend.

»Es gibt Selbsthilfegruppen von Frauen, die Priester lieben, teils sogar mit ihnen zusammenleben, als sogenannte Haushälterin. Es gibt ein paar wenige ehemalige Priester, die sich für ihre verbotene Familie entschieden haben und auspacken. Es gibt auch ein paar engagierte Reportagen zu diesem Thema.«

Ackermann lächelt. Der Regens guckt aus dem Fenster.

»Die Kirche zahlt ihren verbotenen Kindern Alimente«, fährt Manni fort. »Manchmal zumindest. Und wenn es so ist, dann wird das auch irgendwo registriert. In der Personalstabstelle zum Beispiel. Ist das im Falle von Georg Röttgen so?«

»Was wollen Sie? Mit Schmutz werfen?« Ackermann macht Habichtaugen. »Bei unserer letzten Begegnung haben Sie noch behauptet, unser ermordeter Kollege sei sterilisiert.«

»Das muss ja nicht ausschließen, dass er zuvor ein Kind gezeugt hatte.«

Ackermann nickt, lässt Manni nicht aus den Augen.

Er ist gut, denkt Manni widerwillig. Beinahe perfekt. Er legt das Foto des Jungen auf den Tisch, glaubt Erschrecken im Gesicht seines Gegenübers zu lesen, doch vielleicht ist das Wunschdenken, denn sofort hat der Priester sich wieder im Griff.

»Ein hübscher Junge«, sagt er. »Und weiter?«

»Georg Röttgen war sein Vater«, sagt Manni.

»Das wissen Sie sicher?«

»Ich weiß das und Sie wissen es auch.«

»Tatsächlich? Ich glaube, da liegen sie falsch.«

* * *

Ruth Sollners Angst haftet an ihr, dringt in jede Pore, zäh und schwarz wie altes Öl. Ruth Sollners Angst und ihre Schreie, als sie am Terrarium des Chamäleons die toten Heuschrecken fand. Nur mit großer Mühe ist es Judith gelungen, die Frau wieder einigermaßen zu beruhigen. Sie davon zu überzeugen, dass es durchaus Hoffnung gibt, ihre einzige Tochter lebend zu finden.

Gibt es Hoffnung? Die Fahndung nach Beatrice läuft. Den Ort ihrer Vergewaltigung sichern Kriminaltechniker. Blut, Sperma, Zigarettenkippen, leere Bierdosen. Zwei Tippelbrüder haben bestätigt, am gestrigen Morgen ein Punkmädchen in dem leerstehenden Gebäude gesehen zu haben. So weit also hat die Erinnerung des Mädchens offenbar korrekt funktioniert.

Ich hätte darauf bestehen müssen, sie bis in die Wohnung zu begleiten, denkt Judith. Ich hätte dafür sorgen müssen, dass ihre Mutter sich um sie kümmert. Doch genau das hatte Beatrice Sollner auf keinen Fall gewollt und ohnehin ist es müßig, sich damit zu quälen. Wenn das Mädchen vor einen Zug springen will, wird sie das tun. Jetzt gerade in diesem Moment kann sie springen, oder morgen, übermorgen, in zwei Wochen. Irgendwo an einem x-beliebigen Gleis, vor einen x-beliebigen Zug kann sie sich werfen. Und niemand kann sie daran hindern, falls sie wirklich dazu entschlossen ist.

Wo ist Beatrice? Wer ist ihr Vergewaltiger? Das Studio Lars Löwners ist leer, zwei Streifenbeamten wachen dort nun. Hat er geglaubt, das Mädchen sei tot, als er sie bewusstlos liegen ließ? Weiß er bereits, dass Beatrice noch lebt und wir nun alles daransetzen, sie für immer zum Schweigen zu bringen? Hat er sie schon in seiner Gewalt? Wir müssen sie finden. Schnell.

Sofort. Judith zündet sich eine Zigarette an, raucht ein paar hastige Züge, tritt sie dann wieder aus. Ihre Zuversicht, Beatrice wohlbehalten zu finden, schwindet rapide, der Tabakgeruch bringt die Erinnerung an das Mädchen überdeutlich zurück. Die Andacht in ihrem Gesicht. Die Verletzlichkeit.

»Fahren wir«, sagt Judith und schwingt sich auf die Rückbank des Streifenwagens.

»Wohin?« Der Fahrer, ein blutjunger Polizeimeister, dreht sich zu ihr herum.

Ja, wohin? Direkt zur Privatwohnung von Lars Löwner oder zuerst zu dem Freund, obwohl der am Telefon behauptet, Beatrice sei nicht bei ihm? Judith starrt auf das Abbruchhaus, in dem das Mädchen vergewaltigt wurde. Nackter Beton, Verfall, besudelte Pappe. Es gibt keine Worte für das Entsetzen, es gibt keinen Trost, allenfalls Linderung vielleicht.

»Schickt zwei Kollegen zu Löwners Wohnung, unauffällig. Die sollen checken, ob er sich dort aufhält und dann abwarten und aufpassen, dass er nicht abhaut«, befiehlt sie und nennt dem Streifenkollegen die Adresse Fabian Benders.

Blaulicht zuckt in den asphaltgrauen Morgen. Die Nacht mit Karl scheint unendlich lange her, unwirklich, wie aus einem anderen Leben. Sie will das Mädchen finden. Sie will, sie muss. Sie will, dass sie lebt.

»Meine kleine Schwester ist auch Grufti«, sagt der Polizeimeister, der den Wagen lenkt. »Steht auch auf Friedhöfe und Grablichter und so.«

Der Polizeifunk knattert los, unwillkürlich hören sie alle hin. Angespannt. Sprungbereit.

»Die verklären den Tod, aber die bringen sich deshalb nicht gleich um«, sagt der Polizeimeister, als klar ist, dass es in Sachen Beatrice Sollner nichts Neues gibt. »Die sehen zwar ziemlich wild aus, aber sie sind in der Regel sehr friedlich und Gewalt mögen sie gar nicht.«

Judith nickt. Es ist nett von ihm, das zu sagen und sie würde ihm gerne glauben. Da war ein Geräusch auf dem Friedhof, kurz bevor sie das Mädchen zum Auto brachte. Schritte vielleicht, sie hat Angst bekommen. Hat jemand sie und das Mädchen beobachtet oder hat sie sich das wieder einmal nur eingebildet? War dieser jemand der Täter, ist er ihnen gefolgt, ist das Mädchen ihm, als sie wieder auf die Straße lief, geradewegs in die Arme gelaufen? Hör auf, dir Räuberpistolen auszudenken, KHK Judith Krieger, reiß dich zusammen. Beatrice wollte ihrer Mutter nicht begegnen. Die Chancen sind gut, dass sie zu ihrem Freund geflohen ist und sich dort verkriecht. Dass er für sie lügt, wenn Ruth Sollner anruft.

Das Mietshaus, in dem Fabian Bender lebt, liegt in der Nähe des Uniturms an der Luxemburger Straße. Verkehr brandet unablässig vorbei, selbst im Treppenhaus hört man ihn noch überlaut.

»Kommen Sie wegen der Miete?«, fragt die dickliche Frau im Parterre, die ihnen aufgemacht hat, weil Fabian Bender selbst nicht reagiert. »Seit seine Mutter gestorben ist, ist er ständig im Rückstand. Arbeitet nix und wie der immer aussieht ...«

Sie lassen sie stehen, laufen hoch ins Dachgeschoss. Das Treppenhaus riecht nach Bratfett und Bohnen. An der Wohnungstür Fabian Benders klebt das Bild eines Totenkopfes.

»Polizei, bitte öffnen Sie!«

Wie oft hat sie diesen Satz in den letzten Jahren schon gesagt, vor wie vielen Türen? Und nie kann man sicher sein, was sich dahinter verbirgt. Noch einmal drückt sie auf die Klingel, lange, schreckt fast zurück, als die plötzlich aufgerissen wird.

»Wwwas?« Der schlaksige, hochgewachsene Sprecher ist beinahe genauso bleich wie der Totenkopf an seiner Tür. Blauschwarze klebrige Haarsträhnen fallen ihm in die Stirn. Ohren, Lippen, Nase und Augenbrauen sind von zahllosen Piercings zerlöchert.

»Fabian Bender?«

Er nickt. Fingert nervös an den Taschen seiner Lederhose.
»Sorry, ich hab gepennt.«

»Wir suchen Beatrice Sollner, ist sie hier?«

»Bat?« Er reißt die Augen auf, die Metallkette, die von seiner rechten Augenbraue zum Nasenflügel reicht, spannt gefährlich.

»Sie ist gestern vergewaltigt worden. Es besteht die Möglichkeit, dass sie suizidgefährdet ist.«

»Aber ...«, er schüttelt den Kopf, wirkt noch eine Spur blasser. »Wir waren verabredet. Im Club. Sie ist nicht gekommen ..«

»Gestern Nacht? Haben Sie seitdem etwas von ihr gehört?«

Er starrt Judith an. Seine Augen liegen tief in den Höhlen. Als ob er seit Wochen kaum geschlafen hat.

»Wir schauen uns mal um, ja?«

Judith wartet seine Antwort nicht ab, drängt mit den beiden Streifenkollegen ins Innere der Wohnung. Sie besteht aus drei kleinen Zimmern, Küche und Bad. Es riecht schlecht hier drin, ungelüftet, nach schalem Alkohol, Essensresten, überquellenden Aschenbechern und Farbe. Im größten Zimmer, das wohl einmal als klassisches Wohnzimmer diente, stapeln sich Umzugskartons. Ein weiteres Zimmer ist leer und jemand hat begonnen, die Blümchentapete mit schwarzer Farbe zu überstreichen. Durch die geschlossenen Fenster dringt der Motorenlärm von der Straße.

»Ich renovier grad«, nuschelt Fabian Bender.

Judith nickt, inspiziert auch das letzte Zimmer der Wohnung, von der Einrichtung her ist dies ganz offensichtlich Fabians ureigenes Reich. Sie starrt den Totenkopf auf dem niedrigen Tisch an, die Grablichter, die schwarzen Wände, die Berge ungewaschener schwarzer Klamotten am Fußende des Betts. Das Mädchen ist nicht hier, sie hat sich geirrt. Sie dreht sich herum, hebt den Kopf, sieht Fabian Bender in die Augen. Ihre Knie drohen plötzlich nachzugeben, Blut rauscht in ihren Ohren. Sie hat zu wenig geschlafen und außer einer Orange nichts gegessen, und jetzt kommt noch die Enttäuschung dazu. Reiß dich zusammen, KHK Krieger. Komm schon. Mach jetzt nicht schlapp.

»Haben Sie irgendeine Idee, wo Ihre Freundin sein könnte?«

Fabian Bender schüttelt den Kopf. Wie in Trance. Als habe er Schwierigkeiten zu verstehen. Oder als würde er gleich anfangen zu weinen.

»Sie will hier doch einziehen«, sagt er schließlich. »Sie und Micke und Skunk. Wir sind doch eine Familie. Es war alles gut.«

* * *

Das Gebäude, in dem der Musikproduzent Lars Löwner eine Eigentumswohnung besitzt, ist einer dieser Yuppieneubauten am südlichen Rheinhafen. Viel Glas, farbig akzentuierte Fassaden, große Balkone und Dachterrassen mit immergrünen Protzkübelpflanzen. Das Polizeiauto vor dem Eingang wirkt eindeutig deplatziert. Trotzdem gafft niemand von den Balkonen. Was wohl daran liegt, dass hier mitten an einem Werktag kaum jemand zu Hause ist. In dieser Noblesse lebt man ohne Kinder und Partner, arbeitet lange und betrachtet das Rheinpanorama, für das man viel Geld hingelegt hat, allenfalls am Wochenende mit einem gepflegten Glas Weißwein oder Caipirinha in der Hand.

Manni parkt hinter dem Streifenwagen, steigt aus der Schrottgurke, mit der ihn der Fuhrpark am Morgen beglückte, und checkt das Gelände. Alles totenstill. Von Judith Krieger und den Uniformierten ist nichts zu sehen. Ist dieser Popmusikheini der Täter, den sie so verzweifelt suchen? Und wenn ja, was ist dann mit dem Jungen? Röttgens Jungen, den angeblich niemand kennt. Einen nach dem anderen hat er mit dem

Foto abgeklappert: den Kardinalsboten, Röttgens Nachfolger in Klettenberg, den Gemeindepfarrer von Sankt Pantaleon. Sogar bei Nora Weiß hat er es versucht. Der Erfolg war gleich null und ein weiterer Streit mit Kühn, der das Foto des Jungen keinesfalls an die Presse geben will, macht Mannis Laune nicht gerade besser.

Die Eingangstür zu Löwners Haus gibt auf leichten Druck nach. Löwner wohnt ganz oben, Mann nimmt die Stufen im Laufschritt. Vor der Wohnungstür stellt sich ihm ein Polizeimeister in den Weg. Manni winkt mit seiner Dienstmarke und tritt in einen geschniegelten, mit coolem dunklen Parkett ausgelegten Flur. Auf halber Strecke kommt ihm die Krieger entgegen. Blass und mit diesem verbissenen Blick, den sie immer hat, wenn sie glaubt, kurz vor einem Durchbruch zu stehen.

Sie stoppt abrupt, starrt ihn an.

»Mein Gott, siehst du fertig aus, was ist denn passiert?«

»Gleichfalls«, er ringt sich ein Grinsen ab. »Bist du schon durch hier?«

»Ich muss nur mal aufs Klo.«

»Warte mal, Judith, ich glaub nicht, dass Löwner der Mann ist, den wir suchen, wir ...«

»Ich will das Mädchen finden. Lebend.« Sie verschwindet im WC, lässt ihn einfach stehen.

Er geht weiter in ein bestimmt 50 Quadratmeter großes Wohnzimmer mit hoher Decke und halboffener Küche. Alles hier ist teuer: der Flachbildfernseher, die Stereoanlage, die riesigen Schwarzweißfotografien von Jazzmusikern an den Wänden. Löwner selbst hockt barfuß in Trainingshose und T-Shirt auf einem roten Ledersofa und sieht aus, als habe ihn die Polizei direkt aus dem Bett gezerrt. Sein blond gesträhntes Haar ist zerzaust und die Falten in der gebräunten Haut verraten, dass er die dreißig und wahrscheinlich auch die vierzig schon eine Weile hinter sich gelassen hat. Manni lässt sich dem Mann gegenüber in einen Sessel sinken und betrachtet ihn. Er war es nicht, denkt er und merkt wieder diesen unguten Druck in der Magengegend. Er war es nicht. Er hat es nicht nötig, ein pummeliges Gruftigirl zu vergewaltigen, weil ihm unter Garantie jede Menge ambitionierte Möchtegern-Popsternchen zu Füßen liegen.

Löwner räuspert sich, offenbar irritiert von Mannis Schweigen. Der schöne Schein kann natürlich täuschen, gesteht Manni sich ein. Vielleicht ist Löwner eins dieser Arschlöcher, die durchdrehen, wenn sie einen Korb kriegen, egal von wem. Doch welches Motiv hätte er, auch noch einen Priester und einen Chirurg umzubringen?

»Ich mach mal 'n Kaffee.« Löwner steht auf. »Für Sie auch?«

»Setzen Sie sich wieder hin.« Die Krieger ist zurück, ihre Stimme schneidet.

»Ich hab niemanden vergewaltigt, verdammt«, mault Löwner, gehorcht aber trotzdem. »Ich war die ganze Nacht mit Zoë zusammen.«

»Zoë?«, fragt Manni.

»17 Jahr, blondes Haar, nebenan im Schlafzimmer.« Die Krieger lächelt ihr Wildkatzenlächeln, wendet sich sofort wieder Löwner zu.

»Jana Schumacher. 16. Sagt Ihnen das was?«

»Jana, ja.« Löwner nickt. »Nach der hat dieses Punkmädel neulich auch gefragt.«

»Und?«

»Das mit Jana ist schon 'ne Weile her. Das war 'ne Hübsche, mit einer super Stimme. Ich wollt ein Demo machen mit ihr.«

»Und?«

»Dann ist sie einfach nicht mehr gekommen.«

»Weil sie von einem Zug überrollt worden ist«, erklärt die Krieger mit Katzenblick.

»Shit!« Löwner fährt sich mit der Hand über das Gesicht. »Deshalb also.«

»Deshalb was?«

»Diese Punkgöre hat mich Mörder genannt, sie hat's mir sogar in die Autotür geritzt.«

»Das haben Sie gesehen?«

»Sie hat mir 'ne riesen Szene gemacht. Wer sonst also sollte das gewesen sein?«

»Und deshalb haben Sie sie vergewaltigt. Genauso wie ihre Freundin Jana.«

»Nein, verdammt. Das habe ich nicht.«

Einen Moment sieht die Krieger verloren aus, durchscheinend beinahe, als kippe sie um. Dann fängt sie sich wieder und feuert die nächste Frage ab.

»Haben Sie sich damals nicht gewundert, als Jana nicht kam? Eine Aufnahme im Tonstudio ist doch das, wovon viele Mädchen träumen?«

Löwner zuckt mit den Schultern. »Manche Mädels sind halt unberechenbar. Oder die Eltern hängen sich rein. Außerdem war ich ja damals schon auf dem Absprung.«

»Wohin?«

»L. A.« Er grinst. »Ein cooles Label. Sonne. War ein geiles Angebot.«

»Aber?«

»Zu viel Sonne, zu viel Plastik und schlechte Musik. Seit Januar bin ich wieder hier.«

»Januar.« Die Krieger guckt aus dem Fenster. »Sind Sie katholisch?«

Löwner starrt sie an. »Ist das wichtig?«

»Ich frage«, faucht sie.

»Nein. Nie gewesen.« Löwner steht auf. »Hören Sie, ich hab niemanden vergewaltigt und ich hab niemanden umgebracht. Ich kann nichts dafür, wenn ein Punkgör mich anschwärzt.«

»Georg Röttgen, sagt Ihnen der Name was?«, fragt Manni.

Löwner guckt verständnislos. »Nein, wer soll das sein?«

»Und Jens Weiß?«

»Keine Ahnung, wirklich. Gehen Sie jetzt bitte. Sie haben meine Speichelprobe. Ich habe ein Alibi, das Zoë bereits bestätigt hat. Ich habe die ganze letzte Nacht gearbeitet und möchte jetzt gern wieder schlafen.«

Die Krieger nickt, hat aber offenbar Schwierigkeiten, sich von dem Sessel zu lösen.

Manni fasst sie am Arm, fühlt ihre Anspannung, doch immerhin erwacht sie nun aus ihrer Starre und sie können endlich gehen.

»Was ist?«, fragt Manni, als sie sich unten ohne ein Wort auf den Beifahrersitz hockt.

Sie dreht sich zu ihm herum, ganz langsam, ist auf einmal sehr nah, beunruhigend nah. So nah, wie ihm sonst allerhöchstens Sonja kommt.

»Ich denke an Träume«, sagt sie. »Wie viel man bereit ist, für sie zu riskieren. Wie wichtig sie sind. Wie groß die Gefahr ist, an ihnen zu scheitern.«

Sein Handy fiedelt los, er meldet sich hastig, ohne aufs Display zu gucken.

»In der Telefonseelsorge wurde mehrmals aus derselben Telefonzelle am Hauptbahnhof angerufen, mit der auch Röttgen kurz vor seiner Ermordung telefonierte und zwar interessanterweise sowohl vor als auch nach Röttgens Tod«, referiert der Kollege Ralf Meuser. »Nachts gingen diese Anrufe bei der allgemein bekannten Seelsorgenummer rein. Tagsüber jedoch wählte der Anrufer die geheime Nummer des Sekretariats.«

»Ein Insider also«, folgert Manni. »Interessant.«

»Ja.«

»Wer hat die Gespräche angenommen?«

Meuser seufzt. »Ruth Sollner. Hartmut Warnholz. Die Apparate werden von verschiedenen Mitarbeitern benutzt. Ich fang gerade erst an.«

* * *

321

Das Mädchen stirbt. Das Mädchen ist in Gefahr, vielleicht sogar in der Gewalt des Mörders. Warum werde ich diese Angst nicht los, fragt Judith sich zum wiederholten Mal. Nein, nicht Angst, warum glaube ich zu wissen, dass es so ist? Wegen Ruth Sollners Zusammenbruch? Weil ich, wider alle Erfahrung, insgeheim glaube, dass es ein Band zwischen Mutter und Tochter gibt, dass eine Mutter spürt, wie es um ihre Tochter steht? Du verrennst dich, hat Manni gesagt, bevor sie nach einem hastigen Mittagsimbiss getrennte Wege gegangen sind. Lass uns bei den Fakten bleiben. Beatrice Sollner hat in der Telefonseelsorge gearbeitet. Genauso wie ihre Mutter. Genauso wie Röttgen und Warnholz. Die Morde sind religiös motiviert, möglicherweise auch die Vergewaltigung des Mädchens. Das ist der Zusammenhang, da müssen wir ansetzen. Ja, hat sie geantwortet. Du hast ja recht. Löwner passt wohl nicht.

Judith tritt ihre Zigarette aus. Sie schwimmen. Sie haben noch immer zu viele lose Enden. Sie hat noch immer mit ihrer eigenen Schwäche zu kämpfen, mit ihrer gestörten Erinnerung. Auch Manni ist keineswegs objektiv. Der Fall geht ihm an die Substanz, wirft ihn aus der Bahn. Er ist auf den Jungen fixiert, Röttgers geheimen Sohn, was für sich genommen in Ordnung wäre, würde er diese Ermittlungen nicht mehr und mehr wie einen persönlich motivierten Feldzug gegen die katholische Kirche führen.

Ihr Handy spielt Queen, zum wiederholten Mal. Sie checkt das Display. Zögert. Sie sollte rangehen, sich weitere Flüche von Kühn anhören, weitere persönliche Anfeindungen, wie sehr sie sich wieder mal verrennt. Sie drückt ihn weg und läuft durch einen gepflegten Vorgarten auf die Villa der Schumachers zu. Manni wird noch mal Ruth Sollner vernehmen, sie selbst Hartmut Warnholz, so haben sie das besprochen. Sie hat Manni nicht gesagt, dass sie vorher noch einen Abstecher zu Janas Eltern machen will, weil sie keine Kraft für eine weitere Diskussion hat, weil sie selbst nicht genau weiß, was sie hier zu finden hofft. Sie drückt auf die Klingel. Eine weitere Klingel an noch einer Tür – die wievielte ist das an diesem Tag?

»Ja, bitte?« Die Sprecherin ist schön, auf eine strenge, freudlose Art und Weise.

»Frau Schumacher?« Judith reicht der Frau ihren Dienstausweis. »Ich würde gern kurz mit Ihnen über Ihre Tochter Jana sprechen.«

Das Wohnzimmer ist ein Schrein. Die Wände sind mit Fotos von Jana von der Geburt bis zur Pubertät dekoriert. Über dem polierten Flügel hängt ein sicher ein mal zwei Meter großes Ölporträt der etwa 14-Jährigen, das absurd naturalistisch wirkt. Was soll sie sagen? Was für ein schönes, zartes Mädchen? Es tut mir so leid? Nichts erscheint passend. Stumm lässt sie sich von Edith Schumacher auf einen Stuhl dirigieren.

Es gab niemals ein einziges gerahmtes Foto meines Vaters im Haus meiner Mutter, fällt ihr ein. Seine Existenz wurde nicht geleugnet, das nicht. Sie wurde nur einfach kaum erwähnt, und die wenigen Bilder von ihm klebten in einem niemals vollendeten Fotoalbum, das meine Mutter mir gab, als ich beinahe erwachsen war.

»Mein einziges Kind.« Edith Schumacher spricht leise und kultiviert. Trotzdem glaubt Judith, den Schmerz in der Stimme zu hören, nein, nicht zu hören, zu erspüren. Wie einen Oberton, der knapp außerhalb der wahrnehmbaren Frequenz mitschwingt. Sie denkt an ihren Vater, Thomas Engel. Hätte er sie besser verstanden als ihr Stiefvater? Wäre ihr Leben leichter gewesen mit ihm? Vielleicht, vielleicht auch nicht. Im Garten der Schumachers blühen Schneeglöckchen. Blaumeisen balgen sich um den besten Platz auf einem Futterring.

»Können Sie sich noch an Janas Freundin erinnern? Beatrice Sollner?«

»Natürlich, ja. Eine Schulkameradin. Kein guter Umgang, viel zu ordinär, aber Jana hatte einen Narren an ihr gefressen.«

Beatrice ist nicht hier, natürlich nicht. Niemals hätte sie sich zu dieser Frau geflüchtet.

»Sie ist vergewaltigt worden.«

»Nun ja.« Die Frau presst die Lippen zusammen.

»Ich habe Grund zu der Annahme, dass dies auch Jana widerfahren sein könnte.«

Der Schock in den hellblauen Porzellanaugen ist echt. »Was sagen Sie da?«

»Vielleicht hat sie sich deshalb ...«

»Da war dieser Junge, der sie einfach nicht in Ruhe ließ.« Jetzt ist der Schmerz in der Stimme ganz deutlich zu spüren. Der Schmerz und die Bitterkeit, vielleicht auch Hass.

»Fabian Bender?«

»Ja, so hieß er. Ein Malerlehrling aus einfachsten Verhältnissen. Die Mutter hat überhaupt nie gearbeitet und wohl auch nichts gelernt, lebte von Stütze, soweit ich weiß. Der Vater war schon lange über alle Berge.«

»Ich dachte, Fabian war Janas Freund?«

»Ganz sicher nicht. Darin waren Jana, mein Mann und ich uns einig.«

»Sie halten es also für möglich, dass er Jana vergewaltigte?«

»Es gab nie einen Abschiedsbrief, keine Erklärung.«

»Hatte Ihre Tochter sich vor ihrem Tod verändert?«

Edith Schumacher betrachtet das Ölgemälde. »Sie war ernster. Steckte oft mit dieser Beatrice zusammen. Hörte ganz grauenhafte Musik. Aber sonst?«

»Hat sie einmal von einem Lars erzählt? Lars Löwner?«

»Nein.«

Ich kann diese Frau nicht ertragen, denkt Judith. Die Trauer nicht. Die Ignoranz. Die Bitterkeit, die aus jeder ihrer Poren kriecht. Beatrice erinnert mich an Erri, wird ihr auf einmal klar. Radikal. Bedingungslos. Voller Hingabe. Sie erinnert mich an Erri, an Cora und an mich selbst, in einem früheren Leben.

Könnte ihre eigene Mutter erklären, was ihr diese Freundschaften bedeutet hatten? Weiß sie, was ihre Tochter sich mit 16 vom Leben erträumte und in wen sie verliebt war? Hör auf, Judith, bleib in der Gegenwart, bleib objektiv.

»Kinder erzählen Eltern nicht immer alles. Gerade in der Pubertät«, sagt sie zu Janas Mutter.

»Wir standen uns nah. Mein einziges Kind.«

»War Jana schwanger?«

»Wie kommen Sie dazu ...?«

»Ihre Freundin vermutet das.«

»Beatrice, natürlich, das passt zu ihr.«

»Hat sie recht?«

»Nein.«

Es ist sinnlos. Sie vergeudet ihre Zeit. Warum bleibt sie trotzdem hier sitzen, was glaubt sie hier zu finden?

»Jana hat gesungen, nicht wahr?«, fragt sie und sehnt sich auf einmal nach Karl. Er könnte ein Freund werden, ein sehr guter Freund. Mehr. Liebhaber. Liebe. Keines der Worte trifft. Es ist noch zu früh.

»O ja, Jana hat gesungen. Sie hatte eine wunderbare Stimme. Wollen Sie mal hören?«

Ohne Judiths Antwort abzuwarten, steht Edith Schumacher auf und schaltet eine Stereoanlage ein.

»Zum Glück gab es ein paar Aufnahmen. Wir haben sie professionell bearbeiten lassen.« Sie hüstelt. In ihren Augen schwimmen Tränen. »Danach. Zur Erinnerung.«

Sie greift zu einer Fernbedienung, setzt sich wieder hin. Sie wirkt jetzt anders, beinahe erwartungsvoll, fast ein wenig kindlich.

Eine Orgel ertönt. Dann ein Chor. Klassik. Kirchenmusik, Judith weiß nicht, was, aber auf ihren Armen bildet sich Gänsehaut.

»Jana ist die Solistin.« Frau Schumacher regelt die Lautstärke hoch, exakt zu dem Zeitpunkt, in dem der Chor verstummt und nur noch eine einzige, lupenreine Sopranstimme zu hören ist.

»In welchem Chor hat Jana denn gesungen?«, fragt Judith, als das Solo vorbei ist.

»Sankt Pantaleon.« Janas Mutter lächelt. »Pastor Braunmüller war ein begnadeter Lehrer. Er hat Jana sehr gefördert.«

* > *

Ein guter Kampf verlangt Ruhe, Konzentration. Absolute Wachsamkeit, die aus absoluter Leere erwächst. *Zanshin* – kaltes Herz – sagen die japanischen Zen-Mönche dazu. Man muss diese Geisteshaltung trainieren, wieder und wieder. Doch falls er *Zanshin* überhaupt schon mal erreicht hat, jetzt scheitert er. Wut treibt ihn an. Lodernd. Brennend. Wut auf das Schweigen der Priester. Wut auf den duckmäuserischen Kühn, der sich weigert, einen Durchsuchungsbeschluss für den Verwaltungsapparat des Erzbistums Köln auch nur zu beantragen. Wut auf sich selbst, weil er Sonja nicht anruft und stattdessen ein weiteres Mal die nervtötende Jammerei seiner Mutter über sich ergehen ließ, die wie ein niemals versiegender Strom aus der Freisprechanlage quoll, während er zu Ruth Sollner fuhr.

Er schafft es nicht. Beherrscht es nicht. *Zanshin* oder was auch immer. Stattdessen denkt er absurdes Zeug: Heute sterbe ich. Die Zeit läuft ab. Was für ein Quatsch. Was für ein Quatsch!

»Also?« Manni lehnt sich vor, näher zu Ruth Sollner, die mit verschwollenen Augen vor ihm sitzt und ein Papiertaschentuch zerpflückt.

»Bitte! Ich habe Ihnen doch alles gesagt.«

»Nein!«

Er ist laut geworden, sehr laut. Ruth Sollner zuckt zurück, als habe er sie geschlagen.

Im Chinesischen bedeutet *zan* kaputt. Ein kaputtes Herz ist unbeweglich und kalt. Es wird nicht von Gefühlen überwältigt, wird nicht blind durch sie. Manni starrt Ruth Sollner an. Entschuldigt sich nicht. Fügt nichts hinzu. Lässt sie selbst zu der Erkenntnis gelangen, dass sie sich niemals verzeihen könnte, ihrer Tochter nicht geholfen zu haben, falls die wirklich stirbt.

»Denn wo du hingehst, da gehe auch ich hin, und wo du weilst, da weile auch ich; dein Volk ist mein Volk, und dein Gott ist mein Gott.« Sie spricht im Flüsterton, wie zu sich selbst. »Das Buch Ruth, Vers 16. Einer der größten Treueschwüre an die Freundschaft aus der Bibel.«

Er hat keine Zeit für Bibelkunde, Herrgott noch mal. Keine Zeit, keinen Bedarf. Er zwingt sich, das nicht laut zu sagen. Sieht Ruth Sollner nur immer weiter an.

»Mein Name, Freundschaft«, sie schluchzt auf. »Er hat mir kein Glück gebracht.«

»Ihre Tochter ist Ihr Volk.« Die Worte sind plötzlich da, mühelos, wie aus dem Nichts, und er liest in Ruth Sollners Augen, dass es die richtigen Worte sind.

»Ich weiß nichts von diesem Jungen, wirklich nicht.«

»Aber?«

»Hartmut Warnholz«, flüstert sie. »Ich habe ihm so sehr vertraut. Jetzt bin ich nicht mehr so sicher.«

»Warum?«

»Er wollte nicht, dass ich etwas von diesen anonymen Anrufen sage. Bea sagt, sie habe ihn nachts bei Sankt Pantaleon gesehen. Das hat mich misstrauisch gemacht.« Sie schlägt die Hände vors Gesicht. »Ich bin ihm gefolgt. Heimlich. Er hat eine Geliebte. Und ein Kind.«

Warnholz also. Warnholz der Polizeiseelsorger. Warnholz der Verständnisvolle, Liberale. Der Freund und Mentor von Röttgen und Leiter der Telefonseelsorge.

»Sag das noch mal«, fordert Judith Krieger, sobald Manni sie anruft. »Das glaub ich nicht!«

»Ich fahr jetzt zu dieser Frau und fühl ihr auf den Zahn.« Manni rührt im Zündschloss, bis sich die Schrottkarre erbarmt und mit einem asthmatischen Keuchen zum Leben erwacht, spornt sie dann unbarmherzig zu Höchstleistungen an.

Die Freisprechanlage überträgt, wie die Krieger sich eine Zigarette anzündet. »Ich kapier das nicht«, sagt die Krieger dann. »Selbst wenn Warnholz eine Geliebte hat – wieso sollte er Röttgen töten?«

»Vielleicht drohte Röttgen ihm zu verraten.«

»Obwohl er selbst ein Kind gezeugt hat, diesen Jungen? Warum?«

»Weil er mit zweierlei Maß misst?«

»Oder Warnholz ist nicht der Täter, sondern das nächste Opfer. Weshalb es auch nach Röttgens Ermordung noch Drohanrufe in der Telefonseelsorge gibt.«

Die Krieger verschluckt sich und hustet. Manni erreicht die Aachener Straße und kommt endlich schneller voran. Noch etwa zehn Minuten bis zu der Adresse, die Ruth Sollner ihm nannte. Warnholz' Geliebte. Sie muss etwas wissen. Sie muss etwas sagen. Das Schweigen brechen.

»Ich war bei der Mutter von Beatrice Sollners toter Freundin. Jana sang im Chor von Sankt Pantaleon. Braunmüller hat diesen Chor geleitet und sie wohl sehr protegiert«, sagt Judith Krieger.

»Der Braunmüller, der mit Warnholz und Röttgen im Streichtrio spielte und an einem Herzinfarkt gestorben ist?«

»Vielleicht war es ja kein Herzinfarkt.« Er hört, wie die Krieger Rauch inhaliert und gleich noch einmal hustet. Sie muss wirklich verdammt unter Strom stehen, das passiert ihr sonst nie.

Zanshin. Kalt bleiben. Sich frei machen. Abwägen, handeln. Er gibt noch mehr Gas.

»Okay«, sagt er, »okay. Nehmen wir mal an, jemand bringt Braunmüller um und ein halbes Jahr später auch Röttgen.

Warum? Hat auch Braunmüller ein verbotenes Kind gezeugt, ist das das Mordmotiv? Und was meint der Täter dann mit Mörder?«

»Vielleicht ist es ja abstrakt gemeint.«

»Meuser hätte also recht: Unser Unbekannter fühlt sich als heiliger Michael und verteidigt Gottes Moral mit dem Schwert?«

»Aber er vergewaltigt selbst ein Mädchen.« Die Krieger stöhnt. »Es passt alles nicht, passt hinten und vorne nicht.«

»Bleiben wir bei den Fakten. Dem Jungen. Seiner Mutter. Nimm dir jetzt Warnholz vor, Judith. Sichere seine DNA.«

»Ja, schon klar.«

Er biegt in die Straße ein, die Ruth Sollner ihm genannt hat, findet das Haus, das sie ihm beschrieb. Sieht die Schaukel im Vorgarten und den Jungen darauf.

»Shit«, sagt er, »shit, das glaub ich jetzt nicht.«

»Was?«

»Ich ruf dich wieder an.«

Er legt auf, steigt aus, tritt durch das Gartentor. Langsam, um den Jungen nicht zu erschrecken, der jetzt auf ihn aufmerksam wird und ihn ansieht, aus wachen hellbraunen Augen.

»Willst du zu meiner Mama?«

Manni nickt. »Ja, genau.«

»Zu mir?« Eine Frau richtet sich auf, sie trägt einen Overall und grüne Plastikgaloschen und ihre Hände sind von Erde verkrustet, was ihrer Attraktivität jedoch keinen Abbruch tut. Ende 30 schätzt Manni, patent. Typ Naturkind. Sie pustet sich eine Haarsträhne aus dem Gesicht.

»Was …?«

»Kriminalpolizei.« Er hält ihr das Foto von Röttgens Jungen hin.

»O Gott.« Sie weicht einen Schritt zurück. »Jetzt ist es aus.«

Der Junge hört auf zu schaukeln, rennt zu ihr hin. »Mama was ist?«

Sie fährt ihm durchs Haar. »Ich muss drinnen was mit diesem Herrn hier besprechen. Bleib du noch hier und spiel schön, Lukas, ja?«

Der Junge zieht einen Flunsch, Manni folgt der Frau ins Haus. ›Verena und Lukas Neubauer‹ steht auf dem Türschild.

»Georg Röttgen ist der Vater Ihres Sohns«, sagt Manni, als sie in der Wohnküche sind.

»Ja.« Sie lehnt sich an die Spüle. »Eine kurze Affäre. Aussichtslos. Ich habe Georg seitdem nur sehr selten gesehen. Es war ihm ganz schrecklich, dass ich ein Kind bekam. Niemand durfte davon erfahren, sonst hätte er seinen Beruf verloren.« Sie spricht ohne Groll. Als sei es das Normalste von der Welt. »Ich aber wollte ein Kind, unbedingt. Ich war 38, als Lukas kam. Da wartet man nicht. Die meisten Männer wollen ja lieber nicht.«

»Dieses Foto von Lukas hing in Röttgens Wohnzimmer.«

»Das wundert mich. Er hat nie geantwortet, wenn ich ihm eins schickte.«

»Sie lassen ihn nicht.« Es ist keine Frage, ist nur die Zusammenfassung dessen, was er an ihr wahrnimmt.

Verena Neubauer nickt. »Er war, wie er war. Er hat mir Lukas geschenkt. Und auf seine Weise hat er für uns gesorgt, genauer gesagt seine Kirche. Finanziell.« Sie lächelt. »Schweigegeld. Ich dachte, vielleicht, wenn ich stillhalte, selbst jetzt noch, nach seinem Tod …«

»Dann zahlt die Kirche einfach immer weiter. Und zur Sicherheit haben Sie sich noch einen neuen Freund zugelegt.«

»Wie bitte?«

»Der Mann, der gestern Abend bei Ihnen war.«

»Hartmut Warnholz? Der ist nicht mein Freund.«

»Wer könnte einen Grund haben, Georg Röttgen zu töten?«

Sie starrt Manni an. »Ich war es nicht, wirklich nicht und ich weiß auch nicht, wer das getan haben könnte. Aber ich glaube, er hat noch mit einer anderen Frau ein Kind.«

* * *

Es ist eng hier. Finster. Alles tut ihr weh, sie kann sich nicht bewegen. Etwas summt und brummt, schwillt an, ebbt ab. Nur in ihrem Kopf oder hört sie das wirklich? Bat reißt die Augen auf, hält den Atem an, konzentriert sich. Es nutzt nichts, sie kann dieses Geräusch trotzdem nicht orten. Sie wimmert. Wo ist sie, warum, was ist passiert?

Er hat ihr die Arme und Beine mit Paketklebeband gefesselt. Auch ihren Mund hat er verklebt. Irgendwann war es mal nicht so schwarz, ein winziger Lichtstrahl quoll durch eine Ritze über ihr, aber vielleicht hat sie das nur geträumt. Jetzt ist alles schwarz, vielleicht ist es also Nacht. Noch eine Nacht. Wie lange ist sie schon hier? Lange, lange. Eine Ewigkeit.

Sie ist allein, so allein. Warum kommt niemand, sie zu retten? Warum lässt selbst Fabi sie ihm Stich? Sie wollte doch zu ihm, deshalb ist sie doch wieder aus dem Haus geschlichen, nachdem diese coole Kommissarin sie heimgefahren hatte. Sie wollte zu Fabi, ihm alles erzählen. Was genau ist dann passiert, warum kann sie sich nicht erinnern? Jemand hat ihr etwas zu trinken gegeben. Saft. Drogensaft. War es so oder bildet sie sich das nur ein?

Saft. Trinken. Sie hat solchen Durst, ihr Kopf dröhnt und brummt und ihre Nase ist verstopft, das Atmen fällt schwer. Wie lange kann man überhaupt überleben, in einem winzigen Raum ohne Fenster? Wie lange reicht der Sauerstoff? Sie versucht die Lippen zu bewegen, den Mund frei zu bekommen, vergebens. Bitte. Mami. Wieso denkt sie das? Ihre Mutter kann ihr nicht helfen.

Ihre Finger sind schon ganz taub, so fest hat er ihr die

Handgelenke umwickelt. Mit großer Mühe bewegt sie die Fingerspitzen, drückt sie aneinander. Auf den Bildern in ihrer Kinderbibel haben die Kinder manchmal so gebetet, nicht mit gefalteten Händen, sondern mit ordentlich aneinandergelegten Fingern. Ihr Atem rasselt, sie saugt die staubige, stickige Luft ein, bewegt ihre Finger, erstarrt. An ihrem rechten Ringfinger steckt ein Ring. Er hat ihr einen Ring angesteckt, der Ring ist zu weit, passt ihr gar nicht richtig, aber sie weiß trotzdem, was dieser Ring bedeutet: Du gehörst mir. Wieder wimmert sie. Verkrümmt die Finger, verrenkt sie, versucht den Ring zu fassen, versucht ihn von ihrem Finger zu schieben.

Ein Ring, sie zu finden und alle zu binden. Tolkien. *Der Herr der Ringe*. So fing das an damals, mit Jana, in der Bibliothek. Beide wollten sie den ersten Band ausleihen und rannten los, um die Wette zum Fantasy-Regal, erreichten es Seite an Seite, griffen nach dem Buch. Es war nur einmal da, sie hielten es beide fest, und Bat war schon fast sicher, sie würde verlieren, weil Jana im Gegensatz zu ihr so ein Mädchen war, das Bibliothekarinnen mögen. Aber dann lächelte Jana plötzlich und alles in Bat wurde wunderbar warm und lebendig, weil sie endlich nicht mehr alleine war. Dann lesen wir das Buch halt zusammen, sagte Jana. Was meinst du, schaffen wir das? Das macht bestimmt Spaß.

Jana, liebe Jana, jetzt weiß ich, wie es dir gegangen ist. Bat schluchzt auf, Tränen und Rotz laufen ihr übers Gesicht, ihre Nase schwillt zu. Oh, bitte nicht, bitte nicht. Warum hilft mir denn keiner?

Sie versucht sich auf die andere Seite zu drehen und schafft es nicht. Sie kämpft weiterhin mit dem Ring. Sie will diesen Ring nicht, will ihn auf keinen Fall weiter tragen. Sie will ihm nicht gehören.

Wo warst du, was hast du mit der Kommissarin geredet? Was? Was? Rede! Rede! Wer hat das gesagt? Er. Sie wimmert, krümmt sich zusammen. Er hat es wieder getan. Er hat sie geschüttelt, geschlagen, zerrissen und dabei angeschrien. Er. Niemand. Gesichtslos. Schwarz. Er hat ihr die Beinfesseln losgemacht. Sie hat versucht, nach ihm zu treten, aber sie war zu schwach. Nimm das und das und das, hat er geschrien. Du hast das Kind wegmachen lassen. Unser Kind! Du hast alles kaputt gemacht. Wie sie!

Er ist nicht Lars! Sie hat sich geirrt, ganz schrecklich geirrt. Die Angst jagt sie hoch, das plötzliche Wissen, wer er ist. Sie bäumt sich auf und für einen klitzekleinen Moment glaubt sie wirklich, sie sei stark genug ihre Fesseln zu sprengen. Dann kracht ihr Kopf gegen Holz. Hart, zu hart. Alles wird schwarz.

*　*　*

»Judith!« Hartmut Warnholz wirkt ehrlich überrascht, sie auf der Schwelle seiner Dienstwohnung zu sehen.

»Sie kommen gern unangemeldet«, sagt er nach einem kurzen Zögern und hält ihr die Tür auf.

Sie ergreift die ausgestreckte Hand des Seelsorgers, lässt sich von ihm ins Innere seiner Wohnung ziehen, fühlt einen Anflug der verhassten Panik, die sie noch immer nicht ganz besiegt hat. Nicht stark, eher wie ein leichtes Nervenflattern. Ist das Warnung, Erinnerung oder die Angst um das Mädchen? Ist Hartmut Warnholz der Täter, schützt er den Täter, ist er selbst in Gefahr? Sie sieht ihm in die Augen.

»Ich suche Beatrice Sollner. Ist sie hier?«

»Beatrice? Nein.«

Judith nickt. Was sollte er auch sagen, falls er das Mädchen tatsächlich getötet oder in seine Gewalt gebracht hätte?

»Ich schau mich mal um.«

Sie setzt sich in Bewegung, rekapituliert die Fakten. Hartmut Warnholz war nachts bei Sankt Pantaleon. Er war Röttgens Vertrauter. Er war vor ihrer Vergewaltigung mit Beatrice in der Telefonseelsorge, der Mitarbeiter, der in dieser Nacht Telefondienst hatte, hat das bestätigt. Warnholz hat Beatrice gegen 22 Uhr Geld fürs Putzen gegeben, dann ist sie gegangen und kurz darauf hat auch er die Telefonseelsorge verlassen. Er kann Beatrice also gefolgt sein, kann sie vergewaltigt haben – genauso wie zwei Jahre zuvor ihre Freundin Jana.

Arbeitszimmer, Küche, Bad, WC, Wohnzimmer, Schlafzimmer. Die Räume sind aufgeräumt. Leer. Das Schlafzimmer wirkt spartanisch, auf dem etwa 1,40 m breiten Bett liegt nur eine Decke. Heißt das irgendetwas? Ja. Nein.

»Gehört zu dieser Wohnung ein Keller?«

»Natürlich, ja.«

Warnholz geht voran, durch den Flur ins Treppenhaus, dann eine steile Steintreppe hinab.

»Sie kannten doch sicher Jana Schumacher?« Judith fragt laut. Warnholz ist ihr zu nah. Er weiß zu viel, kennt ihre Schwäche, ihren wunden Punkt. Ich will, dass er unschuldig ist, gesteht sie sich ein. Weil er mir geholfen hat, weil ich ihm anvertraut habe, was sonst niemand weiß.

»Jana?« Er schüttelt den Kopf

Er lügt, denkt sie. Braunmüller muss von der jungen begabten Solistin gesprochen haben, die so tragisch ums Leben kam. Nacheinander öffnet sie die Türen der Kellerverschläge, leuchtet mit der Taschenlampe in Schränke, lässt sich Waschküche und Heizungskeller zeigen. Warnholz bleibt jetzt auf Distanz zu ihr. Weil er ihre Unsicherheit fühlt oder seine eigene verbergen will?

Vielleicht hat Manni recht, vielleicht hütet jeder der Priester sein eigenes dunkles Geheimnis: Röttgen zeugt Kinder, Warnholz vergewaltigt Mädchen. Vielleicht mussten Braunmüller und Röttgen sterben, weil sie hinter Warnholz' Geheimnis gekommen waren. Doch wer hat dann nach Röttgens Tod anonym in der Telefonseelsorge und – wie Meuser inzwischen rekonstruiert hat – mit Warnholz gesprochen? Gibt es einen weiteren priesterlichen Mitwisser, der bereit ist, seine Glaubensbrüder für ihre Sünden zu richten und zugleich dafür zu sorgen, dass sie für immer verstummen, damit die Kirche nicht in Verruf gerät? Es passt nicht, es passt alles nicht, ein Puzzlestein fehlt.

»Tee?«, fragt Warnholz, als sie sich oben in seinem Wohn- und Besprechungszimmer gegenübersitzen. Auf denselben Plätzen wie zuvor, nur dass es diesmal nicht um Judith geht.

Sie betrachtet das Cello des Priesters, während er in die Küche geht, sehnt sich auf einmal nach Musik. Musik war immer so wichtig für sie, Musik hat sie durch ihr Leben begleitet, seit sie Teenager war: LPs, CDs, schließlich ihr iPod. Manfred Mann, Patti Smith, Neil Young, das Jazzduo Friend 'n Fellow, das sie im letzten Sommer neu entdeckte. Seit der Nacht in dem Haus und vor allem, seitdem sie aus dem Krankenhaus entlassen worden war, hat sie ohne Musik gelebt, die Angst, etwas zu überhören, war einfach zu groß: einen Lufthauch, Schritte, das Zischen eines Schlags, das Glucksen von Benzin. Wo man singt, da lass dich ruhig nieder. Böse Menschen kennen keine Lieder. Es wäre schön, wenn die Welt so funktionieren würde. So einfach. So klar.

Sie folgt Warnholz in die Küche. Er füllt Tee in zwei Becher. Hagebuttentee, der nach Jugendherberge riecht. Er wirkt jetzt müde. Bedrückt. Aber vielleicht will sie das nur so sehen.

»Lukas Neubauer«, sagt sie und fragt sich, ob Manni inzwischen dieses zweite Kind Georg Röttgens gefunden hat, das es angeblich gibt. Ob die Mutter von Lukas wirklich nichts mit dem Mord zu tun hat.

»Lukas, ja.« Hartmut Warnholz seufzt. »Ich habe dort hin und wieder nach dem Rechten gesehen.«

»Weil Georg Röttgen das nicht tat.«

»Ja.«

»Und gestern Abend?«

»Ich wollte kondolieren. Ich habe Verena Neubauer versprochen, mich dafür einzusetzen, dass auch weiterhin für sie gesorgt wird, solange Lukas noch klein ist.«

»Wenn sie verschweigt, wer sein Vater ist.«

»Was würde es ändern, Georg Röttgens Fehltritt jetzt noch öffentlich zu machen? Er ist doch tot, jetzt kann ihn nur Gott allein zur Rechenschaft ziehen.«

»Aber Lukas lebt. Und für ihn wäre es sicher besser zu wissen, wer sein Vater ist.«

»Glauben Sie das wirklich?«

»Ein Vater, der nie erwähnt werden darf, der gar kein Vater sein darf, der glaubt, eine schwere Sünde begangen zu haben, indem er ein Kind gezeugt hat. Eine Mutter, die sich womöglich dafür schämt, diesen Vater verführt zu haben. Was folgt denn daraus Ihrer Meinung nach – eine glückliche Kindheit?«

»Verena Neubauer ist eine wunderbare Mutter. Lukas fehlt es an nichts.« Warnholz' Blick gibt nichts preis.

Ich komme nicht weiter, denkt Judith. Ich kann ihn nicht packen und das Mädchen stirbt.

Ihr Handy spielt Queen, das Display zeigt Ralf Meusers Nummer an. Sie reißt es ans Ohr. »Hast du was?«

»Judith, ich ...« Ralf Meuser verstummt, stattdessen brüllt Kühn ins Telefon.

»Bist du jetzt völlig übergeschnappt, Krieger? Verweigerst mir einen anständigen Bericht, gehst nicht ans Telefon. Machst wieder mal, was du willst und blockierst meine Leute mit deinen Wahnsinnsideen? Denkst du, der Staatsanwalt lässt einen im letzten Sommer an einem Herzinfarkt verstorbenen Priester exhumieren?«

»Ich will wissen, was die Ursache dieses Herzinfarkts war.«

Kühn schnaubt. »Wie machst du das, dass sie alle nach deiner Pfeife tanzen? Korzilius sagt für dich aus. Der Externe stellt die Ermittlungen ein. Millstätt lässt das zu. Bläst du denen einen, ist es das?«

»Davon träumst du, Kühn, was?«

Sie legt auf. Begreift, was er da gerade preisgegeben hat. Das Blatt hat sich zu seinen Ungunsten gewendet. Sie muss nicht vor Gericht. Es ist vorbei. Nicht schuldig. Einfach so in einem Nebensatz erfährt sie das. Ihre Hände zittern.

»Ärger?« Warnholz mustert sie.

»Kann ich hier rauchen?«

»Lieber nicht. Aber ich könnte Sie vor die Tür begleiten, falls Sie unser Gespräch nicht unterbrechen wollen.«

Es ist längst dunkel draußen, feuchtkalte Nachtluft legt sich auf Judiths Gesicht. Über ihr reißt der Himmel auf, der halbvolle Mond steht direkt über ihr und taucht die vorbeiziehenden Wolken in kaltweißes, durchscheinendes Licht. Die Lampe über der Haustür wirft Schlagschatten auf Hartmut Warnholz' Gesichtszüge. Ist er unschuldig oder schuldig? Kennt er den Täter? Und wenn das so ist, was folgt daraus? Judith zündet ihre Zigarette an, das Nikotin beißt in ihrer Kehle. Sie muss wirklich aufhören. Bald. Danach. Wenn sie das Mädchen gefunden hat.

»Falls Sie den Täter decken, sind Sie womöglich selbst in Gefahr.«

»Ich weiß nicht, wer der Täter ist.«

»Aber Sie haben einen Verdacht.«

Warnholz schweigt. Wirkt nicht im Geringsten beunruhigt.

»Georg Röttgen hat noch ein Kind gezeugt. Wie heißt es? Sagen Sie mir wenigstens das.«

Sie glaubt, Zustimmung in seinen Augen zu lesen, doch er sagt noch immer nichts, schüttelt den Kopf.

»Ein Mädchen ist in Lebensgefahr, die Tochter Ihrer Kollegin und Freundin. Zwei Ihrer Freunde sind tot. Können Sie es wirklich mit Ihrem Gewissen vereinbaren, zu schweigen?«

»Ich kann Ihnen nicht helfen, Judith. Bitte respektieren Sie das.«

Sie starrt ihn an. Er weiß etwas. Erneut ist sie sicher, dass es so ist. Er weiß etwas, aber er wird es nicht preisgeben, weil ihm das Beichtgeheimnis heilig ist. Seine Erzählung vom vergifteten Messwein fällt ihr ein. Seine Lösung dafür. Selbstjustiz? Hat er das vor? Ist er womöglich doch Röttgens Mörder?

Sie wird herausfinden, was er verschweigt. Sie wird ihn beschatten, notfalls rund um die Uhr. Sie wird nicht noch einmal versagen. Nicht noch einmal, nicht wie beim letzten Mal.

Und wenn sie sich irrt, wenn Warnholz wirklich nichts weiß? Sie merkt, wie ihr schwindelig wird. Sie hat einen Fehler gemacht, hat etwas übersehen. Etwas, jemanden: Fabian Bender. Er war Janas Freund und ist mit Beatrice eng befreundet. Wir sind doch Familie, hat er gesagt.

* * *

Der seltsame Geruch in Röttgens Wohnung ist inzwischen schwächer geworden, in der Küche brummt der Kühlschrank, irgendwo im Haus rauscht Wasser durch eine Leitung. Manni reißt das nächste Fotoalbum aus dem Regal. Er hat Röttgens Jungen gefunden und ist trotzdem wieder am Anfang, denn Verena Neubauer hat ihm überzeugend erklärt, dass weder sie noch jemand, der ihr nahesteht, einen Grund hätte Georg Röttgen zu töten. Im Gegenteil – nach dem Tod des Priesters muss sie nun um die Zahlung der Alimente bangen. Alimente. Geld, geht es am Ende darum?

Vater unbekannt. Manni hat Verena Neubauer versprochen, es – so weit möglich – offiziell bei dieser Version zu belassen. Hat sie recht, gibt es ein zweites Kind Röttgens, für das der Priester sich jedoch weigerte zu zahlen? Und wenn das so ist, wie sollen sie dieses Kind finden? Sie kennen ja nicht einmal sein ungefähres Alter oder sein Geschlecht. Verena Neubauer und Georg Röttgen hatten sich in der Philharmonie kennengelernt, hat sie erzählt. Sie besaßen beide dasselbe Abonnement und saßen zufällig nebeneinander.

Vater unbekannt. Es muss nicht immer schlecht sein, mit

dieser Lücke zu leben. Im Gegenteil, nicht jeder Erzeuger taugt auch zum Vater. Und doch forschen zum Beispiel Adoptivkinder ihr ganzes Leben nach ihren leiblichen Eltern, Berichte davon gibt es immer wieder. Und was ist, wenn sie den so schmerzlich vermissten Elternteil tatsächlich finden? Dann kann das schiefgehen, dann kann Daddy sich als Säufer, Schläger, Loser entpuppen. Als ein Typ, mit dem man gar nichts gemeinsam hat, außer vielleicht einer Halbglatze oder der Kinnpartie. Oder Daddy kann ein bigotter Scheinheiliger sein, der was von Sünde und Reue faselt und einen verleugnet.

Manni gibt es dran, klappt das Fotoalbum zu und steht auf. Sein Spiegelbild springt auf das Wohnzimmerfenster, ein blasser Schatten mit doppeltem Rand. *Meijku* – wie bei der ersten Durchsuchung von Röttgens Wohnung denkt Manni unwillkürlich an diese Kata – den symbolischen Blick in den Spiegel, die Augen der Ahnen. Doch vor einer Woche war dieser Gedanke Spielerei, jetzt wirkt die Präsenz der Ahnen beinahe real. Heute sterbe ich. Wieder schießt ihm dieser Gedanke ins Hirn, wieder fühlt er diesen Druck im Magen.

Sein Handy fiedelt, beinahe gierig reißt er es ans Ohr.

»Judith, hey. Hast du was?«

»Du musst sofort zu der Wohnung von Fabian Bender fahren!«

Sie lässt ihm keine Chance, Einwände zu erheben, sondern redet gleich weiter.

»Sein Vater gilt als unbekannt!«

»Du meinst Fabian Bender ist Röttgens Sohn?«

»Seine Mutter war wohl sehr fromm. Sie starb vor ein paar Monaten an Krebs. Seitdem hat Fabian keine Miete mehr bezahlt – jetzt droht ihm der Rausschmiss und …«

»Okay. Gut. Ich fahr hin. Sofort. Wir treffen uns da.« Manni läuft los, aus der Wohnung, ins Treppenhaus.

»Ralf trifft dich dort«, sagt die Krieger.

»Meuser? Und du?«

»Ich steh vor Warnholz' Haus.«

»Judith, verdammt, was soll das bringen?«

»Ich weiß es nicht. Ist nur so ein Gefühl. Der hat irgendwas vor.«

Manni pult den Autoschlüssel aus der Hosentasche. Gefühle. Na bravo.

»Ich ruf wieder an«, sagt die Krieger. Es klingt beinahe schuldbewusst.

Inzwischen ist es schon nach 22 Uhr, die Straßen sind einigermaßen frei. Vor Benders Wohnhaus parkt ein Polizeiauto. Meuser trabt auf Manni zu, zwei Streifenkollegen im Schlepptau.

»In Benders Wohnung brennt Licht, aber er macht nicht auf.«

»Na dann los.«

Seite an Seite hetzen sie die Treppe zur Dachwohnung hoch. Klingeln. Klopfen.

Nichts. Keine Antwort. Ist das Mädchen hier drin, ist Bender da?

Einer der Kollegen macht sich am Schloss zu schaffen. Es gibt nach und sie gehen rein. Sichern. Rufen. Checken die Zimmer. Die Wohnung ist leer.

Es riecht nach Farbe. Im Flur liegen leere Flaschen, Müllsäcke und Schuhe in wildem Durcheinander.

»Bender hat seine Malerlehre abgebrochen, wohl um seine Mutter zu pflegen, aber aus dieser Zeit könnte er das Lösungsmittel haben, das GBL, mit dem er das Mädchen außer Gefecht gesetzt hat«, sagt Meuser.

Manni nickt. Geht in die Hocke. Nimmt einen der Doc-Martens-Stiefel in die Hand, fühlt das Adrenalin. Blutrote Schnürsenkel. Größe 39. Ein Mädchenschuh. Prüf auch, ob es einen Keller gibt, wo das Mädchen vielleicht ist, hat die Krieger gesagt.

»Wir brauchen die KTU. Schnell. Sofort. Und checkt jetzt den Keller.«

Die Polizeimeister rennen los, und nur einen Augenblick später beginnt Mannis Handy zu fiedeln.

»Warnholz kommt raus«, flüstert die Krieger. »Ich bleib an ihm dran.«

»Bender ist unser Mann.« Er bringt sie auf den Stand, hört ihren Atem in seinem Ohr. Gepresst. Zu schnell.

»Wo geht Warnholz hin?«

»Weiß noch nicht, Innenstadt.«

Pause. Atmen. Gedämpfte Schritte.

»Vielleicht Sankt Pantaleon.«

Shit! Shit, shit, shit. Wie passt das nun ins Bild?

»Du brauchst Verstärkung, Judith.«

»Ja, gleich. Warte. Er geht tatsächlich Richtung Sankt Pantaleon.«

Schritte. Atmen. Dann wieder das Flüstern der Krieger. »Ich will sehen, was er vorhat. Wenn wir mit Blaulicht anrücken, erfahren wir gar nichts.«

Jede Entscheidung hat Konsequenzen. Gute. Schlechte, manchmal fatale. Einer der Polizeimeister sprintet zurück in die Wohnung. »Der Keller ist clean.«

»Ich komm da jetzt hin«, sagt Manni zur Krieger, nickt Meuser zu und hetzt die Treppe hinunter zum Wagen. Es ist nicht weit bis zur Innenstadt, er erreicht Sankt Pantaleon in nur fünf Minuten. Wie eine Festung erheben sich die Türme der Kirche in die Nacht. Manni steigt aus und sieht sich um. Wo ist die Krieger, wo ist der Priester? Die Straße ist leer, ein Opi zerrt seinen Köter Richtung Barbarossaplatz.

Manni atmet durch, betritt den Park, presst sich in den Schatten der Mauer. Wieder fiept sein Handy.

»Er geht tatsächlich zur Kirche«, zischt die Krieger. »Gleich, gleich, gleich ist er da.«

Sie hat recht, Schritte nähern sich. Warnholz betritt den Park und läuft über den Plattenweg Richtung Seitenportal. Er geht langsam, sieht sich immer wieder um. Manni steht ganz still. Der Priester läuft direkt auf ihn zu, dann an ihm vorbei. Gut. Und jetzt? Die Krieger ist so leise, dass Manni sie erst bemerkt, als sie schon fast an ihm vorbei ist.

»Judith«, er berührt ihren Arm.

Sie keucht auf. Erstarrt.

Der Priester erreicht jetzt den Vorplatz, sieht sich erneut um, wirkt plötzlich unschlüssig, geht dann auf den Seiteneingang der Kirche zu. Niemand folgt ihm. Niemand erwartet ihn.

»Er geht rein.« Die Worte der Krieger sind nur ein Hauch. Im Zwielicht des Parks schimmern ihre Augen wie schwarze Seen.

»Woher hat er den Schlüssel?«

»Von Braunmüller?«

»Oder von Röttgen.«

»Oder die Kirche ist auf.«

Die Kirchentür schlägt zu. Warnholz ist drinnen. Seite an Seite laufen sie auf den Eingang zu.

War da ein Geräusch oder sind das nur ihre Schritte? Manni wirbelt herum. Nichts. Niemand. Die Fenster der Kirche sind dunkel.

»Und jetzt?«, flüstert er.

Die Krieger antwortet nicht. Er berührt ihre Schulter und merkt, dass sie zittert.

»Was ist?«

Ein Schrei stoppt ihn, ein Schrei aus der Kirche.

Shit. Shit, shit, shit.

»Ruf Verstärkung!«

Er reißt seine Walther aus dem Holster, drückt die Kirchentür auf, schiebt sich durch den Windfang. Alles ist dunkel, alles ist still, so still, dass er seinen Atem hört. Seinen oder Judiths, folgt sie ihm überhaupt, ruft sie die Kollegen? Er weiß es nicht, versucht in der Dunkelheit etwas zu sehen.

»Kriminalpolizei. Herr Warnholz?« Seine Stimme hallt von

den Wänden wider. »Wir wissen, dass Sie hier sind. Sagen Sie uns, wo.«

Nichts. Keine Antwort. Irgendwo draußen hupt ein Auto. Manni tastet sich weiter vor. Seine Augen beginnen sich an das Dunkel zu gewöhnen. Nach und nach kann er die Konturen von Säulen und Kanzel erkennen. Über dem Altar flackert das ewige Licht wie ein rotes Auge.

Links gucken. Rechts gucken. Sichern. Weiter. Wo ist Judith Krieger? Nicht mehr hinter ihm. Ist das gut oder schlecht? Sichern. Weiter.

»Herr Warnholz? Antworten Sie!«

Da liegt jemand, reglos, unter der Empore mit dem mordenden Erzengel Michael.

Sie brauchen Verstärkung. Sofort. Wo ist sein verdammtes Handy, was macht die Krieger …

Der Schmerz kommt sehr plötzlich, wie eine Welle. Reißt ihm alles weg: den Boden, die Waffe, das Handy, jeden klaren Gedanken.

Manni fällt. Der Schmerz explodiert. Heute sterbe ich. Jemand stöhnt. Er weiß nicht, wer.

*　*　*

Sie muss wieder raus, auf die Kollegen warten, nein, sie muss weiter rein. Sie muss Manni helfen, den Täter stellen. Sie muss, sie muss. Judiths Herz rast. Schweiß strömt ihr übers Gesicht, obwohl sie friert. Durch ihre Jeans kann sie die Kälte des Steinbodens unter ihren Knien spüren. Sie glaubt Stöhnen zu hören, Schritte, Schlurfen, Klirren. Aber vielleicht bildet sie sich das nur ein, genauso wie den Benzingeruch, den Lufthauch, den Schmerz aus dem Haus, der einmal mehr in ihrem Handgelenk tobt. Nein, Judith, nein, das Haus ist Erinnerung. Bleib hier in der Kirche. Bleib in der Gegenwart. Du musst jetzt handeln, dich bewegen. JETZT. Komm schon. Los!

Einatmen. Ausatmen. Ein. Aus. Die Panik lauerte schon, als sie Sankt Pantaleon noch gar nicht betreten hatte. Erwartete sie im Kirchenpark, wie all die Male zuvor. Trotzdem ist Judith weitergegangen, wir sind ja zu zweit, hat sie gedacht. Aber kaum waren sie in die Kirche gestürmt, hat sie Manni im Stich gelassen, denn die Panik zwang sie in die Knie, überwältigte sie, lähmte sie.

Stöhnen. Schaben. Klirren. Ein dumpfer Schlag. Irgendwo links, ein paar Meter von ihr entfernt. Vielleicht hat der Täter gar nicht gemerkt, dass sie hier kauert, vielleicht hat sie eine Chance. Ist Hartmut Warnholz Täter oder Opfer? Wo ist Manni, was ist passiert? Denk nach, Judith, denk nach. Jemand hat geschrien, wenn Hartmut Warnholz sich nicht selbst verletzte, war er das und das heißt, dass sich außer ihm, Manni und dir selbst noch mindestens eine weitere Person in der Kirche befindet. Er. Der Täter. Fabian Bender. Oder nicht?

Zeit vergeht, kostbare Zeit. Sie darf unter keinen Umständen zulassen, dass Manni stirbt. Oder ist er schon tot? Als wolle er ihre stumme Frage beantworten, beginnt sein Handy zu fiedeln. Leise zuerst, dann zunehmend lauter. Gut. Vielleicht lenkt das den Täter ab. Judith duckt sich tiefer, kriecht auf allen vieren auf die Kirchenbänke zu, die vor ihr aufragen wie schwarze Schemen.

»He!« Eine Lampe flammt auf, das Licht jagt auf sie zu, blendet sie.

»Aufstehen! Mit erhobenen Händen. Sonst ist dein Kollege tot!«

Das Licht flirrt über den Boden, irrlichtert, stoppt, erfasst Judith erneut. Schritte erklingen. Ein misstönendes Knirschen erstickt das Handygefiepe.

Ihre Waffe, wenn sie sehr schnell ist, direkt auf den Lichtkegel zielt, kann sie ihn treffen. Aber das würde heißen, dass sie ihn vielleicht tötet und …

Ein Schuss peitscht, dicht an ihr vorbei. Der Knall ist ohrenbetäubend. Stoppt jede Überlegung.

»Leg deine Waffe auf den Boden. Schön langsam. Und dein Handy auch. Los.«

»Ja. Okay.« Er hat Manni in seiner Gewalt, er hat Mannis Waffe und jetzt gleich auch meine. Judith blinzelt. Auf einmal ist sie geradezu unheimlich ruhig. Hinter dem Lichtkegel der Lampe kann sie einen Schatten erkennen, aber kein Gesicht. Einen Schatten mit einem Schwert, genau wie der Zeuge Bloch es beschrieb. Sie steht sehr still. *Wenn ich das hier überlebe, bin ich frei.*

»Tritt die Pistole in meine Richtung. Mit Gefühl.« Der Sprecher lacht auf, wie über einen kleinen, dreckigen Scherz. Seine Stimme klingt jung. Sie hat diese Stimme schon einmal gehört.

»Und jetzt das Handy, Kommissarin Krieger.«

Er weiß, wer ich bin. Er hat mich erkannt. Sie tut, was er verlangt, und während ihr Handy über den Boden schlittert, quäkt es plötzlich Queen. *Spread your wings and fly away, fly away, fly away.* Wegfliegen, ja, wenn das möglich wäre. Was ist mit Manni, was ist mit Warnholz und wer ruft sie an – die Einsatzzentrale, Ralf Meuser? Hat er das Mädchen? *Kommt her,* betet sie stumm. *Kommt her. Fly aw–.* Wieder ein Knirschen. Wieder die Stille, als das Handy verstummt. Das Schwert fällt zu Boden. Der Schatten hebt ihre Walther auf. *Du hast keine Chance, also nutze sie* – woher kennt sie diesen Spruch? Von früher, vielleicht aus Frankfurt. Ein Spontispruch aus einer anderen Zeit.

»Das hat doch so keinen Sinn, Fabian.« Ihre Stimme wirkt merkwürdig körperlos, bricht sich an den hohen Wänden und schwebt wieder zu ihr zurück. »In den nächsten Minuten ist Verstärkung da. Du kommst hier nicht raus, also mach es mit einer Geiselnahme nicht noch schlimmer.«

Wie hohl das klingt, floskelhaft, wie aus einem Deeskalationsseminar. Kein Wunder, dass Fabian Bender auflacht. Freudlos. Wenn er denn wirklich Fabian Bender ist.

»Lass uns reden, okay, einfach nur ein bisschen reden«, sagt sie.

Der Lichtkegel zuckt hoch, strahlt ihr direkt in die Augen.

»Hey!« Sie blinzelt.

Irgendwo stöhnt jemand.

»Hör auf die Kommissarin, Junge.« Warnholz' Stimme klingt dumpf, als habe er starke Schmerzen. »Dein Vater hätte niemals gewollt, dass –«

»Halt's Maul! Scheißpope!«

Das Licht wirbelt von Judith weg, für einen schlaglichtartigen Moment sieht sie Mannis Gesicht, dann peitscht ein weiterer Schuss durch die Kirche und jemand heult auf.

Wen hat er getroffen – Manni oder Warnholz? Lebt Manni noch? Die Zeit läuft ab, sie muss handeln. Schnell. Judiths Herz hämmert hart, sie macht drei lange Schritte auf Fabian zu. Rechts des Lichtkegels auf dem Boden erkennt sie eine Gestalt. Reglos und zusammengekrümmt. Warnholz, das muss Warnholz sein, wird ihr klar.

Das Licht zuckt zu ihr zurück, streift Manni erneut. Seine Arme sind mit Handschellen an den Messing-Kerzenleuchter gefesselt, der aus einem massiven Granitquader ragt. Er bewegt sich nicht, sein Kopf hängt auf seiner Brust. Das Licht bewegt sich weiter, lässt Manni im Dunkel verschwinden und blendet sie erneut.

Eine Chance, nur eine Chance. Sie blinzelt, versucht ruhige Gewissheit in ihre Stimme zu legen. Gewissheit, die sie nicht spürt.

»Er hat dich nie anerkannt, stimmt's? Er war nie da. Hat dich völlig verleugnet.« Sie denkt an ihren Vater im Schnee, an sich selbst, wie sie sich an seinen riesigen Rucksack klammerte, wie sie ihn nicht gehen lassen wollte. Laienpsychologie, mehr hat sie nicht zu bieten. Doch es scheint zu funktionieren.

»Er ist nicht mal zu ihrer Beerdigung gekommen.«

»Janas Beerdigung?«

»Quatsch. Die von meiner Mutter.«

Die krebskranke Mutter, natürlich, ja. Einsam. Verarmt. MÖRDER. Er hat Georg Röttgen die Schuld an ihrem Tod gegeben. Dem Vater, der ihn verleugnet hat.

»Seit wann weißt du, dass Georg Röttgen dein Vater war?«

»Kurz vor ihrem Tod hat sie mir die Briefe und Fotos gezeigt, die sie an ihn geschrieben hat. Er hat sie nicht mal geöffnet, hat sie alle zurückgeschickt.«

Vollkommen unvermittelt feuert er weitere Schüsse ab. Einer sirrt haarscharf an Judith vorbei. Sie schreit auf. Duckt sich. Fabian Bender lacht. Es klingt gespenstisch. Verrückt.

»Scheißpopen! Scheißgott!«

Wieder feuert er. Diesmal Richtung Altar. Dann noch einmal, aber es ertönt nur noch ein metallisches Klicken, das Magazin ist leer. Er lässt die Waffe zu Boden fallen, lädt die zweite Walther durch. Wenn du nichts mehr zu verlieren hast, bist du frei. Noch so ein Spruch. Durch die hohen Kirchenfenster glaubt sie das Flackern von Blaulicht zu sehen.

»Du hast ihn angerufen, als deine Mutter gestorben ist«, sagt sie, als ob es die Schüsse gar nicht gegeben hätte. Als ob er nicht mit ihrer eigenen Waffe auf sie zielte.

»Ja, klar. Ich mein, all die Jahre hab ich mir da was zusammenphantasiert. Mein Vater ist Missionar in Afrika. Er ist Geheimdienstler, Held, Old Shatterhand. Dein Vater ist ein guter Mann, er hat dich lieb, hat sie immer gesagt. Hier, schau, ich häng dir ein Bild des heiligen Georg über dein Bett. Der passt auf dich auf.«

Er lacht. »Der heilige Georg! Und ich hab ihr geglaubt. Bis ich kapierte, wen sie damit meinte.«

»Deinen Vater«, sagt Judith.

Fabian Bender spuckt aus. »Er war die ganze Zeit hier, in Köln, ganz nah, quasi um die Ecke. Und er kommt uns nicht ein Mal besuchen. Er schämt sich zu sehr. Wir dürfen ja nicht sein. Er kommt nicht mal zu ihrer verdammten Beerdigung, sondern gibt mir stattdessen Geld. Geld! Zum ersten Mal. 1000 Euro. Ein echter Witz. Es ist ja nicht sicher, dass er überhaupt mein Vater sei, hat er gesagt.«

»Mein Vater ist abgehauen, als ich drei war. Er ist gestorben, ohne dass ich ihn wiedersah.« Sie muss zu Fabian durchdringen, muss die richtigen Worte finden. Sie spürt seine Erschöpfung, die rohe Verzweiflung. Er ist ganz dicht am Limit. Er wollte sich rächen. Sich. Seine Mutter. Er kann jederzeit ausflippen, sie alle erschießen.

Rasselnde Atemzüge, schwer, irgendwo im Dunkel auf dem Boden. Warnholz oder Manni? Wie schwer sind sie verletzt, wie lange halten sie noch durch? Wieder ein Stöhnen. Manni! Jedenfalls glaubt sie, dass das Manni ist.

»Ich frage mich manchmal, wie mein Vater wohl war«, sagt sie und schiebt sich Zentimeter um Zentimeter auf Fabian zu, die Augen fest auf die Stelle über dem Lichtkegel geheftet, an der sie sein Gesicht vermutet. »Ich kann mir nicht richtig vorstellen, wie mein Leben mit ihm gewesen wäre, aber ich seh diese Bilder: Eisessen, Ballspielen, so was. Aber sie bleiben trotzdem leer, geruchlos, stumm, sie sind immer nur Bilder.«

Fabian Bender antwortet nicht und zum ersten Mal, seit sie die Kirche betrat, denkt sie wieder an die Mädchen. Jana und Beatrice. Wir sind doch Familie, hat er über sie gesagt. Seine Ersatzfamilie, nach der er sich so sehr sehnte. Aber etwas muss schiefgegangen sein, das Bild funktionierte nicht, war vielleicht zu lebendig oder auf eine andere Art und Weise lebendig, als er sich das wünschte, und dafür mussten die Mädchen büßen.

Blaulicht und Martinshorn, jetzt ist Judith sicher: Draußen fahren die Kollegen vor. Aber so geht das nicht, wird ihr schlagartig klar. So geht das ganz und gar nicht. Fabian Bender wird durchdrehen, wenn die in voller Montur hier reingestürmt kommen. Er hat ja nichts mehr zu verlieren.

Blut rauscht in ihren Ohren, alles wird dumpf. Die Zeit rast voran oder friert ein oder beides zugleich. Judith läuft los, direkt ins Licht. Es ist vollkommen verrückt und sie weiß nicht, warum sie es tut, kann das nicht erklären.

»Gib mir jetzt die Waffe«, sagt sie, und dann hat sie Fabian Bender erreicht und nimmt ihn in den Arm. Fest, ganz fest, auch wenn der Schmerz in ihrer Hand explodiert. Und zu ihrer Überraschung wehrt er sich nicht. Steht einfach da und lässt die Walther los, und sie tritt die Waffe weg, tritt sie weit weg, exakt in dem Moment, in dem sie die Schritte ihrer Kollegen hört.

Donnerstag, 2. März

Gott ist tot. Wer hat das gesagt? Irgendwelche Radikale der 68er Bewegung? Wahrscheinlich, ja. Gott ist tot. Ruth will das nicht denken, sie will glauben, hoffen, beten. Aber sie denkt es doch, während sie rastlos in ihrer Wohnung umhergeht. Zwei Uhr morgens ist es jetzt schon. Und sie weiß immer noch nicht, ob ihre Tochter noch lebt.

Wo soll sie hin, was soll sie tun? Sie kann nichts tun, das ist vielleicht das Schlimmste. Sie ist nicht einmal mehr in der Lage, anderen Menschen Trost zu spenden, sich mit deren Sorgen abzulenken. Warten. Sie kann einfach nur ohnmächtig warten und sich bemühen, die schreckliche Ahnung in Schach zu halten, dass es Beatrice schlecht geht, sehr schlecht, dass sie ihre Lebenskraft verliert.

Wieder, sie weiß nicht zum wievielten Mal in den letzten Stunden, geht Ruth auf Zehenspitzen in Beas Zimmer. Als ob das Mädchen dort liege und schlafe und Ruth nur wie früher die Bettdecke zurechtzupfen wolle. Aber das Bett ist leer, kalt und leer, das einzige Lebewesen in diesem Raum ist das Chamäleon, das mit geschlossenen Augen reglos auf seinem Kletterast hockt.

Kurz vor Ladenschluss hat Ruth ihren Ekel überwunden und in einer Zoofachhandlung neue Heuschrecken gekauft. Genau so wie Bea es sonst immer tut, hat sie dem Chamäleon die strampelnden Insekten mit der Plastikpinzette ins Terrarium gereicht, und Penthesilea hat ihre Gabe gnädig entgegengenommen und blitzschnell hinuntergewürgt. Danach hatte Ruth das Gefühl, dass das Reptil zufrieden aussah. Seine schuppige Haut schimmerte jetzt in einem vitaleren, helleren Grün. Aber vielleicht war das reines Wunschdenken, die irrsinnige Annahme, wenn sie das Chamäleon rette, schütze sie auch ihre Tochter. Vielleicht hätte sie die Wärmelampe über Nacht brennen lassen sollen, denn nun ist alle Leuchtkraft verschwunden, das Chamäleon hat eine grauweiße Färbung angenommen, als sei es ein Geist.

Ruth muss sich beherrschen, das Chamäleon nicht anzutupsen, um sich zu vergewissern, dass es noch lebt. Aber vielleicht erschreckt es sich dann zu Tode? Soll sie die Wärmelampe wieder einschalten? Bea lässt sie nachts aus, Ruth hat sie nie gefragt, warum eigentlich. Ich weiß so vieles nicht, wird ihr schmerzlich bewusst. Ich weiß überhaupt nicht, wer meine Tochter eigentlich ist.

Gott ist tot. Ruth geht zurück ins Wohnzimmer, blickt ein weiteres Mal auf die Straße. Sie kann nicht schon wieder bei der Polizei anrufen und nach ihrer Tochter fragen. Sie tun, was sie können, suchen nach Bea. Sie haben ihr versprochen, sich sofort zu melden, wenn sie etwas wissen.

Man kann es nicht aushalten, denkt sie. Wenn ich je in einem Beratungsgespräch etwas anderes gesagt habe, dann war das falsch, entsetzlich falsch. Man kann es ganz einfach nicht aushalten, wenn das eigene Kind vor einem stirbt. Das eigene Kind, das eigene Leben, die Hoffnung auf Zukunft. Es gibt keinen Trost dafür, keine Wiedergutmachung, keinen Ersatz. Einmal, in einer Supervisionssitzung mit Hartmut Warnholz, haben sie darüber gesprochen. Wie Gott all das zulassen kann: all das Leid, all die Grausamkeit, all die Kriege und Hungersnöte und Völkermorde, die es täglich gibt.

Gott hat beides geschaffen, das Gute und das Böse, weil es das eine ohne das andere nicht gibt, hat Hartmut Warnholz damals gesagt. Und er hat den Menschen den freien Willen gegeben. Sie können sich sowohl für das eine als auch für das andere entscheiden. Aber Gott leidet mit, wenn die Menschen leiden. Und er vergibt, wenn sie ehrlich bereuen; für diese Kraft der Vergebung hat er sogar seinen eigenen Sohn geopfert.

Damals fand Ruth das überzeugend. Gott ist nicht der allmächtige alte Mann mit dem Rauschebart, Gott steckt in jedem Kind, in der Unschuld, in der Fähigkeit zum Mitgefühl. Doch jetzt erscheinen ihr diese Worte leer. Den Sohn opfern. Oder die Tochter. Es ist nicht möglich, denkt sie wild. Es ist einfach nicht möglich. Man opfert sein Kind nicht, wenn man es liebt.

Unten fährt jetzt ein Polizeiauto vor, hält direkt vor ihrem Haus. Bea, Beatrice, Bat, geliebte Tochter! O bitte, Gott, bitte. Sei gnädig zu mir. Aber nur die wildlockige Kommissarin steigt aus, gemeinsam mit einem schlanken Mann, den Ruth nicht kennt, und dann gehen die beiden mit langsamen, müden Schritten auf den Eingang zu.

Stille, unerträgliche Stille hüllt Ruth ein. Hartmut Warnholz hat manchmal davon erzählt, wie es ist, solche Polizeieinsätze zu begleiten. Wie man da ist, um zu helfen und doch eigentlich zutiefst hilflos ist, weil die Polizei mit wenigen Worten von einer Sekunde auf die andere für die Menschen, die ihnen vollkommen ahnungslos die Tür geöffnet haben, eine ganze Welt zerstört.

Jetzt klingeln sie. Einmal. Noch einmal. Ruth geht zur Tür, drückt den Öffner. Nein, nicht sie tut das, sondern eine fremde, betäubte Person. Eine Person, die so aussieht wie sie, die es tatsächlich schafft, ihren Körper zu bewegen, im Flur zu stehen, zu warten, die Tür zu öffnen und die erstaunlicherweise die ganze Zeit betet. Bitte, Gott, bitte, Gott, bitte, bitte.

Die Kommissarin sieht unglaublich abgekämpft aus und riecht nach Schweiß und Nikotin. Sie sagt etwas und verzieht den Mund zu einem Lächeln und der schlanke, junge Mann an ihrer Seite nickt und sieht Ruth erwartungsvoll an. Aber Ruth kann nicht hören, was sie zu ihr sagen, die Stille, die sie umfängt, ist zu absolut. Erst als die Kommissarin sie an den Schultern packt und schüttelt, dringen ihre Worte zu Ruth durch.

»Ihre Tochter lebt, Frau Sollner, mein Kollege hier hat sie gefunden. Sie liegt im Krankenhaus und ist noch bewusstlos, aber sie kommt durch, sie wird wieder gesund. Wenn Sie wollen, bringen wir Sie jetzt zu ihr.«

* * *

Sie wollten ihn über Nacht im Krankenhaus einquartieren, nur zur Beobachtung, für den Fall der Fälle, wie sie das umschrieben. Aber nachdem ihn ein ganzer Trupp Weißkittel eine Stunde lang durchgecheckt hatte und zu der Überzeugung gekommen war, dass die zwei Stromschocks mit dem Paralyser wohl keine dauerhaften Schäden in seinem Körper verursacht haben, hat Manni sich selbst entlassen. Auf seine eigene Verantwortung, haben die Ärzte betont.

Manni zieht Sonjas Schlüssel aus der Hosentasche. Die Nacht ist schon weit fortgeschritten, er ist hundemüde und zugleich läuft sein Hirn heiß, immer weiter und weiter. *Karate-Do.* Der Weg der leeren Hand. Auf der Fahrt hierher hat er daran gedacht, wie ein japanischer Altmeister diesen Weg mal beschrieb. Wenn du den 1. Dan schaffst, weißt du theoretisch, dass der Weg existiert. Mit dem 2. Dan siehst du ihn, mit dem 3. Dan gehst du den ersten Schritt. Der *Sensei* hatte milde gelächelt. Und dann machst du vielleicht den nächsten Dan, und so weiter und so fort. Es hört nie auf.

Manni geht hoch in den zweiten Stock, öffnet Sonjas Wohnungstür, zieht sie leise hinter sich zu. Er macht kein Licht, streift nur die Nikes ab und tappt auf Socken in die Küche. Es riecht gut hier, ein wenig nach irgendeinem orientalischen Gewürz, ein wenig nach Sonjas Massageöl, dessen zitroniger Duft sie immer umhüllt, wenn sie von der Arbeit nach Hause kommt.

Die Laterne von der Straße wirft blaugraue Schatten durchs Fenster und gibt genug Licht für ihn. Manni wäscht sich Gesicht und Hände über der Spüle, öffnet den Kühlschrank, schenkt sich ein Glas Weißwein ein und leert es in einem einzigen langen Zug. Dieselbe Flasche wie neulich Abend. Er schenkt sich ein zweites Glas ein, stellt es auf den Tisch, schneidet zwei Scheiben Brot ab und belegt sie mit Käse und Sonjas selbstgemachter Avocacocreme. Er setzt sich an den Küchentisch und isst die Brote, betrachtet dabei die Krone der kahlen Platane vor dem Fenster, deren Äste vor Nässe glänzen. Auf dem Küchentisch liegt ein Schwangerschaftstest, zumindest glaubt Manni, dass dieser Plastikstab so ein Test ist, aber er macht kein Licht an, um das Ergebnis zu sehen.

DU BIST TOT! war der Weckruf in den Ausbildungslagern der japanischen Kamikazeflieger während des zweiten Weltkriegs. Auch von seiner Zeit in diesem Lager hatte der alte *Sensei* während des Dan-Workshops erzählt. DU BIST TOT!, jeden Morgen. Und die jungen Männer sprangen aus ihren Betten, wuschen sich, zogen sich an, frühstückten und durchlebten einen weiteren Tag militärischen Drills. Ohne zu wissen, wer von ihnen an diesem Tag zu einem Flug ohne Wiederkehr abkommandiert würde. Oder am nächsten Tag, oder an dem darauffolgenden. Und sie wussten natürlich auch nicht, wie lange noch Krieg sein würde – und wer von ihnen noch übrig wäre, wenn der tatsächlich einmal zu Ende ginge. Wir standen einfach auf und lebten und dachten nicht darüber nach, wie es weitergehen würde, wie und wie lange noch, hatte der *Sensei* gesagt, denn hätten wir das getan, wären wir verrückt geworden.

Manni schiebt den leeren Teller beiseite. Er hatte mit dem Karatetraining begonnen, weil er stark sein wollte. Er hatte es seinem Vater so richtig zeigen wollen, zurückschlagen, endlich, wenn der Frau und Kind wieder mal terrorisierte. Aber dann saß der Alte plötzlich im Rollstuhl und all die schönen

Rachephantasien stürzten in sich zusammen, wie ein Haus aus Reispapier. Weil man keine wehrlosen Gegner schlägt, auch das hatte er inzwischen dank des Karatetrainings kapiert. Doch Fabian Bender hatte genau das getan: den eigenen Vater ermordet, hinterrücks, ohne ihm eine Chance zu geben. Und beinahe hätte er auch noch Warnholz, Judith Krieger, Manni selbst getötet, und wer weiß wen noch, hätte die Krieger mit ihrer grandiosen Kamikazeaktion keinen Erfolg gehabt.

Manni nimmt den Plastikstab in die Hand, dreht ihn hin und her, macht noch immer kein Licht. Je besser er im Karate wurde, je besser er schießen und Jiu-Jitsu lernte und mit jeder Beförderung bei der Polizei wuchs seine Überzeugung, er hätte es im Griff. Er wollte nie mehr zurückblicken. Er wollte nie mehr diese Hilflosigkeit aus seiner Kindheit spüren. Diese beschissene, lähmende Ohnmacht, wenn es wieder losging, weil sein Vater betrunken war, oder schlecht gelaunt, oder eifersüchtig, oder zu lange im Stau gestanden hatte, oder das Essen nicht mochte, oder das Wetter, das Fernsehprogramm, irgendwas. Er hatte wirklich geglaubt, all das sei vorbei, aber das war ein Irrtum, das hat er begriffen, als er in der Kirche wieder zu sich kam: benommen, gefesselt, ausgeliefert. Er hat nicht alles in der Hand. Es kann wieder passieren.

»Ich hab den Test noch nicht gemacht, falls dich das interessiert.« Sonja. Er hat sie gar nicht gehört.

»Du kommst spät.«

Sie tritt neben ihn, streicht ihm durchs Haar und er legt die Arme um sie, zieht sie an sich, presst sein Gesicht an ihren flachen Bauch und atmet ihren Duft. Lange. Sehr lange. Erst als sie unruhig wird, gibt er sie frei.

»Was ist passiert?« Sie schenkt sich ein Glas Wasser ein, setzt sich ihm gegenüber, zündet eine Kerze an.

Er starrt in die Flamme, wie sie zittert und größer wird.

»Was ist passiert?«, fragt Sonja wieder. Leiser jetzt, nach einer langen Pause.

»Ich weiß nicht, ob ich das kann. Vater sein.« Seine Stimme ist rau.

Sie zieht die Knie hoch, legt die Arme darum, ohne den Blick von ihm zu wenden. »Ich weiß das auch nicht. Ich weiß ja nicht mal selbst, ob ich dieses Kind überhaupt will. Falls ich denn wirklich schwanger bin. Ich hab doch angefangen zu studieren. Ich wollte doch noch mal was anderes in meinem Leben machen als das Massagestudio.«

»Mein Vater hat uns geschlagen«, sagt er. »Meine Mutter vor allem. Aber mich auch.« Auf einmal könnte er losflennen. Einfach so. Er trinkt sein Glas leer, stellt es auf den Tisch. Hart.

»Deshalb bin ich neulich abgehauen.«

»Du hast Angst, dass du das auch tun wirst: dein Kind schlagen, deine Frau. Ist es das?«

»Die Statistik spricht dafür. Gewalt, die sich weitervererbt. Söhne von Schlägern werden selber Schläger. Töchter von Schlägern werden später selbst geschlagen.«

Sonja nickt, sieht ihn weiterhin an. Aufmerksam. Ruhig. »Immer?«

»Nicht immer. Aber zu oft.«

Er muss los, ihr den Schlüssel zurückgeben, sich verabschieden. Aus und vorbei, Baby, *hasta la vista*. Such dir einen Typ, der nicht so kaputt ist. Aber sein Körper gehorcht ihm nicht und wie durch einen Schleier nimmt er wahr, dass Sonja aufsteht und seine Hand ergreift.

»Komm, Fredo«, sagt sie sehr sanft. »Du siehst wahnsinnig müde aus. Komm jetzt ins Bett.«

Samstag, 4. März

Judiths Schritte hallen auf dem blank gebohnerten Krankenhausflur, es riecht nach Desinfektionsmitteln, Mittagessen, Krankheit. Ihr Handgelenk puckert. Fünf Minuten haben ihr die Ärzte für ein erstes Gespräch mit Hartmut Warnholz genehmigt. Sie lässt sich eine Vase geben, stellt die Tulpen hinein, klopft an seine Tür.

»Judith.«

Der Seelsorger ist zu schwach, sich aufzurichten und seine Stimme ist heiser. Hätten die Kugeln seine Brust nur zwei Zentimeter höher getroffen, wäre er tot.

Judith zieht sich einen Stuhl ans Bett. Viele der Fragen hat sie inzwischen geklärt, einige sind geblieben. Sie sieht Hartmut Warnholz an, wartet. Er nickt, als habe er genau mit diesem Schweigen gerechnet und sehe ein, dass es nun an ihm ist, es zu brechen.

»Georg hat mir nie den Namen seines erstgeborenen Kindes verraten und nichts über dessen Mutter. Ich wusste lediglich, dass sie wie Georg aus der Eifel stammt.«

»Und dann hat Fabian Bender Sie angerufen.«

»Er sagte, er sei nach dem Tod seines Vaters verzweifelt und bat mich um Unterstützung.«

»Er hat Sie angelogen«, sagt Judith. »Fabian hat geglaubt, Georg Röttgen hätte Ihnen seinen Namen verraten und es wäre nur noch eine Frage der Zeit, bis Sie zur Polizei gehen würden. Sie hatten einmal in der Telefonseelsorge mit Ruth Sollner darüber gestritten, was man der Polizei sagen sollte und was nicht. Beatrice hatte sie belauscht und Fabian davon erzählt.«

»Ich wusste nicht, dass Fabian Georgs Mörder war«, sagt Hartmut Warnholz.

»Aber Sie haben es geahnt, als er vorschlug, Sie nachts bei Sankt Pantaleon zu treffen.«

»Seine Verzweiflung war echt.«

Verzweiflung, ja. Erst tötet der verstoßene Sohn durch eine tragische Verwechslung einen Unschuldigen. Dann, kaum hat er den verhassten Vater auch noch umgebracht, muss er fürchten, von seiner engsten Vertrauten oder einem weiteren Priester verraten zu werden. Judith starrt auf die Geräte neben Hartmut Warnholz' Bett. Die erste Vernehmung mit Fabian Bender hat gerade einmal eine halbe Stunde gedauert. Mehr schaffte er nicht. Mehr hätte sie selbst wohl auch nicht geschafft. Mitleid mit einem Mörder. Mitleid mit einem Vergewaltiger. Es ist irritierend. Sie weiß noch nicht, wie sie damit umgehen soll.

»Ich fand, ich war diesem ungeliebten Sohn auch in Georgs Namen Beistand schuldig«, sagt Hartmut Warnholz leise.

»Sie hätten mir einen Hinweis geben können.«

»Nein.« Warnholz lächelt. »Fabian hatte mich als Seelsorger um Hilfe gebeten. Aber Sie waren ja trotzdem da.«

Eine Stationsärztin eilt herein und kontrolliert die Instrumente neben dem Bett.

»Sie müssen jetzt gehen«, sagt sie zu Judith.

Warnholz hebt die Hand. »Was ist mit Beatrice?«

Sie erzählt ihm, wie Ralf Meuser und die Kriminaltechniker das Mädchen am Ende doch noch in Fabian Benders Wohnung fanden. Gefesselt und geknebelt in einer winzigen Abstellkammer in der Dachschräge hinter Fabian Benders Zimmer, vor deren Zugang er eine Kommode geschoben hatte. Dass Beatrice bei Bewusstsein ist, aber noch nicht vernehmungsfähig. Dass ihre Mutter bei ihr ist.

Doch das ist natürlich keine vollständige Antwort. Wird Beatrice Sollner verkraften, was geschehen ist? Judith wäre gern zuversichtlich, sie würde wahnsinnig gern sagen können, ja, Beatrice ist stark genug, sie wird das schaffen. Doch der Schlag, den das Mädchen erhalten hat, ist schwer. Ich konnte doch nicht zulassen, dass sie uns alles kaputtmacht, hat Fabian Bender geschluchzt. Ich wollte sie doch nicht verlieren, ich hatte doch nur noch sie, seit Jana mich verlassen hatte. Aber als Bat anfing, Löwner nachzustellen, wusste ich, früher oder später kapiert sie, dass nicht er Jana vor den Zug gestoßen hat, sondern dass ich das war. Ich hab geglaubt, ich hätte keine andere Wahl.

Glauben. Hoffen. Wissen. Wo verläuft die Grenze dazwischen? Was ist wirklich sicher? Später denkt Judith darüber nach, während eine junge und hochmotivierte Krankengymnastin ihren linken Unterarm in eine Schale mit warmem Sand bettet. Feine Körner rieseln über Judiths Handgelenk, die Wärme löst den Schmerz. In irgendeinem Magazin hat sie mal die Fotografien von Sandkörnern unter einem Mikroskop gesehen und war fasziniert. Keins glich dem anderen. Jedes Einzelne war ein in sich perfekter Miniplanet und zugleich Teil eines Universums. So wie die Sterne, die sie in jenem längst vergangenen Sommer mit Erri betrachtete. Auf einer Decke im warmen Sand liegend, eine Weinflasche zwischen sich und immer redend, redend, redend. Sie hätten es nicht für möglich gehalten, dass sie je damit aufhören würden, dass sie sich aus den Augen verlieren würden, nie mehr wiedersehen – und doch war genau das am Ende des Sommers geschehen.

»Machen Sie jetzt eine Faust«, fordert die Therapeutin. Judith gehorcht. Es tut weh, aber sie hält es aus und der Sand ist warm. Hätte Beatrice Fabian misstrauen müssen? Hätten Erri und Judith wissen können, dass ihr Sommerglück endlich war, hätte nicht zumindest sie, Judith, das wissen müssen, der Umzug, der sie und Erri trennte, war ja nur einer von vielen. Und wenn sie es gewusst hätten – was wäre dann geschehen? Ich bin froh, dass es diesen Sommer mit Erri gab, genau so wie er war, wird ihr plötzlich klar. Eine schöne Erinnerung, ein Teil meines Lebens. Nicht mehr. Aber auch nicht weniger.

Die Luft ist lau und der Himmel beinahe hell, als Judith von der Praxis zum Hauptbahnhof läuft. Der Schmerz in ihrer Hand ist verschwunden, jedenfalls für den Moment.

Während der Zugfahrt nach Bonn denkt sie an Karl. Sie wird zwei seiner Lochkamerafotos aus Nepal in ihr Wohnzimmer hängen, wenn sie es endlich gestrichen hat, eines davon hat sie auch für Volker Ludes gekauft. Einen Fels in einem Bergsee, der aussieht, als würde er auf dem Schleier der Wasseroberfläche schwimmen. Im Hintergrund ist das Himalayamassiv kaum mehr als eine Ahnung.

Der iPod liegt in Judiths Hand, die Kopfhörerstöpsel stecken in ihren Ohren, aber sie schaltet die Musik erst ein, als sie den Rhein erreicht. Sie hat Friend 'n Fellow für diesen Moment gewählt: *Crystal*. Das erste Mal, seit der Nacht in dem Haus.

Sie kommt sich seltsam schutzlos vor, sie hat sich daran gewöhnt, immer auf der Hut zu sein, zu lauschen, auf einen weiteren Angriff zu warten.

Judith läuft los, am Fluss entlang, zögernd erst, dann schneller, ohne sich umzudrehen. Der Jazz ist kristallklar. Gitarre und Gesang. Pures Gefühl. Der Rhein fließt und fließt.

Elf heißt das letzte Lied dieser CD: Elfe. Kobold. Ein Lied von Schneeflocken, die die Seele berühren. Die etwas heilen, statt es zu erfrieren.

Vielleicht hat ihr Vater den Schnee so gesehen. So oder so ähnlich. Judith hofft plötzlich, dass es so war. Nicht schmerzhaft. Schön.

Erst als der letzte Akkord verklungen ist, schaltet sie ihren iPod aus und geht auf Volker Ludes Villa zu, immer noch, ohne sich umzusehen.

Die Luft riecht nach Frühling, nicht nach Schnee.

360

Danke

Alle Figuren in diesem Roman sind meine Erfindung und sie agieren in einer fiktiven Welt, die jedoch nicht völlig aus der Luft gegriffen ist. Deshalb bin ich auch diesmal einer ganzen Reihe von realen Personen zu Dank verpflichtet, ohne die ich diesen Roman nicht so hätte schreiben können.

Der Polizeipfarrer und Supervisor Michael Pulger erzählte mir von seiner Arbeit mit traumatisierten Polizeibeamten und von den Grundlagen katholischer Seelsorge. Annette Aigner, Mitarbeiterin der Katholischen Telefonseelsorge in Köln, gab mir einen Einblick in ihre Arbeit. Jörg Schmitt-Kilian, Krimiautor und Kommissar in der Drogenfahndung, brachte mich auf das Thema K.-o.-Tropfen. Christina Horst, Theologin und gute Freundin, stellte mir ihr profundes Wissen zur Verfügung. Unsere langen Gespräche über Glauben, Schuld und Gottesbilder waren mir beim Schreiben wichtige Hilfe und Inspiration. Dr. Marcel Seyppel, Karatetrainer und Träger des 3. Dan, brachte mir Geschichte und Philosophie des Karate nahe und erklärte mir, worauf es bei den Dan-Prüfungen ankommt. Dank gebührt auch dem Karate-Verein Ju Kengo, der mich als Zaungast zum Training einlud, sowie Trainer Oliver Rüther für seine Erzählungen von den Kriegserlebnissen japanischer *Sensei*.

Guido Sadlo, Chirurg und Notfallmediziner, diagnostizierte Judiths Handverletzung und machte Vorschläge zur Therapie. Dr. Frank Glenewinkel, Rechtsmediziner in Köln, sorgte auch diesmal dafür, dass im Buch einigermaßen korrekt obduziert wird. Ein Gespräch mit meiner Kollegin Beate Sauer über meine ersten Ideen zu diesem Roman regte mich zu weiteren

Nachforschungen in Sachen Priesterkinder an. Martin Over gab mir Tipps zur Haltung eines Chamäleons.

Meine wunderbare Lektorin Andrea Wildgruber hat mit all ihren konstruktiven Anmerkungen dafür gesorgt, dass dieses Buch ein besseres Buch wurde. Wunderbar war auch die Fachsimpelei über Spannung mit meinem Agenten Joachim Jessen. Simone Labenda war eine Testleserin mit strengem Blick, die mit untrüglichem Gespür die Finger in alle Wunden des Manuskripts legte. Ich danke auch Astrid Windfuhr für einen letzten, sehr genauen Korrekturdurchgang.

Einen Roman zu schreiben erfordert lange Phasen der Konzentration und Abgeschiedenheit. Umso wichtiger ist es deshalb zu wissen, nicht allein zu sein. Ich danke meinem Mann, Michael, für sein Verständnis und für all die Gespräche über das Manuskript. Mein Dank geht auch an meine Freundinnen, die mich in Ruhe ließen, wenn ich das brauchte, und trotzdem da waren, wenn es nötig war, sowie an Thomas Gathen für seine Weisheit. Lichtblicke waren die *Ladies Wine Nights* mit meinen vier Kölner Lieblingskolleginnen.

Musik spielt auch in diesem Roman eine Rolle – und erleichterte mir zuweilen das Schreiben. Ganz besonders möchte ich diesmal das Album *4 Way Street* von Crosby, Stills, Nash & Young nennen, von dem ich vier Zeilen des Graham-Nash-Songs *Teach Your Children Well* zitierte. Wunderbar inspirierend war einmal mehr der Jazz von Friend 'n Fellow – insbesondere deren Album *Crystal*. Sehr passend zum Thema des Buchs waren Kristin Asbjørnsons Gospel-Interpretationen auf der CD *Wayfaring Stranger*.

Zuletzt möchte ich noch meiner Freundin Katrin Busch fürs Testlesen danken, und dafür, dass es sie in meinem Leben gibt und dass sie mich zum Schreiben ermutigt, seit wir 15 waren, weshalb ihr dieses Buch auch gewidmet ist.

Köln, im Mai 2009   Gisa Klönne

Anmerkungen:

Der einfacheren Lesbarkeit wegen verwende ich den Begriff Amygdala in diesem Roman nur im Singular, so wie dies auch in Fachaufsätzen zum Teil geschieht. Tatsächlich gibt es im menschlichen Hirn jedoch zwei Regionen, die als Amygdala bezeichnet werden und gemeinsam als Sitz des emotionalen Gedächtnisses gelten.

Alle Bibel-Zitate sind der Ausgabe von 1970 *Die heilige Schrift des Alten und Neuen Testaments* von Prof. Dr. Vinzenz Hamp, Prof. Dr. Meinrad Stenzel und Prof. Dr. Josef Kürzinger entnommen, die im Paul Pattloch Verlag erschienen ist. Die Schreibweise der Zitate wurde der neuen Rechtschreibung angepasst.

Hilfreich bei meinen Recherchen waren unter anderem folgende Bücher:

Annette Bruhns und Peter Wensierski: *Gottes heimliche Kinder*. DTV, München 2006.

Martin Krolzig (Hg.): *Wenn Polizisten töten und andere posttraumatische Stressreaktionen*. Ein Werkstattbericht aus dem Umkreis einer Selbsthilfegruppe. Meerbusch 1999.

Volker Uhl (Hg.): *Die Angst ist dein größter Feind. Polizistinnen erzählen*. Piper, München 2008.

.

Gisa Klönne

Nacht ohne Schatten

Kriminalroman

ISBN 978-3-548-28057-8
www.ullstein-buchverlage.de

Köln, kurz nach Mitternacht. Ein verlassener S-Bahnhof. Ein erstochener Fahrer. Und eine bewusstlose junge Frau, die offenbar zur Prostitution gezwungen wurde. In langen, unwirklich warmen Januarnächten suchen Judith Krieger und ihr Kollege Manni Korzilius verzweifelt nach einem Zusammenhang. Gisa Klönnes dritter Roman entführt mit großem psychologischem Gespür in eine beklemmende Welt, in der Gewalt gegen Frauen alltäglich ist.

»Spannende Handlung und Figuren, die einem nicht mehr aus dem Kopf gehen. Gisa Klönne ist ein Ausnahmetalent unter den deutschen Krimiautoren.« *Für Sie*

»Ein vielschichtiges, spannendes Buch« *Hörzu*

ullstein

UB497

Zoran Drvenkar

SORRY
Thriller

400 Seiten. Gebunden mit Schutzumschlag
ISBN 978-3-550-08772-1

Schockierend, berührend und unerbittlich präzise

Sie sind seine Opfer. Er macht sie zu Tätern.
Vier Freunde folgen einem scheinbar harmlosen Auftrag
und stehen plötzlich einer grauenvoll zugerichteten
Leiche gegenüber. Er zwingt sie, sich in seinem Namen
bei dem Opfer zu entschuldigen. Als sie darauf
eingehen, nimmt ein unvorstellbar perfides und
grausames Spiel seinen Lauf.

Zoran Drvenkar ist mit diesem Buch ein zutiefst
verstörender Thriller gelungen, in dem es auf die
Frage nach Gut und Böse keine Antwort mehr gibt.

»Zoran Drvenkar hat DEN Krimiknaller des
Frühjahrs geschrieben.« *WDR*

ullstein

Achtung!
Klassik Radio
löst Träume aus.